LAS NIEBLAS DE AVALON

ACERVO CIENCIA/FICCION
(Ciencia ficción y Fantasía)

Directora de la Colección: ANA PERALES

OTRAS OBRAS DE TERRY BROOKS

LA TRILOGIA DE SHANNARA

Libro I   La Espada de Shannara
Libro II   Las Piedras Élficas de Shannara
Libro III   El Cantar de Shannara

EL REINO MÁGICO DE LANDOVER

Libro I   Reino mágico en venta ... ¡vendido!
Libro II   El unicornio negro
Libro III   Mago en apuros

LA HERENCIA DE SHANNARA

Libro I   Los vástagos de Shannara
Libro II   El druida de Shannara
Libro III   La reina élfica de Shannara

Si no las encuentra en su librería, diríjase a nosotros por carta o por teléfono, y se las enviaremos contra reembolso sin cargo de gastos de envío

Marion Zimmer Bradley

LAS NIEBLAS DE AVALON

Libro III
El Rey Ciervo

EDITORIAL ACERVO

Título original de la obra: THE MISTS OF AVALON
Book three: THE KING STAG

Traducción de: FRANCISCO JIMÉNEZ ARDANA

Cubierta: GUSTAVE DORÉ
Dibujo realizado para «ldylls of the King»
de Alfred Tennyson.
Diseño cubierta: J. A. LLORENS PERALES

© 1982 by Marion Zimmer Bradley
    Derechos exclusivos de edición en castellano reservados
    para todo el mundo y propiedad de la traducción
© Editorial Acervo, S. L., 1986

                1.ª edición: Febrero 1987
                2.ª edición: Octubre 1989
                3.ª edición: Noviembre 1991
                4.ª edición: Diciembre 1994
                5.ª edición: Diciembre 1998

    ISBN: 84-7002-393-4

Agradecimientos

CUALQUIER LIBRO de esta complejidad conduce al autor a demasiadas fuentes como para ser enumeradas en su totalidad. Probablemente debiera citar en primer lugar a mi difunto abuelo, John Roscoe Conklin, quien me facilitó por primera vez un viejo y estropeado ejemplar de la edición Sidney Lanier de *Los cuentos del Rey Arturo*, el cual leí tan repetidas veces que virtualmente lo memoricé antes de llegar a los diez años de edad. También alentaron mi imaginación fuentes varias tales como el semanario ilustrado *Cuentos del Príncipe Valiente*. A los quince años me escabullía de la escuela con mayor frecuencia de lo que nadie sospechaba para esconderme en la biblioteca del Departamento de Educación de Albany, Nueva York, donde leí una edición de diez volúmenes de *La Rama Dorada*, de James Frazer, y una colección de quince volúmenes sobre religiones comparadas, incluyendo uno enorme sobre los druidas y las religiones célticas.

En atención directa al presente volumen, debo dar las gracias a Geoffrey Ashe, cuyos trabajos me sugirieron varias direcciones para investigaciones ulteriores, y a Jamie George, de la librería Gothic Image, de Glastonbury, quien, además de mostrarme la geografía de Somerset, el emplazamiento de Camelot y del reino de Ginebra (a los propósitos del presente libro, acepto la teoría corriente de que Camelot era el castillo de Cadbury, sito en Somerset), me guió en el peregrinar por Glastonbury. También atrajo mi atención sobre las persistentes tradiciones en torno al

Chalice Well en Glastonbury y la perdurable creencia en que José de Arimatea plantó la Santa Espina en Wearyall Hill. Asimismo, allí encontré muchos materiales que exploraban la leyenda céltica de que Jesucristo fue iniciado en la religión de la sabiduría en el templo que una vez se halló en Glastonbury Tor.

En cuanto a los materiales de la cristiandad preagustiniana, he utilizado, previo permiso, un manuscrito de circulación restringida titulado «The Preconstantine Mass: A Conjecture», del padre Randall Garret. También consulté materiales de las liturgias siriocaldeas, incluyendo el Holy Orbana de San Serapio, junto con materiales litúrgicos de grupos locales de cristianos de Santo Tomás y católicos anteriores al Concilio de Nicea. Los extractos de las Escrituras, especialmente el episodio del Pentecostés y el Magnificat, me fueron traducidos de los Testamentos Griegos por Walter Breen. También debo citar *La Tradición del misterio en occidente,* de Christiane Hartley, y *Avalon del Corazón,* de Dion Fortune.

Todo intento de recuperar la religión precristiana en las Islas Británicas se tornó conjetural, debido a los obstinados esfuerzos de sus sucesores por extinguir todo vestigio. Es tanto lo que difieren los eruditos que no me excuso por seleccionar, de entre las distintas fuentes, aquellas que mejor cumplen las necesidades de la ficción. He leído, aunque no seguido sumisamente, los trabajos de Margaret Murray y varios libros sobre Garderian Wicca. Siguiendo con el ceremonial, me gustaría expresar mi más sincero agradecimiento a los grupos neopaganos locales; a Alison Harley y el Pacto de la Diosa; a Otter y al Morning Glory Zell; a Isaac Bonewits y a los Nuevos Druidas Reformados; a Robin Goodfellow y a Gaia Willwoode; a Philip Wayne y al *Manantial Cristalino;* a Starhawk, cuyo libro *La Danza Espiral* logró serme de inestimable ayuda para deducir mucho sobre la preparación de una sacerdotisa; y, por su sustento personal y afectivo (incluyendo consuelos y alientos) mientras escribía el presente libro, a Diana

Paxson, Tracy Blackstone, Elisabeth Water y Anodea Judith, del Círculo de la Luna Oscura.

Finalmente, debo expresar amorosa gratitud a mi marido, Walter Breen, quien dijo, en un momento crucial de mi carrera, que había llegado la hora de dejar de jugar a lo seguro escribiendo a destajo por dinero y me proporcionó el apoyo financiero para que pudiera hacerlo. También a Don Wollheim, que siempre creyó en mí, y su esposa Elsie. Sobre todo, y siempre, a Lester y Judy-Lynn del Rey, quienes me ayudaron a mejorar la calidad de mi escritura, asunto siempre temible, con agradecido amor y reconocimiento. Y por último, aunque no menos importante, a mi hijo mayor, David, por su cuidadosa preparación del manuscrito final.

Prólogo

En mis tiempos me llamaron muchas cosas: hermana, amante, sacerdotisa, hechicera, reina. Ahora, ciertamente, me he tornado en hechicera y acaso llegue el momento en el que sea necesario que estas cosas se conozcan. Pero, bien mirado, creo que serán los cristianos quienes digan la última palabra. Perpetuamente se separa el mundo de las Hadas de aquel en el que Cristo gobierna. Nada tengo contra Cristo sino contra sus sacerdotes, que consideran a la Gran Diosa como a un demonio y niegan que alguna vez tuviera poder sobre este mundo. Cuando más, declaran que su poder proviene de Satán.

Y ahora que el mundo ha cambiado y Arturo —mi hermano, mi amante, que fue rey y rey será— yace muerto (la gente dice que duerme) en la Sagrada Isla de Avalon, el relato ha de ser narrado como lo fue antes de que los sacerdotes del Cristo Blanco llegaran cubriéndolo todo con sus santos.

Porque, como ya digo, el mundo mismo ha cambiado. Hubo un tiempo en el que un viajero, teniendo voluntad y conociendo sólo algunos de los secretos, podía adentrar su barca en el Mar Estival y arribar, no al Glastonbury de los monjes, sino a la Sagrada Isla de Avalon. Porque en aquel tiempo las puertas de los mundos se difuminaban entre las nieblas y se abrían, una a otra, cuando el viajero poseía la intención y la voluntad. Pues éste es el gran

11

secreto, que era conocido por todos los hombres cultos de nuestra época: basándonos en el pensamiento de los hombres, creamos el mundo que nos rodea, diariamente renovado.

Y ahora los sacerdotes, creyendo que esto infringe el mandato de su Dios, que creó el mundo de una vez y para siempre, han cerrado tales puertas (las cuales nunca existieron excepto en la mente de los hombres) y el camino no conduce más que a la Isla de los Sacerdotes, que la han protegido con el sonido de las campanas de sus iglesias, alejando toda idea del otro mundo que yace en la oscuridad. Realmente, dicen que tal mundo, en caso de existir, pertenece a Satán y es la puerta de entrada al Averno, si no el Averno mismo.

No sé lo que su Dios pueda o no haber creado. A pesar de los relatos que se narran, nunca supe mucho de los sacerdotes y nunca me atavié con la negrura de una de sus monjas de clausura. Si los de la corte de Arturo, en Camelot, decidieron así considerarme cuando llegué hasta allí (dado que siempre ostento los oscuros ropajes de la Gran Madre en su función de hechicera), no les saqué de su engaño. Y, ciertamente, hacia el final del reinado de Arturo habría sido peligroso hacerlo y humillé la cabeza ante lo conveniente, cosa que mi señora nunca hubiera hecho. Viviane, la Señora del Lago, en tiempos fue la mejor amiga de Arturo, exceptuándome a mí, y luego su más siniestra enemiga, de nuevo con mi excepción.

Mas la contienda ha terminado. Por fin pude saludar a Arturo, cuando yacía moribundo, no como a mi enemigo y enemigo de mi Diosa, sino simplemente como a mi hermano y como a un hombre agonizante con necesidad de la ayuda de la Madre, adonde todos los hombres van a dar finalmente. Incluso los sacerdotes saben esto, ya su Virgen se torna en Madre del Mundo a la hora de la muerte.

Y así yace al fin Arturo con la cabeza en mi regazo, sin verme como a una hermana, amante o rival, sino tan sólo como a una hechicera, sacerdotisa, Señora del Lago; y así descansó en el seno de la Gran Madre, de la que vino a nacer y en la que, al igual que todos los hombres, tendrá su fin. Y acaso, cuando conduje la barca que se lo llevó, esta vez no a la Isla de los Sacerdotes, sino a la Verdadera Isla Sagrada del mundo en tinieblas más allá del nuestro, esa Isla de Avalon a la que ahora pocos además de mí pueden ir, se arrepintió de la enemistad que había entre ambos.

Según vaya relatando esta historia, hablaré a veces de cosas acaecidas cuando era demasiado joven para comprenderlas, o de cosas acaecidas sin estar yo presente. Y el oyente quizá se distraerá, pensando: Esta es su magia. Pero siempre he tenido el don de la Visión y de escrutar en el interior de la mente de hombres y mujeres. Y en todo este tiempo he estado cerca de ellos. De tal modo que, en ocasiones, todo cuanto pensaban me era conocido de una u otra forma. Y así relataré esta historia.

Ya que un día también los sacerdotes la contarán, tal como ellos la conocían. Acaso entre ambas versiones, algún destello de la verdad pueda vislumbrarse.

Porque es esto lo que los sacerdotes no saben: que no hay nada semejante a una historia cierta. La verdad tiene múltiples facetas, como el viejo camino hasta Avalon; depende de tu propia voluntad e intenciones, adónde el camino te lleve y adónde por último arribes, si a la Sagrada Isla de la Eternidad o entre los sacerdotes con sus campanas, muerte, Satán, Averno y condenación... Mas tal vez esté siendo injusta con ellos. Incluso la Señora del Lago, que odiaba la túnica de los sacerdotes tanto como a una serpiente venenosa, y con buenos motivos además, me reprendió una vez por hablar mal de su Dios.

«Ya que todos los Dioses son un solo Dios», me dijo entonces, como lo hizo muchas veces anteriormente y como yo les he dicho a mis novicias tantas veces, como toda sacerdotisa que venga después de mí volverá a decir, «y todas las Diosas son una Diosa, habiendo un único Iniciador. Para cada hombre su propia verdad y el Dios que hay en el interior de ésta».

Y así, tal vez, la verdad flote en alguna parte entre el camino a Glastonbury, la Isla de los Sacerdotes, y el camino a Avalon, perdida siempre en las nieblas del Mar Estival.

Pero ésta es mi verdad. Yo, Morgana, te digo estas cosas; Morgana, que en los últimos tiempos fue llamada el Hada Morgana.

Lo que ya ha sucedido

En el castillo de Tintagel habita Igraine, hermana de Viviane, Señora del Lago de Avalon, e hija de Merlín, casada con Gorlois Duque de Cornwall y madre de la pequeña Morgana.

El Duque de Cornwall, que ya ha sobrepasado los cuarenta y cinco años cuando su mujer sólo cuenta diecinueve de edad, pasa la mayor parte de su tiempo fuera del castillo ocupado en continuas luchas contra los sajones en apoyo de Ambrosius, Rey Supremo de Bretaña.

Una tarde, Viviane y Merlín aparecen en Tintagel para comunicar a Igraine que Ambrosius está agonizando en Londinium, y que ella irá allí con Gorlois, conocerá a Uther, que será el próximo Rey Supremo, y concebirá de él un hijo que con el tiempo también se convertirá en Rey Supremo, obtendrá el apoyo de las Tribus y de los romanizados, y logrará la pacificación de Bretaña. Igraine se niega a ser infiel a su marido, a quien está agradecida por haberle permitido amamantar a Morgana durante el tiempo suficiente, a pesar del impedimento que esto suponía para la concepción del hijo que él tanto desea. Pero le aseguran que Gorlois morirá.

Se cumplen las predicciones e Igraine termina desposándose con Uther Pendragón, ya Rey Supremo, y tiene un hijo a quien llaman Arturo.

El niño sufre varios accidentes al parecer provocados, y Viviane le aconseja a Uther que lo envíe secretamente a educarse con uno de sus caballeros. También le pide que le dejen llevarse a Morgana para hacer de ella una sacerdotisa de la Diosa Ceridwen en Avalon.

Tras el paso de los años, Morgana ha de ir a los juegos de Beltane, como encarnación de la Diosa y yacer con el hombre que venza al Astado, convirtiéndose en el Rey Ciervo. El joven vencedor es alto y rubio; y a la mañana siguiente, Morgana reconoce en él a su hermano Arturo. Ambos se horrorizan de la situación a que han sido llevados, y Morgana intenta enfrentarse con Viviane. Mientras tanto, muere Uther Pendragón y Arturo es aclamado Rey Supremo.

En las fiestas de la coronación, Morgana se da cuenta de que está embarazada y lo oculta, para que Arturo, que ha sido educado como cristiano, no sienta remordimientos.

Vuelve a Avalon con propósitos de abortar, pero se pierde en los bosques y tiene una extraña visión que la hace desistir.

Huye de Avalon para ir a refugiarse en casa de Morgause, la hermana menor de su madre, que está desposada con un rey del norte llamado Orkney.

Morgana permanece en la corte de Orkney hasta dar a luz a un niño, a quien da el nombre de Gwydion, en un parto difícil que la imposibilita para tener otros hijos. Durante el mismo, descubre a Morgause la identidad del padre. Una vez repuesta, deja a Gwydion bajo la tutoría de su tía y parte para Avalon; mas al llegar a orillas del Lago, no consigue convocar a la barca, trata de llegar por los senderos ocultos y se extravía, arribando al fin al país de las hadas donde pierde la noción del tiempo.

Mientras tanto, Ginebra, enamorada de Lancelot desde su primer encuentro, se ve obligada a desposarse con Arturo, aportando a su matrimonio, como regalo de bodas de su padre, el Rey Leodegranz, una gran mesa redonda. Los embarazos de Ginebra se frustran uno tras otro, haciendo que se inicie en ella el temor de ser incapaz de dar a luz un heredero.

Los sajones se reúnen para atacar y son vencidos por Arturo y sus Caballeros en la gran batalla de Monte Badon, a la que concurren sin portar el estandarte del Pendragón. Tras el gran triunfo, la paz se extiende por toda Bretaña.

Pero Ginebra sigue sin descendencia y Arturo, que no sabe que es padre, piensa en la posibilidad de ser la causa, y le proporciona a la Reina, después de que los tres han bebido mucho en una fiesta que coincide con los fuegos de Beltane, que yazca con Lancelot.

Libro tercero
EL REY CIERVO

I

En aquella época del año en Lothian, el sol apenas descansaba; la reina Morgause despertó cuando la luz empezó a filtrarse por entre los cortinajes, a hora tan temprana que las gaviotas aún no habían empezado a moverse. A pesar de ello ya había suficiente claridad para distinguir el velludo y bien musculado cuerpo del hombre joven que dormía a su lado... y que había disfrutado de tal privilegio durante la mayor parte del invierno. Había sido escudero de Lot y puesto sus ojos sobre la reina incluso antes de que Lot muriera. Y en la larga oscuridad del invierno pasado, era demasiado pedir que ella durmiera sola en la fría cámara del rey.

No es que Lot hubiese sido un buen rey, meditó, mientras entornaba los ojos ante la creciente luz. Pero su reinado fue largo, comenzando antes de que Uther ocupase el trono, y su gente estaba acostumbrada a él; aquellos para quienes ya había transcurrido la mitad de la vida no habían conocido otro rey. Ya ocupaba el trono cuando el joven Lochlann nació... y también ella. Pero este pensamiento era menos agradable, y lo rechazó.

Gawaine habría sucedido a su padre, pero había visitado poco su tierra natal desde la coronación de Arturo, y el pueblo no lo conocía. Allí, en Lothian, las Tribus estaban satisfechas —pues la tierra se mantendría en paz— al ser gobernadas por la reina, con su hijo Agavaine dispuesto por si se necesitaba un jefe para la guerra. Desde tiempo inmemorial, una reina había ejercido su autoridad sobre el pueblo, como una Diosa lo ejerce sobre los Dioses, y estaban contentos de que así fuera.

Pero Gawaine no se había separado de Arturo... ni siquiera cuando Lancelot visitó el norte antes de Beltane, alegando que iba a comprobar que los faros estuviesen dispuestos en las costas para que las naves no resultaran arrastradas hacia las rocas. Aunque Morgause supuso que fue para que los ojos de Arturo pudiesen ver lo que ocurría en Lothian, donde había algunos que no deseaban estar sometidos al Rey Supremo.

Entonces se enteró de que Igraine había muerto; la noticia no había llegado anteriormente a Lothian. Igraine y ella fueron muy buenas amigas en su juventud; siempre había envidiado la belleza de su hermana mayor y nunca le perdonó que Viviane la escogiese para Uther Pendragón; ella hubiera representado mejor el papel de Reina Suprema que aquella necia, tan dócil, piadosa y enamorada. Cuando todo está dicho y hecho, cuando la lámpara se apaga, un hombre no es tan distinto a otro y todos ellos son extremadamente fáciles de manejar, estúpidamente dependientes de eso que las mujeres pueden ofrecerles. Ella, que había gobernado bien tras el trono de Lot, aún lo habría hecho mejor tras el de Uther, pues habría conseguido que éste no se dejara influenciar tanto por los sacerdotes.

Empero, al enterarse de la muerte de Igraine la sintió sinceramente y deseó haber podido cabalgar hasta Tintagel antes del fallecimiento. Contaba ahora con tan pocas amigas...

Sus doncellas de compañía habían sido elegidas en su mayoría por Lot, según su belleza y disponibilidad hacia él; y le interesaban las mujeres que no pensaran mucho ni hablasen de manera inteligente. Tomaba consejo de ella en todas las cosas y respetaba su ingenio, mas, cuando le hubo dado cuatro hijos, retornó a sus naturales preferencias para el lecho; mujeres bonitas con poco juicio. Morgause nunca se había opuesto a sus placeres y se hallaba contenta de no tener que dar a luz más hijos. Y si deseaba niños con quienes jugar, tenía al adoptivo Gwydion y a los numerosos bastardos de Lot, ¡Gwydion contaba con bastantes compañeros de juegos de sangre real!

Lochlann se revolvió a su lado, murmuró algo y somnoliento la atrajo hacia sí, y ella dejó de meditar por el momento. Mientras Lancelot había permanecido en la corte, Lochlann durmió con los jóvenes. Aunque para Lancelot fuera indiferente que mantuviera a Lochlann en su lecho, o que durmiese con el perro. Bueno, aquí lo tenía nuevamente. Lot nunca se interpuso entre ella y sus amantes, del mismo modo que Morgause no lo hacía entre él y sus mujeres.

Cuando Lochlann abandonó la estancia, Morgause sintió súbitamente que echaba de menos a Lot. No es que hubiese sido particularmente bueno en esta clase de entretenimientos... era viejo ya cuando se desposó con él. Mas, cuando *aquello* había concluido, conversaba con ella de forma inteligente, y encontró que tenía nostalgia de los años que habían despertado juntos, y se quedaban en la cama hablando de lo que había que hacer o cuanto acaecía en el reino, o en toda Bretaña.

Cuando Lochlann volvió, el sol ya brillaba con fuerza y los gritos de las gaviotas llenaban de vida el aire. Podía oír leves ruidos en la planta de abajo, y de alguna parte llegaba el olor del pan de avena horneándose. Le atrajo hacia sí para besarle ligeramente.

—Debes marcharte, querido. Te quiero fuera de aquí antes de que venga Gwydion, ya es un muchacho y empieza a reparar en las cosas —dijo.

—*Ese* ha estado reparando en todas las cosas desde que dejó los brazos de su ama de cría. Mientras Lancelot estuvo aquí observó cuantos movimientos hacía. Pero, no creo que debas preocuparte, todavía no tiene la suficiente edad para pensar en *eso*.

—No estoy tan segura —repuso Morgause y le acarició la mejilla.

Gwydion jamás hacía nada hasta estar seguro de que no se reirían de él por considerarlo demasiado joven. Orgulloso como era, no podía soportar que le dijeran que resultaba demasiado joven para algo... incluso a la edad de cuatro años montó en cólera cuando le indicaron que no podía ir a coger nidos en los acantilados, y casi había sufrido una caída mortal intentando equipararse a los niños mayores. Recordaba aquella ocasión, y otras similares, en que ella le había dicho que no hiciese esto o aquello y él, con gesto de determinación reflejado en su morena carita, había respondido: «Sí, pero lo haré y no podréis detenerme». Su única réplica posible había de ser: «No lo harás o yo misma te azotaré». Nada le importaba recibir un castigo, excepto para mostrarse más desafiante, y, en una ocasión, le hizo perder el control y luego asustarse por haber pegado con tanta fuerza a un niño indefenso. Ninguno de sus hijos, ni aun el voluntarioso Gareth, había sido nunca tan desafiante. Gwydion se conducía a su modo y hacía lo que deseaba y, como se iba haciendo mayor, Morgause tuvo que adoptar métodos más sutiles: «No lo harás u ordenaré que el ama de cría te pegue como si fueras un niño de cuatro o cinco años». Esto resultó efectivo durante cierto tiempo, por la conciencia que tenía de su dignidad el joven Gwydion. Pero ahora ya no había modo de frenarlo; habría sido necesario un hombre rudo para azotarle tan fuerte como fuera necesario, y él siempre encontraba el medio de que aquel que lo ofendiera tuviese que lamentarse por ello, tarde o temprano.

Supuso que sería más vulnerable cuando empezara a preocuparse de lo que las doncellas opinaran de él. Pertenecía al Viejo Pueblo y era moreno como Morgana, mas bastante apuesto, incluso tanto como Lancelot. Y podía ser que su exteriorizada indiferencia hacia las doncellas fuese igual que la de aquél. Reflexionó en eso durante un instante, sintiendo una punzada de humillación. Lancelot... el hombre más atractivo que hubiera visto en mucho tiempo, y ella le había dejado ver claramente que incluso la reina estaba a su alcance... pero Lancelot había fingido no entenderla, la había llamado «tía» meticulosamente una y otra vez, como recordándole su edad, haciéndola creerse más vieja de lo que en realidad era, como una hermana gemela de Viviane, y no lo bastante joven para ser su hija.

Había comenzado a desayunar en el lecho mientras hablaba con sus doncellas de lo que debía hacerse durante el día. Estaba apoyada en los cojines, tomando el pan recién hecho y todavía caliente con mantequilla, abundante en esta época del año, cuando Gwydion entró en la estancia.

—Buenos días, madre —dijo—. He salido y os traigo algunas bayas. Hay nata en la despensa. Si la deseáis, bajaré corriendo a traérosla.

Contempló las bayas, que se hallaban en un cuenco de madera y aún húmedas de rocío.

—Ha sido muy amable de tu parte, hijo —repuso, y se incorporó en el lecho para abrazarlo fuertemente. Cuando era más pequeño, en tales ocasiones, se metía junto a ella bajo las mantas, y compartía su desayuno, y en invierno le arropaba con las pieles, como a un niño mimado; echaba de menos el pequeño cuerpo que se ovillaba contra ella, pero fue consciente de que ya no tenía la edad adecuada.

El se arregló, alisándose el pelo; aborrecía estar despeinado. Era como Morgana, quien siempre había sido un pequeño y pulcro ser.

—Has salido temprano, mi amor —le dijo—, ¿lo has hecho por mí? No, no deseo nata. No querrás que me cebe como la vieja vaca, ¿verdad?

El inclinó la cabeza cual un pequeño pájaro escrupuloso, y miró, apreciativamente, a Morgause.

—No tendría importancia —contestó—. Seguiríais siendo hermosa aunque estuvieseis gorda. Hay mujeres en esta corte, Mara, por ejemplo, no es más gruesa que vos, y todas las mujeres, y los hombres, la llaman la Gorda Mara. De alguna forma, no parecéis tan gruesa como sois; quienquiera que os mire, verá que sois hermosa. Así pues, tomaos la nata si queréis, madre.

¡Qué respuesta tan precisa para un niño! Aunque, después de todo, estaba comenzando a hacerse un hombre. Sería como Agravaine, no muy alto, uno del Viejo Pueblo, un atavismo. Y por supuesto, al lado del gigante Gareth siempre parecería un muchacho, incluso cuando llegase a cumplir veinte años. Se había lavado la cara y cepillado el pelo cuidadosamente; sí, y también se lo había cortado recientemente.

—¡Qué buen aspecto tienes, mi amor! —exclamó, y sus pequeños dedos descendieron puntualmente para apropiarse de una baya del plato—. ¿Te has cortado el pelo tú mismo?

—No —respondió—, ordené al ayuda de cámara que lo hiciera; le dije que estaba harto de parecer el perro de la casa. Lot iba siempre con el pelo bien recortado y bien afeitado, y lo mismo Lancelot durante todo el tiempo que permaneció aquí. Me agrada parecer un caballero.

—Y tal aspecto tienes siempre, mi amor —repuso ella, observando la oscura manita que sostenía la baya. Estaba llena de arañazos de zarzas, y los nudillos ásperos y renegridos como los de cualquier muchacho activo, mas observó igualmente que se los había restregado con fuerza y que no llevaba las uñas sucias y rotas sino cuidadosamente cortadas—. Pero, ¿por qué te has puesto la túnica de gala esta mañana?

—¿Me he puesto la túnica de gala? —preguntó, dándole una expresión inocente a su pequeño y moreno rostro—. Sí, supongo que lo he hecho. Bueno... —se detuvo y ella entendió que, fuese cual fuese la razón, y por descontado tendría una buena razón, nunca la sabría. Finalmente dijo con calma— la otra se empapó de rocío cuando recogía vuestras bayas, señora. —Y luego, de repente— Pensé que iba a odiar a sir Lancelot, madre. Gareth hablaba de él mañana y tarde como si se tratase de un Dios.

Y Morgause recordó aquello; Gwydion, aunque se guardó de llorar delante de ella, había quedado deshecho cuando Gareth partió hacia el sur a la corte de Arturo. Morgause también le echaba de menos, Gareth había sido la única persona con influencia real sobre Gwydion y podía hacerle obedecer en lo que se propusiera con sólo unas breves palabras. Desde que se marchó, Gwydion no escuchaba las indicaciones de ningún ser vivo.

—Pensaba que sería un necio pagado de su propia importancia —continuó diciendo—, pero no es así. Me explicó cosas sobre faros que Lot no había llegado a saber, creo. Y me dijo que cuando fuese mayor iría a la corte de Arturo y sería nombrado caballero, de ser bueno y honorable. —Sus negros y profundos ojos consideraron aquello—. Todas las mujeres afirmaron que me parezco a él y me hacían preguntas que me enojaban porque no sabía qué contestar. Madre —se inclinó hacia adelante, con el pelo oscuro y suave cayéndole sobre la frente, con una desacostumbrada vulnerabilidad reflejándose en su cara—, decidme la verdad, ¿es Lancelot mi padre? He llegado a pensar que es ése el motivo por el que Gareth le apreciaba tanto...

No eres el primero en hacerte esa pregunta, mi amor, estimó ella, acariciando el suave pelo del muchacho. Su expresión de desamparo al preguntar aquello hizo que la voz de Morgause se dulcificara más de lo habitual en ella.

—No, mi pequeño. De todos los hombres del reino, Lancelot es el que tiene menos posibilidades de ser tu padre; me he ocupado de indagar. Durante todo el año en el cual fuiste engendrado, él se encontraba en la Baja Bretaña, luchando junto a su padre, el Rey Ban. También yo llegué a creerlo, pero te pareces a él porque es primo de tu madre, y también mío.

Gwydion la observó con escepticismo, casi pudo leerle los pensamientos; le habría dado la misma respuesta aunque estuviese segura de que Lancelot *era* su padre.

—Quizás algún día vaya a Avalon, en lugar de ir a la corte de Arturo. ¿Vive ahora mi madre en Avalon, señora? —dijo finalmente.

—No lo sé. —Morgause frunció el ceño... una vez más aquel extraño y adulto hijo adoptivo la había obligado a hablarle como si lo hiciese a un hombre. Conseguía eso con demasiada frecuencia. Se apercibió de que, ahora que Lot se había ido, Gwydion era la única persona en aquella casa con la que, de vez en cuando, podía conversar de igual a igual. Oh, sí, Lochlann era lo suficiente hombre en el lecho por la noche, pero nunca había tenido mucho más que decir que uno de los pastores o una de las criadas.

—Vete ahora, Gwydion, mi amor, voy a vestirme.

—¿Por qué habría de hacerlo? —preguntó él—. Sé muy bien cómo sois desde que tenía cinco años.

—Pero ya eres mayor —repuso ella, con aquella vieja sensación de desvalimiento—. No es apropiado que estés aquí mientras me visto.

—¿Os preocupáis mucho de lo que es apropiado, señora? —preguntó ingenuamente, con los ojos puestos en la depresión de las almohadas donde Lochlann había yacido, y Morgause experimentó la súbita ascensión de la frustración y la ira. ¡Podía confundirla con sus argumentos como si fuera un hombre adulto y un druida!

—No tengo que darte cuenta de mis actos, Gwydion —dijo secamente.

—¿He afirmado yo que hayáis de hacerlo? —Sus ojos mostraban una injuriada inocencia—. Aunque, si soy mayor, me es necesario conocer más sobre las mujeres que cuando no lo era, ¿verdad? Quiero quedarme y hablar.

—Oh, quédate si lo deseas —concedió ella—, pero vuélvete de espaldas.

Obedientemente se volvió, mas cuando ella se levantó indicando a la sirvienta el vestido que había de darle, Gwydion dijo:

—No, poneos el azul, madre, el que acaba de ser tejido, y la capa de color azafrán.

—Y ahora vas a darme consejos sobre lo que debo ponerme. ¿Qué es esto, qué es esto?

—Me gusta veros ataviada como una dama y una reina

—repuso él, persuasivamente—. Y decidles que os recojan el cabello con el pasador de oro ¿Lo haréis para complacerme?

—Bien, así me tendrás ataviada como para la fiesta del solsticio de Verano, y sólo voy a sentarme a cardar la lana. ¡Las doncellas se echarán a reír, pequeño!

—Dejadlas que se rían —dijo Gwydion—. ¿No os pondréis vuestro mejor traje para darme gusto? Y, ¿quién sabe lo que puede ocurrir antes de que acabe el día? Podríais alegraros de ello.

Morgause, riendo, accedió.

—Oh, como quieras, si pretendes que me vista como si fuese a ir a una fiesta, así sea... ¡Celebraremos nuestro propio festejo aquí, pues! Y ahora supongo que en la cocina deben hacer pasteles de miel para esa imaginaria fiesta.

Un niño, después de todo, pensó, *cree que de este modo conseguirá unos dulces. Pero, ya que me ha traído bayas, ¿por qué no?*

—Bien, Gwydion, ¿hago que horneen un pastel de miel para la cena?

El se dio la vuelta.

—Siempre me complace tener un pastel de miel, pero tal vez pueda haber pescado asado también para la cena.

—Si hemos de tomar pescado —repuso ella— tendrás que volver a cambiarte de túnica e ir a pescarlo tú mismo. Los hombres están ocupados con la siembra.

Respondió de inmediato.

—Pediré a Lochlann que vaya; será un descanso para él. Se lo merece, ¿verdad, señora? ¿No estáis contenta de él?

¡Idiota!, pensó Morgause. *¡No quiero sonrojarme ante un niño de su edad!*

—Si quieres enviar a Lochlann a pescar, amor, hazlo. Podrán pasarse hoy sin él, imagino.

Y meditó que le gustaría realmente saber qué tenía Gwydion en mente, con su túnica de gala y su insistencia en que debía ataviarse con el mejor vestido y disponer una buena cena. Llamó al ama de llaves.

—El amo Gwydion desea un pastel de miel. Encárgate de ello —le indicó.

—Tendrá su pastel —dijo ella, dirigiendo una mirada indulgente al muchacho—. Mirad esa dulce faz, es como la de uno de esos ángeles.

Angel. Eso es la última cosa que le llamaría, pensó Morgause; pero ordenó a la sirvienta que le recogiese el pelo con el pasador de oro. Probablemente nunca se enteraría de cuáles eran los propósitos de Gwydion.

El día transcurrió lentamente como era habitual. Morgause se había preguntado a veces si Gwydion poseía la Visión, aunque nunca había mostrado ninguno de los signos y, cuando en una ocasión se lo preguntó abiertamente, actuó como si no supiera de qué le estaba hablando. Si la tuviera, estimó, le habría sorprendido alguna vez jactándose de ello.

Bien. Por alguna oscura razón infantil, a Gwydion le apetecía una fiesta y la había convencido para que se celebrara. Sin duda, con Gareth ausente, se sentía solo la mayor parte del tiempo, tenía poco en común con los restantes hijos de Lot. No compartía la pasión de Gareth por las armas y la caballería, ni, hasta donde ella podía ver, el don de Morgana para la música, aunque su voz era clara y, a veces, sacaba una pequeña gaita como las que tocaban los pastores y extraía de ella una música extraña y doliente. Empero, no se trataba de una pasión como la de Morgana, que se hubiera pasado todo el día tocando el arpa si hubiera podido.

Sin embargo, era la suya una mente rápida y retentiva. Lot envió a buscar a un erudito clérigo de Iona para que residiese en la casa durante tres años y enseñara al muchacho a leer; había indicado al sacerdote que enseñase también a Gareth mientras estuviese allí, pero Gareth no poseía disposición para los libros. Pugnaba obedientemente con las letras y el latín, pero, al igual que Gawaine, o la misma Morgause, no lograba mantener la mente atenta a los símbolos escritos o la misteriosa lengua de aquellos viejos romanos. Agravaine era bastante listo, llevaba todas las cuentas y cálculos del estado, estaba dotado para enumerar cosas; mas Gwydion absorbía cada retazo de enseñanza, al parecer, tan velozmente como se lo ponían delante. Durante el primer año logró leer tan bien como el clérigo mismo y hablaba latín como si fuese uno de aquellos antiguos césares redivivo, con lo cual Morgause por vez primera se preguntó si no podría haber, después de todo, algo de cierto en lo que afirmaban los druidas, que renacemos una y otra vez, aprendiendo más y más en cada vida.

Tal hijo enorgullecería a su padre, pensó Morgause. *Y Arturo no ha tenido ningún niño de la Reina. Algún día... sí, algún día tendré que contar un secreto a Arturo y entonces tendré la conciencia del Rey en mi mano.* La idea la divertía enormemente. Le sorprendía que Morgana nunca hubiese utilizado aquel instrumento de dominio que tenía sobre Arturo; podría haberle obligado a negociar unos esponsales para ella con el más acaudalado de sus reyes súbditos, podría haber poseído joyas o poder... pero a Morgana no le importaban tales cosas, sólo el arpa y los sin sentidos de que hablaban los druidas. Ella, Morgause, haría mejor uso de aquel inesperado poder que había caído en sus manos.

Se encontraba sentada en el salón, vestida con lujosos ropajes, cardando la lana de la esquila primaveral, y tomando decisiones. Gwydion debía tener una capa nueva; crecía con tanta rapidez que la vieja sólo le llegaba hasta las rodillas, y era insuficiente para el frío invernal y, sin duda, crecería aún más rápido este año. ¿Podría arreglarle la capa de Agravaine, recortándola un poco, y hacer una nueva para aquél?

Gwydion, con su túnica de fiesta color azafrán, llegó y olfateó apreciativamente el pastel de miel, rico en especias, y comenzó a pasear por la estancia, mas no se puso a incordiar diciendo que tenían que cortarlo y darle un trozo de inmediato, como habría hecho sólo unos meses atrás. Al mediodía le anunció:

—Madre, cogeré pan y queso, y saldré a recorrer los cercados, Agravaine me ha dicho que debería ir a comprobar si todas las vallas están en buen estado.

—No con los zapatos de fiesta —repuso Morgause.

—Ciertamente no. Iré descalzo —dijo Gwydion y se desató las sandalias, dejándolas junto a ella cerca del hogar; se remangó la túnica por el cinturón para que quedase bien por encima de las rodillas, cogió un recio bastón y se fue, dejando a Morgause ceñuda a sus espaldas. Gwydion jamás había realizado aquel trabajo, ni preocupado de los deseos de Agravaine. ¿Qué le estaba sucediendo aquel día?

Lochlann regresó por la tarde con un magnífico pescado, tan pesado que Morgause no pudo levantarlo; lo miró satisfecha, serviría para que comieran cuantos se sentaran a la gran mesa y sobraría para tres días más. Limpio, aromatizado con hierbas, descansaba listo para ser cocido cuando Gwydion llegó, con los pies y manos limpios y el pelo peinado, y se dispuso a ponerse las sandalias. Miró el pescado y sonrió.

—Sí, de veras será un gran festejo —dijo con satisfacción.

—¿Has estado recorriendo todas las vallas, hermano? —inquirió Agravaine, que entraba procedente de uno de los establos donde había estado curando a una yegua enferma.

—Lo he hecho, y en su mayor parte se hallan en buen estado —repuso Gwydion—, mas en la cima misma de los declives del norte, donde tuvimos a las ovejas el pasado otoño, hay un gran agujero en las cercas, en el lugar en el que cayeron todas las rocas. Debéis enviar a los hombres para que lo arreglen antes de llevar a pastar allí las ovejas; en cuanto a las cabras, se habrían escapado antes de que pudiérais evitarlo.

—¿Subiste solo hasta allí? —Morgause le miró preocupada, casi angustiada—. Tú no eres una cabra, podías haberte caído, rompiéndote una pierna en la quebrada y nadie lo hubiese sabido durante días. Te he dicho mil veces que cuando vayas a los declives lleves contigo a alguno de los pastores.

—Tenía motivos para ir solo —replicó Gwydion, apretando los dientes tercamente—, y vi lo que quería ver.

—¿Qué ibas a ver que valiese la pena correr el riesgo de sufrir alguna herida y quedar allí tendido durante días? —preguntó Agravaine contrariado.

—Nunca me he caído —dijo Gwydion—, y si me cayera, sería yo quien sufriría las consecuencias. ¿Qué te importa a ti que yo corra riesgos?

—Soy tu hermano mayor y gobierno esta casa —manifestó Agravaine—, y vas a mostrarme respeto o te obligaré a golpes.

—Quizá si tú te abrieses la cabeza pudieras meter un poco de juicio en ella —dijo Gwydion con descaro—, desde luego, nunca entrará por sí mismo.

—Pequeño y miserable...

—Sí, dilo —gritó Gwydion—, afréntame por mi nacimiento. ¡Yo no sé el nombre de mi padre, pero sé quién te engendró *a ti* y, por eso, prefiero mi situación!

Agravaine dio una feroz zancada hacia él, mas Morgause se puso en pie rápidamente y amparó al chico tras ella.

—Deja al muchacho, Agravaine.

—Si siempre corre a esconderse tras vuestras faldas, madre, no es de extrañar que no logre enseñarle a obedecer —masculló Agravaine.

—Haría falta un hombre mejor que tú para enseñarme eso —dijo Gwydion, y Morgause quedó confundida por la amargura que había en su voz.

—Calla, calla, pequeño. No hables así a tu hermano —le amonestó.

—Lo siento, Agravaine. No debería haber sido tan insolente contigo —se disculpó.

En su rostro se dibujó una sonrisa, sus ojos eran

grandes y cariñosos bajo las oscuras y suaves pestañas; representaba la imagen de un muchacho arrepentido.

—Estoy pensando únicamente en tu bienestar, joven bribón, ¿crees que deseo romperte todos los huesos del cuerpo? ¿Y por qué se te ha metido en la cabeza trepar por los declives solo? —dijo Agravaine.

—Bueno, de otra forma no habrías sabido del agujero que hay en las vallas y podrías haber enviado a pastar allí a las ovejas o incluso a las cabras, perdiéndolas a todas. Y yo nunca me desgarro las ropas, ¿verdad, madre?

Morgause rió disimuladamente, pues era cierto. Gwydion era cuidadoso con sus vestidos. Había algunos muchachos así. Gareth, cuando se ponía una túnica, la dejaba arrugada, manchada y sucia en menos de una hora, en tanto que Gwydion había trepado por los altos declives con la túnica de gala azafranada y parecía que acababa de ponérsela.

—Sin embargo —continuó Gwydion—, tú no vas adecuadamente vestido para sentarte a la mesa con madre ataviada con sus bellas vestiduras. Ve a ponerte una bonita túnica, hermano. ¿No pensarás sentarte a cenar con esa vieja blusa como un granjero?

—No voy a recibir órdenes de un tunantuelo como tú —rezongó Agravaine, mas se encaminó hacia su cámara, y el muchacho sonrió con secreta satisfacción.

—Agravaine debería tomar esposa, madre. Tiene tan mal talante como un toro en primavera y, además, vos no tendríais que tejerle las prendas ni remendárselas —dijo.

Morgause estaba divertida.

—Sin duda tienes razón. Mas no quiero a otra reina bajo este techo. Ninguna casa es lo bastante grande para que la gobiernen dos mujeres.

—Entonces habéis de encontrarle una esposa que no sea de buena cuna ni inteligente —repuso Gwydion—, para que se alegre de que le digáis cuanto debe hacer, pues temería cometer un error. La hija de Niall sería apropiada, es muy bonita, y las gentes de Niall son ricas pero no demasiado, porque gran parte del ganado y las

34

ovejas se les murieron en el riguroso invierno de hace seis años. Tendría una buena dote. Niall teme que no se despose. La muchacha padeció el sarampión cuando contaba seis años y no tiene buena vista; tampoco tiene mucho seso. Sabe hilar y tejer bastante bien, mas no tiene vista ni habilidad para mucho más, así pues no le importará tanto que Agravaine la tenga siempre encinta.

—Bueno, bueno, qué gran estadista eres ya —dijo Morgause cáusticamente—. Agravaine debería nombrarte consejero, eres tan listo... —Aunque pensó: *sí, está en lo cierto, mañana hablaré con Niall.*

—Cosas peores podría hacer —repuso Gwydion seriamente—, pero yo no estaré aquí para entonces, madre. Quería decirte que, cuando subí a los precipicios vi... no, acaba de llegar Donil el cazador, él puede explicártelo mejor que yo.

Y, en verdad, el gran cazador ya estaba entrando en el salón, haciendo una reverencia ante Morgause.

—Señora mía —anunció—, hay jinetes en el camino, acercándose a la gran casa... una litera tapizada como la barca de Avalon, y con ellos un hombre jorobado y su arpa, y sirvientes con las vestiduras de Avalon. Estarán aquí dentro de media hora.

¡Avalon! Entonces Morgause percibió la disimulada sonrisa de Gwydion y supo que estaba preparado para esto. *Pero, ¡nunca ha hablado de poseer la Visión! ¿Qué chico no se jactaría de ello, si la tuviera?* Y, de repente, la idea de que lo mantuviera en secreto, disfrutándola todavía más por tener su exclusivo conocimiento, le pareció algo pavoroso, y durante un instante, casi tuvo miedo de su hijo adoptivo. Y supo que él se había dado cuenta, y estaba satisfecho.

—Es una suerte que tengamos un pastel de miel y pescado asado, y que todos estemos ataviados con nuestras mejores galas, para poder hacer los honores a Avalon, madre. —Fue todo cuanto dijo.

—Sí —replicó Morgause, mirándolo—. Realmente es una suerte, Gwydion.

MIENTRAS SE encontraba en el patio delantero para dar la bienvenida a los visitantes, se descubrió rememorando un día en el cual Viviane y Taliesin llegaron al remoto castillo de Tintagel. Taliesin, imaginó, ya habría prescindido de tales viajes, aunque siguiera con vida. De haber muerto lo hubiese sabido. Y Viviane ya no cabalgaba con botas y calzones como un hombre, viajando velozmente, imponiendo su ley.

Gwydion se hallaba a su lado, muy quieto. Con la túnica azafranada y el negro cabello esmeradamente peinado; se parecía mucho a Lancelot.

—¿Quiénes son los visitantes, madre?

—Deben ser la Dama del Lago —contestó Morgause— y Merlín de Bretaña, el Mensajero de los Dioses.

—Me dijiste que mi madre era una sacerdotisa de Avalon —afirmó Gwydion—. ¿Tiene su venida algo que ver conmigo?

—Bueno, bueno, ¡no me digas que hay algo que tú no sabes! —repuso Morgause con acritud, luego se serenó—. Desconozco por qué vienen, querido; yo no poseo la Visión. Pero puede que sea así. Quiero que vayas pasando el vino, escuches y aprendas, pero no hables a menos que se dirijan a ti.

Aquello, pensó, habría sido difícil para sus hijos: Gawaine, Gaheris y Gareth eran ruidosos e inquisitivos y había resultado muy laborioso instruirles en las maneras corteses. Eran, meditó, grandes y amistosos perros, en tanto que Gwydion era como un gato, silencioso, quisquilloso y observador. Morgana, de niña, había sido así... *Viviane no hizo bien al expulsar a Morgana, aun cuando estuviese airada con ella por haber quedado embarazada... ¿por qué habría de estarlo? Ella ha tenido hijos, incluyendo al condenado Lancelot, que ha causado tanto revuelo en el reino de Arturo que incluso aquí hemos recibido noticias de cómo le favorece la Reina.*

Y entonces se preguntó por qué suponía que Viviane no había deseado que Morgana alumbrara a aquel niño.

Morgana se había enfrentado con Avalon, pero quizás había tomado ella la iniciativa y no la Dama.

Estaba sumida en sus pensamientos y Gwydion le tocó el brazo.

—Vuestros invitados, madre —murmuró en tono bajo.

Morgause hizo una gran reverencia ante Viviane, que parecía haber menguado. Hasta aquel momento, siempre le había parecido una mujer sin edad, mas ahora estaba envejecida, plagada de arrugas, con los ojos hundidos en el rostro. Pero seguía teniendo la misma bella sonrisa, y la voz grave y dulce.

—Ah, es un placer verte, hermanita —dijo, abrazando a Morgause—. ¿Cuánto tiempo hace? ¡No me agrada pensar en los años! ¡Qué aspecto tan lozano tienes, Morgause! ¡Esos dientes tan bonitos, y el pelo tan radiante como siempre! Ya conociste a Kevin el Arpista en los esponsales de Arturo, antes de que fuese el Merlín de Bretaña.

Kevin también parecía envejecido, encorvado y nudoso como un viejo roble; bueno, pensó, tal aspecto era apropiado para alguien que frecuentaba la compañía de los robles, y sintió que sus labios se curvaban levemente en una disimulada sonrisa de diversión.

—Eres bienvenido, Maestro Arpista... Lord Merlín, debería decir. ¿Cómo se halla el noble Taliesin? ¿Sigue aún en el mundo de los vivos?

—Vive —respondió Viviane, mientras otra mujer bajaba de la litera—. Mas ya es viejo y frágil; no volverá a hacer nunca un viaje como éste. —Y luego añadió—: Esta es la hija de Taliesin, una niña de la arboleda de robles, Niniane. Es, por tanto, tu hermana, Morgause.

Morgause quedó algo consternada cuando la joven se adelantó para abrazarla, diciendo con voz dulce:

—Me alegro de conocerte hermana.

¡Niniane era tan *joven*! Tenía un luminoso cabello dorado con reflejos rojizos y ojos azules bajo unas largas y sedosas pestañas.

—Niniane viaja conmigo, ahora que soy vieja —dijo

Viviane—. Es la única, exceptuándome a mí, que mora en Avalon y pertenece a la vieja sangre real.

Niniane iba vestida como una sacerdotisa; llevaba una trenza caída sobre la frente, aunque la media luna de las sacerdotisas, recién marcada con tinta azul, era claramente visible. Hablaba con la educada voz de una sacerdotisa, plena de poder; mas parecía demasiado joven e impotente al lado de Viviane.

Morgause hizo un esfuerzo para asumir su papel de anfitriona ante aquellos que eran sus invitados; se sentía como una ayudante de cocina ante las dos sacerdotisas y el druida. Se recordó a sí misma con acritud que ambas mujeres eran hermanas suyas, y Merlín sólo un viejo jorobado.

—Sed bienvenidos a Lothian y a mi salón. Este es mi hijo Agravaine, rige aquí mientras Gawaine se halla en la corte de Arturo. Y éste es mi hijo adoptivo, Gwydion.

El muchacho se inclinó grácilmente ante los distinguidos invitados, mas sólo murmuró una cortés salutación.

—Es un muchacho apuesto y bien desarrollado —dijo Kevin—. ¿Es éste, pues, el hijo de Morgana?

Morgause enarcó las cejas.

—¿Serviría de algo negárselo a alguien que posee la Visión, señor?

—Morgana me lo dijo, cuando supo que cabalgaría hacia Lothian —repuso Kevin, y una sombra cruzó su rostro.

—Entonces, ¿Morgana vive otra vez en Avalon? —preguntó Morgause.

Kevin negó con la cabeza, y ella notó que también Viviane parecía atribulada.

—Morgana está en la corte de Arturo —repuso Kevin.

—Tiene trabajo que hacer en el mundo exterior. Pero retornará a Avalon en el momento establecido. Hay un lugar que debe ocupar —dijo Viviane, con los labios tensos.

—¿Es de mi madre de quien habláis, Señora? —preguntó Gwydion, con suavidad.

Viviane le miró directamente y, de súbito, pareció alta e imponente; la vieja artimaña de la sacerdotisa, pensó Morgause, pero Gwydion nunca la había visto antes.

—¿Por qué me lo preguntas, muchacho, si conoces perfectamente la respuesta? ¿Vas a mofarte de la Visión, Gwydion? Ten cuidado. ¡Te conozco mejor de lo que crees y quedan unas cuantas cosas en este mundo que no sabes! —dijo la Señora, y el patio se llenó de su voz.

Gwydion retrocedió, con la boca abierta, convirtiéndose de repente en el niño que era. Morgause alzó las cejas, ¡así pues, había alguien y algo que lograba causarle temor! Por una vez no trató de excusarse o explicarse locuazmente como solía hacer.

—Entremos. Todo está listo para daros la bienvenida, hermanas, Lord Merlín —dijo Morgause volviendo a tomar la iniciativa.

Mirando el rojo mantel que habían colocado sobre la mesa, las copas y la fina loza, pensó: *¡Ni siquiera aquí, en el fin del mundo, nuestra corte es una pocilga!* Condujo a Viviane hasta su propio gran sillón, y a Kevin el Arpista le situó a su lado. Niniane, que estaba subiendo a la tarima, tropezó y Gwydion estuvo allí rápidamente, dispuestas la mano y una palabra amable.

Bien, bien, finalmente nuestro Gwydion está empezando a reparar en una mujer bonita. ¿O serán sólo buenas maneras, o un deseo de destacarse porque Viviane le ha reprendido? Era perfectamente consciente de que nunca sabría la respuesta.

El pescado asado estaba en su punto, la roja carne ligeramente desprendida de las espinas, y había bastante pastel de miel para que la mayoría de los de la casa tomaran un poco; había mandado traer la mejor cerveza de centeno para que los del salón inferior pudieran tener igualmente algo especial en la comida. Contaba con gran cantidad de pan recién horneado, leche abundante y mantequilla, y también queso de oveja. Viviane comió tan frugalmente como siempre, mas no se olvidó de elogiar los alimentos.

—Has dispuesto una regia mesa ciertamente... No estaría mejor atendida en Camelot. No esperaba semejante bienvenida, habiendo llegado sin avisar como lo hemos hecho —dijo.

—¿Has estado en Camelot? ¿Has visto a mis hijos? —preguntó Morgause, Viviane negó con la cabeza, y en su rostro apareció un gesto de desagrado.

—No, todavía no. Aunque deberé ir en lo que Arturo ahora denomina Pentecostés, como los mismos padres de la Iglesia —repuso, y por alguna razón, Morgause sintió un ligero estremecimiento en la espalda; mas, atendiendo a los invitados, no tuvo tiempo para pensar en ello.

—Vi a tus hijos en la corte, señora —dijo Kevin—. Gawaine sufrió una leve herida en Monte Badon, pero ya ha sanado y oculta su marca bajo una barba... Ha empezado a dejarse una pequeña barba como los sajones, no porque quiera parecerse a ellos, sino debido a que no puede afeitarse diariamente sin resentirse. ¡Puede que inicie una nueva moda en la corte! No vi a Gaheris, puesto que se halla en el sur, fortificando la costa. Gareth va a ser nombrado Caballero en el gran festejo de Arturo, por Pentecostés. Es uno de los hombres más recios y dignos de confianza de la corte, aunque sir Cai sigue embromándole y llamándole Apuesto por su bello semblante.

—¡Ya debería haber sido nombrado Caballero de Arturo! —exclamó Gwydion vivamente, y Kevin miró al muchacho con más amabilidad.

—Así pues, ¿deseas honores para tu deudo, muchacho? Realmente merece ser uno de los Caballeros, y es tratado como si lo fuera ahora que es conocida su alcurnia. Mas Arturo deseaba concederle tal honor en la primera gran fiesta que se celebre en Camelot, y será nombrado Caballero con toda la ceremonia que el Rey pueda dispensar. Quédate tranquilo, Gwydion, Arturo estima bien su valía, como estima la de Gawaine. Y es uno de los Caballeros más jóvenes de Arturo.

Luego, con mayor timidez aún, Gwydion inquirió:

—¿Conocéis a mi madre, Maestro Arpista? ¿A la dama Morgana?

—Sí, muchacho, la conozco bien —respondió gentilmente Kevin, y Morgause pensó que aquel hombre bajo y feo contaba al menos con una voz rica y hermosa—. Es una de las damas más bellas de la corte de Arturo, y de las más habilidosas, toca el arpa tan bien como un bardo.

—Vamos, vamos —dijo Morgause, con los labios curvándose en una sonrisa, divertida por la obvia devoción que denotaba la voz del arpista—. Está bien contar un cuento para entretener a un niño, pero también debe hacerse honor a la verdad. ¿Morgana hermosa? ¡Es tan oscura como un cuervo! Igraine era bella de joven, todos los hombres lo sabían, pero Morgana no se parece a ella en absoluto.

La voz de Kevin fue respetuosa, pero un poco irónica.

—Hay un viejo dicho en la sabiduría de los druidas... la belleza no se halla solamente en un hermoso rostro, sino que reside en el interior. Morgana es en verdad muy hermosa, Reina Morgause, aunque su belleza no se asemeje a la tuya más que un sauce a un narciso. Y es la única persona de la corte en cuyas manos confiaría a Mi Dama. —Señaló el arpa que se hallaba desenfundada y situada a su lado; y ante este gesto, Morgause preguntó a Kevin si iba a favorecerles con una canción.

Cogió el arpa y cantó. Durante cierto tiempo el salón quedó completamente en silencio, salvo por las notas del arpa y la voz del bardo; mientras cantaba, la gente del salón inferior habíase arracimado tan cerca como les fue posible para escuchar la música. Cuando hubo concluido, Morgause despidió a los de la casa, aunque permitió a Lochlann quedarse sentado en silencio junto al fuego.

—También yo amo la música, Maestro Arpista —dijo—, y nos han proporcionado un placer que recordaré durante mucho tiempo. Pero no habéis hecho este largo viaje desde Avalon a las tierras del norte para que yo pudiera disfrutar de ella. Os lo ruego, decidme por qué habéis venido tan inesperadamente.

—No tan inesperadamente —repuso Viviane, con una leve sonrisa—, pues os he encontrado vestidos con vuestras mejores galas y preparados para recibirnos con vino, pescado asado y pasteles de miel. Estabais avisados de mi llegada y, dado que posees solamente tenues vislumbres de la Visión, puedo imaginar que fue otro, que no está muy lejos de aquí, quien os advirtió. —Miró intencionadamente a Gwydion, y Morgause asintió.

—Pero no me dijo el porqué, únicamente me instó a disponer todas las cosas para un festín y pensé que era el capricho de un niño, nada más.

Gwydion se demoraba junto al asiento de Kevin mientras éste envolvía el arpa, y preguntó, extendiendo la mano vacilante:

—¿Puedo tocar las cuerdas?

—Puedes —asintió Kevin amablemente, y él pulsó una cuerda o dos.

—Nunca he visto un arpa tan bonita —dijo.

—Ni la verás. Creo que no es únicamente la más bonita de por aquí, o de Gales, donde hay una academia de bardos —declaró Kevin—. Mi Dama fue el regalo de un rey y nunca se separa de mí. Y, como muchas mujeres —añadió inclinándose cortés ante Viviane—, se hace más hermosa con los años.

—Ojalá mi voz se hubiese tornado más dulce con la edad —dijo Viviane de buen humor—, pero la Madre Oscura no lo ha deseado así. Únicamente sus hijos inmortales cantan con mayor dulzura al pasar los años. Puede que Mi Dama no suene nunca con menos perfección que ahora.

—¿Aprecias la música, Gwydion? ¿Has aprendido algo de arpa?

—No tengo arpa para tocar —repuso Gwydion—. Coll, el único arpista de la corte, tiene ya los dedos tan rígidos que rara vez tañe las cuerdas. No disfrutamos de música desde hace dos años. Yo toco un poco la pequeña gaita, pero Aran, el flautista de Lot en la guerra, me enseñó a tocar la flauta de cuerno de alce... está colgada allí. Fue con el Rey Lot a Monte Badon y al igual que Lot, no regresó.

—Tráeme la flauta —dijo Kevin, y cuando Gwydion la hubo descolgado del muro donde se hallaba, la limpió con un paño, sopló en el interior para sacarle el polvo, se la llevó a los labios y puso sus torcidos dedos sobre la esmerada hilera de agujeros practicados en el asta. Tocó una breve melodía para bailar, luego la soltó, confesando— Tengo poca habilidad para esto. Mis dedos no son lo bastante rápidos. Bien, Gwydion, si amas la música, te enseñarán en Avalon. Déjame oírte tocar este cuerno.

Gwydion tenía la boca seca; Morgause le vio humedecerse los labios con la lengua, mas tomó el objeto con las manos y sopló cuidadosamente. Después empezó una lenta tonada y Kevin, tras un momento, asintió.

—Es suficiente —dijo—. Eres hijo de Morgana; después de todo, sería extraño que no tuvieras talento. Es posible que lleguemos a enseñarte mucho. Puedes tener madera de bardo, pero, con mayor probabilidad, de sacerdote y druida.

Gwydion parpadeó y la flauta casi se le cayó de la mano; la atrapó en el faldón de la túnica.

—De bardo, ¿a qué os referís? ¡Habladme claro!

Viviane le miró fijamente.

—Es el momento establecido, Gwydion. Has nacido de los druidas y de dos linajes regios. Vas a recibir las arcanas enseñanzas y la secreta sabiduría en Avalon, para el día en que puedas portar el dragón.

El tragó saliva, Morgause podía ver su esfuerzo para asimilar aquello. Bien, consideraba posible que la idea de la sabiduría secreta atrayera a Gwydion más que ninguna otra cosa que le pudieran haber ofrecido.

—Habéis dicho... *dos* linajes reales —tartamudeó Gwydion.

Viviane movió ligeramente la cabeza cuando Niniane hizo ademán de responder, así pues ésta únicamente dijo:

—Todas las cosas se te aclararán llegado el momento

propicio, Gwydion. Si has de convertirte en druida, lo primero que debes aprender es cuándo es conveniente guardar silencio y no hacer preguntas.

El la miró, sin hablar y Morgause pensó: *Han valido la pena todas las molestias de este día para ver a Gwydion por una vez sometido al silencio.* Bueno, no estaba sorprendida; Niniane era hermosa, se parecía mucho a Igraine cuando tenía su edad, o a ella misma; sólo que con el cabello rubio en lugar de rojo.

—Esto puedo aclarártelo ahora —dijo Viviane apaciblemente—. La madre de la madre de tu madre fue la Señora del Lago, y pertenecía a una larga estirpe de sacerdotisas. Igraine y Morgause, asimismo, llevan la sangre del noble Taliesin, al igual que tú. Muchos de los linajes reales de estas islas, entre los druidas, han sido preservados en ti y, si eres digno, un gran destino te aguarda. Mas has de ser digno; la sangre regia sola no hace a un rey, sino el valor, la sabiduría y la clarividencia. Te digo, Gwydion, que quien porte el dragón será más rey que quien se sienta en el trono, pues el trono puede ser ganado por la fuerza de las armas, o con astucia, o como Lot lo ganara, naciendo en el lecho adecuado, siendo procreado por el rey adecuado. Pero el Gran Dragón únicamente puede ganarse por el propio esfuerzo, no en esta sola vida, sino en aquellas que transcurrieron antes. Te estoy contando un misterio.

—No... ¡No entiendo! —dijo Gwydion.

—¡Por supuesto que no! —la voz de Viviane resonó tajante—. Como he dicho, es un misterio, y, en ocasiones, sabios druidas lo han estudiado durante muchas vidas sin llegar a comprenderlo. No te estoy pidiendo que comprendas, sino que atiendas y escuches, aprendiendo a obedecer.

Gwydion tragó saliva y agachó la cabeza. Morgause vio a Niniane sonreírle, y a él emitir un largo suspiro, como aliviado, y sentarse a sus pies, escuchando en silencio y, por una vez, sin intentar una réplica locuaz. Morgause pensó: *¡Tal vez lo que necesita es el adiestramiento de los druidas!*

—Por tanto, habéis venido a decirme que ya he cuidado al hijo de Morgana durante bastante tiempo y ha llegado la hora de que sea conducido a Avalon e instruido en las enseñanzas druidas. Mas, tú no habrías recorrido tan largo camino para decirme eso, podías haber enviado a cualquier druida para que tomase al muchacho bajo su custodia. Desde hace años, sé que no beneficiaría al hijo de Morgana acabar sus días entre pastores y pescadores. Y, ¿adónde si no a Avalon sería orientado su destino? Os lo ruego, decidme el resto... oh, sí, hay más, veo en vuestras caras que hay más.

Kevin abrió la boca para hablar, mas Viviane se adelantó tajante:

—¿Por qué habría de contarte todos mis propósitos, Morgause, cuando pretendes torcer las cosas en tu provecho y en el de tus hijos? Ahora Gawaine está más cerca del trono del Rey Supremo no sólo por la sangre, sino también por el aprecio de Arturo. Y supe, cuando Arturo se desposó con Ginebra, que ella no le daría ningún hijo. Creí probable que muriese en el parto, y no deseé entrometerme en la felicidad que Arturo pudiera disfrutar; después podríamos encontrarle una esposa más adecuada. Pero he dejado pasar demasiado tiempo, y ya no la repudiará, a pesar de ser estéril, y sólo ves en ello una oportunidad para el ascenso de tus propios hijos.

—No deberías suponer que es estéril, Viviane. —La cara de Kevin estaba surcada de amargas arrugas—. Quedó embarazada antes de Monte Badon, llevó al niño durante cinco meses, y bien pudiera haber alumbrado. Creo que malparió debido al calor y al férreo confinamiento en el castillo, y a su miedo a los sajones... y fue la compasión que sintió por ella, pienso, lo que hizo que Arturo traicionara a Avalon y arrinconase el estandarte del dragón.

—No fue únicamente su infecundidad, Reina Morgause, lo que hizo que Ginebra causase a Arturo tan grave perjuicio —dijo Niniane—. Es una criatura de los sacerdotes y ha influido excesivamente sobre él. Si algún día diese a luz un hijo que pudiera llegar a vivir y alcanzar la plenitud... eso sería lo peor de todo.

Morgause sintió como si fuera a asfixiarse.

—Gawaine...

Viviane repuso con acritud:

—Gawaine es tan cris.iano como Arturo. ¡Sólo ansía complacer a Arturo en todas las cosas!

—No sé si Arturo profesa tan grande dedicación al Dios cristiano o si es todo cosa de Ginebra, para contentarla y complacerla —dijo Kevin.

—¿Es apropiado para gobernar el hombre que traiciona su juramento en aras de una mujer? ¿Ha cometido perjurio Arturo? —preguntó Morgause.

—Le oí decir que, puesto que Cristo y la Virgen María le habían otorgado la victoria en Monte Badon, no iba a renunciar a ellos. Y le oí decir, cuando habló con Taliesin, que la Virgen María era igual a la Gran Diosa, y fue ella quien le había dado la victoria para salvar a su tierra... y que la enseña del Pendragón era de su padre, Uther, y no suya... —respondió Kevin.

—Empero —dijo Niniane—, no tenía ningún derecho a negarlo todo. Nosotros, en Avalon, pusimos a Arturo en el trono, y nos lo debe.

Morgause replicó impaciente:

—¿Qué importa que sea una enseña u otra la que ondee sobre las tropas de un rey? Los soldados necesitan algo que inspire su imaginación.

—Como de costumbre, ignoras la cuestión —dijo Viviane—. Es lo que vive en sus sueños e imaginaciones lo que hemos de inclinar hacia Avalon, o esta contienda con los cristianos está perdida. El símbolo del dragón ha de estar siempre delante de ellos, para que la humanidad aspire al triunfo, y no piense en el pecado y la penitencia.

—No sé, tal vez sea bueno que haya preocupaciones inmediatas para la gente vulgar, para que después los sabios puedan mostrarles el conocimiento interior. Acaso haya resultado demasiado fácil para la humanidad el acceso a Avalon, y, por tanto, lo han despreciado —dijo Kevin lentamente.

—¿Pretendes que me siente a ver cómo Avalon se adentra más en las nieblas, al igual que el país de las hadas? —preguntó Viviane.

—Estoy diciendo, Señora —repuso Kevin deferente, pero firme—, que puede ser ya demasiado tarde para prevenirlo. Avalon siempre estará allí para que todos los hombres puedan encontrarla si descubren el camino, por todos los siglos de los siglos. Si no pueden encontrar el camino a Avalon, es una señal, quizá, de que no están preparados.

—De todas formas —dijo Viviane en tono acre—, ¡mantendré a Avalon en el mundo o moriré en el intento!

El salón quedó en silencio y Morgause se dio cuenta de que estaba helada.

—Enciende el fuego, Gwydion —dijo, y pasó el vino—. ¿No vas a beber, hermana? ¿Y tú, Maestro Arpista?

Niniane escanció el vino, pero Gwydion seguía inmóvil, como si estuviese soñando o en trance.

—Gwydion, haz lo que te he dicho —mas Kevin alargó la mano y la instó al silencio.

—El muchacho está en trance. Gwydion, habla —dijo, en un susurro.

—Todo está cubierto de sangre —musitó éste—, sangre, vertida como lo era en los sacrificios ante los arcanos altares; sangre derramada sobre el trono.

Niniane tropezó y dejó caer el resto del vino, rojo cual sangre, en cascada sobre donde Gwydion se hallaba sentado y sobre el regazo de Viviane. Esta se puso en pie, sobresaltada, y Gwydion parpadeó sacudiéndose como un cachorro.

—¿Qué? Déjame ayudarte, lo siento —dijo, y tomó la vasija de manos de Niniane—. Ugh, parece sangre derramada, traeré un paño de las cocinas —y se alejó como un muchacho servicial.

—Bien, ahí tenéis vuestra sangre —dijo Morgause con

repulsión—. ¿Va mi Gwydion a perderse también en sueños y enfermizas visiones?

Enjugándose el pegajoso vino del vestido, Viviane replicó:

—¡No menosprecies el don de otro porque tú no lo poseas, Morgause!

Gwydion volvió con el trapo y Morgause se lo quitó de la mano haciendo señas a una sirvienta para que fuese a secar la mesa y el hogar. El parecía enfermo, y mientras que por lo común hubiese tratado de acentuarlo para llamar su atención, le vio girarse velozmente, como avergonzado. Anhelaba cogerle entre sus brazos y acunarle, a aquel niño que había sido su último bebé cuando los demás estaban crecidos y ausentes, mas sabía que no iba a ser de su agrado y se contuvo, mirándose las manos entrelazadas. Asimismo, Niniane extendió la mano hacia él, mas fue Viviane quien le hizo señas, con ojos rígidos y severos.

—Dime la verdad, ¿desde cuándo posees la Visión?

Inclinó la cabeza y respondió:

—No lo sé... no sabía cómo llamarla. —Se removió intranquilo, evitando mirarla.

—Y la ocultaste por orgullo y ansia de poder, ¿verdad? Ahora te ha dominado, y no te queda otro remedio que dominarla tú. No hemos venido demasiado pronto... espero que no hayamos venido demasiado tarde. ¿No puedes tenerte en pie? Siéntate aquí, pues, y guarda silencio.

Para sorpresa de Morgause, Gwydion se situó a los pies de las dos sacerdotisas. Al cabo de un instante, Niniane le puso la mano sobre la cabeza y se apoyó contra ella.

Viviane se volvió nuevamente a Morgause:

—Como te estaba contando, Ginebra no le dará ningún hijo a Arturo, pero él no la repudiará. Sobre todo porque ella es cristiana y su religión prohíbe que un hombre rechace a su esposa.

Morgause se encogió de hombros y repuso:

—¿Qué más da? Ha abortado una vez, y es posible

que más de una. Y no es una mujer tan joven, ya no. La vida es incierta para las mujeres.

—Sí, Morgause —dijo Viviane—, con anterioridad pretendiste evitar esa incertidumbre de la vida, para que tu hijo pudiera estar próximo al trono, ¿no es cierto? Te lo advierto, hermana mía, ¡no te entrometas en lo que los Dioses han decretado!

Morgause sonrió.

—Creía, Viviane, mucho me has sermoneado, ¿o fue Taliesin?, sobre que nada acontece si no es designio de los Dioses. De haber muerto Arturo antes de ocupar el trono de Uther, no dudo de que los Dioses habrían encontrado a otro que sirviera a sus propósitos.

—No he venido para discutir sobre teología, miserable muchacha —dijo Viviane agriamente—. ¿Crees que por mi propia voluntad te hubiera confiado la vida y la muerte de la línea real de Avalon?

Morgause repuso, levemente airada:

—Mas no fue el designio de la Diosa que pudieras hacer tu voluntad, tal me parece, Viviane. Estoy cansada de esta conversación sobre viejas profecías... si existen los Dioses, de lo cual ni siquiera estoy segura, no acierto a creer que se rebajen a mezclarse en los asuntos de los hombres. Ni voy a esperar que los Dioses hagan lo que con claridad veo que debe hacerse, ¿quién dice que la Diosa no vaya a actuar por mi mano tanto como por la de otro? —Observó que Niniane se escandalizaba. Sí, era tan simple como Igraine, creyendo en toda aquella plática sobre los Dioses—. En cuanto a la línea real de Avalon, puedes ver que la he cuidado bien.

—Parece estar fuerte y bien, un chico saludable —dijo Viviane—, pero, ¿puedes jurar que no le has maleado, Morgause?

—Mi madre adoptiva ha sido buena conmigo. La dama Morgana no se preocupó mucho de la educación de su hijo. ¡Ni una sola vez ha venido para preguntar si estoy vivo o muerto!

—Se te ha ordenado que hables únicamente cuando te

pregunten, Gwydion. Y nada sabes de las razones o motivos de Morgana —dijo Kevin severamente.

Morgause miró de forma penetrante al lisiado y pequeño bardo. *¿Se ha confiado Morgana a este despreciable malparido, cuando yo hube de sacarle su secreto mediante conjuros y la Visión?* Sintió una oleada de rabia, mas Viviane intervino.

—¡Basta! Le has criado bien mientras te ha convenido, Morgause, pero observo que no has olvidado que se halla un paso más cerca del trono que Arturo a su edad, y dos pasos más cerca que tu hijo Gawaine. En cuanto a Ginebra, he visto que va a desempeñar un papel en el destino de Avalon; no es posible que carezca completamente de la Visión o vaticinio, pues en una ocasión atravesó las nieblas llegando a las orillas de Avalon. Acaso si se le diera un hijo, dejándole claro que era fruto de las artes y la voluntad de Avalon... —miró a Niniane—. Es capaz de concebir... con una poderosa hechicera a su lado impidiendo que aborte al hijo.

—Es demasiado tarde para eso —repuso Kevin—. Fue cosa suya que Arturo traicionase a Avalon y dejase de lado el estandarte del dragón. La verdad es, supongo, que sus talentos no están en el lugar correcto.

—La verdad es —dijo Niniane— que tú la odias, Kevin. ¿Por qué?

El arpista bajó la mirada y contemplose las nudosas manos llenas de cicatrices. Finalmente contestó:

—Es cierto. Ni siquiera en el pensamiento logro tratar a Ginebra con justicia, no estoy más allá de lo humano. Pero, aunque la quisiera bien, afirmaría que no es reina para un rey que debe gobernar desde Avalon. No me afligiría si sufriera algún accidente o infortunio. Pues, de darle un descendiente a Arturo, pensaría que ha sido sólo por la bondad de Cristo, aunque la Dama del Lago misma se encontrase junto a su lecho. No me queda más que rezar porque no tenga tan buena fortuna.

Morgause mostró su sonrisa de gata.

—Ginebra puede pretender ser más cristiana que nadie

—dijo—, pero yo sé algo de las Escrituras, ya que Lot trajo a un sacerdote de Iona para enseñar a los muchachos. Las Sagradas Escrituras dicen que será condenado quien repudie a su esposa *salvo por adulterio*. E incluso aquí, en Lothian, hemos oído que la reina no es tan casta como para estar libre de eso. Arturo frecuentemente está en la guerra y todos los hombres saben cómo mira con favor a tu hijo, Viviane.

—No conoces a Ginebra —repuso Kevin—. Es piadosa más allá de lo razonable, y Lancelot es tan amigo de Arturo que doy en pensar que éste no hará nada contra ellos a menos que coja a los dos en el lecho delante de toda la corte.

—Aún eso puede ser dispuesto —dijo Morgause—, Ginebra es demasiado hermosa para que se pueda pensar que las demás mujeres la aprecien mucho. Seguramente, alguna de quienes la rodean pudiera tramar un escándalo y divulgarlo, para obligar a Arturo...

Viviane hizo una mueca de aversión.

—¿Qué mujer traicionaría a otra de ese modo?

—Yo lo haría, si estuviese convencida de que era por el bien del reino —contestó Morgause.

—Yo no —dijo Niniane—, Lancelot es honorable y el mejor amigo de Arturo. Dudo que le traicionara por Ginebra... Si queremos deshacernos de ella, hemos de pensar en otra cosa.

—Y ahí estamos —repuso Viviane, y parecía cansada—. Ginebra no ha cometido ningún error del que tengamos conocimiento; no podemos separarla de Arturo mientras cumpla el pacto que ha hecho: ser una fiel esposa para Arturo. Si se produce el escándalo, debe haber verdad en él. Avalon ha jurado defender la verdad.

—Pero, ¿y si se produce un verdadero escándalo? —preguntó Kevin.

—Entonces ella habrá de atenerse a las consecuencias —dijo Viviane—, mas no tomaré parte en falsas acusaciones.

—Ella tiene al menos otro enemigo —manifestó Kevin,

tras pensar unos momentos—. Leodegranz del País Estival acaba de morir, junto con su joven esposa y su última hija, Ginebra es la reina ahora; sin embargo, Leodegranz tiene un deudo, que dice ser su hijo, pero yo no lo creo, y pienso que le parecería bien, si pudiera hacerlo, proclamarse rey a la vieja usanza de las Tribus, mediante un matrimonio con la reina.

—Es bueno que no tengan tal costumbre en la corte más cristiana de Lot, ¿no es cierto? —dijo Gwydion, aunque habló quedamente, para que pudieran fingir no haberle oído. Y Morgause pensó: *Se enoja porque está siendo ignorado, eso es todo. ¿Voy a encolerizarme porque un cachorro me mordisquee con sus dientecillos?*

—Según la vieja costumbre —declaró Niniane, frunciendo su bella frente—, Ginebra no está desposada con nadie a menos que le haya dado un hijo, y si otro hombre logra arrebatársela a Arturo...

—Sí, ésa es la cuestión —dijo Viviane, riendo—. Arturo puede retener a su esposa por la fuerza de las armas. Y lo haría, no lo pongo en duda. —Entonces se puso seria—. De lo único que podemos estar seguros es de que Ginebra seguirá siendo estéril. Si volviera a concebir, hay conjuros para cerciorarse de que no llegue a alumbrar al hijo, o no pase de las primeras semanas. En cuanto al heredero de Arturo... —Se interrumpió y miró a Gwydion, que todavía se hallaba sentado, como somnoliento, con la cabeza reclinada en el regazo de Niniane—. He ahí un hijo de la estirpe regia de Avalon, vástago del Gran Dragón.

Morgause contuvo el aliento. Nunca antes, en todos estos años, se le había ocurrido que el quedar Morgana encinta de su hermano de madre fuese otra cosa que un grave infortunio. Ahora veía la complejidad del plan de Viviane y se sintió abrumada por su audacia; situar a un descendiente de Avalon y de Arturo en el trono, tras su padre.

¿Qué es del Rey Ciervo cuando el joven ciervo ha crecido...? Durante un momento Morgause no supo si el pensamiento había sido suyo o si había llegado a su cabeza

como un eco de las dos sacerdotisas de Avalon que tenía enfrente; siempre que tenía aquellos perturbadores e incompletos atisbos de la Visión, estimaba que jamás lograría controlar sus idas y venidas y, la verdad sea dicha, no se preocupó de hacerlo.

Gwydion tenía los ojos muy abiertos; se inclinó hacia adelante con la boca también abierta.

—Señora —dijo sin aliento—, ¿es cierto que soy... soy el hijo del Rey Supremo?

—Sí —respondió Viviane con los labios apretados—, aunque los sacerdotes nunca lo reconocerán. Para ellos sería un pecado mayor que todos los pecados, que un hijo tuviese un vástago de la hija de su madre. Se consideran más santos que la Diosa misma, que es madre de todos nosotros. Pero así es.

Kevin se dio vuelta; lentamente, dolorosamente, con su tullido cuerpo, y se arrodilló ante Gwydion.

—Mi príncipe y señor —dijo—, descendiente del linaje real de Avalon e hijo del Gran Dragón, hemos venido para conducirte a Avalon, donde podrás ser guiado hacia tu destino. Por la mañana debes estar listo para partir.

II

Por la mañana debes estar listo para partir...
Me pareció un sueño terrorífico oírles hablar tan abiertamente de lo que yo había mantenido en secreto durante todos estos años; incluso cuando nadie pensaba que yo pudiese vivir tras su nacimiento... habría muerto sin que nadie supiese que le había dado un hijo a mi propio hermano. Pero Morgause había conseguido enterarse de mi secreto y Viviane sabía... había un viejo dicho, tres pueden guardar un secreto únicamente si dos de ellos yacen en la tumba... ¡Viviane había planeado esto, me había utilizado a mí como utilizó a mi madre!
Pero el sueño estaba empezando a disiparse ahora, cambiando y ondulándose como si todo pasara bajo el agua. Luché por mantenerlo, por escuchar, pero fue como si Arturo estuviese allí y desenvainase una espada avanzando hacia Gwydion, y el muchacho extrajo Excalibur de su vaina...
Morgana se incorporó en su estancia de Camelot, aferrada a la manta. *No*, se dijo, *no; ha sido un sueño, solamente un sueño. Ni siquiera sé quién está junto a Viviane en Avalon, sin duda es Cuervo, no esa mujer rubia que se parece tanto a mi madre, y a la cual he visto una y otra vez en sueños. Y, ¿quién sabe si esa mujer camina sobre la faz de la tierra, o sobre Avalon, o si es una confusa imagen de mi madre en mis sueños? No recuerdo a ninguna que se pareciese a ella ni lo más mínimo en la Casa de las Doncellas...*

Yo debería estar allí. Debería estar junto a Viviane y renunciar a mi libre albedrío...

—Mira —la llamó Elaine desde la ventana—. ¡Ya hay jinetes entrando y todavía faltan tres días para la gran fiesta de Arturo!

Las demás mujeres de la cámara se agolparon en torno a Elaine mirando al campo situado ante Camelot; ya había tiendas y pabellones levantados.

—Veo el estandarte de mi padre —dijo Elaine—. Por allí cabalga él, con mi hermano Lamorak a su lado, ya es lo bastante mayor como para ser uno de los Caballeros de Arturo. Me pregunto si Arturo le elegirá.

—¿No lo era lo bastante para luchar en Monte Badon? —preguntó Morgana.

—No lo era, y no obstante peleó, como hizo todo hombre suficientemente fuerte para sostener una espada, y los mozalbetes también —respondió Elaine orgullosa.

—Entonces, seguramente, Arturo le nombrará Caballero, aunque sólo sea para contentar a Pellinore —dijo Morgana. La gran batalla de Monte Badon había sido librada un año atrás, en el día de Pentecostés, y Arturo había prometido rememorar ese día y organizar un gran festejo para reunir a todos los Caballeros; en Pentecostés, igualmente, daría la bienvenida a todos los peticionarios y haría justicia. Y todos los reyes súbditos de los reinos adyacentes se presentarían ante el Rey Supremo para renovar la alianza.

—Debes ir con la Reina para ayudarle a vestirse —le indicó Morgana a Elaine— y también yo debo salir. ¡Tengo mucho que hacer si se va a celebrar un gran festejo dentro de tres días!

—Lord Cai se ocupará de todo eso —indicó Elaine.

—Sí, se encargará de alimentar y alojar a las multitudes —repuso Morgana alegremente—, pero soy yo quien debe procurar las flores para el salón y comprobar que pulimenten las copas de plata y es probable que haya de hacer los pasteles de almendras y también los dulces, Ginebra tendrá otras cosas en que pensar.

Y, ciertamente, Morgana se alegraba de tener tanto que hacer para los tres días de festejos. Apartaría su pensamiento del tedio y del horror del sueño. Por aquellos días, cuando Avalon llegaba a su mente a través del sueño, la expulsaba con desesperación... No se había enterado de que Kevin cabalgaba hacia Lothian. *No, se dijo, y tampoco ahora lo sé, sólo ha sido un sueño.* Mas, aquel día, cuando se encontró al anciano Taliesin en el patio, se inclinó ante él, y cuando él extendió la mano para bendecirla, dijo tímidamente:

—Padre...

—¿Sí, querida niña?

Hace diez años, pensó Morgana, *me hubiera encolerizado que Taliesin me hablase siempre como si fuera una niña de siete años que debía subirse a sus rodillas y tirarle de la barba.* Ahora, extrañamente, aquello la confortaba.

—¿Vendrá Kevin el Merlín para Pentecostés?

—No lo sé, pequeña —respondió Taliesin, con una amable sonrisa—. Ha viajado a Lothian. Aunque sé que te quiere bien y volverá a ti cuando le sea posible. Creo que nada le alejará de esta corte mientras tú permanezcas en ella, pequeña Morgana.

¿Saben todos en la corte que hemos sido amantes? Creo que he tenido la suficiente discreción para que eso no ocurra.

—Es una común creencia en esta corte que Kevin el Arpista va y viene según mis órdenes, cuando eso no es cierto —dijo, mordaz.

Taliesin volvió a sonreír y repuso:

—Querida niña, nunca te avergüences de amar. Y para Kevin ha significado mucho el que alguien tan gentil, agraciada y hermosa como tú...

—¿Te estás burlando de mí, señor?

—¿Por qué iba a hacerlo, pequeña? Eres hija de mi querida hija y te quiero bien, y sabes que te considero la más hermosa y dotada de las mujeres. Kevin, no me cabe duda, te tiene aún en más, y tú eres la única en esta corte, exceptuándome a mí, que puede hablar con él de música en su propio lenguaje. Si no sabes que para Kevin el sol se levanta y se pone donde tú vayas y vengas, entonces eres la única en esta corte que no lo sabe. Bien mereces que se torne hacia ti como la estrella que alumbra sus días y sus noches. Tampoco le está prohibido al Merlín de Bretaña desposarse, si le place. No es de sangre real, mas tiene un corazón noble y algún día será una Gran Druida si no le falta valor. Y el día que pretenda tu mano, no creo que ni Arturo ni yo vayamos a decir que no.

Morgana bajó la cabeza y miró hacia el suelo. Ah, pensó, cuán conveniente sería que Kevin significase para mí lo que yo significo para él. Sé cuánto vale, le quiero bien e incluso compartir su lecho es un placer; pero, ¿matrimonio? No, pensó, no, a pesar de la devoción que me otorga.

—No tengo intención de desposarme, señor —dijo.

—Bien, debes hacer tu voluntad, pequeña —concedió Taliesin amablemente—. Eres una dama y una sacerdotisa. Aunque ya no eres tan joven, y puesto que has abandonado Avalon... no, no te lo reprocho, pero pensaba que bien podría ser que desearas casarte y tener un hogar propio. No me gustaría que pasaras toda la vida como dama de compañía de Ginebra. En cuanto a Kevin el Arpista, sin duda vendrá si le es posible, pero no puede cabalgar tan velozmente como otros hombres. Bueno es que no le desprecies por la debilidad de su cuerpo, querida niña.

Cuando Taliesin se hubo ido, Morgana prosiguió hacia el lugar donde se elaboraba la cerveza, sumida en profundas meditaciones. Deseaba ser capaz de amar a Kevin verdaderamente, como Taliesin pensaba.

¿Por qué estoy maldecida con este sentimiento hacia Lancelot? Durante todo el tiempo que estuvo dedicada a hacer agua aromatizada con rosas para que los invitados se lavasen las manos, y sazonados confites, pensó en aquello. Bueno, cuando Kevin estaba allí, al menos no tenía ninguna razón para desear a Lancelot. El deseo ha de ir en dos direcciones o es inútil. Resolvió que al volver Kevin nuevamente a la corte, le daría una bienvenida muy de su agrado.

Sin duda, podría hacer cosas peores que desposándome con él... Avalon está perdida para mí... pensaré en ello. Lo visto en mi sueño ha resultado cierto hasta ahora, él había ido a Lothian... y yo creía que la Visión me había abandonado...

KEVIN REGRESÓ a Camelot en la víspera de Pentecostés; durante todo el día la gente había estado congregándose en Camelot y en los terrenos circundantes, como si fuese al tiempo la fiesta de la cosecha y la del mercado primaveral. Era el mayor festejo que nunca se hubiese celebrado en el país. Morgana recibió a Kevin con un beso y un abrazo que hicieron fulgurar los ojos del arpista y le condujo a una cámara de invitados, donde le quitó la capa y los zapatos de viajar enviándolos para que los limpiaran con uno de los muchachos, y pidió cintas para que engalanara el arpa.

—Mi Dama estará tan bella como la Reina —dijo Kevin, riendo—. ¿No sientes ninguna animosidad por tu única rival, Morgana, amor?

Nunca se había dirigido así a ella antes, y fue a situarse muy cerca de él, rodeándole la cintura con el brazo.

—Te he echado de menos —dijo él suavemente, y durante un instante reclinó el rostro sobre su pecho.

—Y yo a ti, querido mío —declaró ella—, cuando todos se hayan ido a descansar, te lo demostraré... ¿por qué crees que he dispuesto una cámara únicamente para ti cuando los mejores Caballeros de Arturo han de ser alojados hasta cuatro en una estancia y, a veces, dos en un mismo lecho?

—Pensé que no había necesidad de que nadie compartiera el alojamiento conmigo.

—Y así debería ser por la dignidad de Avalon —añadió Morgana—, aunque incluso Taliesin comparte su cámara con el obispo.

—No admiro su gusto —replicó Kevin—, ¡antes preferiría albergarme en los establos con los asnos!

—Hice que Merlín de Bretaña fuese alojado en una cámara propia, aunque no sea mayor que el lugar destinado para uno de esos asnos —dijo Morgana—. Pero es suficientemente grande para ti y para Mi Dama, y —sonrió mirando intencionadamente al lecho— para mí, me atrevería a decir.

—Siempre serás bienvenida, y si Mi Dama se pone celosa, la volveré de cara a la pared. —La besó, apretándola durante un momento con toda la fuerza de sus nervudos brazos.

—Pensé que te gustaría saber que... he cabalgado con tu hijo hasta Avalon. Es un muchacho bien desarrollado, e inteligente, y posee algo de tu talento para la música —le dijo luego, a modo de despedida.

—Soñé con él la otra noche —repuso ella—. En mi sueño creo que tocaba una flauta como la de Gawaine.

—Entonces tu sueño es certero —dijo Kevin—. Tu hijo me gusta, y posee la Visión. Será instruido en Avalon como druida.

—¿Y después?

—¿Después? Ah, querida mía, las cosas deben ir según sea su voluntad. No me cabe duda de que llegará a ser un bardo y un hombre notablemente sabio, no necesitas temer por él en Avalon. —Le tocó el hombro con amabilidad—. Tiene tus mismos ojos.

Le habría gustado preguntar más, pero habló de otra cosa.

—La fiesta no será hasta mañana, mas esta noche los amigos y Caballeros de Arturo han sido invitados a cenar. Gareth será nombrado Caballero por la mañana, y Arturo, que ama a Gawaine como a un hermano, ha decidido honrarle en esa fiesta.

—Gareth es un buen hombre y un buen caballero —repuso Kevin— y gustosamente asistiré. No me gusta excesivamente la Reina Morgause, mas sus hijos son hombres gentiles y buenos amigos de Arturo.

Aun cuando era una fiesta privada, había muchos parientes cercanos de Arturo para sentarse a la mesa en la víspera de Pentecostés: Ginebra y su deuda Elaine, el padre de ésta, el Rey Pellinore, y su hermano, Lemorak; Taliesin y Lancelot, tres medio hermanos de éste, Balan, hijo de la Dama del Lago, Bors y Lionel, ambos hijos de Ban de la Baja Bretaña. Gareth estaba allí y como siempre, Gawaine de pie detrás de Arturo en la mesa. Arturo protestó cuando entraron en el salón.

—Siéntate aquí a nuestro lado esta noche, Gawaine, eres mi deudo, y rey por derecho propio en Orkney; no me gusta que permanezcas detrás de mi asiento como un sirviente.

—Estoy orgulloso de servir a mi rey y señor, majestad —dijo Gawaine prestamente, y Arturo inclinó la cabeza.

—Haces que me sienta como uno de aquellos antiguos césares —se lamentó—. ¿Tengo que ser custodiado noche y día, incluso en mi propio salón?

—Por la dignidad de tu trono, señor, eres como uno de aquellos césares, y aún más —insistió Gawaine, y Arturo rió resignado.

—Nada puedo negaros a aquellos de vosotros que fuisteis mis Caballeros.

—Me parece —comentó Kevin a Morgana quedamente— que esto no es *orgullo* o arrogancia, realmente sólo desea complacer a sus Caballeros.

—Creo que en verdad es así —contestó Morgana—. Creo que lo que más aprecia es sentarse en su salón en disfrute de la paz que ha conseguido; cualesquiera sean sus defectos, Arturo realmente ama el gobierno del orden y el sometimiento a la ley.

Más tarde, Arturo les hizo señas de que callasen, llamando ante él al joven Gareth.

—Esta noche velarás tus armas en la iglesia —dijo— y por la mañana, antes de la misa, quienquiera que elijas te nombrará uno de mis Caballeros. Me has servido bien y con honor, aun siendo tan joven como eres. Yo mismo te armaría Caballero, pero comprenderé si deseas que tu hermano te otorgue tal honor.

Gareth vestía una túnica blanca; su pelo era como un dorado halo en torno a la cara. Casi parecía un niño, un niño de seis pies de alto, con hombros como los de un toro joven. Dijo, tartamudeando un poco debido al nerviosismo:

—Señor, os ruego... no es una ofensa para vos o para mi hermano, mas, si es su deseo, ¿podría ser armado Caballero por Lancelot, mi rey y señor?

Arturo sonrió.

—Bien, si a Lancelot le place, no tengo ninguna objeción.

Morgana recordó a aquel chiquillo que parloteaba de Lancelot con un caballero de madera que ella le había tallado. ¿Cuánta gente, se preguntó, veía el sueño de la infancia convertirse en realidad?

—Será un honor, primo —dijo Lancelot solemnemente, y a Gareth se le iluminó la cara como si le hubiesen acercado una tea. Luego Lancelot se volvió a Gawaine, añadiendo con puntillosa cortesía—. Aunque eres tú quien ha de darme licencia, primo; ocupas el lugar de un padre para este muchacho y no te usurparé tal derecho.

Gawaine miraba con azoramiento a uno y a otro, y Morgana vio que Gareth se mordisqueaba el labio; sólo ahora, tal vez, comprendía que esto podía ser considerado como una ofensa a su hermano y que el Rey le había concedido un honor al ofrecerse a nombrarle Caballero, un honor que había rehusado. ¡Qué niño era, a pesar de su fortaleza, estatura, y precoz habilidad con las armas!

—¿Quién sería nombrado Caballero por mí cuando Lancelot ha consentido en hacerlo? —preguntó Gawaine un poco ofendido.

Lancelot, ampulosamente, los rodeó a ambos con los brazos.

—Los dos me hacéis un gran honor. Bueno, vamos, muchacho —indicó, soltando a Gareth—, ve con tus armas. Iré a velar contigo después de medianoche.

Gawaine observó al muchacho alejándose con largas y desmañadas zancadas.

—Debieras ser como uno de esos antiguos griegos —dijo—, del que se habla en esa epopeya que leíamos de niños. ¿Cómo se llamaba...? Aquiles, cuyo verdadero amor era el joven caballero Patroclus, y nada le importaban las hermosas damas de la corte de Troya. Sabe Dios que todos los jóvenes de esta corte te idolatran como a su héroe. ¡Lástima es que no te interese la usanza griega sobre el amor!

La cara de Lancelot se tornó de un rojo crepuscular.

—Eres primo mío, Gawaine, y puedes decirme tales cosas. De nadie más consentiría escucharlas, ni siquiera en broma.

Gawaine volvió a reír fuertemente.

—Sí, una broma, para alguien que únicamente profesa devoción a nuestra casta Reina.

—¡Cómo te atreves! —empezó Lancelot, volviéndose hacia él y aferrándole el brazo con suficiente fuerza como para romperle la muñeca. Gawaine se debatió, mas Lancelot, aun siendo el más bajo, le atenazó el brazo a la espalda, rugiendo con furia como un lobo rabioso.

—¡Basta! ¡Nada de reyertas en el salón del Rey! —Cai torpemente se situó entre ambos, y Morgana intervino rápidamente.

—Gawaine, ¿qué opinarías entonces de todos esos sacerdotes que profesan devoción a la Virgen María por encima de todo lo terrenal? ¿Afirmarías que todos tienen una escandalosa inclinación carnal hacia los de su propio sexo?

Ginebra gritó ahogadamente:

—¡Calla, Morgana! ¡Estás blasfemando!

Lancelot soltó el brazo de Gawaine y éste se frotó la contusión; Arturo se volvió para mirarles ceñudo.

—Sois como niños, primos, riñendo y disputando, ¿he de enviaros a las cocinas para que Cai os azote? ¡Vamos, haced las paces! No he oído la chanza, pero cualquiera que fuese, no debe ser tan importante como para provocar esto.

Gawaine rió groseramente.

—Era una broma, Lance, demasiadas mujeres te persiguen, lo sé, como para que lo dicho tenga algo de cierto —dijo, y Lancelot se encogió de hombros sonriendo, cual un ave con las plumas mojadas.

—Todos los hombres de la corte envidian tu apuesto semblante, Lance —dijo Cai, y se frotó la cicatriz que tiraba de su boca hacia arriba formando un rictus—. Aunque puede que no sea tan gran bendición, ¿eh, primo?

Todo se disolvió en una cordial carcajada; pero Morgana, más tarde, al cruzar el patio, vio a Lancelot paseando arriba y abajo, preocupado, con las plumas mojadas todavía.

—¿Qué te ocurre, deudo, qué te aflige?

Suspiró.

—Me gustaría poder dejar esta corte.

—Pero mi señora no te dejará partir.

—Ni siquiera contigo, Morgana, hablaré de la Reina —dijo inflexible, y ahora le llegó el turno de suspirar a Morgana.

—No soy la guardiana de tu conciencia, Lancelot. Si Arturo no te ha recriminado, ¿quién soy yo para decirte una palabra de reproche?

—¡No lo entiendes! —repuso vehemente—. Fue entregada a Arturo como algo adquirido en el mercado, parte de una mercancía en caballos porque su padre quería emparentarse con el Rey Supremo incluyéndola en el precio. Empero, es demasiado leal para murmurar...

—Ni una palabra he dicho contra ella, Lancelot —le recordó Morgana—. Escuchas tus propias acusaciones, no las de mis labios.

Pensó, *podría hacer que me deseara*, mas tal conocimiento fue como una bocanada de polvo. Ya había jugado una vez a aquel juego, y bajo el deseo, tuvo miedo de ella, y de la misma Viviane; temiéndola hasta el límite de odiar *a causa* de ese deseo. Si su rey se lo ordenaba, la tomaría; pronto el odio haría acto de presencia.

El por fin logró mirarla directamente.

—Me maldijiste, y... y créeme, estoy maldito.

Súbitamente, la vieja furia y el desprecio se disiparon. Lancelot era como era. Morgana le cogió una mano, y la mantuvo entre las suyas.

—Primo, no te inquietes por eso. Fue hace muchos años, y pienso que ningún Dios o Diosa escucharían las palabras de una joven colérica que se creyó desdeñada. Y yo no era más que eso.

El suspiró profundamente y comenzó a andar de nuevo.

—Pude haber matado a Gawaine esta noche —dijo finalmente—. Me alegro de que nos detuvieras. Aunque fuera con aquella chanza. He tenido que habérmelas con esto toda mi vida. Siendo un muchacho en la corte de Ban, era más apuesto de lo que Gareth es ahora, y en la corte de la Baja Bretaña, así como en otros lugares, un muchacho así debe guardarse con mayor cuidado que cualquier doncella. Pero ningún hombre ve o cree que tales cosas le confieran a él, y piensa en esto solamente como en una broma vulgar que implica a otras personas. Hubo un tiempo en el cual también yo lo consideraba así, y luego una época en la que creí que yo nunca podría ser de otra forma...

Hubo un largo silencio, él estuvo contemplando las banderas del patio, sombrío.

—Y así me lancé a experimentar con las mujeres, con cualquier mujer. Dios me ayude, incluso contigo que fuiste adoptada por mi madre y eres sacerdotisa juramentada a la Diosa; pero pocas mujeres consiguieron interesarme, aunque fuese mínimamente, hasta que la vi a ella. —Morgana se alegró de que no pronunciara el nombre de Ginebra—. Desde ese momento no ha habido ninguna otra. Con ella me siento un hombre pleno.

—Pero es la esposa de Arturo —dijo Morgana.

—¡Dios! ¡Dios! —Lancelot se giró y golpeó el muro con

la mano—. ¿Crees que eso no me atormenta? Es mi amigo; de estar Ginebra desposada con cualquier otro hombre de esta tierra, la habría llevado conmigo hacia mis dominios. —Morgana vio cómo se movían los músculos de su garganta intentando tragar saliva—. No sé qué será de nosotros. Y Arturo debe tener un heredero para el reino. El destino de toda Bretaña es más importante que nuestro amor. Los amo a ambos, ¡y estoy atormentado, Morgana, atormentado!

Sus ojos tenían una salvaje expresión; durante un momento a Morgana le pareció percibir un indicio de locura. Una pregunta permaneció en su mente, *¿Hubo algo que pudiera haber dicho o hecho aquella noche?*

—Mañana —anunció Lancelot— le rogaré a Arturo que me envíe lejos a alguna empresa difícil, como encontrar de una vez al dragón de Pellinore, o conquistar a los salvajes hombres del norte más allá de la muralla romana... no importa qué, Morgana, cualquier cosa, cualquiera que me aleje de aquí.

Y ella, notando en su voz una tristeza que estaba por encima de las lágrimas, quiso tenerle en los brazos acunándolo contra el pecho como si fuese un bebé.

—Creo que he estado a punto de matar a Gawaine esta noche, si no nos hubieses detenido —dijo Lancelot—. Empero, sólo estaba bromeando, se hubiera muerto de horror si supiese... —Lancelot desvió la mirada y dijo por fin en un susurro—. No sé si lo que expresó es cierto. Tomaría a Ginebra y me iría de aquí, antes de que esto se convierta en un escándalo para todas las cortes del mundo, al saber que amo a la esposa de mi rey, y sin embargo... sin embargo no puedo abandonar a Arturo... es posible que la ame solamente porque así me siento más cerca de *él*.

Morgana extendió la mano para detenerle. Había cosas que no deseaba escuchar. Pero Lancelot ni siquiera veía.

—No, no, debo contárselo a alguien o moriré. Morgana, ¿sabes cómo llegué a yacer por vez primera con la Reina? La había amado durante largo tiempo, desde que la viera en Avalon, pero pensaba que viviría y moriría con esa pasión contenida, Arturo era mi amigo y no iba a traicionarle —dijo—. Y ella, ella... ¡nunca creas que ella me tentó! Fue voluntad de Arturo. Sucedió en Beltane —y entonces se lo relató, mientras Morgana, helada, reflexionaba, *Así es como actuó el encanto... ¡Ojalá que la Diosa me hubiese castigado con la lepra antes de llegar a dárselo a Ginebra!*

—Pero no lo sabes todo —susurró—. Mientras yacíamos juntos... nunca, nunca ocurrió nada tan, tan... —Tragó saliva pugnando por expresar en palabras lo que Morgana no podía resistir escuchar—. Acaricié a Arturo... le acaricié. La amo, oh, Dios, la amo, no me mal interpretes; mas de no haber sido la esposa de Arturo, de no haber sido porque... dudo que incluso *ella...* —Se le quebró la voz y no pudo terminar la frase, mientras que Morgana permanecía absolutamente quieta, anonadada, sin habla. ¿Era ésta la venganza de la Diosa, que ella, amando a aquel hombre sin esperanza, se convirtiera en la confidente tanto de él como de su amada, que fuera la depositaria de todos los secretos temores que a nadie más podían confesar, de las incomprensibles pasiones de su alma?

—Lancelot, no deberías decirme estas cosas, no a mí, a algún hombre, a Taliesin, a algún sacerdote.

—¿Qué puede saber de esto un sacerdote? —preguntó angustiado—. Ningún hombre ha experimentado tal... ¡Sabe Dios que he escuchado bastante sobre los deseos del hombre, no hablan de otra cosa, pero nunca, jamás, nada tan extraño y tortuoso como esto! Estoy *maldito* —gritó—. Este es el castigo por desear a la esposa de mi rey, verme preso de esta terrible servidumbre. Incluso Arturo, si lo supiera, me aborrecería y despreciaría. Sabe que amo a Ginebra, mas esto ni siquiera él podría perdonarlo, y Ginebra... hasta ella me odiaría y despreciaría... —Su voz se quebró en el silencio.

Morgana sólo pudo pronunciar las palabras que le fueron enseñadas en Avalon.

—La Diosa conoce cuanto está en el corazón de los hombres, Lancelot. Ella te aliviará.

—Pero esto es rechazar a la Diosa —musitó Lancelot, con gélido horror—. Y, ¿qué es del hombre que ve el nombre de la Diosa en el rostro de la madre que le dio la vida...? No puedo volverme a *ella*... Casi estoy tentado de ir a arrojarme a los pies de Cristo. Los sacerdotes afirman que puede perdonar cualquier pecado, por muy condenable que sea, al igual que tuvo palabras de perdón para quienes le crucificaron...

Morgana repuso acremente que nunca había visto signo alguno de que los sacerdotes fuesen tan compasivos y misericordiosos con los pecadores.

—Sí, sin duda tienes razón —dijo Lancelot, mirando lúgubremente a las banderas—. En ninguna parte hay ayuda para mí, hasta que me den muerte en la batalla o me marche de aquí para arrojarme en el camino de un dragón... —Hurgó con el pie en la hierba que crecía entre las piedras del patio—. Y sin duda el pecado, el bien y el mal son mentiras contadas por los clérigos y los hombres, y la sola verdad es que crecemos y morimos como esta hierba. —Giró el talón—. Bien, he de ir a compartir la vigilia de Gareth, como le he prometido... él al menos me ama con inocencia, cual un hermano menor o un hijo. Temería arrodillarme ante el altar, si creyera cuanto dicen los sacerdotes, maldito como estoy. Y, sin embargo, cuánto me gustaría que hubiese un Dios que pudiera perdonarme y me dejara saber que estoy perdonado...

Se volvió para irse, mas Morgana le cogió de la bordada manga del atuendo de fiesta que llevaba.

—Espera. ¿Qué es eso de una vigilia en la iglesia? No sabía que los Caballeros de Arturo se hubiesen tornado tan piadosos.

—Arturo piensa a menudo en su entronización en la Isla del Dragón —contestó Lancelot—, en una ocasión afirmó que los romanos con sus Dioses y el viejo pueblo pagano poseían algo que era necesario en la vida: cuando los hombres aceptan una gran obligación, debieran hacerlo con devoción, asumiendo su enorme significado y la dedicación que requiera. Así pues, habló con los sacerdotes, para que se realizase un ritual con cualquier nuevo Caballero no templado en la batalla, donde arrostra la confrontación con la misma muerte, y hay una prueba especial para cualquier hombre sin bautizo de sangre que se una a los Caballeros, deberá velar sus armas y rezar durante toda la noche, confesando por la mañana todos sus pecados, y ya con la absolución, será hecho Caballero.

—Entonces es una especie de iniciación en los Misterios lo que les otorgará. Pero él no es un maestro en los Misterios, no tiene derecho a conferirle a otro los Misterios o a darle una iniciación. En el nombre de la Madre, ¿van a apropiarse incluso de los Misterios?

Lancelot respondió a la defensiva.

—Consultó con Taliesin, quien consintió en ello —y Morgana quedó perpleja de que uno de los más grandes druidas comprometiera así los Misterios. Aunque hubo una época, tal dice Taliesin, en la cual los cristianos y los druidas rendían culto en común.

—Lo que importa es cuanto sucede en el alma del hombre —declaró Lancelot—, no si es cristiano, pagano o druida. Si Gareth acepta el misterio con el corazón, y esto perfecciona su alma, ¿importa acaso de quién provenga, incluso si lo hace de ese Nombre que los druidas no pueden pronunciar, o de la bondad que hay en su interior?

—¡Hablas lo mismo que Taliesin! —exclamó Morgana con acritud.

—Sí, conozco las palabras. —Su boca se torció en un terrible gesto de amargura—. Quiera Dios, cualquier Dios, que yo pueda encontrar en mi corazón algo que crea en ellos, o un consuelo semejante.

Morgana sólo logró decir:

—Me gustaría que pudieras, primo. Rezaré por ti.

—¿A quién? —preguntó Lancelot alejándose, dejando a Morgana gravemente turbada.

Todavía no era medianoche. En la iglesia pudo distinguir las luces con las cuales Gareth, y ahora Lancelot, guardaban vigilia. Agachó la cabeza, recordando la noche en que ella veló, llevando la mano automáticamente al costado para tocar el pequeño cuchillo de media luna que no pendía allí desde hacía muchos años.

Y lo tiré. ¿Quién soy yo para hablar de profanar los Misterios?

Entonces el aire súbitamente se agitó, y se arremolinó ante ella, y sintió que iba a desmayarse allí donde se hallaba, porque Viviane estaba ante ella a la luz de la luna.

Parecía vieja y delgada. Sus ojos eran como grandes tizones ardientes bajo las simétricas cejas, el cabello ya casi del todo cano. Miraba a Morgana, al parecer, con pesar y ternura.

—Madre —tartamudeó, sin saber si se dirigía a Viviane o a la Diosa. Y luego la imagen se agitó en ondas y Morgana supo que Viviane no estaba allí, que había sido una aparición nada más.

—¿Por qué has venido? ¿Qué quieres de mí? —susurró Morgana arrodillándose, percibiendo el ondear de los ropajes de Viviane en el viento nocturno. Llevaba en torno a la frente una corona de juncos como la que portase la reina del país de las hadas. La aparición alargó la mano y Morgana sintió que la media luna descolorida de su frente se encendía.

El vigilante nocturno atravesó el patio, iluminando con las llamas de la tea; Morgana se hallaba genuflexa y sola, mirando a la nada. Velozmente se puso en pie antes de que el hombre pudiese verla.

Había perdido, de repente, todo deseo de ir al lecho de Kevin. Estaría esperándola; aunque, si no iba, nunca pensaría en reprochárselo. Recorrió sigilosamente los corredores hasta la estancia que compartía con las doncellas solteras de Ginebra, hacia el lecho que compartía con la joven Elaine.

Creía que la Visión me había dejado para siempre. Mas Viviane ha venido a mí y ha extendido su mano. ¿Será que Avalon me necesita? ¿O significa que yo, al igual que Lancelot, me estoy volviendo loca?

III

Cuando Morgana despertó, el castillo entero estaba invadido por el ruido y la confusión de la fiesta. Había banderas ondeando en el patio, la gente entraba y salía por los portones, los sirvientes colocaban las listas de los juegos; había tiendas de campaña por doquier, que en las laderas de las colinas parecían extrañas y hermosas flores.

No había tiempo para sueños y visiones. Ginebra mandó a buscarla para que le peinase el cabello, ninguna mujer en todo Camelot era tan diestra con las manos como Morgana, y le había prometido que aquella mañana le recogería el pelo en trenzas especiales de cuatro mechas como las que ella llevaba en los festivales. Mientras peinaba y distribuía el bello y sedoso pelo de Ginebra para trenzarlo, Morgana miró de soslayo al lecho del cual su cuñada se había levantado. Arturo ya había sido vestido por sus sirvientes y habíase marchado. Los pajes y los chambelanes estaban extendiendo los cubrecamas, llevándose la ropa sucia para limpiarla y lavarla, extendiendo las vestiduras para la aprobación de Ginebra.

Morgana pensó: *Compartieron ese lecho, los tres, Lancelot, Ginebra y Arturo...* no, algo así no le era enteramente desconocido; recordaba algo sucedido en el país de las hadas que no cobraba claridad en su mente. Lancelot estaba atormentado y no tenía idea de cómo consideraba Arturo todo aquello. Según sus pequeñas y rápidas manos se afanaban en el cabello de Ginebra, se preguntó qué sentía su cuñada. Súbitamente la mente se le inundó de imágenes eróticas, recuerdos de la jornada en la Isla del Dragón cuando Arturo, al despertar, la tomó en brazos, de la noche en la cual yació en brazos de Lancelot en el campo. Bajó la mirada y siguió entrelazando el hermoso cabello.

—Lo estás dejando demasiado tirante —se quejó Ginebra.

—Lo siento —respondió Morgana, tensa, obligándose a relajar las manos.

Arturo era sólo un muchacho por aquel entonces y ella una doncella. ¿Le había dado Lancelot a Ginebra lo que le negara a ella o se contentaba la Reina con aquellas infantiles caricias? Aunque lo intentó, Morgana no pudo apartar su mente de las aborrecibles imágenes que la asediaban, mas siguió trenzando calmosamente; su rostro era una máscara.

—Así se sostendrá. Alárgame el prendedor de plata —le indicó, fijando las trenzas. Ginebra se miró en el espejo de cobre que era uno de sus tesoros—. Ha quedado muy bien, querida hermana, te estoy muy agradecida —dijo, volviéndose y abrazando a Morgana impulsivamente, quien se quedó rígida en sus brazos.

—No las merece, es más fácil hacerlas en la cabeza de otra que en la de una misma —repuso Morgana—. Espera, ese prendedor se está soltando —y volvió a fijarlo.

Ginebra estaba radiante, bella, y Morgana la rodeó con los brazos, posando por un instante su mejilla en la de Ginebra. Parecía suficiente el momentáneo contacto con aquella hermosura para que algo de ésta pudiese penetrar en ella confiriéndole algo de su esplendor y belleza. Después volvió a recordar lo que Lancelot le había dicho y pensó, *no soy mejor que él. También yo abrigo toda clase de extraños y perversos deseos, ¿quién soy yo para sentirme superior a alguien?*

Envidió a la Reina, que reía feliz mientras enviaba a Elaine que se dirigiese a sus cofres en busca de copas para los trofeos de los ganadores de los juegos. Ginebra era sencilla y abierta, nunca se torturaba con aquellos oscuros pensamientos; sus pesares eran llanos, las congojas y los problemas de cualquier mujer, temor por la seguridad de su marido, quebranto por su infecundidad; a pesar del uso del encanto, no había tenido ningún signo de embarazo. *Si un hombre no pudo dejarla encinta, es probable que dos tampoco puedan,* pensó Morgana taimadamente.

Ginebra estaba sonriendo.

—¿Vamos a bajar? No he recibido a los invitados, está aquí el Rey Uriens procedente del Norte de Gales, con su hijo mayor. ¿No te gustaría ser Reina de Gales, Morgana? He oído decir que Uriens le pedirá al rey una esposa de entre sus pupiladas.

Morgana se echó a reír.

—¿Crees que será una buena esposa para él porque no es probable que le de un hijo, que sería un problema para las pretensiones de Avalloch al trono?

—Es cierto que eres vieja para tener el primer hijo —dijo Ginebra—, mas yo todavía tengo esperanzas de darle a mi rey y señor un heredero.

Ginebra no sabía que Morgana ya tenía un hijo, y nunca lo sabría.

Esto incluso la molestaba.

Arturo debería saber que tiene un hijo. Se culpa de no poder dejar embarazada a Ginebra, debería saberlo por la paz de su espíritu. Y, si llegara a ocurrir que Ginebra no tuviese ningún vástago, entonces, al menos, el Rey contaría con un descendiente. Nadie tiene por qué saber que es de su propia hermana. Y Gwydion pertenece al linaje real de Avalon. Ya es lo bastante mayor para ser enviado a Avalon y hacerse druida. En verdad, debiera haber ido a verlo, mucho antes del día de hoy...

—Escuchad —dijo Elaine—, están tocando las trompas en el patio, ha llegado alguien importante y debemos darnos prisa. Esta mañana oficiarán una misa en la iglesia.

—Y Gareth va a ser armado caballero —añadió Ginebra—. Es una lástima que Lot no esté para ver a su hijo menor en este trance.

Morgana se encogió de hombros.

—No disfrutaba mucho de la compañía de Arturo, ni éste de la suya.

Así pues, meditó, el protegido de Lancelot va a ser uno de los Caballeros; y luego recordó cuanto Lancelot le había contado sobre el ritual del velar y la vigilia... *Un escarnio de los Misterios. ¿Es asunto mío el hablar con Arturo respecto de su deber para con Avalon? Portó la imagen de la Virgen en la batalla de Monte Badon; rechazó el estandarte del dragón y ahora ha entregado uno de los mayores Misterios a los sacerdotes cristianos. Pediré consejo a Taliesin...*

—Hemos de bajar —dijo Ginebra, atándose la faltriquera a la cintura y prendiendo sus llaves del ceñidor. Estaba muy linda y majestuosa con el cabello trenzado, vestida con traje de color azafrán; Elaine llevaba un vestido teñido de verde y Morgana uno rojo. Bajaron la escalinata, parándose delante de la iglesia. Gawaine saludó a Morgana.

—Deuda —dijo, y se inclinó ante la Reina. Más allá de él vio una cara familiar y frunció el ceño ligeramente tratando de recordar dónde había visto antes a aquel caballero. Era alto, fornido y barbudo, casi tan rubio como un sajón o un hombre del norte; entonces se aclaró su memoria, era Balin, el hermano adoptivo de Balan. Se inclinó con frialdad. Era un estúpido, un necio de mente estrecha, aunque estaba ligado por sagrados lazos a Viviane, quien era su deuda más allegada y querida.

—Te saludo, Lord Balin.

El la miró con semblante ceñudo, pero de inmediato recobró sus buenas maneras. Vestía una saya raída y deshilachada; veíase claramente que había estado viajando prolongadamente y todavía no había tenido tiempo de vestirse y asearse.

—¿Vas a la iglesia, dama Morgana? ¿Has renunciado a

los demonios de Avalon y abandonado aquel maligno lugar?

Morgana encontró ofensiva la pregunta, pero no lo dijo. Con cauta sonrisa, manifestó:

—Voy a la iglesia para ver a nuestro deudo Gareth ser armado Caballero.

Como esperaba, hizo cambiar de tema a Balin.

—El hermano pequeño de Gawaine. Balan y yo le conocíamos menos que a los demás —dijo—. Es difícil pensar en él como en un hombre, en mi mente siempre será el chiquillo que espantó a los caballos en las nupcias de Arturo y estuvo a punto de causar la muerte de Galahad.

Morgana recordó que aquél era el verdadero nombre de Lancelot, sin duda Balin era demasiado arrogante para usar otro. Balin se inclinó ante ella y prosiguió hacia la iglesia. Morgana permaneció junto a Ginebra y le observó ceñuda. Había destellos de fanatismo en sus ojos y se alegró de que Viviane no estuviese allí, aunque se hallaban presentes los dos hijos de la Señora, Lancelot y Balan, y ciertamente ellos pudieran prevenir cualquier auténtico problema.

La iglesia había sido adornada con flores y asimismo la gente, con sus brillantes ropajes festivos, constituía un adorno. Gareth se había ataviado con blanco lino y Lancelot, de carmesí, estaba arrodillado junto a él, hermoso y grave. Morgana pensó, rubio y moreno, blanco y escarlata; Gareth, feliz e inocente, dichoso en esta iniciación, y Lancelot pesaroso y atormentado. Aunque, al arrodillarse, escuchando la lectura del clérigo del episodio de Pentecostés, parecía tranquilo y en modo alguno el hombre atormentado que le había abierto su corazón.

—... y cuando el día de Pentecostés llegó, todos hallábanse congregados en un mismo lugar y, de súbito, provino del cielo el sonido de un impetuoso viento, que llenó toda la casa en la cual se hallaban. Y aparecieron allí lenguas como de fuego, que se dividieron y posaron sobre ellos, una sobre cada uno. Y todos quedaron colmados por el Espíritu Santo, y comenzaron a hablar en otras lenguas, que el Espíritu les dio para expresarse. Moraban entonces en Jerusalén judíos de estricta observancia, de todas las naciones bajo el cielo; y cuando el estruendo se produjo, todos fueron hacia allí y se sintieron confusos, porque cada uno les oía hablar en su propia lengua. Y estaban atónitos y maravillados, y se decían unos a otros: «Mirad, ¿no son galileos estos que hablan? ¿Cómo, pues, les oímos cada uno en nuestra propia lengua?». Partos, medas, elamitas, y hombres de fuera de Mesopotamia, de Judea y Capadocia, de Asia, en Frigia y Panfilia, visitantes de Roma, judíos, cretenses y árabes les oían hablar en su lengua. Y estaban todos atónitos, preguntándose unos a otros: «¿Qué significa esto?».

Morgana, arrodillada calladamente en su sitio, pensó: *Fue la Visión que descendió sobre ellos y no lo comprendieron. Ni se han preocupado de entenderlo; para ellos únicamente demostraba que su Dios es el más importante de los Dioses.* Ahora el sacerdote estaba hablando de los últimos días del mundo, de cómo Dios derramaría sus dones de visión y profecía, y se preguntó si alguno de aquellos cristianos sabía que esos dones eran algo cotidiano, después de todo. Cualquiera podía dominar tales poderes cuando había demostrado que los usaría de manera conveniente. Pero eso no incluía tratar de asombrar al pueblo. Los druidas utilizaban sus poderes para hacer el bien privadamente.

Cuando los fieles se aproximaron a la barandilla para compartir el pan y el vino en conmemoración, Morgana sacudió la cabeza retrocediendo, a pesar de que Ginebra intentó hacerla avanzar; no era cristiana y no pretendería serlo.

Más tarde, fuera de la iglesia, observó la ceremonia en la cual Lancelot desenvainaba la espada y tocaba a Gareth con ella, su fuerte y musical voz sonó clara y solemne:

—Levántate ahora, Gareth, Caballero de Arturo, hermano de todos nosotros y de todos los Caballeros de esta orden. No olvides defender a tu Rey, vivir en paz con todos los Caballeros de Arturo y con las pacíficas gentes de todo lugar, mas recuerda siempre que has de luchar contra el mal y proteger a quienes necesiten ayuda.

Morgana recordó a Arturo recibiendo la Excalibur de manos de la Señora. Le miró preguntándose si también él lo recordaba, y si era ése el motivo de que hubiese instituido esta solemne promesa y ceremonial, para que los jóvenes armados Caballeros en su compañía pudiesen tener algún rito que recordar. Tal vez esto no era, después de todo, un escarnio de los sagrados Misterios, sino un intento de preservarlos lo mejor que podía... aunque, ¿por qué debía tener lugar en la iglesia? ¿Llegaría un día en el cual se le negase a quien no hubiese jurado ser cristiano? Durante el oficio, Gareth y su primo y padrino, Lancelot, habían sido los primeros en recibir la santa comunión, incluso antes que el Rey. ¿Se estaba introduciendo a la orden de la caballería en la iglesia como un rito cristiano, como si fuera uno de sus sacramentos? Lancelot no tenía derecho a hacer eso; no estaba cualificado para conferir los Misterios a ningún otro. ¿Era una profanación o un honesto intento de llevar los Misterios a los corazones y las almas de toda la corte? Morgana no lo sabía.

Tras el servicio, hubo un intervalo previo a los juegos. Morgana saludó a Gareth y le entregó su presente, un fino cinturón de cuero teñido en el que podía llevar la espada y la daga. Se inclinó para besarla.

—Has crecido, pequeño, dudo que tu madre te reconociera.

—Nos sucede a todos, querida prima —dijo Gareth sonriendo—. ¡Dudo que tú reconocieras a tu propio hijo! —Entonces fue rodeado por los demás Caballeros, que se empujaban y agolpaban para darle la bienvenida y felicitarlo; Arturo estrechó sus manos y le habló de una forma que hizo que su rostro resplandeciera.

Morgana notó que Ginebra la miraba fijamente.

—Morgana, ¿Gareth ha dicho *tu hijo*?

—Si nunca te lo he dicho, cuñada, es porque respeto tu

religión —repuso Morgana secamente—. Alumbré a un hijo para la Diosa, en los ritos de Beltane. Se está educando en la corte de Lot; no lo he visto desde que fuera destetado. ¿Estás satisfecha o vas a divulgar mi secreto por todas partes?

—No —contestó Ginebra, palideciendo—. ¡Qué pesar para ti es estar separada de tu hijo! Lo lamento, Morgana, ni siquiera se lo diré a Arturo, también él es cristiano y se escandalizaría.

No puedes imaginarte hasta qué punto quedaría escandalizado, pensó Morgana lúgubremente. Le palpitaba el corazón. ¿Podía confiar en que Ginebra guardara su secreto? Ya eran demasiados quienes lo conocían.

Tocaron las trompas para dar inicio a los torneos; Arturo había accedido a no entrar en las listas, pues nadie quería atacar al Rey; una parte de la simulada batalla sería conducida por Lancelot como campeón del Rey, y la otra le cayó en suerte a Uriens del Norte de Gales, hombre cordial que ya había pasado la mediana edad, aunque todavía era fuerte y musculoso. Junto a él estaba su segundo hijo, Accolon. Morgana observó que, cuando se quitó los guanteletes y sus muñecas quedaron al descubierto, en torno a ellas se enroscaban azules serpientes tatuadas. ¡Era un iniciado de la Isla del Dragón!

Ginebra había estado bromeando, sin duda, al hablar de casarla con el viejo Uriens. Mas Accolon... *era* un hombre apropiado; tal vez, a excepción de Lancelot, el joven más apuesto del campo. Morgana se descubrió admirando su habilidad con las armas. Ágil y de buena complexión, se movía con el garbo natural de un hombre para el cual tales ejercicios resultan fáciles y ha estado manejando las armas desde la infancia. Tarde o temprano, Arturo desearía darla en matrimonio; si fuese ofrecida a Accolon, ¿podría ella negarse?

Al cabo de un rato su atención comenzó a vagar. La mayoría de las mujeres hacía tiempo que habían perdido interés para ella y estaban comentando hazañas y proezas que conocían por referencias; algunas jugaban a los dados en sus resguardados asientos; varias contemplaban entusiasmadas el torneo, habiendo apostado cintas, prendedores o pequeñas monedas por sus maridos, hermanos o amados.

—Casi no vale la pena apostar —dijo una descontenta—, porque todas sabemos que Lancelot será el triunfador del día, como siempre.

—¿Estás afirmando que lo consigue injustamente? —inquirió Elaine con un destello de resentimiento.

—De ningún modo. Mas debería permanecer apartado de estos juegos, pues ningún hombre puede resistírsele —dijo la mujer forastera.

Morgana se echó a reír.

—He visto al joven Gareth, el hermano de Gawaine, hacerle morder el polvo y, en verdad, lo encajó bien. Mas, si queréis apostar, os propongo una cinta de seda carmesí a que Accolon gana el trofeo, aun estando Lancelot.

—Hecho —contestó la mujer, y Morgana se levantó del asiento.

—No es de mi agrado contemplar cómo los hombres se baten unos contra otros por deporte. Ha habido demasiadas luchas y me molesta incluso su ruido —dijo, e hizo un ademán a Ginebra con la cabeza—. Hermana, ¿puedo volver al salón para comprobar que todo esté en orden para el festín?

Ginebra le dio permiso, y Morgana se deslizó hasta la parte posterior de los asientos encaminándose hacia el patio principal. Los grandes portones estaban abiertos y custodiados únicamente por varios hombres que no habían deseado participar en las batallas simuladas. Morgana se dirigió al castillo y nunca supo qué intuición la devolvió a los portones, ni por qué se paró a observar a dos jinetes que se aproximaban, retrasados respecto al festival. Pero, según se acercaban, el escozor del presagio recorrió su piel, y comenzó a correr cuando atravesaban los portones; llorando.

—Viviane —gritó, y luego se detuvo, temerosa de arrojarse en brazos de su deuda; en vez de ello, se arrodilló en el polvoriento suelo e inclinó la cabeza.

La suave y familiar voz, inmutable, tal como la había oído en sueños, dijo gentilmente:

—¡Morgana, mi querida niña, eres tú! Cuánto he anhelado reunirme contigo durante todos estos años. Vamos, vamos, querida, no tienes que arrodillarte ante mí.

Morgana levantó el rostro, pero temblaba con demasiada violencia para ponerse en pie. Viviane, con el rostro cubierto por grises velos, estaba inclinándose sobre ella; alargó la mano y Morgana la besó, y entonces Viviane la abrazó fuertemente.

—Querida, hace tanto tiempo... —dijo, y Morgana pugnó desesperadamente para contener el llanto.

—He estado tan preocupada por ti... —manifestó Viviane, asiendo con fuerza a Morgana de la mano mientras caminaban hacia la entrada—. De vez en cuando te he visto, fugazmente, en el estanque; mas soy vieja, y en pocas ocasiones puedo hacer uso de la Visión. Pero sabía que estabas viva, que no habías muerto en el parto, que no estabas allende los mares... Ansiaba verte, pequeña. —Su voz denotaba gran ternura, como si nunca hubiese habido diferencias entre ellas, y Morgana quedó inundada por el viejo afecto.

—Todas las gentes de la corte están en los juegos. El hijo menor de Morgause ha sido armado Caballero esta mañana —informó—. Creo que debería haber sabido que venías —y entonces recordó el atisbo de la Visión, la pasada noche; en verdad, lo *había* sabido—. ¿Por qué has venido hasta aquí, madre?

—Estimaba que habías oído hablar de cómo Arturo traicionó a Avalon —contestó Viviane—. Kevin ha hablado con él en mi nombre, sin un resultado positivo. Así pues, he venido para ponerme ante el trono y demandar justicia. En nombre de Arturo los reyes menores están prohibiendo el viejo culto, las sagradas arboledas han sido taladas, incluso en la tierra en la que la reina de Arturo gobierna por herencia, y él no ha hecho nada para evitarlo.

—Ginebra es en sobremanera piadosa —murmuró Morgana, y contuvo en sus labios palabras crueles y desdeñosas: ¡tan piadosa que se había llevado al lecho al primo y campeón de su marido, con el consentimiento del también piadoso Rey! Pero una sacerdotisa de Avalon no divulga los secretos de alcoba que le han sido confiados.

Fue como si Viviane le hubiese leído los pensamientos, pues dijo:

—No, Morgana, pero puede llegar un día en el que un secreto conocimiento me otorgue un arma para obligar a Arturo a cumplir con lo que juró. *Un* ascendiente sobre él; lo tengo ciertamente, aunque, por tu bien, no lo usaré ante la corte. Cuéntame... —Miró a su alrededor—. No, aquí no. Condúceme donde podamos hablar en privado, y permite que me refresque y adecente para presentarme ante Arturo en su gran fiesta.

Morgana la llevó a la estancia que compartía con las damas de Ginebra, que estaban en los torneos; también se habían ido los sirvientes, y ella misma le llevó agua para que se asease, y vino para que bebiera, y la ayudó a cambiarse las polvorientas prendas ajadas por el viaje.

—Vi a tu hijo en Lothian —dijo Viviane.

—Kevin me lo ha contado. —El viejo dolor le atenazó el corazón; así pues, Viviane había obtenido de ella cuanto quería, después de todo: un hijo de los dos linajes reales para Avalon—. ¿Lo educamos como druida para dedicarlo al servicio de Avalon?

—Es pronto para saber de qué madera está hecho —repuso Viviane—. Me temo que ha estado demasiado tiempo custodiado por Morgause. Pero, lo sea o no, debe educarse en Avalon, en la lealtad a los viejos Dioses, para que si Arturo persiste en traicionar su juramento, podamos recordarle que hay un descendiente de la sangre del Pendragón para ocupar su puesto. ¡No tendremos ningún rey que se torne traidor y tirano, imponiendo creencias, haciendo que nuestro pueblo hinque la rodilla! Nosotros lo pusimos en el trono de Uther, y lo quitaremos de él si es preciso, con mayor facilidad si hay alguien de la vieja estirpe real de Avalon, vástago de la Diosa, para ocupar su puesto. Arturo es un buen rey, y yo no me siento inclinada a llevar a cabo tales amenazas; pero, si he de hacerlo, lo haré. La Diosa dirige mis acciones.

Morgana se estremeció, ¿sería su hijo el instrumento de la muerte de su padre? Con resolución, apartó de sí la Visión.

—No creo que Arturo se vuelva de espaldas a Avalon.

—Quiera la Diosa que no —dijo Viviane—, pero, aunque así fuera, los cristianos no aceptarían a un hijo concebido en aquel rito. Debemos conseguir que Gwydion ocupe un lugar cerca del trono para que pueda ser el heredero de su padre, y algún día tendremos nuevamente a un rey nacido en Avalon. Los cristianos, te lo advierto Morgana, creerán que tu hijo es fruto del pecado; mas, ante la Diosa, es de la más pura realeza, de padre y madre descendientes de su linaje sagrado. Y él debe llegar a considerarlo así, sin dejarse influir por los sacerdotes que calificarían su concepción y nacimiento como vergonzosos.

Morgana agachó la cabeza.

—Siempre puedes leer en mi corazón, deuda.

—Es culpa de Igraine —declaró Viviane—, y mía, por dejarte en la corte de Uther durante tantos años. El día en que supe que habías nacido sacerdotisa, debí haberte sacado de allí. Eres una sacerdotisa de Avalon, querida niña, ¿por qué no has regresado? —Se volvió, con el peine en la mano, y el cano y largo cabello cayéndole sobre el rostro.

Morgana musitó, con las lágrimas tratando de atravesar la barrera de los ojos apretados:

—No puedo, no puedo, Viviane. Lo intenté y no logré encontrar el camino. —La humillación y la vergüenza que aquello le producía la embargó y ya no se resistió a las lágrimas.

Viviane soltó el peine y reclinó a Morgana sobre su pecho, estrechándola, acunándola y consolándola como a una niña.

—Querida; mi niña querida, no llores, no llores... de haberlo sabido, pequeña, hubiera venido a buscarte. No llores ahora, yo misma te llevaré de vuelta, volveremos juntas cuando haya comunicado a Arturo mi mensaje. Te llevaré conmigo, antes de que intente desposarte con uno de esos cristianos... sí, sí, pequeña, volverás a Avalon... partiremos juntas... —Enjugó el rostro de Morgana con el velo—. Vamos, ayúdame, he de vestirme para presentarme ante mi deudo el Rey Supremo.

Morgana suspiró profundamente.

—Sí, déjame trenzarte el cabello, madre. —Trató de reír—. Esta mañana peiné a la Reina.

Viviane la apartó.

—¿Te ha puesto Arturo a ti, sacerdotisa de Avalon y princesa por propio derecho, a servir a la Reina? —dijo.

—No, no —respondió Morgana rápidamente—, recibo tan altos honores como la Reina misma. Peiné el cabello de Ginebra en este día por amistad; ella igualmente me peina a mí, o me anuda el vestido, como se hace entre hermanas.

Viviane suspiró aliviada.

—No quisiera verte deshonrada. Eres la madre del hijo de Arturo. Debe aprender a honrarte como a tal, y también debe hacerlo la hija de Leodegranz.

—¡No! —gritó Morgana—. No, te lo ruego, Arturo no debe saberlo, no ante toda la corte. Escúchame, madre —imploró—, toda esta gente es cristiana. ¿Quieres verme avergonzada ante todos ellos?

Viviane repuso implacable:

—Debes aprender a no avergonzarte de las cosas sagradas.

—Pero los cristianos tienen poder sobre toda esta tierra —dijo Morgana—, y no puedes cambiar su modo de pensar con unas cuantas palabras.

En el fondo del corazón, se preguntó si la avanzada edad no habría hecho perder el juicio a Viviane. No podía proclamarse sin más que las viejas leyes de Avalon volvían a estar vigentes, demoliendo doscientos años de cristiandad. Los sacerdotes la expulsarían de la corte como si fuera una demente y todo seguiría igual; Viviane debiera conocer lo suficiente sobre gobierno práctico como para saber esto. Y así debía ser, ya que Viviane dijo:

—Tienes razón, debemos ir despacio. Aunque, al menos, hay que recordar a Arturo su promesa de proteger Avalon y hablaré con él en privado, algún día, sobre el niño. No podemos proclamarlo a voz en grito entre los ignorantes.

Después, Morgana ayudó a Viviane a arreglarse el pelo y a vestirse con los majestuosos ropajes de una sacerdotisa de Avalon, ataviada para un gran ceremonial. Y no acabaron mucho antes de que oyeran decir que habían concluido los juegos. Sin duda, esta vez los trofeos serían concedidos en el interior, durante el festín; se preguntó si Lancelot los habría ganado todos nuevamente en honor del Rey. *O*, pensó amargamente, *de la Reina. ¿Y podía llamarse a eso honor?*

Se dispusieron a abandonar la cámara y, cuando salían de ella, Viviane le cogió la mano cariñosamente.

—Regresarás a Avalon conmigo, ¿verdad, querida niña?

—Si Arturo me deja ir...

—Morgana, eres una sacerdotisa y no necesitas pedir licencia, ni siquiera al Rey Supremo, para ir y venir según te plazca. Un Rey Supremo es un líder en la batalla, no poseedor de la vida de sus súbditos, o de sus reyes súbditos, como si se tratase de uno de esos tiranos de oriente que piensan que el mundo es de su propiedad, junto con la vida de todo hombre y mujer. Le diré que te necesito en Avalon y veremos qué responde a eso.

Morgana se sintió sofocada por las lágrimas que no fluían. *Oh, regresar a Avalon, volver a casa...*, mas, aun cuando tomaba a Viviane de la mano, no podía creer que realmente iba a partir después de aquel día. Mas tarde habría de decir, *lo sabía, lo sabía*, y reconocer la angustia y el temor que le produjeron tales palabras, pero, por el momento, pensaba que era sólo su propio miedo, la sensación de que no era digna de cuanto había rechazado.

Bajaron al gran salón de Arturo para el ágape de Pentecostés.

Camelot estaba, pensó Morgana, como nunca lo había visto antes, y tal vez nunca volvería a verlo. La gran Mesa Redonda, presente de bodas de Leodegranz, se hallaba ahora situada en una estancia digna de su majestuosidad; los salones estaban adornados con sedas y enseñas; y mediante un truco en su distribución, se lograba que todos los ojos se dirigieran al lugar donde se sentaba Arturo, en el gran sillón en el extremo opuesto de la sala. Para este día había hecho que Gareth se sentara junto a él y la Reina, todos los nobles y Caballeros en torno, éstos finamente ataviados, las armas relucientes, las damas exquisitamente engalanadas. Uno tras otro fueron llegando los reyes menores, arrodillándose ante Arturo y ofreciéndole presentes. Morgana observaba el semblante de Arturo, grave, solemne, gentil. Miró de soslayo a Viviane, seguramente debía notar que Arturo se había convertido en un buen rey a quien no podía juzgarse a la ligera, ya fuesen Avalon o los druidas. Aunque, ¿quién era ella para juzgar las diferencias existentes entre Arturo y Avalon? Sintió el viejo estremecimiento de la inquietud, como en los tiempos de Avalon cuando le estaban enseñando a abrir la mente a la Visión que la utilizaría como su instrumento y se descubrió deseando, sin comprender por qué, *¡Ojalá Viviane estuviera a cien leguas de aquí!*

Paseó la mirada sobre los Caballeros; Gawaine, inquieto y fuerte como un bulldog, sonriendo a su hermano; Gareth, radiante como oro de nuevo cuño. Lancelot de oscura y hermosa apariencia, cual si sus pensamientos estuviesen en el otro confín del mundo. Pellinore, cano y amable, con su hija, Elaine, atendiéndole.

Y ahora alguien, que no pertenecía a la orden de los Caballeros, se dirigía hacia el trono. Morgana no le había visto antes, pero notó que Ginebra le reconocía y se sobresaltaba.

—Soy el único hijo con vida del Rey Leodegranz —dijo—, y hermano de la Reina, Arturo. Demando que reconozcas mis aspiraciones al País Estival.

—Tú no haces demandas en esta corte, Meleagrant. Consideraré tu solicitud y tomaré consejo de la Reina, y es posible que consienta en nombrarte regente. Mas no puedo pronunciar sentencia ahora —repuso Arturo en tono apacible.

—¡Entonces tal vez no espere tu sentencia! —gritó Meleagrant. Era un hombre corpulento, que había llegado a la fiesta portando no sólo espada y daga, sino también una gran hacha de guerra en bronce; iba vestido con pieles mal curtidas, y tenía un aspecto tan salvaje y sombrío como el de cualquier bandido sajón. Sus dos hombres de armas parecían incluso más rufianes que él mismo—. Soy el único hijo vivo de Leodegranz.

Ginebra se inclinó hacia adelante y le susurró a Arturo.

—Mi dama me indica que su padre siempre negó haberte engendrado. Queda tranquilo, examinaremos este asunto y, si tu reclamación es válida, la admitiremos. Por el momento, Lord Meleagrant, te pido que confíes en mi justicia y te unas a mi fiesta. Lo consultaremos con nuestros consejeros y haremos justicia hasta donde nos sea dado —dijo el Rey.

—¡Condenado sea el festejo! —repuso Meleagrant colérico—. No he venido a comer confites, a mirar a las damas y a contemplar a los hombres jugando como niños. Te lo advierto, Arturo, soy el rey de esos dominios, y si vas a disputarme tal demanda, será peor para ti, ¡y para tu dama!

Llevó la mano a la empuñadura de la gran hacha de guerra, mas Cai y Gareth estuvieron inmediatamente allí, sujetándole las armas desde atrás.

—Ningún arma será blandida en el salón del Rey —dijo Cai hoscamente, mientras Gareth le quitaba el hacha de la mano y la arrojaba a los pies de Arturo—. Ve a tomar asiento, y come. Dispondremos de orden en la Mesa Redonda y, cuando el rey ha afirmado que te hará justicia, esperarás a que lo tenga a bien.

Le obligaron a volverse, con brusquedad, pero Meleagrant se libró de ellos.

—¡Al diablo con tu festín y al diablo con tu justicia! ¡Y al diablo con tu Mesa Redonda y todos tus Caballeros! —dijo, abandonó el hacha y les dio la espalda, atravesando toda la longitud del salón a grandes pasos. Cai hizo ademán de seguirlo, y Gawaine medio se puso en pie, pero Arturo les indicó que tornaran a sentarse.

—Dejadle ir —manifestó—. Nos las habremos con él a su debido tiempo. Lancelot, como campeón de mi dama, bien puedes ser tú quien haya de enfrentarse con ese usurpador.

—Será un placer, mi rey —repuso Lancelot, sobresaltándose como si hubiera estado semidormido, y Morgana sospechó que no tenía ni la más ligera idea de en qué había convenido.

Los heraldos de la puerta seguían aún proclamando que cualquier hombre podía acercarse para recibir justicia del Rey. Hubo un breve y cómico interludio, cuando un granjero entró para exponer que su vecino le había disputado un molino de viento situado en los límites de su propiedad.

—Y no pudimos ponernos de acuerdo, señor —dijo, retorciendo el tosco gorro de lana con las manos—; así él y yo, nosotros comprendimos que el Rey había puesto a salvo todo este país para que pudiera haber un molino en él, y le dije que vendría aquí, señor, para oír lo que tuviérais que decir, y hacerlo.

Entre risas, el asunto quedó zanjado. Pero Morgana observó que Arturo no reía, sino que escuchaba seriamente, emitía sentencia, y únicamente cuando el hombre le hubo dado las gracias marchándose entre grandes reverencias y reconocimientos, permitió que su cara se distendiera en una sonrisa.

—Cai, ocúpate de que le den de comer en las cocinas antes de que regrese a su hogar; ha hecho una larga caminata hasta aquí. —Suspiró—. ¿Quién es el siguiente en pedir justicia? Quiera Dios que sea un asunto ajustado a mi solvencia, o ¿vendrán a continuación a pedirme consejo sobre la crianza de los caballos o algo por el estilo?

—Eso muestra lo que piensan de su Rey, Arturo —repuso Taliesin—. Debieras darles a conocer que para ciertos problemas han de acudir al señor local, y comprobar que tus súbditos también son responsables de la justicia en tu nombre. —Levantó la cabeza para ver al siguiente peticionario—. Mas éste puede ser digno de la atención del Rey, después de todo, pues se trata de una mujer y, no me cabe duda, con algún problema.

Arturo le indicó que se adelantase. Era una mujer joven, segura de sí misma, altiva, educada en las maneras cortesanas. No llevaba sirvientes, a excepción de un diminuto y feo enano, de no más de tres pies de altura, aunque con anchos hombros y bien musculado, que portaba una corta y poderosa hacha.

Ella se inclinó ante el Rey y le contó su historia. Servía a una dama que había quedado, como muchas otras tras los años de guerra, sola en el mundo; su heredad se hallaba en el norte, cerca de la vieja muralla romana que se extendía legua tras legua con ruinosas fortalezas y castillos, la mayoría vetustos actualmente y desmoronándose. Pero una banda de cinco hermanos, rufianes todos, había refortificado cinco de los castillos y estaba asolando todo el territorio. Y uno de ellos, el cual caprichosamente se hacía llamar el Caballero Rojo de las Tierras Rojas, estaba sitiando a la dama; y sus hermanos eran todavía peores que él.

—¡El Caballero Rojo! —exclamó Gawaine—. Conozco a ese gentilhombre. Luché contra él cuando venía hacia el sur tras mi última visita al país de Lot y logré salvar la vida con dificultad. Arturo, bueno sería enviar a un ejército para acabar con esos bribones; no impera la ley en esa parte del mundo.

Arturo frunció el ceño asintiendo, mas el joven Gareth se levantó del asiento.

—Mi señor Arturo, eso está en las lindes de los dominios de mi padre. Me prometisteis una misión, mantened la promesa, mi rey, y enviadme para ayudar a esa dama a defender su hacienda de esos villanos.

La joven miró a Gareth, su esplendente cara imberbe y el atuendo de seda blanca que se había puesto para ser armado caballero, y se echó a reír.

—¿Tú? Tú eres un muchacho. No sabía que el gran Rey Supremo aceptara a niños crecidos para que le sirvieran la mesa. —Gareth se ruborizó como un chiquillo.

Ciertamente le había alargado la copa al Rey, era un servicio que los muchachos de buena cuna, criados en la corte, desempeñaban en los grandes festejos. Gareth no se había acordado de que ya no era su deber y Arturo, a quien complacía el joven, no se lo reprochó.

La mujer se levantó.

—Mi rey y señor, he venido a solicitar uno o más de vuestros grandes Caballeros reputados en la batalla para que intimiden a ese Caballero Rojo. Gawaine, o Lancelot o Balin que son conocidos como grandes guerreros contra los sajones. ¿Vais a consentir que me vea burlada por los muchachos de vuestras cocinas, majestad?

Arturo respondió:

—El Caballero Gareth no es un muchacho de las cocinas, señora. Es hermano de Lord Gawaine y promete ser tan buen Caballero como él, o mejor. Le prometí la primera empresa que honorablemente pudiera otorgarle y le enviaré contigo. Gareth —dijo amablemente—, te encomiendo que cabalgues con esta dama, guardándola de los peligros del camino y que cuando llegues a su territorio ayudes a su señora a organizarlo en la defensa contra esos villanos. Si necesitas ayuda, puedes mandarme a un mensajero, aunque sin duda ella dispondrá de hombres adecuados; sólo necesitan a alguien con conocimientos y habilidades estratégicas, y esto lo has aprendido de Cai y Gawaine. Señora, destino a buen hombre en tu auxilio.

No se atrevió a replicarle al Rey, mas miró a Gareth.

—Os lo agradezco, mi señor Arturo. Llevaré el temor de Dios a esos bribones que están hostigando aquellos dominios —dijo él formalmente. Se inclinó ante Arturo y se volvió hacia la dama, pero ésta les daba ya la espalda y salía impetuosamente del salón.

Lancelot alegó con voz queda:

—Es joven para eso, señor. ¿No deberiais enviar a Balan, o a Balin, o a alguien con mayor experiencia?

Arturo negó con la cabeza.

—Creo verdaderamente que Gareth puede hacerlo y prefiero que ninguno de los Caballeros se vea favorecido en perjuicio de otro. Debiera ser suficiente para la dama saber que uno de ellos va a ayudar a su pueblo.

Arturo se inclinó hacia adelante y le hizo señas a Cai para que le sirviese el plato.

—Repartir justicia es una labor que produce hambre. ¿No hay más peticiones?

—Una hay, mi señor Arturo —dijo Viviane sosegadamente y se levantó del lugar que ocupaba entre las damas de la Reina. Morgana empezó a ponerse en pie para asistirla, pero Viviane le hizo ademán para que no se moviera. Parecía más alta de lo que era, pues estaba muy erguida. Y parte de ello era encanto, el encanto de Avalon... el cabello, todo cano, lo llevaba trenzado y recogido muy alto; de su costado pendía el pequeño cuchillo en forma de hoz, el de las sacerdotisas, y en su frente refulgía la marca de la Diosa, la brillante media luna.

Arturo la miró por un instante, perplejo, luego la reconoció y le hizo un gesto de que se adelantara.

—Señora de Avalon, largo tiempo ha que no honras esta corte con tu presencia. Siéntate junto a mí, deuda, y cuéntame cómo puedo servirte.

—Dispensando honor a Avalon, como juraste hacer —repuso Viviane. Su tono era bajo y claro; empero, la educada voz de una sacerdotisa, podía ser oída en los rincones más apartados del salón—. Mi rey, te pido que mires la espada que portas y pienses en aquellos que dependen de tu mano, y en lo que juraste.

En años posteriores, cuando todo lo acaecido aquel día ya había sido comentado largamente, ni siquiera dos de las numerosas personas que ocupaban el salón lograron estar de acuerdo en lo que sucedió primero. Morgana vio a Balin levantarse de su sitio y precipitarse hacia adelante, vio una mano que asía la gran hacha de Meleagrant que había quedado apoyada contra el trono, luego hubo un forcejeo y un grito y oyó el suyo propio cuando el hacha cayó girando. Mas no vio donde golpeó, sólo el blanco cabello de Viviane súbitamente rojo por la sangre según flaqueaba y se desmoronaba sin proferir ni un grito.

El salón se llenó de voces; Lancelot y Gawaine cogieron a Balin que pugnaba por soltarse; Morgana tenía su daga en la mano y se lanzó hacia adelante, pero Kevin la aferró fuertemente, los torcidos dedos atenazándole la muñeca.

—Morgana. Morgana, no, es demasiado tarde —dijo, y la voz se le quebraba en sollozos—. ¡Ceridwen! ¡Diosa Madre...! No, no, no la mires ahora, Morgana.

Trató de hacer que se volviera, pero ella permanecía quieta, como petrificada, escuchando las obscenidades que Balin pronunciaba a voz en grito.

Cai exclamó abruptamente:

—¡Mirad a Lord Taliesin! —El anciano se había desmayado en su silla. Cai se inclinó para enderezarlo, murmurando una palabra de disculpa a Arturo, tomó la copa del Rey y vertió vino en la boca del anciano. Kevin soltó a Morgana y fue torpemente junto al viejo druida, inclinándose sobre él. Morgana pensó: *Debería ir con él*, mas era como si los pies se le hubiesen quedado clavados al suelo, no podía dar ni un solo paso. Miró al desfallecido anciano para no tener que ver nuevamente el horrible charco rojo del suelo, empapando los ropajes, el pelo y la larga capa. En el último instante Viviane había empuñado su cuchillo en hoz. Su mano yacía sobre él manchada de su propia sangre. Había tanta sangre, tanta. El cráneo... el cráneo lo tenía partido en dos, y se veía la sangre. *Sangre en el trono, derramada como la de un animal para el sacrificio, a los pies del trono de Arturo...*

Arturo, finalmente, acertó a hablar.

—Miserable —dijo enronquecido—, ¿qué has hecho?

Esto es un asesinato, un frío asesinato ante el trono de tu rey...

—¿Asesinato, dices? —inquirió Balin con su espesa y acre voz—. Sí, era la más despreciable asesina de este reino, merecía dos veces la muerte. ¡He librado a tu reino de una perversa y maligna hechicera, mi rey!

Arturo parecía más colérico que agraviado.

—¡La Señora del Lago era mi amiga y benefactora! ¿Cómo te atreves a hablar así de mi deuda, que me ayudó a ocupar el trono?

—Pongo al mismo Lancelot por testigo de que ella procuró la muerte de mi madre —repuso Balin—, una buena y piadosa mujer, llamada Priscilla, madre adoptiva de Balan. Y ella mató a mi madre, te digo que la mató con sus malignas hechicerías... —Se le contrajo la cara; aquel hombre maduro estaba llorando como un niño—. ¡Mató a mi madre, te lo juro, y la he vengado como ha de hacer un caballero!

Lancelot cerró los ojos, horrorizado, crispado el semblante; pero no lloraba.

—Mi señor Arturo, la vida de este hombre me pertenece. Deja que vengue aquí a mi madre.

—A la hermana de mi madre —dijo Gawaine.

—Y de la mía —añadió Gaheris.

El gélido trance de Morgana se deshizo.

—¡No, Arturo! ¡Déjamelo a mí! Ha dado muerte a la Dama ante el trono, deja que una mujer de Avalon vengue la sangre de Avalon. Mira a Taliesin cómo yace conmocionado, es como si hubiese asesinado también a nuestro abuelo —gritó.

—Hermana, hermana... —Arturo extendió la mano hacia Morgana—. No, no, hermana... dame tu daga.

Morgana siguió sacudiendo la cabeza, con la daga todavía en la mano. Taliesin se puso en pie repentinamente para quitársela con temblorosos dedos.

—No, Morgana, no más derramamiento de sangre. La Diosa lo sabe, es suficiente, su sangre se ha vertido como un sacrificio a Avalon en este salón.

—¡Sacrificada! Sí, sacrificada a Dios, como Dios derribará a todas estas malignas hechiceras y a sus Dioses —chilló Balin frenético—. Déjame acabar con ése también, mi señor Arturo, para librar a esta corte de todo su maligno linaje brujo. —Forcejeó con tanta violencia que Lancelot y Gawaine apenas podían sujetarle e hicieron señas a Cai para que fuera en su ayuda para contener a Balin, que seguía debatiéndose ante el trono.

—¡Quieto! —exclamó Lancelot, retorciéndole la cabeza—. Te lo advierto, si pones la mano encima de Merlín o de Morgana, pondré tu cabeza donde Arturo me diga. Sí, mi señor Arturo, y moriría a tus manos después si es tu voluntad. —La angustia y la desesperación le crispaban el rostro.

—Mi señor rey —aulló Balin—. Te lo ruego, deja que abata a todos estos brujos y hechiceras.

Lancelot golpeó a Balin pesadamente en la boca; el hombre boqueó y guardó silencio, la sangre manando del labio partido.

—Con tu venia, mi señor. —Lancelot se desató la rica capa y cubrió cuidadosamente el lívido cadáver de su madre.

Arturo parecía respirar con mayor facilidad ahora que el cadáver quedaba oculto a la vista. Únicamente Morgana seguía mirando con ojos muy abiertos el bulto sin vida cubierto con la capa carmesí que Lancelot se había puesto para la fiesta.

Sangre. Sangre a los pies del trono del Rey. Sangre vertida sobre el hogar... A Morgana le pareció que podía escuchar el grito de guerra proveniente de alguna parte.

—Mirad a la dama Morgana, se va a desmayar —dijo Arturo con calma, y Morgana percibió manos que amablemente la ayudaban a tomar asiento, y que alguien le ponía una copa en los labios. Hizo ademán de alejarla, y luego tuvo la impresión de estar escuchando la voz de Viviane, *Bébetelo. Una sacerdotisa debe conservar las fuerzas y la voluntad.* Obedientemente bebió, oyendo a Arturo, el cual hablaba con tono grave y solemne.

—Balin, cualesquiera sean tus razones..., no, basta, ya he atendido a cuanto has dicho. Ni una palabra, eres o un demente o un asesino a sangre fría. Sea lo que sea que puedas decir, has dado muerte a mi deuda blandiendo un arma blanca ante tu Rey Supremo en Pentecostés. Aun así, no haré que te ejecuten donde estás. Lancelot, guarda la espada.

Lancelot deslizó la espada en la vaina.

—Acataré tu voluntad, mi señor. Pero, si no castigas a este asesino, te pido licencia para marcharme de la corte.

—Oh, le castigaré —la expresión de Arturo era sombría—. Balin, ¿estás lo bastante cuerdo para escucharme? Entonces escucha tu condena: te destierro para siempre de esta corte. Aguarda a que el cuerpo de esta dama sea preparado y colocado en un féretro, te encomiendo que lo lleves a Glastonbury y le cuentes tu historia al Arzobispo cumpliendo la penitencia que él te imponga. Acabas de hablar de Dios y de Cristo, y ningún rey cristiano permite la venganza personal llevada a cabo ante el trono de la justicia. ¿Has escuchado cuanto he dicho, Balin, que una vez fuiste guerrero y Caballero mío?

Balin agachó la cabeza. Tenía la nariz rota por el golpe de Lancelot; de su boca manaba sangre y habló a través de un diente partido.

—Te he oído, mi señor rey. Iré. —Permaneció donde estaba con la cabeza gacha.

Arturo hizo señas a los sirvientes.

—Os lo ruego, que alguien saque de aquí este pobre cuerpo.

Morgana se liberó de las manos que la sostenían y se arrodilló junto a Viviane.

—Mi señor, yo te lo pido, déjame prepararla para el funeral —y pugnó por contener las lágrimas que no se atrevía a derramar. No era Viviane, aquel bulto maltrecho e inerte, la mano cual una garra contraída seguía aferrando la daga en hoz de Avalon. Recogió la daga, la besó y la envainó en su cinturón. Esto, y sólo esto, guardaría.

Grande y misericordiosa Madre, sabía que jamás po-
dríamos ir juntas a Avalon...

No iba a llorar. Sentía a Lancelot muy cerca.

—A Dios gracias, Balan no está aquí. Perder madre y hermano adoptivo en un momento de locura... pero si Balan hubiese estado aquí tal vez no hubiese ocurrido. ¿Es que ningún Dios tiene misericordia alguna? —murmuró.

La angustia de Lancelot le hería el corazón. Había temido y odiado a su madre, mas también la había adorado, cual a la faz misma de la Diosa. Una parte de ella quería estrechar a Lancelot en sus brazos, consolarle, permitiéndole sollozar; pero al tiempo sentía rabia. Había desobedecido a su madre, ¿cómo se atrevía a dolerse por ella ahora?

Taliesin se hallaba arrodillado junto a ellos y dijo, con su voz quebrada y vieja:

—Dejadme ayudaros, hijos. Tengo derecho —y se apartaron cuando inclinó la cabeza para murmurar una arcana plegaria de tránsito.

Arturo se levantó en su asiento.

—No habrá más festejos en este día. Hemos padecido una tragedia demasiado grande para continuar la fiesta. Aquellos que tengáis hambre, terminad de comer y marchaos en silencio. —Fue lentamente hasta donde yacía el cuerpo. Posó la mano en el hombro de Morgana; ella la percibía allí, a pesar de su terrible dolor. Podía oír a los demás invitados abandonando calladamente el salón, uno tras otro, y sobre el susurro escuchó el dulce sonido de un arpa; únicamente dos manos en Bretaña tocaban de forma semejante. Finalmente se deshizo en lágrimas, que fluían de sus ojos mientras Kevin tocaba la endecha para la Dama, y con aquel sonido, Viviane, sacerdotisa de Avalon, fue sacada lentamente del gran salón de Camelot. Morgana, caminando junto al féretro, sólo miró atrás una vez, y vio la Mesa Redonda y la solitaria figura de Arturo, reclinado junto al arpista. Y, a través de todo el pesar y el dolor, pensó, *Viviane nunca llegó a darle a Arturo el mensaje de Avalon. Es éste el salón de un rey cristiano y no*

hay nadie ahora que afirme lo contrario. Cómo se alegra-
ría Ginebra de saberlo.

El tenía las manos extendidas; ella no estaba segura, pero quizás él rezaba. Vio las serpientes que llevaba tatuadas en torno a las muñecas y meditó en el joven ciervo, en el recién ungido rey que fue hasta ella con la sangre del Rey Ciervo en las manos y en la cara, y por un momento, tuvo la impresión de poder oír la burlona voz de la reina de las hadas. Luego no hubo más sonido que el angustiado lamento del arpa de Kevin y los sollozos de Lancelot junto a ella mientras llevaban a Viviane al reposo.

HABLA MORGANA...

Seguí el cuerpo de Viviane desde el gran salón de la Mesa Redonda, llorando, la segunda vez que podía recordar.

Y más tarde, aquella noche, tuve una disputa con Kevin.

Con la ayuda de las damas de la Reina, preparé el cuerpo de Viviane para las exequias. Ginebra mandó a sus damas, mandó lino, especias y un paño mortuorio de terciopelo, pero ella no vino. Igual daba. Una sacerdotisa de Avalon debe ser enterrada por sacerdotisas asistentas. Eché en falta a mis hermanas de la Casa de las Doncellas; aunque, al menos, ningunas manos cristianas la tocaron. Cuando hube acabado, Kevin vino a velar junto al cuerpo.

—He enviado a descansar a Taliesin. Yo poseo ahora la autoridad, como Merlín de Bretaña; está muy viejo y muy débil. Es un milagro que el corazón no le haya fallado el día de hoy. Me temo que no la sobrevivirá mucho tiempo. Balin está ya tranquilo —añadió—. Creo que sabe lo que ha hecho, mas es seguro que lo llevó a cabo en un acceso de locura. Está dispuesto para cabalgar con el cuerpo a Glastonbury y cumplir la penitencia que el Arzobispo decrete.

—¿Y tú consentirás que caiga en manos de la iglesia? Nada me importa lo que le ocurra a ese asesino —dije, mirándole ultrajada—, pero Viviane ha de ser conducida a Avalon. —Tragué saliva para no volver a llorar—. Debiéramos cabalgar juntos a Avalon...

—Arturo ha decretado —repuso Kevin apaciblemente— que sea enterrada delante de la iglesia de Glastonbury, donde todos puedan verla.

Sacudí la cabeza, incrédula. ¿Estaban desquiciados todos los hombres?

—Viviane debe yacer en Avalon —dije—, donde han sido enterradas todas las sacerdotisas de la Madre desde el principio de los tiempos. ¡Y era la Señora del Lago!

—Asimismo era amiga y benefactora de Arturo —repuso Kevin—, y hará que su tumba sea convertida en un lugar de peregrinaje. —Extendió la mano para que no hablase—. No, escúchame, Morgana; lo que dice es razonable. Nunca se ha producido un crimen tan grave en la corte de Arturo. No puede ocultar su lecho mortuorio lejos de la vista y de la memoria. Debe ser enterrada donde todos los hombres conozcan la justicia del Rey, y la justicia de la iglesia.

—¡Y tú permitirás esto!

—Morgana, querida mía —dijo él amablemente—, no soy yo quien ha de permitir o rehusar. Arturo es el Rey Supremo y es su voluntad la que se acata en su reino.

—¿Y Taliesin se mantiene impasible? ¿O es ése el motivo por el cual le has mandado a descansar, para evitar que interfiera mientras tú llevas a cabo esta blasfemia con la connivencia del Rey? ¿Dejarás que Viviane sea enterrada con exequias cristianas y ritos cristianos, ella que era la Dama del Lago enterrada por estas gentes que aprisionan a su Dios con muros de piedra? Viviane decidió que yo fuera la Dama del Lago después de ella y lo prohíbo, lo prohíbo, ¿me oyes?

Kevin repuso con calma:

—*Morgana. No, escúchame, querida. Viviane murió sin nombrar a su sucesora.*

—*Estabas presente aquel día en el que ella me eligió.*

—*Mas no te hallabas en Avalon a su muerte y has renunciado a ese rango* —dijo Kevin, y sus palabras cayeron sobre mí como fría lluvia, haciéndome estremecer. El miró el féretro y el cuerpo de Viviane, que yacían cubiertos allí; nada de cuanto pude hacer consiguió borrar de aquella faz el gesto de la muerte—. *Viviane murió sin haber nombrado a una sucesora y me corresponde a mí, como Merlín de Bretaña, declarar qué ha de hacerse. Y si ésa es la voluntad de Arturo, sólo la Dama del Lago, y perdóname querida que lo diga, pero no hay ya ninguna Dama del Lago, puede oponerse a mi dictado. Me doy cuenta de que hay razón en los deseos de Arturo. Viviane pasó toda su vida procurando traer la ley y el gobierno en paz a esta tierra...*

—*Vino para reprobar a Arturo el haber traicionado a Avalon* —grité desesperada—. *Murió sin haber cumplido su misión y ahora vas a consentir que yazca en suelo cristiano bajo el sonido de las campanas de la iglesia, para que triunfen sobre ella en la muerte como en la vida.*

—*¡Morgana, Morgana, mi pobre niña!* —Kevin alargó la mano hacia mí, las deformes manos que tan a menudo me habían acariciado—. *¡También yo la amaba, créeme! Pero está muerta. Era una gran mujer, dedicó su vida a esta tierra, ¿crees que importa dónde yazca su vacía envoltura? Ha partido hacia lo que quiera que la aguarde más allá de la muerte, y conociéndola, sé que sólo lo bueno puede aguardarla. ¿Crees que ella rechazaría que su cuerpo descanse donde mejor puede servir a los propósitos en los cuales consumió su vida, que la justicia del Rey triunfe sobre todo el mal de esta tierra?*

Su rica, acariciante y musical voz era tan elocuente que titubeé por un instante. Viviane había partido; eran únicamente esos mismos cristianos los que distinguían el suelo consagrado del no consagrado, como si toda la tierra que es el seno de la Madre no fuera sagrada. Quise caer en sus brazos y llorar por la única madre que había tenido, por el naufragio de mis esperanzas de poder regresar con ella a Avalon, llorar por cuanto había desestimado y por haber quebrantado mi propia vida...

Pero lo que él dijo entonces me hizo retroceder horrorizada.

—Viviane era vieja —manifestó—, y había morado en Avalon, fuera del mundo real. Yo he tenido que vivir, con Arturo, en el mundo donde se ganan las batallas y se toman las verdaderas decisiones. Morgana, querida mía, escúchame. Es demasiado tarde para demandar que Arturo mantenga su promesa a Avalon tal como la hiciera. El tiempo pasa, el sonido de las campanas de la iglesia cubre esta tierra y la gente está contenta de que así sea. ¿Quiénes somos nosotros para decir que no es ésa la voluntad de los Dioses que se encuentran tras los Dioses? Lo deseemos o no, amada mía, ésta es una tierra cristiana y nosotros, que honramos la memoria de Viviane, no le haríamos ningún bien haciendo saber a todos los hombres que vino aquí para exigir demandas imposibles al Rey.

—¿Demandas imposibles? —aparté las manos—. ¿Cómo te atreves?

—Morgana, atiende a razones...

—¡No hay más que una razón! Si Taliesin oyera esto...

—Hablo como he oído hablar al mismo Taliesin —repuso él con amabilidad—. Viviane no ha seguido viviendo para no arruinar cuanto había hecho, crear una tierra en paz; no importa que sea llamada cristiana o druida. El designio de la Diosa se cumplirá por encima de todo, sea cual sea el nombre por el que la reconozcan los hombres. ¿Quién eres tú para afirmar que no fue voluntad de la Diosa que Viviane fuese abatida antes de poder semblar nuevamente la cizaña en una tierra que ha obtenido la paz y un fructífero compromiso? Te lo advierto, no volverá a quedar arrasada por la contienda, y de no haber sido Viviane abatida por Balin, yo mismo habría hablado en contra de su petición, y creo que Taliesin habría hecho lo mismo.

—¿Cómo te atreves a hablar por Taliesin? —Dije furiosa.

—Taliesin me ha nombrado Merlín de Bretaña —repuso Kevin— y, por consiguiente, ha confiado en que actúe por él cuando no puede hablar por sí mismo.

—¡A continuación dirás que te has convertido en cristiano! ¿Por qué no llevas un rosario y un crucifijo?

Con voz tan gentil que estuvo a punto de provocarme las lágrimas, dijo:

—¿Realmente crees que supondría una gran diferencia, Morgana, si lo hiciera?

Me arrodillé ante él, como hiciera un año atrás, oprimiendo su lastimada mano contra mi pecho.

—Kevin, te he amado. Por eso te ruego que seas leal a Avalon y a la memoria de Viviane. Ven conmigo ahora, esta noche. No sigas con esta farsa, acompáñame a Avalon, donde yacerá la Dama del Lago con las restantes sacerdotisas de la Diosa...

Se inclinó sobre mí; pude percibir la angustiada ternura de sus manos deformes.

—Morgana, no puedo. Querida mía, ¿querrás mantener la calma y escuchar la voz de la razón en cuanto estoy diciendo?

Me levanté, soltándome de su débil agarro, y elevé los brazos e invoqué el poder de la Diosa. Oí mi voz retumbando con el poder de una sacerdotisa.

—¡Kevin! ¡En su nombre te lo pido, en nombre de la hombría que te ha otorgado, te impongo obediencia! Tu alianza no es ni con Arturo ni con Bretaña, sino únicamente con la Diosa y con tus votos. Abandona este lugar ahora. Ven conmigo a Avalon portando su cuerpo.

Pude distinguir entre las sombras el resplandor de la Diosa a mi alrededor; por un momento Kevin se arrodilló, estremecido; y supe que si se mantenía así un instante más, habría obedecido. Y entonces, no sé qué sucedió; acaso atravesaron mi mente las palabras. No, no soy digna, no tengo derecho... he traicionado a Avalon, la rechacé,

¿con qué derecho voy a mandar, pues, a Merlín de Bretaña?

El hechizo se rompió; Kevin hizo un hosco, abrupto ademán, poniéndose en pie torpemente.

—¡Mujer, no me des órdenes! Tú, que renunciaste a Avalon, ¿con qué derecho osas dar órdenes a Merlín de Bretaña? ¡Más te valdría arrodillarte ante mí! —me empujó con ambas manos—. ¡No me tientes más!

Se volvió y salió renqueando, describiendo sombras ondulantes y contrahechos movimientos en el muro según cruzaba la estancia; le observé partir, demasiado conmocionada incluso para llorar.

Y cuatro días más tarde Viviane fue enterrada, con todos los ritos de la iglesia, en la Isla Sagrada de Glastonbury. Pero yo no fui hasta allí.

Jamás, juré, pondría un pie en la Isla de los Sacerdotes.

Arturo se dolió de su pérdida sinceramente y construyó un gran sepulcro y un panteón, jurando que algún día Ginebra y él yacerían a su lado.

En cuanto a Balin, el Arzobispo le sentenció a ir en peregrinación a Roma y a Tierra Santa; pero, antes de que pudiera marchar al exilio, Balan escuchó la historia de boca de Lancelot, fue en su busca, lucharon entre sí y Balin fue muerto al instante de un solo golpe; mas Balan cogió frío en las heridas y no le sobrevivió ni un día. Así pues, Viviane, tal decían cuando se compuso una canción sobre ello, resultó vengada; aunque, ¿para qué, si yacía en una tumba cristiana?

Y yo... yo ni siquiera sé a quién eligieron como Dama del Lago en su lugar, pues no pude retornar a Avalon.

...no era digna de Lancelot, ni siquiera era digna de Kevin... No pude obligarle a que cumpliera con su deber para con Avalon...

...debiera haber ido a Taliesin y rogarle, aun de rodi-

llas, que me llevase a Avalon, para poder expiar todas mis culpas y volver nuevamente al templo de la Diosa...

Sin embargo, antes de que concluyese el verano, también se fue Taliesin; creo que nunca estuvo seguro de que Viviane había muerto, porque, incluso después de ser enterrada, hablaba como si la esperase para volver con ella a Avalon; y hablaba de mi madre, asimismo, como si fuese una niña pequeña en la Casa de las Doncellas. Y a finales del verano murió en paz y fue sepultado en Camelot, e incluso el obispo dijo de él que era un hombre sabio y cultivado.

Y en el invierno que siguió, tuvimos noticias de que Meleagrant se había proclamado rey en el País Estival. Pero cuando llegó la primavera, Arturo se hallaba cumpliendo una misión en el Sur, y Lancelot también se hallaba ausente, custodiando el castillo del Rey Caerleon. Entonces Meleagrant envió a un mensajero con un estandarte de tregua, solicitando que su hermana Ginebra fuese a hablar con él sobre el gobierno del país que ambos reclamaban.

IV

 Me sentiría más seguro, y creo que mi señor el rey lo preferiría, si Lancelot estuviese aquí para cabalgar contigo —dijo Cai gravemente—. En Pentecostés ese hombre blandió el acero en este salón ante el Rey y no aguardó la justicia. Hermano tuyo o no, no me gusta que cabalgues con sólo una dama y un chambelán.

—No es mi hermano —repuso Ginebra—. Su madre fue la amante del rey durante un tiempo, pero la rechazó porque la encontró con otro hombre. Ella reclamó, y quizá le dijera a su hijo que Leodegranz era el padre. El rey nunca lo reconoció. De ser un hombre honorable, tal que mi señor pudiera confiar en él, quizá pudiera ser mi regente tanto como cualquier otro. Mas no le dejaré sacar provecho de semejante mentira.

—¿Te confiarás en sus manos? —preguntó Morgana apaciblemente.

Ginebra miró a Cai y a Morgana, moviendo la cabeza. ¿Por qué parecía Morgana tan calma· y despreocupada? ¿Es que nunca temía nada, es que nunca había emoción alguna tras ese frío e impenetrable rostro? Lógicamente, sabía que Morgana, como todos los mortales, debería en ocasiones padecer dolor, quebranto, cólera; mas sólo por dos veces había visto realmente emociones en Morgana y desde eso había pasado mucho tiempo. Una cuando cayó en trance soñando con sangre sobre el hogar, entonces gritó atemorizada, y la otra cuando Viviane fue asesinada ante sus ojos.

—No confío en él en absoluto —dijo Ginebra—; sólo lo considero un codicioso impostor. Pero piensa, Morgana. Toda su reclamación se basa en el hecho de que es mi hermano. Si me dirigiera el más mínimo insulto, o me tratase con menos deferencia de la debida a su honorable hermana, su pretensión se mostraría falsa. Así pues, no se atreverá a hacer otra cosa que darme la bienvenida como a su hermana y reina, ¿entendéis?

Morgana se encogió de hombros.

—No confiaría en él ni siquiera hasta ese punto.

—Es cierto que, como a Merlín, la hechicería te da conocimientos para saber qué puede devenir de eso.

—No es necesaria la hechicería para saber que un villano es un villano, y ninguna sabiduría sobrenatural me obliga a no dejar que el bribón más cercano me sustraiga la bolsa —dijo Morgana con indiferencia.

Ginebra siempre se sentía compelida a hacer precisamente lo contrario de lo que Morgana le aconsejara; estimaba que Morgana la creía una tonta sin seso ni para atarse los zapatos. ¿Pensaba Morgana que ella, Ginebra, no podía resolver un asunto de estado hallándose ausente Arturo? Le era difícil tratar con Morgana desde el infortunado Beltane de hacía un año cuando suplicó a su cuñada que le proporcionara un conjuro contra la esterilidad. Ella le había dicho que los encantamientos a menudo obran como no desearías que lo hicieran... ahora, cuando quiera que la encontrara, pensaba que Morgana debía estar recordándolo también.

Dios me castiga; acaso por mezclarme con la hechicería, acaso por aquella noche perversa. Y como siempre que permitía que el más vago recuerdo de aquel suceso le viniera a la memoria, sentía todo el cuerpo invadido por el deleite y vergüenza mezclados. Ah, era fácil alegar que los tres estaban ebrios, o excusarse por cuanto que lo sucedido aquella noche se hizo con el consentimiento de Arturo; en verdad, incitado por él. Empero se trataba de un grave pecado de adulterio.

Y desde entonces había deseado a Lancelot, noche y día; aunque apenas habían sido capaces de mirarse. No podía poner los ojos en los de él. ¿La odiaba por ser una mujer ignominiosa y adúltera? Debía despreciarla. Pero le deseaba con terrible desesperación.

Tras la fiesta de Pentecostés, Lancelot había permanecido poco tiempo en la corte. Nunca creyó que tuviera en tanta estima a su madre, ni a su hermano Balan y, sin embargo, se había dolido profundamente por ambos. Había permanecido lejos de la corte durante casi todo el tiempo.

—Desearía —dijo Cai— que Lancelot estuviese aquí. ¿Quién acompañaría a la Reina en una misión de este tipo, salvo el guerrero que Arturo ha nombrado campeón y protector de la Reina?

—Si Lancelot estuviera aquí —declaró Morgana—, muchos de nuestros problemas quedarían resueltos, pues él apaciguaría a Meleagrant con unas cuantas palabras. Pero de nada sirve hablar de lo que no es posible. Ginebra, ¿quieres que viaje contigo para protegerte?

—En nombre de Dios —dijo Ginebra—, no soy una niña que no puede valerse sin una niñera. Llevaré a mi chambelán, sir Lucan, y a Bracca para que me peine el cabello y me anude el vestido si permanezco allí más de una noche, y para que duerma a los pies de mi lecho, ¿qué más necesito?

—Sin embargo, Ginebra, debes tener una escolta que cuadre a tu rango. Todavía se encuentran algunos de los Caballeros de Arturo en la corte.

—Llevaré conmigo a Ectorius —dijo Ginebra—. Es el padre adoptivo de Arturo, y de noble cuna; un veterano en muchas de las batallas del Rey.

Morgana movió la cabeza, impaciente.

—El viejo Ectorius y Lucan, que perdió un brazo en Monte Badon, ¿por qué no te llevas también a Cai y a Merlín, para disponer de todos los viejos y los tullidos? Deberías tener una escolta de buenos guerreros que puedan protegerte en el caso de que ese hombre tenga en mente apresar a la Reina para pedir un rescate, o algo peor.

Ginebra repitió pacientemente:

—Si no me trata como a su hermana, su reclamación es inútil. ¿Qué hombre amenazaría a su hermana?

—No sé si Meleagrant es tan buen cristiano como eso —repuso Morgana—; mas, si no le temes, Ginebra, es que le conoces mejor que yo. Sin duda podrás encontrar una escolta de viejos y balbucientes veteranos para que cabalguen contigo. Puedes ofrecerle desposarse con tu deuda Elaine, para hacer que su pretensión de reinar sea más válida, y situarle como regente en tu lugar.

Ginebra se estremeció al recordar el enorme hombre ataviado con pieles mal curtidas.

—Elaine es una dama de cuidada educación; no la entregaría a hombre semejante —dijo—. Hablaré con él y, si me parece un hombre honesto y educado para mantener la paz en este reino y jura lealtad a mi señor Arturo, podrá reinar en la isla. Tampoco son de mi agrado todos los Caballeros de Arturo, pero un hombre puede ser un rey honesto aunque no resulte adecuado para sentarse entre damas y charlar en el salón.

—Me sorprende oírte decir eso —repuso Morgana—. Al escucharte cantar las alabanzas de mi pariente Lancelot, pensaba que no creías que ningún hombre pudiera ser un buen caballero a menos que fuese apuesto y apto para esta clase de asuntos cortesanos.

Ginebra no deseaba disputar de nuevo con Morgana.

—Vamos, hermana, quiero bien a Gawaine y sin embargo es un rudo hombre del norte que tropieza con sus propios pies y difícilmente tiene una palabra que decir a mujer alguna. Por cuanto sé, Meleagrant también puede ser una joya perdida entre los pliegues de una arpillera, y por eso voy, para juzgar por mí misma.

Por tanto, a la mañana siguiente, Ginebra se puso en camino, con una escolta de seis guerreros, Ectorius, el veterano Lucan, la doncella de compañía, y un paje de nueve años. No había visitado el hogar de su infancia desde el día en que lo abandonara con Igraine, para casarse con Arturo. No se encontraba lejos: a varias leguas bajando la colina y hacia las márgenes del Lago, las cuales en aquella estación se tornaban en pantanosas marismas, con el ganado pastando en los campos estivales y la lozana hierba colmada de margaritas, dientes de león y primaveras. Dos barcas estaban esperando en la orilla, engalanadas con los estandartes de su padre. Era una arrogancia que Meleagrant se permitiera aquellas licencias, pero, después de todo, era posible que creyera verdaderamente ser el heredero de Leodegranz. Incluso podría resultar cierto; tal vez su padre había mentido sobre ello.

Había arribado a aquellas mismas orillas, con rumbo a Caerleon, hacía tantos años... ¡Cuán joven era y cuán inocente! Lancelot iba a su lado, mas el destino la había entregado a Arturo. Dios sabía que había procurado ser una buena esposa para él, aunque le hubiesen sido negados los hijos. Y la angustia volvió a invadirla cuando miró hacia los botes que aguardaban. Era posible dar a un marido tres o cinco o siete hijos, y que un año de plagas, o viruela, o fiebres de garganta, y todos parecieran... tales cosas habían sucedido. Su madre alumbró cuatro hijos, mas ninguno de ellos vivió hasta los cinco años y la hija de Alienor había muerto con ella. Morgana... Morgana había tenido un hijo del maligno Dios de las brujas y, por cuanto sabía, *ese* hijo vivía y medraba, mientras que ella, una fiel esposa cristiana, no podía tener hijo alguno y pronto sería demasiado vieja.

El mismo Meleagrant se hallaba en la orilla, inclinándose, dando la bienvenida a su honorable hermana, haciendo señas para que se dirigiese a su bote; el más pequeño de los dos. Ginebra nunca supo posteriormente cómo se vio separada de toda la escolta a excepción del pequeño paje.

—Los sirvientes de mi señora pueden ir en la otra barca, yo te escoltaré —dijo Meleagrant, tomándola del brazo con una familiaridad que no fue de su agrado; pero, después de todo, debía conducirse con diplomacia y no enfurecerle. En el último momento, sintió una súbita oleada de pánico y le hizo un ademán a Ectorius.

—Tendré a mi chambelán conmigo —insistió, y Meleagrant mostró una sonrisa, pero su enorme y tosca cara enrojeció.

—Como desee mi hermana y reina —dijo, dejando que Ectorius y Lucan subieran con ella al bote más pequeño. Se empeñó él en extender una manta para que se sentara encima, y los remeros se adentraron en el lago. Era poco profundo, y crecían en él los cañaverales; en algunas estaciones del año aquella parte se secaba. De pronto, cuando Meleagrant se sentó a su lado, Ginebra sintió que su viejo terror la asaltaba; notó una gran opresión en el estómago y por un instante creyó que iba a vomitar. Se aferró al asiento con ambas manos, Meleagrant estaba demasiado cerca de ella; se alejó tanto como las dimensiones del asiento le permitieron. Se hubiera sentido más cómoda de estar junto a Ectorius; su presencia era serena y paternal. Observó la gran hacha que Meleagrant portaba en el cinto: era igual a la que dejara junto al trono, la que Balin cogió para asesinar a Viviane... Meleagrant se inclinó tanto sobre ella que su pesado aliento le produjo mareo.

—¿Se encuentra mal mi hermana? Seguramente el movimiento de la barca no te molesta, esto está tan en calma... —dijo.

Se apartó de él, luchando por controlarse. Se hallaba sola, a excepción de los dos ancianos y el paje, en el centro del lago, con nada a su alrededor excepto cañaverales, agua y el rojizo horizonte... ¿por qué había ido? ¿Por qué no estaba en el amurallado jardín de su casa, en Camelot? No había seguridad aquí, se encontraba en el exterior bajo la extensión del cielo abierto, de forma que se sentía mareada, desnuda y expuesta...

—Pronto estaremos en la orilla —dijo Meleagrant—, y si deseas reposar antes de que tratemos nuestros asuntos, hermana, he hecho que preparen para ti los aposentos de la reina.

El bote se deslizó hasta la orilla. El viejo sendero se

hallaba todavía allí, observó, el angosto y serpenteante camino que subía al castillo; y el viejo muro, donde se encaramó aquella tarde para contemplar a Lancelot correr entre los caballos. Se sentía confusa, como si aquello hubiera ocurrido el día anterior y ella continuara siendo una tímida muchachita. Disimuladamente, alargó la mano para palpar el muro, notándolo firme y sólido, y atravesó la puerta, aliviada.

El antiguo salón le pareció más pequeño que cuando moraba allí; se había acostumbrado a los grandes espacios en Caerleon y después en Camelot. El viejo asiento de su padre estaba cubierto de pieles como las que llevaba Meleagrant y una gran piel de oso yacía a los pies de éste. Todo parecía descuidado, las pieles raídas y grasientas, el salón sucio y con un acre olor a sudor; arrugó la nariz, mas era tan grande su alivio por encontrarse entre muros que no le importó.

—¿Vas a descansar y a refrescarte, hermana? ¿Te muestro tus aposentos?

—Difícilmente me quedaré aquí el tiempo suficiente para llamarlos míos, aunque ciertamente me gustaría lavarme las manos y quitarme la capa. ¿Quieres enviar a alguien en busca de mi sirvienta? Has de tener esposa si quieres pensar en ser regente aquí, Meleagrant —dijo sonriendo.

—Hay tiempo de sobra para eso —repuso él—, te mostraré los aposentos que he dispuesto para mi reina. —La condujo por las viejas escaleras, que estaban igualmente sucias y abandonadas; Ginebra frunció el ceño, y se sintió menos inclinada a nombrarlo regente. Si se hubiese trasladado al castillo, restaurándolo, si hubiese instalado en él a una esposa y buenos sirvientes para mantenerlo en buen estado, con la limpieza adecuada, y activos soldados, bien... pero sus soldados parecían incluso más villanos que él mismo, y todavía no había visto a ninguna mujer por el lugar. Un ligero desfallecimiento comenzó a embargarla; tal vez no había sido demasiado inteligente al ir allí sola, al no insistir en que la escolta la acompañase a cada paso del camino.

Se volvió en las escaleras diciendo:

—Quiero que mi chambelán me acompañe, ten la bondad, y que busquen a mi sirvienta en seguida.

—Como mi dama desee. —Hizo él una mueca. Sus dientes parecían muy largos, amarillentos y manchados. Pensó, *Es como una bestia salvaje*... y se aplastó contra el muro, aterrorizada. Mas, con alguna reserva interior de fortaleza, acertó a decir firmemente:

—Ahora, por favor. Llama a Lord Ectorius, o volveré a bajar al salón hasta que se halle aquí mi sirvienta. No es decoroso que la reina de Arturo vaya sola con un extraño.

—¿Ni siquiera con su hermano? —inquirió Meleagrant, mas Ginebra, pasando bajo su brazo extendido, vio que Ectorius había entrado en el salón en pos de ella.

—¡Padre adoptivo! ¡Acompáñame, ten la bondad! ¡Y manda a sir Lucan en busca de mi doncella! —gritó.

El anciano subió las escaleras lentamente tras ellos, adelantándose a Meleagrant, y Ginebra alargó el brazo para apoyarse en él. Meleagrant parecía descontento ante esto. Llegaron al final de las escaleras, a la cámara en la cual residió Alienor; Ginebra había ocupado una pequeña estancia junto a la suya. Meleagrant abrió la puerta. Olía a rancio y a humedad en el interior. Ginebra titubeó. Acaso debiera insistir en volver a la planta baja y negociar de inmediato; difícilmente podía refrescarse o reposar en una estancia tan sucia y abandonada como aquella.

—Tú no, viejo —dijo Meleagrant, girándose repentinamente y empujando a Ectorius con fuerza por las escaleras—. Mi señora no necesita tus servicios ahora. —Ectorius dio un traspiés, desequilibrado, y en ese momento Meleagrant la impelió al interior de la habitación cerrando la puerta a sus espaldas. Oyó correrse el cerrojo y se desplomó de rodillas; para cuando se puso en pie se encontraba sola en la estancia y por mucho que golpeó en la puerta no consiguió hacer ruido alguno.

Así pues, la advertencia de Morgana había sido acertada. ¿Habían dado muerte a la escolta? ¿Habían asesinado a Ectorius y a Lucan? La cámara en la cual Alienor alumbró a sus hijos, vivió y murió estaba fría y húmeda; había únicamente algunas viejas sábanas de lino rotas en el lecho y la paja hedía atrozmente. El busto tallado de Alienor se encontraba allí, mas la madera veíase grasienta y llena de suciedad. El hogar estaba repleto de ceniza, como si no lo hubiesen limpiado ni encendido ningún fuego durante años. Ginebra golpeó la puerta y gritó hasta que le dolieron las manos y la garganta; se hallaba hambrienta y exhausta, mareada por el olor y la suciedad del lugar. Pero no podía hacer que cediera la puerta y la ventana era demasiado pequeña para acceder al exterior, donde había una caída de doce pies. Estaba aprisionada. Por la ventana podía avistar un desatendido establo con una sola vaca de escuálido aspecto que deambulaba y mugía a intervalos.

Fueron pasando las horas. Ginebra hubo de aceptar dos cosas: que no podía salir de la estancia por sus propios medios, y que no podía atraer la atención de persona alguna que lograra acercarse y dejarla salir. La escolta había desaparecido —muerta o aprisionada—, en cualquier caso, imposibilitada de ir en su auxilio. Probablemente su doncella de compañía y el paje estaban muertos, ciertamente bien lejos de su alcance. Se hallaba allí, sola, a merced de un hombre que posiblemente la utilizaría como rehén para exigir de Arturo algún tipo de concesión.

Su persona estaba verosímilmente a salvo de él. Como había señalado a Morgana, toda su demanda descansaba en el hecho de ser el único hijo superviviente de su padre; bastardo, pero de sangre real. Sin embargo, cuando pensaba en su rapaz visaje y enorme presencia, se sentía aterrorizada; fácilmente podía abusar de ella u obligarla a reconocerle como regente de estos dominios.

Transcurría el día; el sol cruzó lentamente la pequeña hendidura de la ventana, por la estancia, alejándose nuevamente, y después comenzó a anochecer. Ginebra fue hasta la pequeña estancia que estaba tras la de Alienor y fuera suya de niña; en la época en que su madre ocupó la cámara de Alienor. El oscuro y confinado espacio, no mayor que un excusado, era confortablemente seguro, ¿quién podía dañarla allí? No importaba que estuviese sucio y mal ventilado, enmohecido el jergón de paja; se tendió en el lecho arropándose con la capa. Luego se levantó y volvió a la habitación exterior y trató de empujar el pesado busto tallado de Alienor hasta la puerta. Había descubierto que temía sobremanera a Meleagrant y más aún a sus rufianes guerreros.

Ciertamente, él no permitiría que le hicieran daño, el único poder de negociación que tenía era su seguridad. *Arturo lo mataría*, se dijo. Arturo lo mataría de producirle el más mínimo daño.

Mas, se preguntó en su desgracia, ¿le importaría a Arturo realmente? Aunque había sido amable y amoroso con ella en aquellos años, tratándola con todos los honores, podía no lamentar la pérdida de una esposa que no lograba darle ningún hijo; esposa que estaba, por añadidura, enamorada de otro hombre y no podía ocultárselo.

Si yo fuera Arturo no emprendería acción alguna contra Meleagrant; le diría que puesto que me tenía, podía quedarse conmigo, ya que no iba a servirle para nada.

¿Qué pretendía Meleagrant? De estar muerta Ginebra, no quedaría nadie ni con una sombra de derecho para reclamar el trono del País Estival; había algunos jóvenes sobrinos y sobrinas, hijos de sus hermanas, pero vivían muy lejos y probablemente nada sabían ni les importaba esta tierra. Acaso lo que se proponía era matarla o dejarla allí para que muriese de hambre. Pasó la noche. En una ocasión oyó a algunos hombres y caballos moviéndose junto a la cuadra; fue hasta el ventanuco y escudriñó el exterior, pero únicamente vio una o dos débiles antorchas y, a pesar de que gritó con su dolorida garganta, nadie levantó la mirada ni le prestó la más mínima atención.

Ya bien adentrada la noche, habiendo caído en un fugaz sueño plagado de pesadillas, se sobresaltó, creyendo oír a Morgana pronunciando su nombre; se incorporó en la sucia paja del lecho, escrutando la densa oscuridad, pero se encontraba sola.

Morgana, Morgana. Si puedes verme, con tus hechicerías, dile a mi señor cuando regrese a casa que Meleagrant es un farsante, que esto era una trampa... luego se preguntó si Dios se enfadaría con ella por invocar la magia de Morgana para ser liberada. Y se puso a rezar quedamente hasta que la monotonía de las plegarias hizo que se durmiera nuevamente.

Su sueño fue profundo, sin pesadillas, y al despertar, con la boca seca, se dio cuenta de que era completamente de día y seguía prisionera en el vacío y repugnante aposento. Tenía hambre y sed, y estaba mareada por el hedor del lugar procedente, no sólo de la rancia paja enmohecida, sino del rincón que había tenido que utilizar como letrina. ¿Cuánto tiempo iban a dejarla sola? Transcurrió la mañana y Ginebra ya ni siquiera tenía fuerzas para orar.

¿Estaba siendo, pues, castigada por sus culpas, por no haber valorado suficientemente cuanto poseía? Había sido una esposa leal a Arturo, mas había deseado a otro hombre. Habíase mezclado con las hechicerías de Morgana. *Aunque*, pensó desesperada, *si estoy siendo castigada por adulterio con Lancelot, ¿por qué también lo estaba siendo cuando todavía era una fiel esposa para Arturo?*

Aunque Morgana pudiese ver con su magia que estaba prisionera, ¿se molestaría en socorrerla? No tenía motivo alguno para amarla; de hecho, tenía casi la seguridad de que Morgana la despreciaba.

¿Había alguien a quien realmente le importara? ¿Por qué iban a preocuparse de lo que le ocurriera?

Era pasado el mediodía cuando, finalmente, oyó pasos en la escalera. Se levantó, ciñéndose fuertemente la capa, y se retiró de la puerta. Fue Meleagrant quien entró y, ante él, retrocedió todavía más.

—¿Por qué me has hecho esto? —preguntó—. ¿Dónde están mi sirvienta, mi paje, mi chambelán? ¿Qué le has hecho a mi escolta? ¿Crees que Arturo te consentirá gobernar este país habiendo insultado a su reina?

—No serás su reina por mucho tiempo —repuso Meleagrant tranquilamente—. Cuando me haya servido de ti, no deseará que vuelvas. En los días de antaño, el marido de la reina era el rey de la tierra, y si te retengo y hago que concibas hijos, ningún hombre me negará el derecho a gobernar.

—No tendrás ningún hijo mío —dijo Ginebra riendo sin alegría—. Soy estéril.

—Bah, estabas casada con un maldito e imberbe muchacho —repuso él, y añadió algo más, que Ginebra no comprendió del todo, sólo que era tremendamente deleznable.

—Arturo te matará —dijo.

—Deja que lo intente. Es más difícil de lo que crees atacar una isla —declaró Meleagrant—. ¡Muchos eran los que veíanse incordiados por el poder de los clérigos, y yo los he librado de todos esos condenados sacerdotes! Yo gobierno según las antiguas leyes, y me haré a mí mismo rey por esa ley, la cual afirma que tu hombre gobierna aquí...

—No —musitó ella retrocediendo, pero él saltó, atenazándola, y la atrajo hacia sí.

—No eres de mi agrado —dijo brutalmente—. Flaca, fea y pálida ramera. ¡Prefiero a las mujeres que tienen algo de carne sobre los huesos! Pero eres la hija de Leodegranz, a no ser que tu madre tuviera más sangre de la que pienso que pudiera tener. —La estrechó. Ella se debatió, y liberó un brazo golpeándolo en plena cara.

El gritó cuando el codo le aplastó la nariz, le atenazó el brazo zarandeándola violentamente; luego la golpeó con el puño cerrado en la mandíbula. Ella sintió que algo se rompía y la sangre llenaba su boca. Volvió a golpearla una y otra vez con los puños; ella levantó los brazos, ate-

113

rrorizada, para protegerse de los golpes, pero siguió recibiéndolos.

—Ahora —gritó él—, todo eso se ha terminado, vas a saber quién es tu amo. —Le cogió la muñeca y se la retorció.

—Oh, no... no, por favor... por favor, no me hagas daño.... Arturo... Arturo te matará.

El le respondió únicamente con una obscenidad, arrojándola sobre la sucia paja del lecho, y se arrodilló a su lado, tirando del vestido. Ella se revolvió, gritando; comenzó a golpearla de nuevo y ella se acurrucó en un rincón del lecho.

—¡Quítate el vestido! —ordenó.

—¡No! —gritó, ciñéndose las prendas. El se abalanzó, torciéndole la muñeca y sosteniéndola mientras le desgarraba el traje deliberadamente hasta la cintura.

—Ahora, ¿te lo vas a quitar o lo hago pedazos?

Temblando, sollozando, con dedos trémulos, Ginebra se sacó el vestido por la cabeza, sabiendo que debía luchar, pero demasiado aterrorizada por sus puños y sus golpes para resistirse. Cuando hubo acabado la tendió, sosteniéndola sobre la sucia paja. Se debatió sólo un poco, dominada por sus manos, mareada por su repugnante aliento y su enorme cuerpo peludo.

—¡No me rehuyas así, condenada! —voceó él, zarandeándola con violencia; ella gritó de dolor y la golpeó nuevamente. Se quedó inmóvil, sollozando, y le dejó hacer cuanto quiso. Parecía que aquello fuera a durar siempre; luego se apartó y ella abrió la boca para recobrar el aliento, afanándose para cubrirse con su ropa. El se puso en pie, apretándose el cinto y le hizo un ademán.

—¿No vas a dejarme marchar? —imploró—. Te prometo... te prometo...

El hizo una feroz mueca.

—¿Por qué habría de hacerlo? —preguntó—. No, aquí estás y aquí te quedarás. ¿Necesitas algo? ¿Un vestido para sustituir ése?

Ella continuó llorando, exhausta, avergonzada, mareada.

—¿Quieres darme un poco de agua y... algo de comer? Y... —dijo al fin con voz trémula, y se echó a llorar con mayor violencia que nunca, avergonzada— y un orinal.

—Cualquier cosa que mi dama desee —respondió Meleagrant sarcásticamente y se fue, encerrándola de nuevo.

Más tarde, en aquel mismo día, una deforme y corcovada vieja le llevó un poco de carne asada y grasienta, y una rebanada de pan de centeno, junto con cuencos de agua y cerveza. Asimismo llevaba unas sábanas y un orinal.

—Si le llevas un mensaje a mi señor Arturo, te daré esto —dijo Ginebra quitándose un pasador de oro del cabello.

A la vieja se le iluminó la cara cuando vio el oro, pero luego apartó la vista, asustada, y salió de la estancia. Ginebra volvió a llorar otra vez.

Finalmente, se tranquilizó un poco, comió y bebió, procurando asearse en lo posible. Se sentía mareada y lastimada, mas aún era peor la sensación de haber sido utilizada, ultrajada, mancillada irremisiblemente.

¿Era cierto lo que había dicho Meleagrant, que Arturo no haría que regresara, ahora que había sido ultrajada más allá de lo redimible? Podía ser así... si ella fuera un hombre tampoco querría nada que Meleagrant hubiese utilizado...

No, pero no era justo; no se trataba de algo que ella hubiese hecho mal, había sido apresada y engañada, utilizada contra su voluntad.

Oh, no es más que lo que merezco... no he sido una esposa fiel, amo a otro... Se sintió enferma de culpa y vergüenza. Mas, al cabo de un rato, comenzó a recobrar la compostura y a considerar la situación en que se veía.

Se encontraba en el castillo de Meleagrant, el viejo castillo de su padre. Había sido violada y estaba cautiva, y Meleagrant había declarado su intención de reinar en aquella isla por el derecho que le conferiría ser su esposo. No había posibilidad de que Arturo le permitiera hacerlo; independientemente de lo que pensara de ella, por su propio honor como Rey Supremo habría de hacer la guerra a Meleagrant. No sería fácil, pero tampoco imposible, reconquistar una isla. Nada sabía de Meleagrant como guerrero, excepto, pensó con un extraño destello de torvo humor, en el caso de que luche contra una mujer indefensa después de golpearla para conseguir su sumisión. Pero no era probable que lograra hacer frente al Rey Supremo que había vencido definitivamente a los sajones en Monte Badon.

Y entonces debería mirarle a la cara y relatarle cuanto le había ocurrido. Sería más fácil darse muerte. Sucediera lo que sucediera, no podía imaginarse ante Arturo, contándole cómo la había tratado Meleagrant... *Debí haber luchado contra él con más energía; Arturo, en la batalla, ha arrostrado la muerte; en una ocasión sufrió una herida que lo mantuvo en cama durante medio año, y yo... yo dejé de luchar tras unas cuantas bofetadas y golpes...* Deseó poseer algo de la brujería de Morgana. ¡Lo convertiría en un cerdo! Pero Morgana nunca habría caído en sus manos; habría adivinado que era una trampa, o usado aquella pequeña daga suya. Puede que no le hubiese matado, mas sí logrado que perdiera su deseo, y quizá la posibilidad de violar a una mujer.

Había comido y bebido cuanto pudo, se había aseado y limpiado el mugriento vestido.

De nuevo el día estaba llegando a su fin. No era de esperar que se extrañasen de que no volviera, que alguien fuese a buscarla hasta que Meleagrant comenzara a jactarse de lo que había hecho, proclamándose esposo de la hija del Rey Leodegranz. Ella había ido por propia voluntad y convenientemente asistida por dos de los Caballeros de Arturo. Hasta que éste no retornase de las Costas del Sur o, quizás, hasta una semana o diez días después, al no regresar ella en el tiempo acordado, comenzaría a sospechar que algo no iba bien.

Morgana, ¿por qué no te escuché? Me advertiste de que era un villano...

...Por un momento le pareció poder ver el semblante pálido y desapasionado de su cuñada, calmo y ligeramente burlón, con tanta claridad que se frotó los ojos; ¿Morgana estaba riéndose de ella? No, era un ardid de la luz, y ya había desaparecido.

Si me pudiera ver con su magia... tal vez enviara a alguien... no, no lo haría, me odia, se reiría de mi infortunio... y luego recordó: Morgana se reía y se mofaba, pero, cuando se trataba de un problema auténtico, nadie podía ser más atento. Morgana la había atendido cuando malparió; intentó ayudarla, aunque puso objeciones, con un conjuro. Acaso, después de todo, no la odiase. Quizá todas las burlas de Morgana eran una defensa contra el orgullo de Ginebra, contra su escarnio a las sacerdotisas de Avalon.

El crepúsculo estaba empezando a borrar el mobiliario de la estancia. Debía haber pensado en pedir algún tipo de luz. Ahora parecía que iba a pasar allí una segunda noche como prisionera, y era posible que Meleagrant volviese... ante tal idea se sintió otra vez enferma de terror; aún se hallaba dolorida por su brutal tratamiento, su boca estaba hinchada, las contusiones iban ennegreciendo sus hombros y, supuso, su rostro. Sin embargo, encontrándose allí sola, podía reflexionar con gran calma en la forma de luchar contra él y tal vez de expulsarle; pero supo, con una oleada de horror inundándole el cuerpo, que cuando la tocara, retrocedería espantada dejándole hacer lo que quisiera, para evitar los golpes... tenía tanto miedo, tanto miedo de que volviese a hacerle daño...

Y cómo podría Arturo perdonarla por esto, no habiendo sido abatida completamente, sino dejándose hacer como una cobarde, ante la amenaza de unos cuantos golpes... ¿cómo podría hacerla volver cual a su reina y continuar honrándola y amándola, cuando había permitido que otro hombre la poseyera...?

No le importó cuando Lancelot y ella... había tomado parte en aquello... de ser pecado no era del todo suyo, ya que había hecho lo que su marido deseaba...

117

Oh, sí, pero Lancelot era su deudo y más querido amigo...

Se produjo una conmoción en el patio; Ginebra se dirigió a la ventana, escudriñando el exterior; mas únicamente logró ver el mismo rincón del establo y la misma vaca escuálida. En alguna parte se formó un alboroto, gritos, voces, y el entrechocar de armas, mas nada podía ver y el ruido quedaba amortiguado por los muros y las escaleras; podía tratarse sólo de esos villanos de Meleagrant, peleando en los patios, o incluso —¡oh, no! ¡No lo quiera Dios!— dando muerte a su escolta. Intentó alzar el cuello para poder ver más allá desde la hendidura de la ventana, pero no había nada que ver.

Se produjo un ruido en el exterior. La puerta se abrió y Ginebra, volviéndose aprensivamente, vio a Meleagrant, con la espada desnuda en la mano. Le hizo señas con ella.

—Entra en esa cámara interior —ordenó—. Entra, y no hagas ningún ruido, señora, o será peor para ti.

¿Significa esto que alguien ha venido a rescatarme? El parecía desesperado y Ginebra supo que no lograría obtener ninguna información. Retrocedió, lentamente, hacia la estancia interior. La siguió, espada en mano, y ella se amedrentó, crispándose todo su cuerpo por la anticipación del golpe... ¿la mataría ahora, o la mantendría como rehén para escapar?

Nunca conoció su plan. La cabeza de Meleagrant súbitamente estalló en un surtidor de sangre y sesos; se desmoronó con increíble lentitud, y Ginebra cayó también, semidesmayada, pero antes de que tocase el suelo, se halló en brazos de Lancelot.

—Mi dama, mi reina, ¡ah, amada mía! —La apretó contra sí, sosteniéndola, y luego, medio inconsciente, Ginebra supo que le estaba cubriendo el rostro de besos. No protestó; era como un sueño. Meleagrant yacía ensangrentado a sus pies, la espada descansaba donde había caído. Lancelot la cogió en brazos para hacerla pasar sobre el cuerpo.

—¿Cómo lo supiste? —balbuceó.

—Morgana —contestó él escuetamente—. Cuando llegué a Camelot, Morgana dijo que había procurado retrasarte hasta que yo estuviera allí. Presintió que era una trampa. Monté en mi caballo y vine en pos de ti, con media docena de hombres. Encontré a los miembros de tu escolta aprisionados en los bosques que están cerca de aquí, atados y amordazados. Cuando los liberé, todo fue fácil; sin duda se creía seguro. —Ahora Lancelot la apartó lo suficiente como para ver las contusiones de su rostro y cuerpo, su vestido desgarrado, los labios rotos e hinchados. Los palpó con dedos trémulos.

—Ahora lamento que muriera tan rápidamente —dijo él—. Me hubiera complacido hacerle sufrir como tú has sufrido. Ah, mi pobre amor, querida mía, se ha servido de ti tan cruelmente.

—No lo sabes bien —susurró ella—, no lo sabes —y se puso a sollozar de nuevo, aferrándose a él—. Has venido, has venido, creía que nadie iba a venir, que nadie me querría ya, que nadie volvería a tocarme... ahora que estoy deshonrada...

La abrazó, besándola una y otra vez con frenética ternura.

—¿Deshonrada? ¿Tú? No, la deshonra es suya, suya, ¡oh, y ha pagado por ello...! —musitó entre besos—. Creí haberte perdido para siempre, podía haberte matado, pero Morgana dijo que no, que estabas viva.

Incluso entonces, Ginebra se permitió un momento de temor y resentimiento, ¿sabía Morgana que había sido humillada, violada? ¡Ah, Dios, ojalá Morgana no lo supiese! ¡No podría soportar que Morgana lo supiera!

—¿Sir Ectorius? Sir Lucan...

—Lucan está bastante bien; Ectorius no es joven y ha sufrido una grave conmoción, pero no hay motivo para pensar que no sobreviva —dijo Lancelot—. Debes bajar, amada mía, y dejar que te vean; han de saber que su reina vive.

Ginebra miró el vestido desgarrado, palpándose el contusionado rostro con manos vacilantes. Su voz tenía dificultades para salir de la garganta.

—¿Puedo disponer de un poco de tiempo para arreglarme? No quiero que vean... —dijo, y le fue imposible proseguir.

Lancelot titubeó, asintiendo luego.

—Sí; dejémosles pensar que no se ha atrevido a insultarte. Es lo mejor. Vine solo, contando con que podía derrotar a Meleagrant; los demás están abajo. Buscaré en las otras cámaras, un hombre de su clase no podría morar aquí sin una mujer u otra. —La dejó por un momento, y ella se angustió al perderle de vista. Se alejó del cuerpo de Meleagrant, observándolo como si se tratase del cadáver de un lobo muerto por algún pastor, sin tan siquiera sentir repulsión por la sangre.

Al cabo de un instante Lancelot regresó.

—Más allá hay una estancia que está limpia y contiene arcas con algunas prendas guardadas; creo que era el antiguo aposento del rey. Incluso hay un espejo.

La condujo hasta allí. Aquella estancia había sido barrida y el jergón de paja del gran lecho era nuevo, había sábanas y mantas, y cobertores de piel; no demasiado limpios, pero tampoco desagradables. Había un arca tallada, que reconoció, y en su interior encontró tres vestidos, uno de los cuales había llevado Alienor, los otros estaban hechos para una mujer más alta. Cogiéndolos, con la vista enturbiada por las lágrimas, pensó, *Estos deben haber sido de mi madre. Me sorprende que mi padre nunca se los diese a Alienor.* Y luego consideró, *Nunca conocí bien a mi padre. No tengo idea de qué tipo de hombre era, para mí era únicamente mi padre.* Y aquello le pareció muy triste.

—Me pondré éste —dijo, y sonrió levemente—. Si puedo arreglármelas sin una mujer que me vista.

Lancelot le acarició el rostro.

—Yo te ayudaré, señora mía. —Empezó a hacerlo. Y entonces su cara se crispó, y la levantó entre sus brazos.

—Cuando pienso en ese... ese animal tocándote —dijo

con la cara hundida en su seno— y yo que te amo apenas me atrevo a rozarte.

Y por toda su fidelidad, ella sólo había obtenido esto; su virtud y comedimiento habían sido recompensados con la violación y la brutalidad. ¡Y Lancelot, que habíale ofrecido su amor y ternura, que escrupulosamente se había apartado para no traicionar a su deudo, tenía que ser testigo de ello! Se estrechó contra él, abrazándole.

—Lancelot —susurró—, mi amor, querido mío, aparta de mí el recuerdo de lo que me han hecho, permanezcamos aquí durante un rato.

A él se le inundaron los ojos de lágrimas; la tendió gentilmente en el lecho, acariciándola con manos trémulas.

Dios no ha recompensado mi virtud. ¿Por qué he de creer que puede castigarme? Y entonces pensó algo que la hizo estremecerse, *acaso no exista ningún Dios, ni ninguno de los Dioses en los cuales cree el pueblo. Acaso todo sea una gran mentira de los sacerdotes, para poder decir a la humanidad lo que ha de hacer y lo que no, en qué creer, dándole órdenes incluso al Rey.* Se incorporó atrayendo hacia sí a Lancelot, los labios contusionados buscando los suyos, las manos errando por el cuerpo amado, esta vez sin miedo ni vergüenza. Había dejado de preocuparle, y no se sentía cohibida. ¿Arturo? Arturo no la había protegido de la violación. Había sufrido cuanto había de sufrir y ahora, al menos, tendría esto. Había sido por voluntad de Arturo que yaciera la primera vez con Lancelot, y ahora haría lo que ella deseaba.

PARTIERON DEL CASTILLO de Meleagrant dos horas más tarde, uno junto al otro, con las manos extendidas entre las cabalgaduras para acariciarse según cabalgaban, y a Ginebra ya no le importaba; miraba directamente a Lancelot, llevando la cabeza alta con júbilo y alegría. Era éste su verdadero amor y jamás volvería a preocuparse de ocultarlo ante nadie.

V

En Avalon las sacerdotisas recorrían lentamente el margen de cañaveras, con antorchas en la mano... Debería estar con ellas, pero por alguna razón, no podía ir... Viviane se habría enfurecido conmigo de saber que no estaba allí, mas yo parecía hallarme en una distante orilla, incapaz de pronunciar la palabra que me hubiese llevado hasta ellas...

Cuervo caminaba despacio, el pálido rostro surcado de arrugas que yo nunca había visto, un largo mechón blanco en la sien... llevaba el cabello suelto, ¿era posible que aún siguiera siendo doncella, intocada, excepto por el Dios? Sus blancos ropajes se mecían con el mismo viento que hacía oscilar las antorchas. ¿Dónde estaba Viviane, dónde estaba la Dama? La sagrada barca se hallaba en el margen de las tierras eternas, mas ella no iría nunca más al lugar de la Diosa... ¿y quién portaba el velo y la corona de la Dama?

Nunca la había visto antes, salvo en sueños...

El abundante y claro cabello, del color del trigo maduro, estaba trenzado en baja corona sobre la frente; mas, pendiendo de la cintura donde debiera haberse encontrado el cuchillo de una sacerdotisa... ¡ah, Diosa! Pues en el costado del pálido vestido pendía un crucifijo de plata; pugné contra invisibles ataduras para abalanzarme y quitárselo, pero Kevin se interpuso entre nosotras y me sujetó las manos con las suyas, las cuales se enroscaban y retorcían como deformes serpientes... y luego él se retor-

cía entre mis manos... y las serpientes me desgarraban con sus dientes...

—¡Morgana! ¿Qué te pasa? —Elaine sacudió del hombro a su compañera de lecho—. ¿Qué te pasa? Estabas gritando en sueños.

—Kevin —murmuró ella y se incorporó, con el pelo suelto, oscuro como las plumas de un cuervo, rodeándola como negras aguas—. No, no, no eras tú, pero tiene el cabello claro como el tuyo, y un crucifijo.

—Estabas soñando, Morgana —dijo Elaine—. ¡Despierta!

Morgana parpadeó, estremeciéndose, luego suspiró profundamente y miró a Elaine con su acostumbrada compostura.

—Lo siento, ha sido un mal sueño —dijo, pero sus ojos aún parecían obsesionados.

Elaine se preguntó qué sueños perseguían a la hermana del Rey; de seguro debían ser malos, pues ella llegó hasta allí procedente de aquella isla de brujas y hechiceras... aunque, de alguna forma, Morgana nunca le había parecido una mujer mala. Pero, ¿cómo podía ser buena adorando a los demonios y rechazando a Cristo?

Apartó su mirada de ella.

—Debemos levantarnos, prima. El Rey llegará hoy, como afirmó anoche el mensajero.

Morgana asintió y abandonó el lecho, quitándose el camisón; Elaine, pudorosa, apartó los ojos. Morgana parecía no sentir vergüenza, ¿no había oído nunca que todo el pecado penetró en este mundo a través de una mujer? Ahora permanecía desnuda, indiferente, mientras buscaba en el arca un camisón de fiesta. Elaine se volvió y comenzó a vestirse.

—Apresúrate, Morgana, debemos ir con la Reina.

Morgana sonrió.

—No tanta prisa, deuda, hemos de dar tiempo a Lancelot para que pueda alejarse. Ginebra no te estaría agradecida por provocar un escándalo.

—Morgana, ¿cómo puedes decir una cosa así? Después de lo sucedido, no deja de ser razonable que Ginebra tema estar sola por la noche y desee que su campeón duerma en el umbral de su puerta... y, ciertamente, fue una suerte que Lancelot llegara a tiempo para salvarla de algo peor.

—No seas más tonta de lo que *debes*, Elaine —repuso Morgana al borde de su paciencia—. ¿Eso crees?

—Tú, por supuesto, lo sabes mejor debido a tu magia —le espetó Elaine, tan fuerte que todas las demás mujeres que dormían en la estancia volvieron la cabeza para atender a la discusión de la prima de la Reina y la hermana del Rey. Morgana bajó la voz y dijo:

—Créeme, no deseo ningún escándalo, no más que tú. Ginebra es mi cuñada y también Lancelot es pariente mío. Sabe Dios que Arturo no recriminaría a Ginebra por lo ocurrido con Meleagrant. Pobre infeliz, no fue culpa suya, e indudablemente hay que divulgar que Lancelot llegó a tiempo para rescatarla. Aunque no me cabe duda de que Ginebra le contará a Arturo, al menos en secreto, cómo Meleagrant la utilizó... no, Elaine, observé su aspecto cuando Lancelot la trajo de vuelta de la isla y la oí expresar su temor a que ese condenado mal nacido pudiera haberla dejado encinta.

El rostro de Elaine adquirió una palidez enfermiza.

—Pero era su hermano —susurró—. ¿Hay algún hombre viviente que pueda hacer algo *así*?

—¡Oh, Elaine, en el nombre de Dios, qué simple eres! —exclamó Morgana—. ¿Crees que *eso* es lo peor?

—Y estás diciendo que Lancelot ha compartido su lecho mientras el Rey ha estado fuera.

—No me sorprende, ni creo que sea la primera vez —dijo Morgana—. Sé razonable, Elaine, ¿lo repruebas? Después de cuanto le hizo Meleagrant, no me sorprendería que Ginebra nunca volviera a desear que ningún hombre la tocase, y por su bien me alegraría de que Lancelot pudiera curar esa herida. Ahora, Arturo quizá la rechace, para poder conseguir un hijo en otra parte.

Elaine declaró, mirándola:

—Acaso Ginebra se retire a un convento. En una ocasión me dijo que jamás había sido tan feliz como en el convento de Glastonbury. Mas, ¿la acogerán, habiendo sido amante del capitán de la caballería de su marido? ¡Oh, Morgana, estoy tan avergonzada por ella!

—Nada tiene que ver contigo —repuso ésta—. ¿Por qué habrías de preocuparte?

Elaine dijo, sorprendiéndose de su vehemencia:

—¡Ginebra tiene marido, es la esposa del Rey Supremo, y éste es el rey más honorable y gentil que jamás haya gobernado estas tierras! ¡No tiene necesidad alguna de buscar amor en otra parte! Aunque, ¿cómo puede Lancelot pretender a ninguna otra dama, si la Reina le tiende la mano?

—Bueno —aduio Morgana—, quizá Lancelot y ella se marchen de esta corte ahora. Lancelot posee tierras en la Baja Bretaña, y se han amado desde hace mucho tiempo, aunque creo que hasta este percance habían vivido como hombre y mujer cristianos. —En silencio se perdonó tal mentira; lo que Lancelot le confió en su angustia había de quedar para siempre en las profundidades de su corazón.

—Pero entonces Arturo sería el hazmerreír de todos los cristianos de esta isla —dijo Elaine perspicazmente—. Si la Reina huyera de sus tierras con su mejor amigo y capitán de la caballería, le llamarían cornudo o algo peor.

—No creo que a Arturo le preocupe lo que digan de él... —empezó a decir Morgana, pero Elaine sacudió la cabeza.

—No, Morgana, debe importarle. Los reyes menores han de respetarle para reunirse bajo su estandarte cuando sea menester. ¿Cómo podrían hacerlo si consiente que su esposa viva en abierto pecado con Lancelot? Sí, sé que hablas de estos últimos días. Pero, ¿podemos estar seguros de que quedará en eso? Mi padre es vasallo y amigo de Arturo, creo que, incluso él, se mofaría de un rey que no logra gobernar a su esposa, y se preguntaría cómo alguien así iba a regir un reino.

—¿Qué podemos hacer?, ¿algo así como dar muerte a la pareja culpable? —Dijo Morgana encogiéndose de hombros.

—¡Qué dices! —exclamó Elaine con un estremecimiento—. No, pero Lancelot debe abandonar la corte. Tú eres pariente suya, ¿no puedes hacerle ver eso?

—Ay —dijo Morgana—, me temo que tengo poca influencia sobre mi deudo en ese aspecto. —Y en sus adentros fue como si algo gélido la atenazase con dientes.

—De estar desposado Lancelot —repuso Elaine, y súbitamente pareció armarse de valor—. ¡Si estuviera casado conmigo! Morgana, eres experta en encantos y conjuros, ¿no puedes darme un filtro que haga a Lancelot tornar los ojos hacia mí? También soy hija de un rey, ciertamente tan hermosa como Ginebra, ¡y al menos no tengo marido!

Morgana rió amargamente.

—Mis conjuros, Elaine, pueden ser algo peor que inútiles, pregúntale a Ginebra algún día cómo un conjuro semejante rebotó en ella. Elaine —dijo, poniéndose seria—, ¿de veras emprenderías tal camino?

—Creo que si se desposara conmigo —contestó ésta—, llegaría a ver que no soy menos digna de amor que Ginebra.

Morgana puso la mano bajo la barbilla de la joven y le hizo levantar el rostro.

—Escucha, niña mía —empezó, y Elaine sintió que los negros ojos de la sacerdotisa llegaban hasta su alma—. Elaine, eso no sería fácil. Has dicho que le amas, pero el amor cuando una doncella habla así suele no ser más que, un capricho. ¿Sabes realmente qué clase de hombre es? Esa inclinación que sientes, ¿podría durar todos los años de un matrimonio? Si sólo quisieras yacer con él, *eso* podría arreglarse con bastante facilidad. Mas, cuando el encanto del conjuro se hubiese extinguido, bien podría odiarte por haberle engañado. ¿Y entonces qué?

Elaine declaró, tartamudeando:

—Incluso a eso... incluso a eso me arriesgaría, Morgana, mi padre me ha ofrecido a otros hombres, pero me ha hecho promesa de que nunca torcerá mi voluntad. Te lo aseguro, si no logro casarme con Lancelot, pasaré el resto de mi vida tras los muros de un convento, lo juro... —Sufrió un estremecimiento, pero no lloró—. Pero, ¿por qué he de solicitar tu ayuda, Morgana? Como todas nosotras, como la misma Ginebra, tú podrías desear a Lancelot, como marido o como amante, y la hermana del Rey puede elegir por sí misma...

Entonces, durante un momento, Elaine pensó que sus ojos la engañaban, pues le pareció ver que las lágrimas afluían a los fríos ojos de la sacerdotisa.

—Ah, no, pequeña, Lancelot no me tomaría aunque lo ordenase Arturo. Créeme, Elaine, disfrutarías de poca felicidad con Lancelot.

—No creo que las mujeres disfruten nunca de mucha felicidad en el matrimonio —dijo Elaine—; sólo lo creen así las muy jóvenes y yo no lo soy tanto. Pero una mujer debe casarse en uno u otro momento, y yo preferiría casarme con Lancelot. —Luego prorrumpió— ¡No creo que puedas lograrlo! ¿Por qué te burlas de mí? ¿Son tus encantos y conjuros algo más que tramoya alumbrada por la luna?

Había esperado que Morgana se enojase con ella, defendiendo sus artes, pero únicamente suspiró y movió la cabeza.

—No pongo mucha fe en los filtros y conjuros amorosos, ya te lo dije antes. Son para enfocar la voluntad de los ignorantes. Las artes de Avalon son algo muy diferente, y no deben ser invocadas con ligereza porque una doncella prefiera yacer con un hombre en lugar de con otro.

—Oh, siempre ocurre así con los conocimientos de los sabios —exclamó Elaine desdeñosa—. Podría hacer esto o aquello, pero no lo haré porque no sería correcto mezclarse en la obra de los Dioses, o porque las estrellas no son propicias o porque tú...

Morgana suspiró.

—Deuda, puedo entregarte a Lancelot por marido, si

es eso lo que verdaderamente deseas. No creo que vaya a hacerte feliz, mas has sido prudente al afirmar que no esperas felicidad en el matrimonio... créeme, Elaine, sólo deseo ver a Lancelot bien casado y lejos de esta corte y de la reina. Arturo es mi hermano y no quiero que la afrenta caiga sobre él, como habrá de ser tarde o temprano. Tienes que recordar que tú me lo has pedido. Procura no lamentarte cuando llegue la amargura.

—Juro que soportaré cualquier cosa que ocurra, si puedo tenerlo por esposo —dijo Elaine—. Pero, ¿por qué haces esto, Morgana? ¿Es simplemente por rencor a Ginebra?

—Créelo así si lo deseas, o puedes creer que amo a Arturo demasiado bien como para ver cómo el escándalo destruye cuanto hasta ahora ha logrado —respondió Morgana con firmeza—. Y ten presente, Elaine, que los encantos rara vez obran como esperas que lo hagan...

Cuando los Dioses han establecido su voluntad, ¿qué importa lo que cualquier mortal haga, aun usando encantos o conjuros? Viviane había situado a Arturo en el trono... pero, incluso así, se cumplió la voluntad de la Diosa y no la de Viviane, pues ésta habíale negado a Arturo un hijo de la Reina. Y cuando ella, Morgana, había pretendido lograr lo que la Diosa dejara sin hacer, la repercusión de aquel encanto había arrojado a Ginebra y a Lancelot a este escandaloso amor.

Bueno, *eso* al menos podía remediarlo, procurando que Lancelot se desposara honorablemente. También Ginebra estaba atrapada; se alegraría, tal vez, de que algo rompiera lo que la oprimía.

Su boca se estiró ligeramente en un gesto que no llegó a ser una sonrisa.

—Sé cauta, Elaine; hay un sabio consejo que dice: Ten cuidado de lo que pides, porque puede serte concedido. Está en mi mano darte a Lancelot por marido, pero te pediré algo a cambio.

—¿Qué puedo darte yo que pueda serte útil, Morgana? Nada te importan las joyas, por cuanto he apreciado...

—No quiero joyas ni riquezas —repuso Morgana—, únicamente esto. Le darás hijos a Lancelot, pues he visto a su hijo... —y se interrumpió, sintiendo que la piel le punzaba a lo largo de la espina dorsal, como cuando le sobrevenía la Visión. Elaine tenía los ojos muy abiertos por el asombro. Casi podía oír sus pensamientos, *Así que es cierto, tendré a Lancelot por marido y le daré hijos...*

Sí, era cierto, aunque no lo supe hasta haberlo dicho... si actúo dentro del campo de la Visión, no me estaré entrometiendo en lo que ha de dejarse a la Diosa, y de tal modo, se me aclarará el camino.

—Nada diré de tu hijo —declaró Morgana con firmeza—. Debe cumplir su destino... —Sacudió la cabeza para disipar la extraña oscuridad de la Visión—. Unicamente te pido que me des a tu primera hija para que sea instruida en Avalon.

Elaine tenía los ojos muy abiertos.

—¿En la brujería?

—La madre de Lancelot fue Sacerdotisa Suprema de Avalon —dijo Morgana—. Yo no tendré ninguna hija para la Diosa. Si a través de mis acciones le das a Lancelot el hijo que todo hombre anhela, debes jurarme, jurarlo por tu Dios, que me darás a tu hija en adopción.

La estancia pareció llenarse de un opresivo silencio.

—Si todo esto llega a suceder, y alumbro el hijo de Lancelot —dijo Elaine finalmente—, juro que tendrás a su hija para Avalon. Lo juro en nombre de Cristo —manifestó, e hizo el signo de la cruz.

Morgana asintió.

—Y a cambio juro —dijo— que será la hija que nunca le di a la Diosa y que castigará una gran culpa...

Elaine parpadeó.

—¿Una gran culpa... Morgana, de qué estás hablando?

Morgana flaqueó un poco; el opresivo silencio de la habitación se había roto. Era consciente del sonido de la lluvia tras las ventanas y del frío que hacía en la cámara. Frunció el ceño.

—No sé, mi mente divagaba. Elaine, esto no puede hacerse aquí. Debes pedir licencia para ir a ver a tu padre y debes asegurarte de que yo sea invitada a ir en tu compañía. Me ocuparé de que Lancelot esté allí. —Suspiró profundamente, volviéndose para recoger el vestido—. En cuanto a Lancelot, ya le hemos dado tiempo para salir de la cámara de la Reina. Vamos, Ginebra nos estará esperando.

Y, ciertamente, cuando Elaine y Morgana llegaron hasta la Reina, no había ningún signo de la presencia de Lancelot, ni de ningún otro hombre. Mas en un momento en que Elaine se hallaba un poco alejada de ellas, los ojos de Ginebra y Morgana se encontraron, y ésta pensó que jamás había visto tan espantosa amargura.

—Me desprecias, ¿verdad, Morgana?

Al fin, pensó Morgana, *Ginebra había formulado la pregunta que había permanecido en su mente durante todas aquellas semanas.* Sintió deseos de darle una acre respuesta, *De ser así, ¿no es porque tú me has despreciado antes?* Pero dijo tan amablemente como pudo:

—No soy tu confesor, Ginebra, y tú, no yo, eres quien profesa la fe que te condenará porque compartes el lecho con un hombre que no es tu marido. Mi Diosa es más benévola con las mujeres.

—Debiera haber sido —prorrumpió Ginebra; luego se detuvo y repuso—. Arturo es tu hermano; a tu ojos, él no puede hacer nada mal.

—No he afirmado eso. —Morgana no podía soportar el quebranto que se reflejaba en el rostro de la joven—. Ginebra, hermana mía, nadie te ha acusado.

Pero ésta se volvió.

—No, y tampoco quiero que me compadezcas, Morgana —dijo con los dientes apretados.

Lo quieras o no, eso tienes, pensó Morgana, sin llegar a expresar tal pensamiento con palabras; no era una sanadora, para sondear viejas heridas y hacerlas sangrar.

—¿Estás dispuesta a romper el ayuno, Ginebra? ¿Qué prefieres para comer?

Cada vez más, en esta corte, desde que no hay guerras,

es como si yo fuera su sirvienta, y ella más noble que yo.
Era, reflexionó Morgana desapasionadamente, un juego
al que todos jugaban y no se lo reprochaba a Ginebra.
Pero habían mujeres nobles en este reino que podían hacerlo; y tampoco le gustaba que Arturo, ahora que no
había batallas en las que luchar, aceptara que todos sus
antiguos Caballeros fueran sus asistentes personales, aunque se tratara de reyes o señores por propio derecho. En
Avalon había servido gustosamente a Viviane porque ella
era la viva representación de la Diosa, la sabiduría y los
poderes mágicos la situaban casi más allá de lo humano.
Aunque supo, asimismo, que tales poderes también le
serían dados a ella, si trabajaba seriamente para merecer-
los; y podía llegar un día en el cual fuera reverenciada, si
tomaba el poder de la Diosa.

Mas para un jefe guerrero de la tierra, o para su esposa no eran convenientes tales poderes excepto en la guerra
misma, y la encolerizaba que Arturo mantuviese la corte
en tal estado, asumiendo un poder que únicamente debía
pertenecer a los druidas y sacerdotisas de mayor rango.
*Arturo porta todavía la espada de Avalon, y si no cumple
el juramento hecho a Avalon, ellos la exigirán de sus
manos.*

Y entonces Morgana sintió que la estancia crecía a su
alrededor y pareció ensancharse como si todas las cosas
se alejaran; aún le era posible ver a Ginebra, los labios
entreabiertos para hablar, pero al mismo tiempo tenía la
sensación de que veía *a través* del cuerpo de la mujer,
como si estuviera en el país de las hadas. Todo era, a la
vez, distante y pequeño como en un espejismo, y había
un profundo silencio dentro de su cabeza. En tal silencio
vio los muros de un pabellón y a Arturo durmiendo con
la Excalibur desenvainada en sus manos. Se inclinó sobre
él; no podía coger la espada, pero con la daga en hoz de
Viviane cortó las cuerdas que sujetaban la vaina a su
cinto; estaba estropeada por el uso, el terciopelo deshila-
chado, el valioso metal de los bordados deslucido y oxi-
dado. Morgana tomó la vaina en la mano y entonces se

encontró en las orillas de un gran lago, con el susurro de las cañaveras en derredor...

—He dicho no, no quiero vino. Estoy harta de tomar vino en el desayuno —remarcó Ginebra—. Quizás Elaine pueda encontrar un poco de leche fresca en las cocinas. ¿Morgana? ¿Has caído en un trance?

Morgana parpadeó y miró a Ginebra. Lentamente fue rehaciéndose, tratando de fijar la vista. Nada era cierto, no estaba cabalgando alocadamente por las márgenes de un lago con la vaina en la mano... empero, todo aquel lugar tenía la apariencia de un mundo prodigioso, como si lo estuviera viendo a través de aguas ondulantes, y de alguna forma era como un sueño que tuvo una vez, si pudiera recordar... incluso mientras aseguraba a las otras mujeres que se encontraba bien, ofreciéndose para ir ella misma a la vaquería a buscar leche fresca si no había en la cocina, su mente seguía conduciéndola por los laberintos del sueño... Si lograra recordar qué era lo que había soñado, todo iría bien...

Pero, cuando salió al aire fresco, helado aun en verano, dejó de sentir que aquel mundo podía disolverse en cualquier momento dentro del mundo de las hadas. Le dolía la cabeza como si se le hubiera partido en dos y durante todo aquel día se sintió cautiva en la extraña sensación de estar soñando despierta. Si lograra recordar... había arrojado la Excalibur al Lago, eso era, para que la reina de las hadas no pudiera cogerla... no, no era eso tampoco... y su mente comenzaba nuevamente a intentar devanar el extraño y obsesivo sendero del sueño.

Pasado el mediodía, cuando el sol declinaba hacia el atardecer, oyó los cuernos que anunciaban la llegada de Arturo, y sintió cómo la excitación invadía Camelot. Junto con las demás mujeres corrió hacia las empalizadas situadas en los bordes de la cumbre y contempló el séquito real cabalgando hacia ellas, con los estandartes ondeando; Ginebra estaba a su lado, y temblaba. Era más alta que Morgana y, sin embargo, por sus delgadas y pálidas manos y la fragilidad de sus estrechos hombros, a Morgana le pareció que era sólo una niña, una niña alta, enjuta, nerviosa por alguna travesura imaginaria que podía ser castigada. Tiró a Morgana de la manga con una trémula mano.

—Hermana, ¿debe saberlo mi señor? Ya acabó y Meleagrant ha muerto. No hay razón para que Arturo emprenda la guerra contra nadie. ¿Por qué no habría de pensar que Lancelot me encontró a tiempo... a tiempo de evitar...?

Su voz era sólo un tenue murmullo, como la de una chiquilla asustada, y le costaba trabajo pronunciar las palabras.

—Hermana —repuso Morgana—, eres tú quien ha de decidir contárselo o no.

—Pero si lo oyera en otra parte...

Morgana suspiró, ¿no podía Ginebra por una vez decir lo que deseaba?

—Si Arturo oyera algo que le angustiara, no sería de mis labios, y ningún otro tiene derecho a hablar. Mas no puede culparte de haber sido atrapada y golpeada hasta la sumisión.

Y entonces percibió, como si la hubiese oído, la voz de un sacerdote hablando con Ginebra, ¿databa de ahora o de cuando Ginebra era una niña?, afirmando que ninguna mujer era violada a menos que hubiese incitado a algún hombre a hacerlo, cual Eva condujo a nuestro primer padre, Adán, a pecar; que las mártires de la Virgen Santa en Roma murieron voluntariamente antes de rendir su castidad... Era *esto* lo que hacía temblar a Ginebra. En algún rincón de su mente, omitiendo el que tratara de sofocar tal certidumbre en brazos de Lancelot, creía realmente que era culpa suya, que merecía la muerte por el pecado de haber vivido para ser violada. Y, puesto que no había muerto antes, Arturo tenía derecho a matarla por ello... ningún consuelo acallaría esa voz en la mente de Ginebra.

Se considera culpable por lo de Meleagrant para no tener que sentirse culpable por cuanto ha hecho con Lancelot...

Ginebra estaba temblando a su lado, a pesar del cálido sol.

—Me gustaría que estuviese aquí, hallarnos puertas adentro. Mira, hay halcones en el cielo. Me dan miedo los halcones, siempre temo que caigan sobre mí...

—Encontrarían que eres un bocado demasiado grande y duro, me temo, hermana —repuso Morgana afablemente.

Los sirvientes se afanaban con los grandes portones, abriéndolos para que pasara el séquito real. Sir Ectorius aún cojeaba penosamente desde la noche que pasara prisionero; se adelantó hasta situarse al lado de Cai y éste, como custodio del castillo, se inclinó ante Arturo.

—Bienvenido a casa, mi rey y señor.

Arturo desmontó y se dirigió a abrazar a Cai.

—Es ésta una bienvenida sobremanera formal a mi hogar, Cai, tunante, ¿va todo bien por aquí?

—Todo va bien *ahora*, mi señor —contestó Ectorius—, una vez más has de estar agradecido a tu capitán.

—Es cierto —dijo Ginebra, adelantándose, la mano levemente posada en la de Lancelot—. Mi rey y señor, Lancelot me salvó de una trampa que me tendiera un traidor, rescatándome de un destino tal que ninguna mujer cristiana debe padecer.

Arturo colocó una mano sobre la de la Reina y la otra sobre su capitán de caballería.

—Te estoy, como siempre, agradecido, mi querido amigo, y también mi esposa. Vamos, hablaremos de esto en privado —y, avanzando entre ambos, subió las escaleras hacia el castillo.

—Me pregunto qué clase de mentiras se apresurarán a verter en sus oídos, la casta reina y el más hermoso de sus caballeros. —Morgana escuchó tales palabras, articuladas en voz baja y muy nítida, entre la multitud; mas no pudo apreciar de dónde provenían. Pensó, *Acaso la paz no sea del todo una bendición: sin una guerra, nada tienen que hacer en la corte, ausentes de su habitual ocupación, sino difundir cada rumor o indicio de escándalo.*

Aunque, de abandonar la corte Lancelot, el escándalo quedaría silenciado. Y resolvió que cualquier cosa que pudiera hacer para la consecución de tal fin, sería realizada de inmediato.

ESA NOCHE, en la cena, Arturo pidió a Morgana que tomase el arpa y cantara para ellos.

—Hace mucho que no oigo tu música, hermana —dijo, atrayéndola hacia sí y besándola. Ya ni recordaba el tiempo transcurrido desde la última vez que hizo aquello.

—Cantaré de buen grado —repuso ella—, pero, ¿cuándo regresará Kevin a la corte?

Pensó con amargura en la disputa, ¡nunca, jamás le perdonaría su traición a Avalon! Aunque, contra su voluntad, le echaba de menos rememorando con pesar la época en la que fueran amantes.

Estoy cansada de yacer sola, eso es todo...

Y esto la llevó a pensar en Arturo, y en su hijo, que estaba en Avalon... Si Ginebra dejara la corte, Arturo seguramente volvería a desposarse; mas no parecía probable en aquel momento. Y, de no tener Ginebra un hijo, ¿no sería entonces *su* hijo reconocido como heredero? Doblemente poseía sangre real, la sangre de Pendragón y la de Avalon... Igraine estaba muerta y el escándalo no la alcanzaría.

Tomó asiento en una dorada banqueta junto al trono, el arpa en el suelo, a sus pies; Arturo y Ginebra se hallaban muy juntos, cogidos de la mano; Lancelot estaba recostado en el suelo al lado de Morgana, contemplando el arpa, mas vio que una y otra vez dirigía su mirada hacia Ginebra, y la atemorizó el deseo que expresaba. ¿Cómo podía mostrar así su corazón a cualquiera que quisiera verlo? Y entonces supo que únicamente ella podía ver su corazón; para todos los demás era solamente una cortesana mirada de respeto a su reina, riendo y bromeando con ella como amigo privilegiado de su marido.

Y mientras sus manos recorrían las cuerdas del arpa, el mundo pareció alejarse otra vez, hacerse muy pequeño y remoto, y a la vez tremendo y extraño, las cosas perdían su forma, de modo que el arpa parecía al mismo tiempo el juguete de un niño y algo monstruoso, un objeto inmenso y amoroso que la asfixiaba, y ella se encontraba en un trono en alguna parte escudriñando por entre errantes sombras, mirando a un joven de negro pelo, con una fina corona en la frente, y mientras lo contemplaba, el agudo dolor del deseo le atravesó el cuerpo, se encontró con sus ojos y fue como si una mano la tocase, encumbrándola en el anhelo y el ansia... Sintió que sus dedos vacilaban sobre las cuerdas, había soñado algo... una cara ondulante, un joven sonriéndole; no, no era Lancelot sino algún otro... no, todo era sombra...

Resonó la clara voz de Ginebra.

—¡Mirad a la dama Morgana! —exclamó—, mi hermana desfallece.

Sintió que los brazos de Lancelot la sujetaban y miró sus negros ojos. Fue como en el sueño, el deseo corriendo a su través, deshaciéndola... no, se trataba de una ensoñación. Aquello no era real. Se llevó, confusa, la mano a la frente.

—Ha sido el humo, el humo del hogar.

—Toma, bebe esto. —Lancelot le puso una copa en los labios.

¿Qué desvarío era éste? Apenas la había tocado y se sentía enferma de deseo por él; creía haber olvidado su pasión hacía mucho tiempo, que se había extinguido con el paso de los años... y, sin embargo, su tacto, amable e impersonal, proclamaba de nuevo su vehemente deseo. ¿Había soñado con él, entonces?

No me quiere, no quiere a nadie salvo a la Reina, pensó, mirando por encima de él hacia el hogar, donde ningún fuego ardía en la estación estival, y un manojo de verdes hojas de laurel se enroscaban evitando que la chimenea fuese una abertura demasiado oscura y desagradable. Bebió del vino que Lancelot le ofreciera.

—Lo lamento, he sentido leves desmayos durante todo el día —dijo, acordándose de la mañana—. Que otro tome el arpa, no puedo...

Lancelot declaró:

—¡Con vuestra venia, señores míos, voy a cantar! —Tomó el arpa y dijo—: Es una historia de Avalon, oída en mi infancia. Creo que fue escrita por Taliesin, aunque puede haberlo hecho partiendo de una vieja canción.

Comenzó a cantar una antigua balada sobre la reina Arianrhod, la cual cruzó un riachuelo huyendo cuando estaba encinta; y había maldecido a su hijo al nacer éste, afirmando que nunca tendría nombre hasta que ella le diera uno, y cómo él la engañó para conseguir un nombre, y más tarde ella volvió a maldecirlo afirmando que nunca tomaría esposa, ya fuera de carne y hueso o del país de las hadas, y él hizo para sí una mujer con flores...

Morgana permaneció escuchando, todavía enredada en el sueño, y tuvo la impresión de que el moreno semblante de Lancelot estaba abrumado por un terrible sufrimiento, y mientras cantaba sobre la mujer de flores, Blodeuwedd, posó la mirada por un instante en la Reina. Pero luego se volvió hacia Elaine, y cantó galantemente de cómo el cabello de la mujer estaba hecho de bellos lirios dorados, sus mejillas de pétalos de manzana en flor, e iba ataviada con todos los colores de las flores que crecían, azules, carmesíes y amarillas, en los prados estivales...

Morgana permanecía silente en su lugar, apoyando su dolorida cabeza en la mano. Después Gawaine cogió una flauta de la región del norte donde naciera y empezó a interpretar algo que parecía un salvaje lamento, impregnado de gritos de aves acuáticas y de aflicción. Lancelot fue a sentarse cerca de Morgana, cogiéndole la mano gentilmente.

—¿Te encuentras mejor ahora, prima?

—Oh, sí, ya me había ocurrido antes —contestó Morgana—. Es como si cayese en un sueño y viera todas las cosas entre sombras.

Sin embargo, pensó, tampoco era exactamente así.

—Mi madre me refirió algo semejante en una ocasión —dijo Lancelot, y Morgana midió su pesar y hastío según aquello; nunca había hablado con ella, ni con nadie que ella supiera, de su madre o de sus años en Avalon—. Ella parecía pensar que se trataba de una consecuencia de la Visión. Me dijo que tenía la sensación de que era arrastrada al país de las hadas y desde allí mirase como prisionera; pero no sé si estuvo realmente en el país de las hadas o si sólo era un modo de expresarse...

Yo sí he estado, pensó Morgana, *y no es así, no del todo... es como tratar de acordarse de un sueño que se ha desvanecido...*

—Yo mismo lo he experimentado un poco —dijo Lancelot—. Sucede en un momento en el cual no logro ver claramente, como si todas las cosas estuvieran muy lejos y no fuesen reales... y no pudiera tocarlas sin haber recorrido primero una inmensa distancia... Quizá se deba a la sangre de las hadas que tenemos. —Suspiró, frotándose los ojos—. Yo usaba esto contra ti, cuando no eras más que una pequeña doncella, ¿te acuerdas?, te llamaba Morgana de las Hadas y montabas en cólera.

Asintió.

—Lo recuerdo bien, primo —respondió, considerando que a pesar del cansancio que se reflejaba en su rostro, las recientes arrugas, los grises reflejos en los rizos del pelo, resultaba el más atractivo de los hombres para ella, más amado que ningún otro que hubiese conocido. Parpadeó bruscamente; así era y así debía ser: él sólo la apreciaba como a un miembro de su familia, nada más.

De nuevo le pareció que el mundo se movía tras una barrera de sombras; pero no le importó. El mundo en que estaba no era más real que el reino de las hadas. Incluso la música sonaba lejana y distante. Gawaine había cogido el arpa y estaba cantando un romance que oyera a los sajones, sobre un monstruo que moraba en un lago y de cómo uno de sus héroes había penetrado en el lago arrancándole un brazo al monstruo, entonces se topó con la madre del monstruo en su maligna guarida...

138

—Una historia lúgubre y horrible —le dijo quedamente a Lancelot, y él sonrió comentando:

—La mayoría de los relatos sajones son así. Guerra, derramamiento de sangre y héroes con destreza en la batalla y no mucho más en sus grandes cabezotas...

—Y ahora hemos de vivir en paz con ellos —dijo Morgana.

—Sí. Así ha de ser. Puedo convivir con los sajones, pero no con lo que ellos llaman música, aunque sus historias son bastante entretenidas, supongo, para una prolongada tarde junto al fuego. —Suspiró añadiendo casi inaudiblemente—: Creo que quizá no he nacido para sentarme junto al hogar, tampoco.

—¿Te gustaría estar nuevamente en la batalla?

Movió la cabeza.

—No, pero estoy cansado de la corte. —Morgana observó que dirigía la mirada hacia donde Ginebra se hallaba sentada junto a Arturo, sonriendo mientras escuchaba el relato de Gawaine. Volvió a suspirar, y el suspiro pareció ascender de las profundidades de su alma.

—Lancelot —dijo, queda y urgentemente—, debes marcharte de aquí o serás destruido.

—Sí, destruido en cuerpo y alma —declaró mirando al suelo.

—No sé nada de tu alma, sobre eso debes preguntar a un sacerdote.

—¡Ojalá pudiera! —exclamó Lancelot con reprimida vehemencia; golpeó con el puño levemente en el suelo al lado del arpa, de forma que las cuerdas vibraron un poco—. Ojalá pudiera creer que hay un Dios como el que los cristianos proclaman...

—*Debes* irte, primo. Emprende alguna misión como Gareth, ve a dar muerte a los rufianes que se apropian de la tierra para pedir rescate, o a aniquilar dragones, o a lo que te plazca, ¡pero debes irte!

Vio que la garganta temblaba al tragar saliva.

—¿Y qué será de *ella*?

—Lo creas o no, también yo soy amiga suya. ¿No crees

que posee un alma que ha de salvarse igualmente? —dijo Morgana apaciblemente.

—Me das tan buenos consejos como cualquier sacerdote. —Su sonrisa era amarga.

—No se necesita ser sacerdote para saber cuándo dos hombres, así como una mujer, están atrapados, y no pueden escapar de cuanto ha ocurrido —repuso Morgana—. Sería fácil culparla a ella de todo. Mas también yo sé lo que es amar a quien no debo... —Se interrumpió apartando la mirada de él, y sintió que un calor ardiente le subía al rostro; no había pretendido decir tanto. La canción había terminado, y Gawaine levantó el arpa.

—Tras este sombrío relato necesitamos algo más liviano. Una canción de amor, quizás, y eso se lo dejo al galante Lancelot —dijo.

—He cantado durante demasiado tiempo tonadas de amor en esta corte —repuso Lancelot, levantándose y volviéndose hacia Arturo—. Ahora que estás aquí nuevamente, mi señor, y puedes apreciar todas las cosas por ti mismo, te ruego que me alejes de esta corte con alguna empresa.

Arturo sonrió a su amigo.

—¿Vas a irte tan pronto? No puedo retenerte si deseas hacerlo, pero, ¿adónde irás?

Pellinore y su dragón. Morgana, con la mirada baja dirigida al aletear de las llamas, formó las palabras en su mente con toda la intensidad de que fue capaz, tratando de traspasarlas a la mente de Arturo.

—Había pensado ir en pos de un dragón —dijo Lancelot.

Los ojos de Arturo destellaron maliciosamente.

—Quizá sea necesario acabar con el dragón de Pellinore. Las historias se van multiplicando día a día, haciendo que los hombres teman viajar hacia aquellos dominios. Ginebra me ha contado que Elaine le pidió licencia para ir a su casa. Puedes escoltar a la dama hasta allí y te conmino a no regresar hasta que el dragón esté muerto.

—¡Ay! —protestó Lancelot, riendo—. ¿Me exilias para

siempre de la corte? ¿Cómo puedo matar a un dragón que no es más que un sueño?

Arturo le acompañó en la risa.

—¡Puede que nunca te encuentres con un dragón peor que ése, amigo mío! Bien, te encomiendo que acabes con él para siempre, ¡aunque tengas que borrarlo de la faz de la tierra burlándote de él en una canción!

Elaine se puso en pie e hizo una reverencia ante el Rey.

—Con tu venia, mi señor, ¿puedo pedir a la dama Morgana que me acompañe durante algún tiempo también?

Morgana dijo, sin mirar a Lancelot:

—Me gustaría ir con Elaine, hermano mío, si tu dama puede pasar sin mí. Hay hierbas y plantas sobre las cuales poco sé, y me gustaría aprender de las mujeres del lugar. Las necesito para medicinas y encantos.

—Bueno —repuso Arturo—, puedes ir si lo deseas. Pero esto quedará solitario sin todos vosotros. —Dirigió su distante y amable sonrisa a Lancelot—. Mi corte no es mi corte sin el mejor de mis Caballeros. Mas no te retendré aquí contra tu voluntad, ni tampoco la reina.

No estoy tan segura de eso, pensó Morgana, observando cómo Ginebra se esforzaba por componer la expresión. Arturo había estado muy lejos; se hallaba ansioso de reunirse con su esposa. ¿Sería Ginebra lo bastante sincera para decirle que amaba a otro o iría dócilmente a su lecho volviendo a fingir?

Y durante un extraño momento, Morgana se vio a sí misma como una sombra de la Reina... *de alguna forma su sino y el mío han quedado completamente entrelazados...* ella, Morgana, había tenido a Arturo dándole un hijo, tal como Ginebra ansiaba hacer, y en cambio consiguió el amor de Lancelot por el cual ella gustosamente habría dado el alma... *¿Es el Dios de los cristianos quien permite tales cosas? ¿O es la Diosa quien se mofa cruelmente de nosotros?*

Ginebra le hizo señas a Morgana.

—Pareces enferma, hermana. ¿Continúas sintiéndote mareada?

Morgana asintió. *No debo odiarla. Ella es una víctima como yo...*

—Sigo estando un poco fatigada. Me iré a descansar pronto.

—Y mañana —dijo Ginebra— Elaine y tú nos arrebataréis a Lancelot.

Aquellas palabras fueron pronunciadas con ligereza, como de broma, pero Morgana en el interior de Ginebra veía su lucha contra la rabia y la angustia, semejante a la que se estaba produciendo dentro de ella misma. *Ah, nuestros destinos están entrelazados por la Diosa, y ¿quién puede luchar contra sus designios?...* pero endureció su corazón contra la angustia de la otra mujer.

—¿De qué sirve el campeón de una reina, si no batalla por cuanto le parezca adecuado? ¿Lo mantendrías en la corte impidiéndole alcanzar la gloria, hermana mía?

—Ninguno de nosotros desearía eso —respondió Arturo, poniéndose de pie tras Ginebra y rodeando su cintura con el brazo—. Pues, gracias a la buena disposición de mi amigo y campeón, la reina se hallaba aquí y a salvo en el momento de mi retorno. Buenas noches, hermana mía.

Morgana se quedó observándolos mientras se alejaban de ella, y al cabo de un momento sintió la mano de Lancelot sobre su hombro. No habló, sino que permaneció en silencio observando a Arturo y a Ginebra. Y en aquellos momentos, tuvo la seguridad de que con tan sólo hacer un simple gesto, podría tener a Lancelot aquella noche. En su desesperación, al ver cómo la mujer a quien amaba volvía con su marido, sin poder impedirlo dado el afecto que le unía con el marido, se tornaría hacia Morgana si ella lo intentaba.

Y es demasiado honorable para no casarse conmigo después...

No. Elaine le tendrá, tal vez, en tales términos, pero yo

no. Elaine no tiene artificios; él no llegará a aborrecerla,
como ciertamente llegaría a odiarme a mí.

Amablemente apartó la mano de Lancelot de su hombro.

—Estoy cansada, primo. También me voy a dormir.
Buenas noches, querido. Bendito seas. —Reparando en la
ironía de aquello, y sabiendo que no le sería posible, concluyó—: que duermas bien.

Pero la mayor parte de la noche, ella también yació
desvelada por el amargo sentimiento que le producía su
propia presencia. El orgullo, pensó hastiada, era un frío
compañero de lecho.

VI

Tor se erguía en Avalon coronado por el anillo de piedras, y en la noche de la luna oscura, la procesión iba ascendiendo lentamente en espiral, con antorchas. A la cabeza caminaba una mujer, con el claro cabello trenzado en diadema sobre una amplia frente; iba ataviada de blanco, con el cuchillo en hoz pendiendo del ceñidor. A la luz de las llameantes antorchas, parecía que buscara a Morgana, que se hallaba entre las sombras fuera del círculo, y sus ojos preguntaran: ¿Dónde te encuentras, tú que debieras estar en mi puesto? ¿Por qué te demoras? Tu puesto está aquí...

El reino de Arturo está siendo dirigido por la mano de la Dama y tú lo estás permitiendo. Ya toma consejo de los sacerdotes para todas las cosas, mientras tú, que deberías ocupar el lugar de la Diosa ante él, permaneces pasiva. Porta la espada de la Sagrada Regalía; y eres tú quien ha de obligarle a vivir según esto, o tú quien ha de quitársela de la mano y hacerle caer. Recuerda, Arturo tiene un hijo, y su hijo debe crecer hasta alcanzar la madurez en Avalon, para gobernar después el reino de la Diosa...

Y entonces Avalon pareció desvanecerse y vi a Arturo en desesperada batalla, con Excalibur en la mano, y cayó, atravesado por otra espada, y lanzó a Excalibur al lago para que no pudiera pasar a manos de su hijo...

¿Dónde está Morgana, a quien la Señora preparó para

este día? ¿Dónde está ella que debiera hallarse en el lugar de la Diosa en esta hora?

¿Dónde está la Gran Cuervo? Y de súbito me pareció que una bandada de cuervos dieran vueltas en lo alto, lanzándose contra mí y picoteándome los ojos, volando a mi alrededor, gritando estentóreamente con la voz de Cuervo, «¡Morgana! Morgana, ¿por qué nos has abandonado, por qué me has traicionado?».

—No puedo —grité—, no conozco el camino... —pero el rostro de Cuervo se transformó en la acusadora faz de Viviane y luego en la sombra de la Vieja y corva Muerte...

Y Morgana despertó, sabiendo que yacía en una estancia de la casa de Pellinore en la que penetraba el sol; los muros eran blancos, de estuco, pintados a la vieja usanza romana. Unicamente al otro lado de las ventanas, en lontananza, pudo oír el grito de un cuervo, y se estremeció.

Viviane nunca había tenido escrúpulos para mezclarse en la vida de los demás, cuando significaba un bien para Avalon o para el reino. Tampoco los tendría ella. Empero, se había demorado con el transcurso de los soleados días. Lancelot pasaba las mañanas en las colinas próximas al lago, buscando al dragón, *como si realmente hubiese un dragón*, pensó Morgana despectivamente, y las tardes junto al fuego, trocando canciones e historias con Pellinore, cantando para Elaine sentado a sus pies. Elaine era hermosa e inocente, no muy distinta a su prima Ginebra, aunque contaba cinco años menos. Morgana dejó que los soleados días pasaran uno tras otro, segura de que todos debían ver cuán lógico era que Lancelot y Elaine se desposaran.

No, se dijo amargamente, *si cualquiera de ellos hubiese tenido un poco de lógica o razón, habrían casado a Lancelot conmigo hace años*. Había llegado ya la hora de actuar.

Elaine se volvió en el lecho que compartían y abrió los ojos; sonrió ovillándose junto a Morgana. *Confía en mí*, pensó ésta dolorosamente, *cree que estoy ayudándola a conseguir a Lancelot por amistad. De odiarla, nada peor podría hacerle.*

—Lancelot ya ha tenido tiempo suficiente para sentir la pérdida de Ginebra. Tu ocasión ha llegado, Elaine —le dijo con voz amable.

—¿Vas a dar a Lancelot un encanto o un filtro amoroso...?

Morgana rió.

—Poco confío en los filtros amorosos, aunque esta noche su vino contendrá algo que le hará estar presto para cualquier mujer. Esta noche no dormirás aquí, sino en una tienda cerca del bosque; y Lancelot recibirá un mensaje informándole de que Ginebra ha venido y envía a buscarle. Así llegará hasta ti, en la oscuridad. No puedo hacer nada más que eso, debes estar preparada para él.

—Pensará que soy Ginebra. —Parpadeó, tragando saliva—. Bien, entonces...

—Puede pensar que eres Ginebra en los primeros momentos —repuso Morgana firmemente—, mas pronto sabrá que no. Eres virgen, ¿verdad, Elaine?

El rostro de la muchacha enrojeció, mientras asentía.

—Bueno, después de la poción que le dé, no será capaz de detenerse —dijo Morgana—, a menos que tú sientas pánico y forcejees alejándole. Te lo advierto, no habrá demasiado goce, ya que eres virgen. Si empiezo con este asunto no podré detenerme, por tanto dime ahora si deseas que lo inicie o no.

—Tendré a Lancelot por marido y Dios prohíbe que me vuelva atrás antes de ser su honorable esposa.

Morgana suspiró.

—Así sea. Ahora, ¿conoces la fragancia que utiliza Ginebra...?

—La conozco, pero no me gusta mucho, es demasiado fuerte para mí.

Morgana asintió.

—Yo se la hice. Sabes que he sido instruida en tales cosas. Cuando te vayas al lecho en el pabellón, debes aro-

146

matizar tu cuerpo y las sábanas con ella. Eso conducirá su mente a Ginebra y se excitará con tal recuerdo.

La joven arrugó la nariz en un gesto de rechazo.

—Parece injusto...

—*Es* injusto —dijo Morgana—. Hazte a la idea. Lo que estamos haciendo es deshonesto, Elaine, pero asimismo hay bien en ello. El reino de Arturo no podrá perdurar mucho si se descubre su situación. Cuando lleves algún tiempo casada, dado que tú y Ginebra os parecéis tanto, sin duda se correrá la voz de que era a ti a quien amaba Lancelot desde hacía mucho tiempo. —Le entregó a Elaine el frasco de perfume—. Si hay algún sirviente en quien puedas confiar, haz que levante la tienda en un lugar que Lancelot no frecuente, para que no la vea hasta esta noche...

—Incluso el sacerdote lo aprobaría, no me cabe duda, pues le estoy apartando del adulterio. Yo soy libre para desposarme...

—Mejor para ti, si puedes acallar tu conciencia así... algunos sacerdotes afirman que el fin lo es todo, y admiten que cualesquiera medios sean utilizados, si son para bien...

Se dio cuenta de que Elaine permanecía ante ella como una niña recibiendo lecciones.

—Bien, Elaine —dijo—, ve y envía a Lancelot un día más a la caza del dragón. Debo preparar el encantamiento.

Les observó cuando compartían la copa y el plato en el desayuno. Lancelot se había encariñado con Elaine, encariñado como pudiera estarlo con un amistoso cachorro. No sería descortés con ella después de desposarse.

Viviane había sido despiadada, no habría sentido escrúpulos de enviar a un hermano al lecho de su hermana... Morgana evocó tal recuerdo dolorosamente, cual una llaga. También esto era por el bien del reino, pensó, y mientras iba a recoger las hierbas y medicinas, para echarlas en vino y preparar la poción que iba a darle a Lancelot, intentó dirigir una plegaria a la Diosa que unía al hombre y la mujer en el amor, o en simple lujuria como el celo de las bestias.

Diosa, yo sé bastante de lujuria... pensó, y afirmó las manos, desmenuzando las hierbas sobre el vino. *He sentido su deseo, aunque él no me diera lo que yo hubiera deseado...*

Tomó asiento, observando la lenta cocción de las hierbas en el vino; pequeñas burbujas rosadas estallaban perezosamente, emanando empalagosas esencias que se vaporizaban a su alrededor. El mundo parecía diminuto y remoto, su caldero no era más que el juguete de un niño, todas las burbujas que se alzaban en el vino eran lo bastante grandes para que ella pudiera marcharse flotando en su interior... el cuerpo entero le dolía con un deseo que nunca iba a satisfacer. Podía sentir que se estaba transponiendo al estado en el cual se consigue el poder mágico...

Tuvo la impresión de estar a la vez dentro y fuera del castillo, que una parte de ella se encontraba en las colinas, tras el estandarte. del Pendragón que Lancelot portaba en ocasiones... persiguiendo a un gran dragón rojo... pero no había dragones, no esta clase de dragones, y seguramente el de Pellinore era sólo una chanza, un sueño, tan irreal como la enseña que ondeaba en alguna parte, muy al sur, sobre las murallas de Camelot, con un dragón inventado por algún artista, parecido a los que Elaine dibujaba en sus tapices. Y Lancelot seguramente lo sabía. Rastreando al dragón, no estaba más que disfrutando de una placentera cabalgada por las colinas estivales, siguiendo un sueño y una fantasía, que le dejaban libre para evocar los brazos de Ginebra... Morgana miró el burbujeante líquido que contenía su pequeño caldero, añadiendo vino gota a gota a la mezcla, para que no se secase. El soñaría con Ginebra y aquella noche habría una mujer en sus brazos, con el mismo perfume que Ginebra. Pero antes le daría la poción que lo dejaría a merced del deseo, para que no se detuviese al descubrir que no estaba con una mujer experimentada cual era su amante, sino con una atemorizada virgen... Durante un momento Morgana llegó a apenarse por Elaine, porque lo que fríamente estaba disponiendo era algo semejante a una violación. Por mucho que Elaine desease a Lancelot, era virgen y no entendía realmente la diferencia entre soñar románticamente con sus besos y lo que en verdad le aguardaba: ser poseída por un hombre demasiado drogado para notar el cambio. Fuera lo que fuese aquello para Elaine, y por muy valerosamente que lo afrontara, difícilmente resultaría un episodio romántico. ·

Yo entregué mi doncellez al Rey Ciervo... pero eso era distinto. Desde la infancia sabía lo que me esperaba, había sido educada e instruida en el culto a esa Diosa que lleva a unirse al hombre y a la mujer en el amor o en el celo... Elaine había recibido una educación cristiana, instruida para pensar que no había que dejarse llevar por las pasiones que eran la condena de la humanidad...

Durante un instante pensó en ir a buscar a Elaine, procurando prepararla, alentándola a considerar esto como las sacerdotisas aprendían a estimarlo: una gran fuerza de la naturaleza, pura y sin mácula, que ha de ser saludada como una corriente vital, arrastrando al participante en el torrente... mas Elaine *consideraría* eso incluso peor que el pecado. *Bueno, entonces deberá entenderlo como le sea dado; acaso su amor por Lancelot la lleve a salir indemne.*

Morgana volvió sus pensamientos a la cocción de las hierbas y el vino, y al mismo tiempo, de alguna forma, le pareció que estaba cabalgando por las colinas... aunque no era un buen día para cabalgar; el cielo estaba oscuro y nublado, soplaba un ligero viento, las colinas estaban sombrías y desiertas. Bajo éstas, el largo brazo de mar que era el lago veíase gris e insondable, como metal de reciente forja; y la superficie del lago comenzaba a hervir un poco, ¿o era únicamente el líquido del caldero? Oscuras burbujas se levantaban y expandían un repugnante hedor, para después, lentamente, formar sobre el lago un largo y estrecho cuello coronado por la cabeza y las crines de un caballo, un prolongado y sinuoso cuerpo, serpeando hacia la orilla... elevándose, reptando, desplazando toda su longitud hacia la orilla.

Los perros de Lancelot corrían arriba y abajo, abalanzándose hacia el agua, ladrando frenéticamente. Le oyó llamándolos con exasperación; se detuvo en seco, mirando hacia el agua, paralizado, creyendo sólo a medias lo que veían sus ojos. Entonces Pellinore hizo sonar el cuerno de caza para reunir a los demás, y Lancelot espoleó al caballo, con la lanza en ristre sobre la silla de montar, y cabalgó a galope tendido por la colina, cargando. Uno de los sabuesos aulló lastimeramente; luego, el silencio. Y Morgana, desde su distante y extraño observatorio, vio el curioso rastro cenagoso donde yacía el perro cubierto por el oscuro légamo.

Pellinore estaba cargando contra él y escuchó el grito de Lancelot previniéndole para que no acometiese directamente a la gran bestia... era negra y como un enorme gusano, menos por aquella ilusión de cabeza y crin de corcel. Lancelot cabalgaba hacia él, esquivando la ondulante cabeza y arrojando la larga lanza en derechura hacia el cuerpo. Un salvaje aullido conmovió a la costa, un enloquecedor alarido de muerte... vio la cabeza oscilando salvajemente a un lado y a otro, a un lado y a otro... Lancelot se tiró del encabritado caballo y corrió a pie hacia el monstruo. La cabeza descendió y Morgana se aterrorizó al ver las grandes fauces abiertas. Entonces la espada de Lancelot atravesó el ojo del dragón y manó un gran chorro de sangre y líquido negro, repugnante... eran todas las burbujas de la superficie del vino...

A Morgana le latía el corazón, desbocado. Se recostó y bebió un poco del vino que quedaba en el frasco, sin haber sido mezclado con las hierbas. ¿Había tenido un mal sueño, o visto realmente a Lancelot dar muerte al dragón en cuya existencia jamás había creído? Descansó así durante un rato, diciéndose que había estado soñando, y luego se obligó a levantarse para añadir un poco de hinojo a la mixtura, pues su fuerte dulzor ocultaría el sabor de las restantes hierbas. Habría carne de ternera muy condimentada para la cena, para que todos tuvieran sed y bebieran gran cantidad de vino, especialmente Lancelot. Pellinore era un hombre piadoso, ¿qué pensaría si todas las gentes del castillo se volvieran libidinosas? No, se cercioraría de que únicamente Lancelot bebiese de la mixtura y tal vez, haciéndole un favor, le diese un poco a Elaine también...

Vertió el vino especiado en un frasco y lo dejó aparte. Después oyó un grito y Elaine entró precipitadamente en la estancia.

—¡Oh, Morgana, ven en seguida, necesitamos de tu saber sobre plantas. Mi padre y Lancelot han dado muerte al dragón, y ambos han sufrido quemaduras...!

—¿Quemaduras? ¿Qué sin sentido es éste? ¿Realmente crees que los dragones vuelan y escupen fuego?

—No, no —repuso Elaine impaciente—, pero la criatura les escupió una especie de cieno que quema como el fuego. Debes ir a curarles las heridas...

Incrédula, Morgana miró al exterior, hacia el cielo. El sol estaba situado ya a poca altura del horizonte occidental; ella había pasado allí, haciendo su trabajo, la mayor parte del día. Se levantó rápidamente y pidió a las sirvientas vendas de lino.

Pellinore tenía una gran quemadura en un brazo, sí; aquello se parecía mucho a una quemadura; el tejido de la túnica había quedado calcinado y gritó angustiosamente cuando le vertió un ungüento curatorio. Lancelot tenía el costado ligeramente quemado y aquella materia había atravesado una de sus botas, dejando el cuero convertido en una gelatinosa substancia que le cubría la piel.

—Limpiaré bien la espada. Si puede hacerle eso al cuero de la bota, imagina lo que me habría hecho en la pierna... —dijo, estremeciéndose.

—¿Qué dirán ahora quienes pensaban que mi dragón era sólo una quimera? —preguntó Pellinore, levantando la cabeza para beber del vino que su hija le ofrecía—. Y doy gracias a Dios por haber tenido la idea de sumergir el brazo en el lago, ya que, en caso contrario, el cieno lo habría devorado como hizo con mi pobre perro, ¿viste el cadáver, Lancelot?

—¿El perro? Sí —contestó Lancelot—, y espero no volver a presenciar jamás esa clase de muerte... Pero podrás desconcertar a todos cuando cuelgues la cabeza del dragón sobre tu puerta.

—No es posible —repuso Pellinore santiguándose—. No tenía ni un solo hueso, era completamente blando como un gusano o una lombriz... y ya ha quedado reducido a cieno. Traté de cortarle la cabeza y ésta pareció convertirse en aire... ¡No creo que fuese una bestia normal, en absoluto, sino algo procedente del infierno!

—Pero ya está muerto —Elaine se dirigía a Lancelot—, y has cumplido lo que el Rey te ordenó, dar término de una vez por todas al dragón de mi padre. —Besó a su padre, disculpándose tiernamente—. Perdóname, señor, también yo pensé que tu dragón era una quimera.

—Ojalá lo hubiera querido Dios —respondió Pellinore, tornando a santiguarse—. ¡Preferiría ser motivo de chanzas de aquí a Camelot que enfrentarme a una *cosa* así de nuevo! Hubiera preferido creer que no quedaban bestias semejantes... Gawaine conoce viejas historias sobre las criaturas que moran en las antiguas lagunas. —Hizo señas a un chico para que le escanciase más vino—. ¡Creo que más me valdría emborracharme esta noche, o esa bestia estará presente en mis pesadillas hasta el mes que viene!

¿Es eso lo mejor? Se preguntó Morgana. No, no convendría a sus planes que todos en el castillo estuviesen beodos.

—Debes escuchar mis palabras, si voy a cuidar tus heridas, sir Pellinore. No debes beber más y deja que Elaine te lleve al lecho y te ponga ladrillos calientes en los pies. Has perdido un poco de sangre y debes tomar sopa caliente y jarabes, pero no más vino —dijo.

Protestó, mas le hizo caso; y cuando Elaine le hubo

alejado de allí, con sus sirvientes de cámara, Morgana quedó a solas con Lancelot.

—Así pues —se interesó ella—, ¿cómo vas a celebrar la muerte de tu primer dragón?

—Rogando para que sea el último. En verdad, creí que había llegado mi hora. ¡Preferiría enfrentarme a toda una horda de sajones con sólo un hacha!

—Quiera la Diosa que no tengas más encuentros semejantes, de veras —repuso Morgana, y le llenó la copa con el vino drogado—. He preparado esto para ti, es medicinal y te aliviará las heridas. He de ir a comprobar que Elaine ya tiene a Pellinore dispuesto para pasar la noche.

—Pero, ¿volverás, prima? —preguntó, cogiéndola suavemente de la muñeca; ella notó que el vino empezaba a hacerle efecto. *Y más que el vino, pensó, un encuentro con la muerte apresta a un hombre para la lascivia...*

—Volveré, lo prometo; ahora déjame ir —dijo, y la amargura la embargó. *¿He caído tan bajo como para aceptarlo estando involuntariamente drogado? Elaine lo tendrá así... ¿por qué iba a ser mejor en su caso? Aunque ella desea desposarse con él, para bien o para mal. Yo no. Soy una sacerdotisa, sé que esto que arde en mi interior no proviene de la Diosa, y que no es bueno... ¿soy tan débil como para aceptar los vestidos desechados por Ginebra y también a su desechado amante?* Y, mientras su dignidad gritaba que no, la debilidad a través de todo su cuerpo gritaba que sí, colmándola de desprecio por sí misma según recorría el salón hacia la cámara de Pellinore.

—¿Cómo se encuentra tu padre, Elaine?—. Se sorprendió de que su voz sonara tan firme.

—Ya está tranquilo, creo que va a dormirse.

Morgana asintió.

—Ahora debes ir a la tienda de campaña, en algún momento de esta noche Lancelot llegará a ti. No te olvides del aroma que utiliza Ginebra...

Elaine estaba muy pálida, encendidos los ojos azules.

Morgana extendió la mano cogiéndola del brazo; extrajo un frasco con un poco del vino drogado.

—Bébete esto entonces, pequeña —dijo, y notó que su voz temblaba.

Elaine se lo llevó a los labios y bebió.

—Las hierbas le dan un sabor dulce... ¿es un filtro amoroso?

La sonrisa de Morgana sólo le distendió los labios.

—Puedes considerarlo así, si te place.

—Es extraño, me quema la boca, y me quema por dentro... Morgana, ¿no será un veneno? Tú no me aborreces porque vaya a ser la esposa de Lancelot, ¿verdad?

Morgana atrajo a la muchacha hacia sí, la abrazó y la besó; se sintió henchida por el calor de aquel cuerpo en los brazos, no sabía si era la captación del deseo o la ternura.

—¿Odiarte? No, no, prima, te lo juro, no tomaría a Lancelot por marido aunque me lo suplicase de rodillas... vamos, bébelo todo, querida... perfúmate aquí y aquí... recuerda lo que desea de ti. Eres tú quien puede hacerle olvidar a la Reina. Ahora vete, pequeña, espérale en la tienda... —Y de nuevo estrechó a Elaine y la besó.

—La Diosa te bendice.

Así es igual que Ginebra. Lancelot está ya casi enamorado de ella, creo, y yo únicamente voy a completar la obra...

Dio un suspiro hondo y estremecido, sobreponiéndose para regresar al salón con Lancelot. El no había vacilado en servirse más vino drogado, y la miró con ojos ebrios al entrar.

—Ah, Morgana, prima. —Hizo que se sentara a su lado—. Bebe conmigo...

—No, ahora no. Escúchame, Lancelot, te traigo un mensaje...

—¿Un mensaje, Morgana?

—Sí —dijo ella—. La Reina Ginebra ha venido para visitar a su deuda y duerme en la tienda de campaña que está más allá de los prados. —Le cogió de la muñeca para conducirlo hasta la puerta—. Y te envía un mensaje. No desea molestar a sus damas, por tanto debes ir hasta ella muy sigilosamente, está en el lecho. ¿Lo harás?

Pudo ver una bruma de ebriedad y pasión en sus negros ojos.

—No he visto a ningún mensajero, Morgana. No sabía que me quisieras bien...

—No sabes cuán bien te quiero, primo.

Quiero que te desposes bien y dejes este desesperado, infeliz amor por una mujer que sólo puede acarrearte el deshonor y el quebranto...

—Ve —dijo ella gentilmente—, la Reina te aguarda. Por si dudas de mí, te manda esta señal. —Extrajo un pañuelo; era de Elaine, pero todos los pañuelos son parecidos y estaba empapado de un aroma que lo asociaba a Ginebra.

Lo oprimió contra los labios.

—Ginebra —susurró—. ¿Dónde, Morgana, dónde?

—Donde te he dicho. Acábate el vino.

—¿Vas a beber conmigo?

—Más tarde —repuso ella con una sonrisa. Las piernas le flaqueaban un poco; se cogió a ella para apoyarse y la rodeó con los brazos. Su contacto, leve como fue, la enervó. *Lujuria*, se dijo con vehemencia, *celo animal, esto no es nada que la Diosa bendiga...* Se esforzó para recobrar la calma. Estaba drogado y era como un animal, podía tomarla irracionalmente, como tomaría a Ginebra, a Elaine...

—Vete, Lancelot, no debes hacer esperar a la Reina.

Le vio desaparecer entre las sombras, cerca de la tienda. Entraría silenciosamente. Elaine se encontraría allí, con la luz de la lámpara cayendo sobre su dorado cabello tan parecido al de la Reina, pero tan tenue que no podría distinguir sus rasgos, y su cuerpo y su lecho emanarían el perfume de Ginebra. Se atormentó imaginando lo que iba a ocurrir, mientras se volvía para cruzar el largo y desierto salón. *Si esa pequeña tonta no tiene juicio suficien-*

te para mantener la boca cerrada y no decir nada hasta que todo haya concluido...

¡Diosa! Aparta de mí la Visión, no me dejes contemplar a Elaine en sus brazos... angustiándose, torturándose, Morgana no sabía precisar si era su propia imaginación o la Visión lo que la mortificaba con la certidumbre del cuerpo de Lancelot... con cuánta claridad lo percibía en su mente... Regresó al salón en el cual los sirvientes estaban quitando las mesas.

—Dadme un poco de vino —pidió con acritud a uno de ellos.

Perplejo, el hombre le escanció una copa. *Ahora me creerán borracha además de bruja.* No le preocupaba. Se bebió el vino y pidió más. De alguna forma, aquello alejó la Visión, librándola de la certidumbre de Elaine, estremecida y extasiada.

Incansable, cual un gato rondador, ambuló por el salón, con vislumbres de la Visión yendo y viniendo. Cuando creyó llegado el momento, suspiró profundamente, preparándose para lo que debía hacer ahora. El sirviente de cámara que dormía ante la puerta del rey despertó sobresaltado cuando Morgana se inclinó para sacudirlo.

—Señora, no podéis molestar al rey a estas horas.

—Atañe al honor de su hija. —Morgana cogió una tea del soporte del muro y la mantuvo en alto; ella pudo percibir su propia forma de mirarlo que le hacía parecer alta y terrible, y sintió cómo adquiría la dominante figura de la Diosa. Se apartó aterrorizado y ella le sobrepasó imponente.

Pellinore yacía en su alto lecho, removiéndose inquieto debido al dolor de la herida vendada. También él despertó sobresaltado, mirando el pálido semblante de Morgana con la antorcha en alto.

—Debes venir rápidamente, mi señor —dijo, con voz suave y firme—. Esto es una traición a la hospitalidad... estimé correcto que lo supieras. Elaine...

—¿Elaine? ¿Qué...?

—No está durmiendo en el lecho que comparte conmigo —dijo Morgana—. Ven de inmediato, mi señor.

Había sido prudente al no dejarle beber; no hubiera podido hacer que se levantara en caso contrario. Pellinore, asombrado, incrédulo, se puso una túnica, llamando a voces a las doncellas de su hija. Morgana tuvo la impresión de que la seguían escaleras abajo y al atravesar las puertas tan sigilosamente como un dragón que reptara, una procesión en la que Pellinore y ella formaban la cabeza de la serpiente. Levantó la cortina de seda de la tienda, sosteniendo en alto la antorcha y dirigiendo una cruel mirada de triunfo a la expresión ultrajada de Pellinore cuando su cara quedó iluminada por la llama. Elaine yacía rodeando el cuello a Lancelot con los brazos, sonriente y dichosa; Lancelot, al despertar a causa de la luz, miró a su alrededor conmocionado y alerta, y en su cara se reflejó la angustia que le producía haber sido traicionado. Mas no dijo ni una sola palabra.

—Ahora has de enmendar lo que has hecho, miserable lujurioso. ¡Has deshonrado a mi hija! —gritó Pellinore.

Lancelot enterró la cara entre sus manos. Y, tras éstas, dijo con voz sofocada:

—Lo enmendaré, mi señor Pellinore. —Luego levantó la cabeza mirando a Morgana directamente a los ojos. Ella sostuvo la mirada sin amilanarse; pero sintió como si una espada le atravesara el cuerpo. Antes de que ocurriera aquello, él la había querido como a una pariente, al menos.

Era mejor que la aborreciera. Trataría también de odiarle. Mas, delante de Elaine, avergonzada y sonriendo todavía, deseó llorar y rogar que la perdonasen.

HABLA MORGANA...

Lancelot se desposó con Elaine en el día de la Transfiguración; poco recuerdo de la ceremonia salvo el rostro de Elaine, jubiloso y sonriente. Para cuando Pellinore hubo dispuesto los esponsales, ya sabía que llevaba al hijo de

Lancelot en el vientre y, aunque él tenía un horrible aspecto, delgado y macilento por la angustia, fue tierno con Elaine y se enorgulleció de su abultado cuerpo. Recuerdo a Ginebra igualmente, con el rostro abotargado de tanto llorar, y la mirada de total aborrecimiento que me dirigió.

—¿Puedes jurarme que esto no ha sido cosa tuya, Morgana?

La miré directamente a los ojos.

—¿Vas a regatearle a tu deuda un marido, cuando tú ya lo tienes?

Nada pudo responderme a eso. Y nuevamente me dije con vehemencia: De haber sido Lancelot y ella honestos con Arturo, de haber huido ambos de la corte para vivir fuera de su reino, dejándole libre para que tomase otra esposa que le diese un heredero, no habría tenido que entrometerme.

Empero, desde aquel día, Ginebra me odió, y eso fue lo que más lamenté, porque de alguna extraña manera yo la había amado. Al parecer, Ginebra no llegó a aborrecer nunca a su deuda. Envió a Elaine un valioso presente y una copa de plata cuando nació su hijo; y cuando Elaine decidió poner al niño el nombre de Galahad, por su padre, se proclamó madrina y juró que él sería heredero del reino si no le daba un vástago a Arturo. En aquel año anunció que estaba encinta; sin embargo, nada resultó de ello y creo que se trataba en realidad de sus deseos de tener un hijo, y de sus fantasías.

El matrimonio no fue peor que los demás. Aquel año Arturo hubo de hacer frente a un levantamiento en la costa norte y Lancelot pasó poco tiempo en su hogar. Como muchos maridos, su tiempo transcurría en la guerra, visitando su casa solamente dos o tres veces al año para ver sus tierras, ya que Pellinore le había donado un castillo cercano al suyo, para recibir las nuevas capas y sayas que Elaine había tejido y bordado para él (tras desposarse con Elaine, Lancelot vestía siempre con tanta suntuosidad como el mismo Rey), para besar a su hijo y después a su hijas, para dormir una o dos veces quizá con su esposa. Después, volvía a marcharse.

Elaine siempre parecía feliz. No sé si lo era realmente por pertenecer a esa clase de mujeres que logran encontrar la mayor felicidad en el hogar y en los niños, o si anhelaba algo más y, no obstante, cumplía valerosamente con el pacto que había hecho.

En cuanto a mí, residí en la corte durante dos años más. Y luego, el segundo año, por Pentecostés, cuando Elaine estaba embarazada de su segundo hijo, Ginebra se cobró venganza.

VII

Como todos los años, en el día de Pentecostés se celebraba la gran fiesta de Arturo.

Ginebra había estado despierta desde el primer clamor de la mañana. Aquel día todos los Caballeros que habían luchado junto a Arturo estarían en la corte, y este año también estaría Lancelot...

...El año anterior no había ido. Mandó un mensaje informando de que se hallaba en la Baja Bretaña, en respuesta a una llamada de su padre, el Rey Ban, quien contendía para sofocar los problemas de su reino; pero Ginebra supo en el fondo de su corazón el porqué de la ausencia de Lancelot, la razón que le mantenía lejos.

No era porque creyera que ella no le había perdonado su matrimonio con Elaine. Morgana y su rencor habían conseguido que esto sucediera... Morgana, que había deseado a Lancelot para sí misma y no se detendría ante nada para apartarle de su verdadero amor. Antes que verlo en sus brazos, pensó Ginebra, Morgana lo prefería en el infierno, o en la tumba.

Arturo también añoraba a Lancelot profundamente, según ella había observado. Aunque se sentaba en el trono de Camelot y administraba justicia a hombres de todas las condiciones, y era amado, mucho más amado que ningún rey del que Ginebra hubiese oído hablar, podía darse cuenta de que siempre evocaba los días de las batallas y las conquistas. Ella supuso que a todos los hombres les ocurría lo mismo. Arturo llevaría hasta la tumba las cicatrices de las heridas que había recibido en las grandes lides. Cuando luchaban año tras año para traer la paz a la tierra, hablaba como si sólo desease poder quedarse en Camelot y disfrutar del castillo. Ahora nunca era tan dichoso como cuando podía tener a alguno de sus Caballeros alrededor para acabar hablando de los malos tiempos en los que los sajones, los jutos y los salvajes hombres del norte se hallaban por doquier.

Miró a Arturo, que yacía dormido. Sí, todavía era el más apuesto y agraciado de todos los antiguos Caballeros; en ocasiones pensaba que su cara era más hermosa y su porte más arrogante que los de Lancelot, aunque resultaba inapropiado compararlos siendo uno tan moreno y el otro tan rubio. Pero a pesar de todo, eran primos, eran de la misma sangre... ¿cómo, se preguntaba, había accedido Morgana tal parentesco? Acaso la habían cambiado por la verdadera hija de Igraine y no era en absoluto humana, sino una del pueblo de las hadas puesta allí para que hiciese el mal a la humanidad... una hechicera instruida en procederes no cristianos. Arturo también ostentaba una mácula de tal procedencia, aunque ella había conseguido que fuera a misa con frecuencia y que hablara de sí mismo como de un cristiano. Y eso no agradaba a Morgana.

Bueno, lucharía hasta el fin para salvar el alma de Arturo. Le quería bien, era el mejor marido que una mujer pudiera tener nunca, aunque no hubiera sido Rey Supremo sino un simple Caballero. Su locura por Lancelot había desaparecido hacía tiempo. Era apropiado y conveniente que pensara con simpatía en el primo de su marido. Porque fue voluntad de Arturo que yaciera con Lancelot aquella primera vez. Ahora todo quedaba atrás, se había confesado y obtenido la absolución; el sacerdote le dijo que era como si nunca hubiese cometido ese pecado y debía esforzarse en olvidar.

Empero, no podía remediar que llegase fugazmente a su memoria esta mañana en la cual Lancelot vendría a la corte con su mujer e hijo... Era un hombre casado,

casado con su prima. No era ya sólo pariente de su marido sino también suyo. Podría recibirle con un beso, sin pecar.

Arturo se volvió, como si sus pensamientos le molestasen, y le sonrió.

—Es el día de Pentecostés, querida —dijo—, todo nuestro pueblo y amigos estarán aquí. Déjame verte sonreír.

Ella le sonrió. La atrajo hacia sí, besándola y dejando que los dedos erraran por su rostro.

—¿Estás segura de que este día no será molesto para ti? No daré lugar a que nadie piense que has perdido importancia para mí —declaró con inquietud—. No eres vieja; Dios aún puede bendecirnos con hijos si es su voluntad. Pero los reyes súbditos me lo han exigido... la vida es incierta y debo nombrar un heredero. Cuando nuestro primer hijo nazca, querida, será como si este día nunca hubiese existido, y estoy convencido de que el joven Galahad nunca le disputará el trono a su primo, sino que le servirá con honor como Gawaine me ha servido a mí...

Podría resultar cierto, pensó Ginebra, rindiéndose a las gentiles caricias de su marido. De cosas así se hablaba en la Biblia: a la madre de Juan Bautista, que era prima de la Virgen, Dios le colmó el vientre mucho después de haber pasado el período de fertilidad, y ella, Ginebra, todavía no contaba los treinta... Lancelot le dijo una vez que su madre era más vieja cuando él nació. Tal vez en esta ocasión, después de tantos años, se levantara del lecho de su marido llevando en su cuerpo nuevamente la semilla de un hijo. Y ahora no sólo había aprendido a someterse a él como debe hacer una buena esposa, sino a gozar de sus caricias, a colmarse de su virilidad; ciertamente se había aplacado y se hallaba del todo dispuesta a concebir y a alumbrar...

Sin duda fue bueno que se hubiera equivocado cuando tres años antes creyó durante un tiempo que llevaba al hijo de Lancelot. Durante tres meses le había faltado la menstruación y había llegado a decir a una o dos de las damas que se hallaba encinta. Pero ahora, con esta nueva calidez que había sentido desde que se hallaba del todo despierta, ahora ocurriría lo que deseaba. Y Elaine no podría alegrarse de su fracaso ni triunfar sobre ella una vez más... Quizá fuera, durante un poco de tiempo, la madre del heredero del Rey, pero Ginebra sería la madre del hijo del Rey...

Dijo algo así más tarde, cuando se estaban vistiendo, y Arturo la miró preocupado.

—¿Es la esposa de Lancelot descortés o desdeñosa contigo, Gin? Creía que tu prima y tú érais buenas amigas...

—Oh, lo somos —repuso Ginebra, conteniendo las lágrimas—, mas siempre ocurre igual entre las mujeres... Aquellas mujeres que tienen hijos se creen mejores que cualquier mujer estéril. La mujer del porquero, durante el parto, incuestionablemente piensa con desdén y lástima en la Reina que no logra darle a su señor ni un solo hijo.

Arturo se acercó, besándola en la nuca.

—No, querida, no llores, te prefiero a cualquier mujer que hubiera podido darme ya docenas de hijos.

—¿De verdad? —preguntó Ginebra, con un matiz de duda en la voz—. Pero únicamente fui algo que mi padre te entregó junto con un centenar de caballos y jinetes, como parte del contrato, y me aceptaste solamente para obtenerlos.

Levantó la mirada observándola con ojos azules e incrédulos.

—¿Has estado pensando en eso y censurándomelo durante todos estos años, Gin? ¡Sabes, sin lugar a dudas, que desde la primera vez que te vi nadie ha podido serme más querido que tú! —exclamó rodeándola con los brazos. Ella estaba rígida, conteniendo las lágrimas, y la besó en los ojos—. Ginebra, cómo has podido pensar... eres mi amada esposa, mi querida esposa, y nadie en la tierra podrá separarnos. ¡Si únicamente quisiera una yegua de cría que me diera hijos, sabe Dios que podía haber tenido bastantes!

—Pero no las has tenido —repuso ella, rígida y fría aún en sus brazos—. Gustosamente tomaría a tu hijo en adopción, educándolo como heredero tuyo. Mas no me has creído digna de adoptar a *tu* hijo... y fuiste tú quien me arrojó en brazos de Lancelot.

—Oh, Gin —dijo él, con una expresión similar a la de un niño que ha sido reprendido—, ¿me censuras esa vieja locura? Estaba ebrio y me pareció que le querías bien..., pensé en hacerte gozar; y si realmente era yo la causa de que no alumbraras, pudieras tener un hijo de alguien tan allegado a mí como para que fuese mi heredero. Pero, sobre todo, fue porque estaba ebrio.

—En ocasiones —repuso ella con gesto duro—, he tenido la impresión de que amabas a Lancelot más que a mí. ¿Puedes afirmar verdaderamente que fue para hacerme gozar, o era para complacer a quien más amabas?

El dejó caer el brazo que había posado en su cuello como si estuviese anodadado.

—¿Es pecado, pues, amar a mi deudo y pensar, igualmente, en su dicha? Es cierto, os amo a ambos.

—En las Sagradas Escrituras se habla de una ciudad que fue destruida por tales pecados —repuso ella.

Arturo estaba tan pálido como su camisa de dormir.

—Amo a mi deudo Lancelot de forma totalmente honorable, Gin; el mismo Rey David escribió de su primo y deudo, *Su amor para mí era maravilloso, aventajando el amor de la mujer,* y Dios no le recriminó. Así es con los camaradas en la batalla. ¿Te atreves a afirmar que tal amor es pecado, Ginebra? Lo declararía ante el trono de Dios... —Se detuvo, incapaz de extraer más sonidos de su garganta.

Ginebra escuchó su propia voz resonando histérica.

—¿Puedes jurar que cuando lo trajiste a nuestro lecho...? Vi entonces que le acariciabas con mayor amor del que nunca le has dedicado a la mujer que mi padre te impuso; cuando me arrastraste a este pecado, ¿puedes jurar que no fue tuyo el pecado, y todos tus razonamientos no más que un pretexto encubridor del pecado que desató el fuego del Cielo sobre la ciudad de Sodoma?

—En verdad estás loca, señora mía. Esa noche de la que hablas yo estaba ebrio; no sé qué puedas haber pensado de cuanto viste. Creo que tanto rezar y pensar en el pecado te ha trastornado la mente, Ginebra.

—¡Ningún cristiano diría eso!

—¡Y he ahí una razón por la que no gusto de llamarme cristiano! —gritó él por respuesta, perdiendo finalmente la paciencia—. ¡Estoy harto de tanto hablar sobre el pecado! Si te apartara de mí... sí, y me han aconsejado que lo haga, no sería porque no te ame... aunque haya de tomar a otra mujer.

—¡No! Mejor sería que me compartieras con Lancelot, teniéndole a él también...

—¡Vuelve a decir eso —dijo él en tono muy bajo— y esposa o no, amada o no, te mataré, Ginebra!

Sin embargo, ella estaba llorando histéricamente y no pudo detenerse.

—Dices que deseabas un hijo, y me arrastraste a un pecado que Dios no puede perdonar; si he pecado y Dios me ha castigado con la infecundidad, ¿no ha sido porque tú me condujiste a ese pecado? Y ahora tu heredero es el hijo de Lancelot. ¿Te atreves a negar que es a Lancelot a quien más amas, cuando nombras a su vástago tu heredero y no a tu propio hijo, a quien no me entregas en adopción?

—Deja que llame a tus damas, Ginebra —dijo él, suspirando profundamente—. Estás fuera de ti. Te lo juro, no tengo ningún hijo, y si lo tengo, es el producto fortuito de mis tiempos en la guerra; y la mujer no me conocía, ni sabía quién era yo. Ninguna mujer próxima a mi alcurnia ha venido jamás a mí afirmando que llevaba a mi hijo. A pesar de los sacerdotes, no logro creer que mujer alguna se avergüence de admitir que ha alumbrado a un hijo de un Rey Supremo que carece de heredero. No he tomado a ninguna mujer contra su voluntad, ni he cometido adulterio con la esposa de ningún hombre. ¿Qué es ese disparate sobre un hijo mío al que deberías adoptar para convertirlo en mi heredero? Te lo aseguro, no tengo ninguno. Frecuentemente me he preguntado si alguna enfermedad de la infancia, o alguna herida sufrida, pueden haberme dejado estéril... No tengo ningún hijo.

—¡No, eso es mentira! —repuso Ginebra airadamente—. Morgana me conminó a no hablar de ello. Hace mucho tiempo acudí a ella, le rogué me diese un encanto para remediar la infecundidad. Estaba desesperada, y le dije que me entregaría a otro hombre, pues era probable que tú no pudieras engendrar descendiente alguno. Y fue entonces que Morgana me juró que *podías* engendrar, que había visto a un hijo tuyo, adoptado en la corte de Lot de Lothian; mas me hizo prometer que no hablaría de ello.

—Adoptado en la corte de Lothian... —repitió Arturo, y se llevó las manos al pecho como si le hubiese asaltado un espantoso dolor—. ¡Ah, Dios misericordioso! —dijo en un susurro—, y nunca lo he sabido...

Ginebra sintió que un repentino terror la sobrecogía.

—No, no, Arturo, ¡Morgana mintió! Sin duda no ha sido más que una malicia; fue ella quien maquinó el matrimonio de Lancelot con Elaine, porque estaba celosa... sin duda mintió para mortificarme...

—Morgana es una sacerdotisa de Avalon. No miente. Creo, Ginebra, que hemos de preguntarle sobre esto. Llama a Morgana —dijo Arturo con voz distante.

—No, no —rogó Ginebra—. Lamento haber hablado, estaba fuera de mí y deliraba, como tú has dicho ¡Oh, mi amado señor y marido, mi rey y señor, lamento cada palabra que he pronunciado! Te suplico que me perdones, te lo suplico.

El la abrazó.

—Es necesario que tú también me perdones, mi querida dama. Ahora me doy cuenta de que te he hecho un gran daño. Aunque, puesto que has desatado los vientos, debes dejar que soplen, cualquier cosa que puedan abatir... —La besó con gran delicadeza en la frente—. Haz que venga Morgana.

—Oh, mi señor; oh, Arturo, te lo suplico. Le prometí que nunca hablaría de ello contigo.

—Entonces has roto tu promesa —declaró Arturo—. Te supliqué que no hablaras, pero tú lo has querido así, y ahora lo que ha sido dicho no puede ser desdicho. —Se dirigió a la puerta de la cámara y llamó al camarlengo—. Ve a buscar a la dama Morgana e ínstala a venir ante mí y la Reina tan pronto como le sea posible.

Cuando el hombre se hubo ido, Arturo llamó a la sirvienta de Ginebra, y ésta permaneció como petrificada mientras la mujer le ponía un vestido de gala y le trenzaba el cabello. Bebió de una copa vino caliente y también agua, ya que tenía un nudo en la garganta. Lo que había dicho era imperdonable.

Pero, si fuera cierto que esta mañana me ha dejado encinta... y un extraño dolor le recorrió el cuerpo por dentro llegándole incluso hasta el vientre. *¿Puede algo enraizar y crecer en tal amargura?*

Al cabo de un rato Morgana penetró en la estancia, ataviada de rojo oscuro, el cabello trenzado con cintas de seda carmesíes; se había engalanado bien para los festejos y tenía un aspecto vivaz y radiante.

Y yo no soy más que un árbol estéril, meditó Ginebra; *Elaine tiene un hijo de Lancelot; incluso Morgana, que no tiene marido ni intención de tomarlo, ha hecho de ramera dándole un descendiente a uno u otro, y Arturo ha procreado un hijo con alguna desconocida mujer, pero yo... yo no tengo ninguno.*

Morgana fue a besarla; Ginebra quedó rígida entre sus brazos. Luego Morgana se volvió a Arturo.

—¿Me has mandado llamar, hermano mío?— preguntó.

—Lamento molestarte tan temprano, hermana. —Y después, dirigiéndose a Ginebra, dijo—: Debes ahora repetir en presencia de Morgana y mía cuanto me has referido. No voy a consentir que esas falsedades sean repetidas en mi corte.

Morgana miró a Ginebra y vio huellas de lágrimas en sus ojos enrojecidos.

—Querido hermano —manifestó—, la Reina está enferma. ¿Vuelve a hallarse en estado? Con respecto a lo que haya dicho, bueno, es cierto el refrán: Por duras que sean las palabras no rompen ningún hueso.

Arturo observó con frialdad a Ginebra, y Morgana quedó atónita, aquél no era el hermano a quien ella conocía; su austera expresión era la del Rey Supremo cuando tomaba asiento en el salón para dispensar justicia.

—Ginebra —dijo—, no sólo como tu marido, sino como tu rey, te lo ordeno: Repite delante de Morgana cuanto has afirmado a sus espaldas, y lo que ella te contó sobre mi hijo dejado en adopción en la corte de Lothian.

Es cierto, pensó Ginebra en aquella fracción de segundo. *Nunca antes, salvo cuando Viviane fue asesinada ante sus ojos, he visto que la expresión de Morgana fuese otra que la calma y serena de una sacerdotisa... Es cierto, y por algún motivo le afecta profundamente... ¿por qué?*

—Morgana —dijo Arturo—, ¿es verdad? ¿Tengo un descendiente?

¿Qué significa esto para Morgana? ¿Por qué desea ocultarlo, incluso a Arturo? Podría desear que sus propias aventuras permanecieran secretas, mas, ¿por qué ocultar a Arturo la existencia de su hijo? Entonces la sospecha de la verdad la asaltó, y emitió un grito sofocado.

Morgana pensó: *Una sacerdotisa de Avalon no miente. Pero he sido expulsada de Avalon y por ello, y para que esto quede en nada, debo mentir, mentir bien y rápidamente...*

—¿Quién es ella? —inquirió Ginebra, colérica—. ¿Una de esas mancebas sacerdotisas de Avalon que yacen con los hombres en pecado y lujuria en sus demoníacas fiestas?

—Nada sabes de Avalon —repuso Morgana, luchando por mantener firme la voz—. Tus palabras son como el viento, sin significado alguno.

Arturo la cogió del brazo.

—Morgana, hermana mía —dijo, y ella creyó que un instante después le sería imposible contener el llanto... como le fue a él cuando lloró en sus brazos aquella mañana al saber que Viviane los había atrapado...

Tenía la boca seca y le ardían los ojos.

—Hablé de tu hijo sólo para consolar a Ginebra. Ella temía que no lograras dejarla encinta.

—Ojalá hubieras hablado así para consolarme a *mí* —dijo Arturo, pero su sonrisa no era más que un rictus que le crispaba la boca—. Durante todos estos años he creído que no podía engendrar hijos para salvar el reino. Morgana, debes decirme la verdad.

Morgana suspiró profundamente. En el sepulcral silencio que invadía la estancia, pudo oír los ladridos de un perro provenientes de algún lugar al otro lado de las ventanas y el zumbido de diminutos insectos.

—En el nombre de la Diosa, Arturo, lo diré, ya que insistes. Tuve un hijo del Rey Ciervo, diez lunas después de que te entronizaran en la Isla del Dragón. Morgause lo tiene a su cuidado y me ha jurado que jamás lo sabrás de sus labios. Ahora, que ya has conseguido que te lo diga, demos el asunto por terminado.

Arturo estaba pálido como un muerto. La cogió por los brazos, y ella pudo sentir cómo temblaba. Las lágrimas corrían por su rostro y no hizo ademán alguno de reprimirlas o enjugarlas.

—¡Ah, Morgana, Morgana, mi pobre hermana! Sabía que te había hecho un gran daño, pero nunca imaginé que fuese un daño tan grande como éste.

—¿Quieres decir que es cierto? —gritó Ginebra—. ¡Que esta impúdica ramera hermana tuya ha sido capaz de practicar sus artes de hetaira con su propio hermano!

Arturo se volvió hacia ella, con las manos aún sobre los brazos de Morgana.

—¡Cállate! No digas ni una sola palabra en contra de mi hermana, no fue cosa suya ni es suya la culpa. —Gritó con una voz que no le había oído antes, y Ginebra tuvo tiempo de oír el eco de sus propias y horribles palabras.

—Mi pobre hermana —volvió a decir Arturo—. Y has soportado esta carga sola, sin hacerme partícipe de ella. No, Ginebra —repuso con ardor, tornándose a ella otra vez—, no es lo que piensas. Ocurrió en mi entronización y ninguno de los dos conocía al otro. Estaba oscuro y no nos habíamos visto desde que yo era tan pequeño que Morgana podía cogerme en brazos. Ella no fue para mí más que la sacerdotisa o la Madre y yo no fui para ella más que el Astado; y cuando nos reconocimos, era demasiado tarde y el mal estaba hecho —añadió, y fue como si forzara la voz por encima de las lágrimas. Atrajo hacia sí a Morgana fuertemente, exclamando—. ¡Morgana, Morgana, deberías habérmelo hecho saber!

—¡Y nuevamente sólo piensas en ella! —gritó Ginebra—. No en el más grande de tus pecados. Es tu hermana, nacida del vientre de tu madre, y por algo así Dios ha de castigarte.

—En verdad me ha castigado —repuso Arturo, abrazado a Morgana—. Pero no fue un pecado a sabiendas, no había deseo de hacer el mal.

—Quizá sea por esto —balbuceó Ginebra— que te ha castigado con la infecundidad, pero incluso ahora, si te arrepientes y haces penitencia...

Morgana se libró suavemente de Arturo, Ginebra observó, con rabia indecible, cómo le secaba las lágrimas con un pañuelo, con un gesto casi mecánico, el gesto de una hermana mayor, sin la impudicia que deseaba ver.

—Ginebra, piensas demasiado en el pecado —dijo—. Nosotros no pecamos, ni Arturo ni yo. El pecado es el deseo de hacer el mal. Nos unimos por designio de la Diosa, por las fuerzas de la vida; y si nació un niño, fue fruto del amor, sea lo que sea lo que nos unió. Arturo no puede reconocer a un hijo nacido del cuerpo de su hermana, es cierto. Mas no es el primer rey que ha tenido un bastardo cuya existencia no puede admitir. El muchacho es saludable y se encuentra bien, a salvo en Avalon. La Diosa no es un ser vengativo, alerta para castigar a alguien por alguna falta imaginaria. Lo que sucedió entre Arturo y yo no debiera haber acontecido, ni él ni yo lo pretendimos; pero lo hecho, hecho está. La Diosa no te castigará con la infecundidad por los pecados de otro. ¿Puedes culpar de tu infecundidad a Arturo, Gin?

—¡Lo culpo! Ha pecado y ha recibido el castigo que merece por incestuoso, por procrear un hijo de su propia hermana, por servir a la Diosa, ese demonio de repugnantes abominaciones y lascivia... Arturo —gritó—, dime que te arrepentirás, que irás en este santo día a confesarle al obispo que has pecado y que cumplirás con la penitencia que tenga a bien imponerte, ¡quizás entonces Dios nos perdone y deje de castigarnos a ambos!

Arturo, atribulado, miraba alternativamente a Morgana y a Ginebra.

—¿Penitencia? ¿Pecado? ¿Realmente crees que tu Dios es un ser rencoroso y ciego que no aprecia las intenciones? —preguntó Morgana.

—He confesado *mis* pecados —gritó Ginebra—. He hecho penitencia y he recibido la absolución, no es por *mis* pecados por lo que nos castiga Dios. ¡Di que tú también lo harás, Arturo! Cuando Dios te otorgó la victoria en Monte Badon, juraste abandonar definitivamente el estandarte del Pendragón, y gobernar como rey cristiano, pero no has confesado este pecado. Haz penitencia igualmente por esto y deja que Dios te dé la victoria en este día como te la dio en Monte Badon ¡Líbrate de tus pecados, dame un hijo que gobierne después de ti en Camelot!

Arturo se volvió, apoyándose contra el muro, cubriéndose la cara con las manos. Morgana iba a dirigirse hacia él nuevamente, pero Ginebra gritó:

—¡Mantente alejada de él...! ¿Vas a tentarle para que caiga en un pecado mayor aún que ése, tú y la execrable diablesa a la que llamas Diosa, tú y esa vieja bruja malvada a la que Balin dio muerte justamente por sus paganas hechicerías?

Morgana cerró los ojos, y en su rostro aparecieron inicios de llanto. Luego suspiró profundamente.

—No puedo consentir que calumnies mi religión, Ginebra —dijo—. Yo no he calumniado la tuya, recuérdalo. Dios es Dios, cualquiera que sea el nombre que le den, y siempre es bondadoso. Considero pecado el creer que Dios pueda ser cruel o vengativo, y tú parece que te empeñas en verlo así. Te ruego que medites bien lo que haces antes de poner a Arturo en manos de los sacerdotes debido a esto. —Se volvió, sus adornos carmesíes oscilaron silenciosamente, y salió de la estancia.

Arturo tornó a mirar a Ginebra, mientras ésta escuchaba los pasos de Morgana alejándose. Finalmente, con mayor amabilidad de la que nunca hubiera usado para hablarle ni aun cuando yacían uno en brazos del otro, dijo:

—Mi más querido amor...

—¿Crees que puedes hablarme así? —preguntó ella amargamente, y se alejó.

El apoyó una mano en su hombro e hizo que se volviera de frente.

—Mi querida dama, mi reina, ¿he hecho tanto daño?

—Incluso ahora —respondió ella trémula—, incluso ahora sólo piensas en el daño que has hecho a Morgana.

—¿Debería alegrarme ante la idea de lo que he acarreado a mi propia hermana? Te lo juro, no la reconocí hasta que todo hubo concluido y entonces, al reconocerla, fue ella quien me consoló, como si continuase siendo el chiquillo que solía sentarse en su regazo... creo que si se hubiese vuelto contra mí acusándome, como tenía derecho a hacer, me hubiera alejado para ahogarme en el Lago. Mas nunca pensé en lo que podía sucederle a ella... Yo era tan joven, y tenía ante mí a todos los sajones y todas las batallas. —Extendió las manos desconsoladamente—. Procuré hacer lo que me aconsejó. Recuerda que cuanto hicimos fue realizado en la ignorancia. Oh, pudo haber sido pecado, pero yo no decidí pecar...

Pareció tan desdichado que, por un momento, Ginebra estuvo tentada a decir lo que él deseaba que dijera, que realmente no había hecho ningún mal; abrazarle y consolarle. Pero no se movió. Nunca había acudido Arturo

172

a ella para consolarla, nunca había reconocido haberle hecho mal alguno; aun ahora, todo cuanto hacía era insistir en que el pecado que los había privado de hijos no era tal; ¡se preocupaba únicamente por el daño infligido a esa condenada sacerdotisa hermana suya! Dijo, gritando nuevamente y furiosa porque entendía que él podía pensar que lloraba de pena y no de rabia:

—¿Crees que sólo has agraviado a Morgana?

—No acierto a comprender que haya agraviado a nadie más —repuso obstinadamente—. ¡Ginebra, fue antes de poner los ojos en ti!

—Te desposaste conmigo sin haber confesado ese gran pecado y sigues aún aferrándote a él cuando debieras hacer acto de contricción y penitencia, librándote de tu castigo.

—Ginebra mía —dijo él, cansadamente—, si tu Dios es tal que castiga a un hombre por un pecado que no sabía estar cometiendo, ¿va entonces a revocar ese castigo porque yo se lo cuente a un sacerdote?

—Si de verdad te arrepientes...

—¿Oh, Dios, crees que no me he arrepentido? —prorrumpió Arturo—. ¡Me he arrepentido cada vez que miraba a Morgana en estos últimos doce años! ¿Sería mi arrepentimiento para confesar un pecado involuntario?

—Sólo piensas en tu orgullo —repuso Ginebra coléricamente— y el orgullo también es un pecado. ¡Unicamente has de humillarte para que Dios te perdone!

Arturo tenía los puños apretados.

—He de gobernar este reino, Ginebra, y no podré hacerlo humillándome ante los sacerdotes. Y debo pensar en Morgana, ¡ya la llaman hechicera, ramera, bruja! ¡No puedo confesar públicamente un pecado que pueda atraer el escarnio y la vergüenza sobre mi hermana!

—También Morgana posee un alma que debe ser salvada —dijo Ginebra—, y si la gente de esta tierra ve que el rey puede tragarse el orgullo y pensar en su alma, arrepintiéndose humildemente de sus pecados, ello ayudaría a la salvación de sus almas igualmente y sería un mérito para él incluso en el Cielo.

—Arguyes tan bien como un consejero, Ginebra, no soy un sacerdote, y no me intereso por las almas de mi pueblo —repuso suspirando.

—¿Cómo te atreves a decir eso? —gritó ella—. ¡Un rey se halla por encima de toda su gente y sus vidas están en sus manos, al igual que sus almas! ¡Deberás scr el primero en la piedad como lo eres en valentía en el campo de batalla! ¿Qué pensarías de un rey que envía a sus soldados a luchar y permanece a salvo fuera de vista, observándoles desde la distancia?

—No muy bien —contestó Arturo, y Ginebra, entendiendo que ya le tenía, dijo:

—¿Entonces qué pensarías de un rey que ve a su pueblo siguiendo el camino de la piedad y la virtud, y afirma que no necesita pensar en sus pecados?

Arturo suspiró.

—¿Por qué has de preocuparte tanto, Ginebra?

—Porque no soporto pensar que vas a sufrir el fuego del infierno... y porque, si te libras de tu pecado, Dios puede dejar de castigarnos con la infecundidad.

Finalmente ella, sofocada, se puso a llorar nuevamente. La rodeó con los brazos y permaneció con su cabeza apoyada en el hombro.

—¿En verdad crees eso, mi reina? —le preguntó amablemente.

Ella recordó. Hacía mucho tiempo, cuando se mostró reacio a dejar de portar la enseña del Pendragón en la batalla, le había hablado así. Y, al final, ella triunfó y le atrajo hacia Cristo; y Dios le otorgó la victoria. Aunque en tal época, no sabía que él guardaba en el alma este pecado inconfeso. Suspiró y le oyó suspirar.

—También a ti te he hecho daño, y de alguna forma he de enmendarlo. Mas no acierto a comprender que sea de justicia que Morgana se vea avergonzada por esto.

—Siempre Morgana —repuso Ginebra, con una oleada de súbita rabia—. No la harás sufrir, ella es perfecta a tus ojos. Dime entonces si es justo que yo sufra por el pecado que ambos habéis cometido. ¿La amas tanto que dejarás que me consuma en la infecundidad durante todos mis días para que el pecado pueda ser mantenido en secreto?

—Aunque yo te haya agraviado, Ginebra, Morgana no tiene la culpa.

—Sí la tiene —estalló—, porque sigue a esa antigua Diosa, y los sacerdotes afirman que esa Diosa es la misma serpiente del mal que nuestro Señor expulsó del Jardín del Edén. Morgana continúa aferrándose a esos paganos y execrables rituales. Dios nos dice que esos paganos que no hayan escuchado su palabra pueden salvarse, pero ¿qué será de Morgana que nació en una casa cristiana y después se ha iniciado en el despreciable camino de la hechicería en Avalon? Y todos estos años en la corte, ha oído la palabra de Cristo, y ¿no dicen que cuantos han escuchado la palabra de Cristo y no se arrepienten y creen en él, ciertamente se condenarán? Las mujeres, especialmente, tienen necesidad de arrepentirse, pues el pecado llegó al mundo por primera vez a través de una mujer.

Ginebra sollozaba con tanta fuerza que se le hacía difícil hablar.

—¿Qué quieres que haga? —preguntó Arturo.

—Hoy es el santo día de Pentecostés —repuso ella, enjugándose los ojos y tratando de reprimir los sollozos—, cuando el espíritu de Dios desciende sobre el hombre. ¿Vas a ir a misa y a recibir el sacramento con este gran pecado en tu alma?

—Supongo... supongo que no puedo —repuso Arturo, quebrándosele la voz—. Si en verdad crees esto, Ginebra, no te lo negaré. Me arrepiento hasta donde está en mí arrepentirme por algo que no puedo considerar pecado, y cumpliré la penitencia que el obispo me imponga. —Su sonrisa fue sólo una mueca fugaz—. Espero por tu bien, mi amor, que estés en lo cierto con respecto a la voluntad de Dios.

Y Ginebra, cuando le rodeó con los brazos, llorando de agradecimiento, tuvo un momento de miedo avasallador y duda. Recordó cuando se hallaba en casa de Melea-grant, convencida de que sus plegarias no la salvarían. Y cuando Lancelot llegó hasta ella, ¿no se había jurado a sí misma que nunca volvería a esconderse, a arrepentirse, pues si Dios no le había recompensado la virtud, segura-mente tampoco castigaría su pecado?

Empero, Dios la había castigado realmente; le había arrebatado a Lancelot entregándoselo a Elaine. Así pues, con todos los riesgos que había corrido su alma, no había ganado nada... se había confesado y hecho penitencia. Y ahora sabía que era posible que no fuese todo por culpa suya, sino que quizás estuviese soportando el peso del pecado de Arturo, el pecado cometido con su hermana. Aunque, de verse ambos libres de pecado, de hacer peni-tencia por tan grave pecado inconfeso, humillándose, sin duda Dios le perdonaría a él también...

Arturo la besó en la cabeza y le acarició el pelo. Luego se apartó, y ella sintió el frío y la pérdida cuando se alejó de sus brazos, como si ya no hallara seguridad entre los muros sino bajo el inmenso cielo abierto, abrumador, enorme, colmado de amenazas. Fue hacia él de nuevo, para refugiarse en sus brazos, pero él se había dejado caer en una silla y allí permaneció, exhausto, abatido, a mil leguas de distancia.

Por último levantó la cabeza y dijo, con un suspiro que parecía provenir de las profundidades de su ser:

—Llama al Padre Patricius.

VIII

Cuando Morgana dejó a Arturo y Ginebra en su cámara, cogió una capa y salió a la intemperie, sin preocuparse de la lluvia. Se dirigió a las altas almenas y caminó por allí, sola; las tiendas de los seguidores de Arturo y de los Caballeros, de los reyes súbditos y de los invitados, se agolpaban en el espacio inferior, en la cima de la colina que era Camelot, e incluso bajo la lluvia, todos los estandartes y banderas ondeaban alegremente. Pero el cielo estaba oscuro, las bajas nubes plomizas casi tocaban la cumbre de la colina; caminando, incansable, Morgana pensó que era un mal día para celebrar la fiesta del Espíritu Santo... y para Arturo.

Oh, sí. Ginebra no le dejaría en paz hasta que se entregase en manos de los sacerdotes. ¿Y qué era del voto que había hecho a Avalon?

Sería el destino de Gwydion sentarse algún día en el trono de su padre, si era *eso* lo que Merlín planeaba... ningún hombre escapa al destino. Morgana pensó tristemente: *ni ninguna mujer*. Taliesin, que conociera toda clase de músicas y relatos antiguos, le contó en una ocasión una historia sobre los arcanos que moraban al sur de la Tierra Santa o cerca de allí, de un hombre que nació bajo una maldición por la cual mataría a su padre y se desposaría con su madre. Sucedió que los padres conocieron la maldición y le abandonaron a la muerte, pero fue criado por unos extranjeros. Un día, al encontrarse con su padre, desconociéndolo, peleó con él, le dio muerte y se casó con su viuda; así pues, los medios de que se sirvieron para prevenir el cumplimiento de la maldición sirvieron para lo contrario. De haber vivido en casa de su padre, no habría llevado a cabo lo que hizo en la ignorancia...

También Arturo y ella habían hecho lo que hicieron en la ignorancia, y el hada había maldecido a su hijo: *Aborta a tu hijo o mátalo cuando salga de tu vientre, ¿qué será del Rey Ciervo cuando el joven ciervo haya crecido?* Y tuvo la impresión de que el mundo que la rodeaba se tornaba gris y extraño, como si ella hubiese penetrado en las nieblas de Avalon, y había un raro zumbido en su cabeza.

En el aire parecían producirse terribles estallidos y retumbos por doquier, ensordeciéndola... no, eran las campanas de la iglesia, repicando para la misa. Había oído decir que el pueblo de las hadas no podía soportar el sonido de las campanas de la iglesia, y ése era el motivo de que se hubieran dirigido a las recónditas colinas y a los valles... Le pareció que *no* podría ir a sentarse en silencio, como habitualmente hacía, escuchando con cortés atención, porque las damas de compañía de la Reina debían dar ejemplo a todas las demás. Pensó que los muros la ahogarían, que el murmullo de los sacerdotes y el humo del incienso la enloquecerían; más valía quedarse fuera bajo la lluvia. Pensó entonces en cubrirse la cabeza con la caperuza de la capa de lana; las cintas del pelo estaban completamente mojadas y probablemente se habían estropeado. Las palpó y sus dedos se mancharon de rojo; para ser de tejidos tan costosos estaban pobremente teñidos.

Pero la lluvia estaba amainando un poco y la gente empezaba a ambular por los espacios que mediaban entre las tiendas.

—Hoy no habrá torneos de batalla simulada —dijo una voz a sus espaldas—; si no, pediría una de esas cintas que estáis desechando y la portaría en la batalla como enseña de honor, dama Morgana.

Morgana parpadeó, tratando de sobreponerse. Quien había hablado era un joven esbelto, de cabello negro y ojos oscuros; había algo familiar en él, mas no lograba acordarse...

—¿No me recordáis, señora? —preguntó quejosamente—. Me han dicho que apostasteis una cinta por mi victoria en una batalla simulada hace uno o dos años, ¿o son tres?

Ahora le recordaba; era el hijo del Rey Uriens de Gales del Norte. Accolon se llamaba; y había apostado con una dama que proclamaba que ningún hombre podría enfrentarse en el campo de batalla a Lancelot... Nunca supo qué sucedió con la apuesta; eso fue el día en que Viviane cayó asesinada.

—Ciertamente os recuerdo, sir Accolon, pero aquellos festejos concluyeron con un brutal asesinato, y la víctima fue mi madre adoptiva.

Pareció azorarse.

—Entonces debo pediros perdón por traer tal suceso a vuestra memoria. Y supongo que habrá bastantes batallas simuladas y combates antes de que partamos de aquí, ahora que no hay guerras en estas tierras mi señor Arturo desea asegurarse de que las legiones siguen preparadas para asumir nuestra defensa.

—No parece probable que sea necesario —repuso ella—; incluso los salvajes hombres del norte se dirigen hacia otra parte ahora. ¿Añoráis los días de batallas y gloria?

Tenía, pensó ella, una hermosa sonrisa.

—Luché en Monte Badon —dijo—. Fue mi primera batalla y cerca estuvo de ser la última. Creo que prefiero las contiendas simuladas y los torneos. Lucharé si he de hacerlo, aunque es mejor pelear en los juegos contra amigos que no tienen ningún deseo real de matar, y en presencia de hermosas damas que nos admiren. En la lid verdadera, señora, nadie contempla la bizarría, y cierto es que poca bizarría hay, a pesar de que todos hablen del valor...

Habían ido acercándose, según charlaban, a la iglesia y ahora el sonido de las campanas casi apagaba su voz, una voz agradable y musical. Morgana se preguntó si tañería el arpa. Se alejó bruscamente del sonido de las campanas.

—¿No vais a asistir en este día santo a la iglesia, dama Morgana?

Ella, sonriendo, le miró las muñecas, donde se enroscaban las serpientes. Dejó correr un dedo sobre una de ellas.

—¿Y vos?

—No lo sé. Estimé que debía ir para ver a mis amigos. No, creo que no —añadió sonriéndole—, cuando hay una dama con quien hablar...

Ella preguntó, tiñendo su voz de ironía.

—¿No teméis por vuestra alma?

—Oh, mi padre es bastante piadoso por los dos... No tiene esposa ahora, y sin duda desea estudiar el terreno, viendo en qué estado se halla para hacer una buena conquista. Ha atendido bien al Apóstol y sabe que es mejor desposarse que arder, y arde con mayor frecuencia de lo que yo consideraría digno para un hombre de sus años...

—¿Habéis perdido a vuestra madre, sir Accolon?

—Sí, antes de ser destetado; y a mi primera, segunda y tercera madrastras —contestó Accolon—. Mi padre tiene tres hijos con vida y, por tanto, ninguna necesidad de herederos, pero es demasiado piadoso para llevarse una mujer al lecho, por lo que debe desposarse. Incluso mi hermano mayor está casado y tiene un hijo.

—¿Nacisteis vos cuando ya era viejo?

—De mediana edad —dijo Accolon—, no soy tan joven para eso. De no haber habido guerra hace unos años, yo podría haber sido destinado a Avalon a instruirme en la ciencia de los sacerdotes. Pero mi padre se hizo cristiano.

—Sin embargo, vos lleváis las serpientes.

Asintió.

—Y algo conozco de su sabiduría, aunque no lo bastante para estar satisfecho. En estos tiempos no hay mucho que hacer para alguien de mi edad. Mi padre me ha dicho que buscará también una esposa para mí en este encuentro —dijo con una sonrisa—. Ojalá fuerais hija de un hombre de inferior condición, señora.

Morgana sintió que se sonrojaba como una niña.

—Oh, soy demasiado vieja para vos —repuso—; y sólo soy hermana del Rey nacida del primer matrimonio de su madre. Mi padre fue el Duque de Gorlois, el primer hombre al cual Uther Pendragón dio muerte por traidor...

Hubo un breve silencio antes de que Accolon dijera:

—En estos tiempos tal vez sea peligroso llevar las serpientes, o lo será, si los sacerdotes adquieren más poder. Cuando Arturo accedió al trono, oí decir que apoyaba a Avalon, que Merlín le había dado la espada de la Sagrada Regalía. Pero ha cristianizado tanto esta corte... Mi padre me expresó sus temores de que Arturo hiciese retroceder esta isla al gobierno de los druidas, mas parece que no lo ha hecho...

—Cierto —repuso ella, momentáneamente cegada por la ira—. Sin embargo, sigue portando la espada druida...

La miró de cerca.

—Y vos lleváis la media luna de Avalon. —Morgana se ruborizó. Toda la gente había entrado ya en la iglesia y las puertas estaban cerradas—. Ha empezado a arreciar la lluvia, dama Morgana, os vais a empapar y cogeréis un resfriado. Debéis entrar. Pero, ¿os sentaréis junto a mí en los festejos de este día?

Ella titubeó, sonriendo. Cierto era que Arturo y Ginebra no reclamarían su presencia en la gran mesa precisamente en este día.

Ella debe recordar lo que le representó caer presa de la lujuria de Meleagrant... ¿Debería odiarme, ella que buscó consuelo en brazos del amigo más querido de su esposo? Oh, no, no fue una violación, ni nada semejante, pero fui entregada al Astado sin que nadie me preguntara qué era lo que yo quería... no fue el deseo lo que me llevó el lecho de mi hermano, sino la obediencia al designio de la Diosa...

Accolon estaba aguardando aún una respuesta, la cara vuelta hacia ella, ansioso. Si quisiera, me besaría, me rogaría el favor de una simple caricia. Lo sabía y tal idea era un cura para su orgullo. Le sonrió, y su sonrisa le conmocionó.

—Lo haré, si podemos tomar asiento lejos de vuestro padre.

Y se le ocurrió de repente: Arturo la había mirado de igual forma. *Eso es lo que Ginebra teme. Ella sabe lo que yo no sabía, que si extiendo la mano a Arturo, puedo hacerle ignorar cualquier cosa que ella diga; Arturo me ama más a mí. No le deseo, le considero un hermano querido, pero ella no lo sabe. Teme que tienda hacia él la mano y vuelva a conducirlo al lecho con las artes secretas de Avalon.*

—Os lo ruego, entrad y cambiaros de ropa —dijo Accalon con interés, y Morgana volvió a sonreírle, tomándole la mano.

—Os veré en la fiesta.

DURANTE TODO el oficio del santo día, Ginebra permaneció sola, intentando recomponerse. El Arzobispo había pronunciado su habitual sermón de Pentecostés, hablando del descenso del Espíritu Santo, y pensó: *Si Arturo se ha arrepentido al fin de todos sus pecados y se convierte en un verdadero cristiano, debo dar gracias al Espíritu Santo por haber venido hoy a ambos.* Dejó vagar los dedos distraídamente hasta el vientre; aquel día habían yacido juntos, pudiera ser que en la fiesta de la Candelaria tuviese en brazos al heredero del reino... Paseó la mirada por la iglesia hasta encontrar a Lancelot, que se hallaba arrodillado junto a Elaine. Pudo ver, con envidia, que las caderas de Elaine estaban hinchándose de nuevo. *Otro hijo, o una hija. Y ahora Elaine alardea junto al hombre al cual amé tanto tiempo y tan bien con el hijo que yo debería haber alumbrado... bueno, debo humillar la cabeza y ser humilde, no me supondrá mal alguno pretender creer que su hijo sucederá a Arturo en el trono... Ah, soy una pecadora, hablé a Arturo de humillar su orgullo y yo estoy llena de él.*

La iglesia se encontraba atestada, como siempre, en la misa de este santo día. Arturo parecía pálido y cansado; había hablado con el obispo, pero no había habido tiempo para conversar extensamente antes de la misa. Se arrodilló a su lado sintiendo que era un extraño, mucho más que la noche en que yació con él por vez primera, aterrorizada de todas las cosas desconocidas que la aguardaban.

Debiera haberme mostrado serena ante Morgana...

¿Por qué me siento culpable? Fue Morgana quien pecó... yo me he arrepentido de mis pecados, he confesado y he recibido la absolución...

Morgana no se hallaba en la iglesia; sin duda, no había tenido la desfachatez de venir inconfesa a los santos oficios cuando había sido descubierta tal como era, incestuosa, pagana, bruja, hechicera.

El oficio parecía que no iba a acabar nunca, mas, finalmente, fue impartida la bendición y las gentes comenzaron a salir de la iglesia. Durante un instante se encontró entre Elaine y Lancelot; él rodeaba a su esposa protectoramente con el brazo, para que no fuera empujada. Ginebra levantó la mirada hacia ellos, para no tener que ver el vientre hinchado de Elaine.

—Hace mucho que no aparecéis por la corte —dijo.

—Hay tanto que hacer por el norte... —repuso Lancelot.

—Espero que no sea con los dragones —manifestó Arturo.

—Gracias a Dios, no —dijo Lancelot, sonriendo—. Probablemente la primera vez que vi un dragón también fue la última... ¡Mejor hubiera sido que no me hubiese chanceado de Pellinore cuando hablaba de la bestia! Ahora que ya no quedan sajones contra quienes luchar, supongo que los Caballeros deben enfrentarse a los dragones, los bandidos y bellacos, a toda esa calaña que mortifica al pueblo.

Elaine sonrió tímidamente a Ginebra.

—Mi esposo es como todos los hombres, preferiría marchar a la lucha, aunque sea contra los dragones, a permanecer en casa disfrutando de la paz que tan duramente ganaron. ¿Es así Arturo?

—Creo que ya tiene bastantes contiendas en la corte, donde todos los hombres vienen a pedir justicia —dijo Ginebra, descartando aquello—. ¿Cuándo nacerá éste? —añadió, mirando el abultado vientre de Elaine—. ¿Crees que será niño o niña?

—Espero que sea otro niño, no deseo una hija —contestó Elaine—, pero será lo que Dios quiera. ¿Dónde está Morgana? ¿No ha venido a la iglesia? ¿Está enferma?

Ginebra sonrió desdeñosamente.

—Creo que sabes cuán buena cristiana es Morgana.

—Pero es mi amiga —repuso Elaine—, y no me importa que no sea muy cristiana, la estimo y rezaré por ella.

Bien puedes hacerlo, pensó Ginebra amargamente. *Te desposó por rencor hacia mí.* Tuvo la impresión de que los dulces ojos azules de Elaine eran punzantes, y su voz falsa. Le pareció que de permanecer un momento más junto a ella, intentaría estrangularla. Se excusó y, al cabo de un instante, Arturo la siguió.

—Había esperado tener a Lancelot con nosotros durante algunas semanas, mas partirá nuevamente hacia el norte —dijo—. Aunque ha asegurado que Elaine puede quedarse, si lo tienes a bien. Se halla tan próxima al parto que preferiría no retornar sola. Tal vez Morgana también se encuentre sola por la ausencia de su amiga. Bueno, las mujeres lo arreglaréis entre vosotras. —Se volvió y la miró con expresión sombría—. Debo ir con el Arzobispo. Dijo que hablaría conmigo inmediatamente después de la misa.

Quiso asirlo, retenerlo, estrecharlo contra sí con ambas manos, pero había ido demasiado lejos para hacer eso.

—Morgana no estaba en la iglesia —dijo—. Cuéntame, Ginebra, ¿has discutido con ella?

—No le he dicho ni una sola palabra, buena o mala

—repuso fríamente—. Nada me importa donde se encuentre, ¡desearía que en el infierno!

El abrió la boca y por un momento creyó que iba a reprenderla y, de modo perverso, deseó su ira. Pero únicamente suspiró y agachó la cabeza. No podía soportar verlo tan abatido, cual un perro apaleado.

—Ginebra, te lo ruego, no disputes más con Morgana. Ya ha sufrido bastante. —Y luego, como si se avergonzase de su súplica, se giró abruptamente alejándose de ella, hacia donde se hallaba el Arzobispo saludando a los fieles. Cuando Arturo se le acercó hizo una reverencia, pronunció unas cuantas palabras, excusándose con los demás, y ambos caminaron juntos por entre la multitud.

Dentro del castillo quedaba mucho por hacer. Recibir a los invitados en el salón, hablar con hombres que fueron Caballeros de Arturo en época pasada, explicarles que Arturo tenía asuntos que tratar con uno de sus consejeros e iba a retrasarse; no se trataba de una mentira, Patricius era uno de sus consejeros.

Al principio, todos estuvieron tan ocupados saludando a viejos amigos, intercambiando historias de cuanto había acaecido en sus hogares y territorios, de cuantos matrimonios habían sido dispuestos, hijos e hijas desposados, de cuantos niños habían nacido, ladrones muertos y calzadas construidas, que el tiempo transcurrió y la ausencia del Rey Arturo apenas fue tenida en cuenta. Pero, finalmente, las evocaciones se desvanecieron y la gente del salón empezó a murmurar. La comida se estará enfriando, pensó Ginebra; pero el festín del Rey no puede comenzar a menos que el Rey esté presente. Dio órdenes de que sirvieran vino, cerveza y sidra, sabiendo que para cuando dispusieran la comida, muchos de los invitados ya estarían ebrios en exceso para darle importancia. Vio a Morgana al otro extremo de la mesa, riendo y conversando con un hombre al cual no reconoció, pero notó que ostentaba las serpientes de Avalon en torno a la muñeca, ¿pondría en práctica sus artes de sacerdotisa para seducirle, como había seducido a Lancelot antes que a él, y a Merlín? Morgana era una hetaira que no podía dejar que hombre alguno escapara de su presa.

Cuando Arturo llegó, caminando lenta y pesadamente, se sintió abrumada por la angustia; nunca le había visto con tal apariencia excepto cuando fue herido y estuvo próximo a la muerte. De súbito se apercibió de que había sufrido una herida más profunda de lo que pudiera imaginar, en el ánima, y por un instante se preguntó si no habría tenido razón Morgana al evitarle tal noticia. No. Como su devota esposa, cuanto había hecho era asegurarse de la salud de su alma y de su postrera salvación, ¿qué era una pequeña humillación contra eso?

Se había quitado el atavío de gala y llevaba una sencilla túnica, sin adornos. No se había puesto la corona que lucía en tales ocasiones. Su dorado pelo veíase descolorido y cano. Cuando observaron que entraba, todos los Caballeros prorrumpieron en fervorosos aplausos y aclamaciones. El permaneció solemne, aceptándolo, sonriendo, por último levantó la mano.

—Lamento haberos hecho esperar —dijo—. Os ruego que me perdonéis y os pongáis a comer. —Tomó asiento, suspirando. Los sirvientes empezaron a dar vueltas con los cuencos y las bandejas, los trinchantes manejando los cuchillos. Ginebra dejó que uno de los mayordomos sirviera unos trozos de pato asado en su plato, mas sólo jugueteó con la comida. Al cabo de un rato se atrevió a levantar la mirada hacia Arturo. De toda la abundancia de viandas del festín, únicamente tenía en el plato un trozo de pan, sin mantequilla, y su copa sólo contenía agua.

—No estás comiendo nada —le dijo.

Sonrió tristemente.

—No es ningún desprecio a la comida. Estoy seguro de que es tan buena como siempre, mi amor.

—No está bien ayunar en día de fiesta.

El hizo un gesto.

—Bueno, si te empeñas —repuso impaciente—, el obispo considera que mi pecado es tan grave que no puede absolverlo con una penitencia ordinaria, y puesto que eso es lo que querías de mí... —Extendió las manos lentamente—. Así pues, vengo a la fiesta de Pentecostés con un sayo y sin finos ropajes, habré de hacer muchos ayunos y plegarias hasta cumplir la penitencia. Has conseguido cuanto deseabas, Ginebra. —Levantó la copa y bebió agua resueltamente. Y ella supo que no quería que le dijera nada más.

Pero Ginebra no deseaba *esto*... Tensó el cuerpo para no volver a llorar; todos los ojos estaban puestos en ellos y, de seguro, escandalizados ante lo inaudito de que el Rey ayunase en el más grande de sus festejos. En el exterior, la lluvia repiqueteaba sobre el tejado. Había un extraño silencio en el salón. Finalmente, Arturo levantó la cabeza y pidió música.

—Que Morgana cante para nosotros, ella es mejor que cualquier trovador.

¡Morgana! ¡Morgana! ¡Siempre Morgana! Aunque, ¿qué podía hacer? Morgana, observó, se había quitado el radiante vestido que llevara por la mañana e iba ataviada con un tejido oscuro y sobrio cual una monja. No guardaba tanta semejanza con una hetaria, ahora, sin las brillantes cintas; fue a buscar el arpa, sentándose junto a la mesa del Rey para cantar.

Porque parecía ser del agrado de Arturo, se produjo algo de algarabía y holgorio, y cuando Morgana hubo terminado, otro tomó el arpa, y luego otro. Había gran movimiento de mesa a mesa, hablando, cantando, bebiendo.

Lancelot se dirigió hacia ellos y Arturo le hizo señas para que se sentase a su lado, como en los viejos tiempos, en el banco. Los sirvientes estaban trayendo grandes bandejas de dulces y frutas, manzanas horneadas con crema y vino, toda clase de delicados y exquisitos confites. Estuvieron hablando de bagatelas y Ginebra se sintió feliz durante un momento: era como en los viejos tiempos, cuando todos eran amigos, cuando había amor entre todos... ¿por qué no podía haber seguido siendo siempre así?

Al cabo de un rato, Arturo se levantó y anunció:

—Creo que voy a ir a charlar con algunos de los viejos Caballeros... tengo jóvenes piernas, y algunos de ellos ya están envejeciendo y encaneciendo. Pellinore no tiene aspecto de poder luchar contra un dragón. ¡Me parece que una seria pelea con el perro faldero de Ginebra sería ahora bastante enconada para él!

—Desde que Elaine se desposó, es como si no tuviese nada que hacer en la vida —dijo Lancelot—. Hombres semejantes a menudo mueren poco después de haber decidido tal cosa. Espero que no ocurra así con él. Estimo a Pellinore y deseo que esté largo tiempo con nosotros. —Sonrió tímidamente—. Nunca consideré haber tenido un padre, aunque Ban fue bastante bueno conmigo, y ahora, por vez primera, cuento con un pariente que me trata como a un hijo. Tampoco tuve hermanos, hasta que fui mayor y los hijos de Ban, Lionel y Bors, llegaron a la corte. Crecí hasta hacerme adulto sin apenas hablar su idioma. Y Balan tenía otros intereses.

Arturo había sonreído poco desde que viniera de los aposentos del obispo, mas lo estaba haciendo ahora.

—¿Es un primo, pues, tanto menos que un hermano, Galahad?

Lancelot alargó la mano y le cogió de la muñeca.

—Que Dios me castigue si me olvido de eso, Gwydion. —Levantó la mirada hacia Arturo y Ginebra creyó que el Rey le abrazaría; Arturo retrocedió dejando caer la mano. Lancelot le observó, sorprendido, mas el Rey se puso en pie rápidamente.

—Allí está Uriens, y Marcus de Cornwall, también él envejece... Verán que el Rey no es demasiado orgulloso para ir a hablar con ellos. Quédate aquí con Ginebra, Lance, que sea como en los viejos tiempos.

Lancelot hizo lo que le pidió, tomando asiento en el banco junto a Ginebra.

—¿Está enfermo Arturo? —preguntó.

Ginebra sacudió la cabeza.

—Creo que tiene que hacer penitencia y está ofuscado por ello.

—Bueno, es seguro que no puede tener grandes pecados en el alma —dijo Lancelot—; es uno de los hombres más intachables que conozco. Estoy orgulloso de que siga siendo mi amigo, no lo merezco, Gin, lo sé. —La miró tan tristemente que ella sintió deseos de llorar. ¿Por qué no podía amarlos a ambos sin pecar, por qué había de tener un único marido? ¡Habíase vuelto tan mala como Morgana para albergar tal idea!

Le tocó la mano.

—¿Eres feliz con Elaine, Lancelot?

—¿Feliz? ¿Qué hombre es feliz? Hago cuanto me es dado hacer.

Ella se miró las manos. Fugazmente olvidó que aquel hombre había sido su amante para recordar que había sido su amigo.

—Deseo que seas feliz. De verdad, lo deseo.

El le tomó la mano.

—Lo sé, querida mía. No quería venir hoy hasta aquí. Te amo y amo a Arturo, pero ha pasado el tiempo en que me bastaba ser su capitán de caballería y... —Se le quebró la voz—. Y el paladín de la Reina.

Ella dijo de súbito, alzando la vista, la mano en la suya.

—¿No sientes a veces que ya no somos jóvenes, Lancelot?

El asintió suspirando.

—Sí, así es.

Morgana había vuelto a coger el arpa y estaba cantando.

—Su voz es tan dulce como siempre. Me recuerda a mi madre cantando; no lo hacía tan bien como Morgana, pero poseía la misma voz, dulce y grave —comentó Lancelot.

—Morgana sigue tan joven como siempre —dijo Ginebra celosa.

—Así ocurre con quienes son de la vieja sangre, permanecen jóvenes durante mucho tiempo hasta que llega el día en el cual se hacen repentinamente viejas —declaró

Lancelot; luego, inclinándose para besarla ligeramente en la mejilla, añadió abruptamente—. Nunca pienses que eres menos hermosa que Morgana. Es una belleza distinta, eso es todo.

—¿Por qué dices eso?

—Amor, no puedo resistir verte desdichada...

—No creo saber lo que significa ser feliz —repuso ella.

¿Cómo se mantiene Morgana así? Esa bruja ha arruinado mi vida y la de Arturo, sin preocuparse por ello. Allí está sentada, riendo y cantando, y el caballero que ostenta las serpientes en torno a las muñecas se halla bajo sus encantos.

Poco después, Lancelot dijo que debía volver con Elaine y la dejó. Cuando regresó Arturo, sus viejos seguidores y Caballeros acudieron a pedirle concesiones, a entregarle presentes y a recordar sus servicios. Al cabo de un rato llegó Uriens de Gales del Norte, encorvado ya y cano, mas aún conservaba todos los dientes y conducía a sus hombres en la batalla cuando era preciso.

—He venido a pedirte un favor, Arturo. Quiero volver a casarme y me gustaría aliarme con tu casa. He oído que Lot de Lothian ha muerto y te pido permiso para desposarme con su viuda Morgause —dijo.

Arturo hubo de reprimir una carcajada.

—Ah, para ello, amigo mío, debes pedir licencia a sir Gawaine. Lothian es suyo ahora y, sin duda, se alegrará de casar a su madre, aunque la dama es lo bastante mayor para tener opinión propia. No puedo ordenarle que se case, ¡sería como ordenar a mi madre que se casara!

Ginebra tuvo una repentina inspiración. Esa sería una solución perfecta; Arturo mismo había dicho que si llegaba a oídos de la corte, Morgana podría ser befada y avergonzada. Alargó la mano para tirar a Arturo de la manga.

—Arturo, Uriens es un valioso aliado. Me has contado que las minas de Gales siguen siendo fructíferas como lo fueron para los romanos en hierro y plomo... y tienes a una pariente cuyo matrimonio está bajo tu custodia —le indicó, con voz queda.

La miró perplejo.

—¡Uriens es tan viejo!

—Morgana es mayor que tú —repuso ella—, y puesto que él tiene hijos y nietos, no le importará demasiado que Morgana no le dé hijos.

—Eso es cierto —dijo Arturo frunciendo el ceño—, y parece un buen partido. —Levantó la cabeza y se dirigió a Uriens—: No puedo ordenar a la dama Morgause que vuelva a desposarse, pero mi hermana, la Duquesa de Cornwall, no está casada.

Uriens hizo una reverencia.

—No me hubiera atrevido a aspirar a tanto, mi Rey, mas si tu hermana quiere ser reina en mi país...

—No obligaré a ninguna mujer a casarse contra su voluntad —dijo Arturo—, pero se lo preguntaré. —Hizo señas a uno de los pajes—. Indícale a la dama Morgana que venga a verme cuando termine de cantar.

Uriens tenía los ojos puestos donde se hallaba sentada Morgana, con su oscuro atuendo contrastando con su piel.

—Es bella tu hermana. Cualquier hombre se consideraría afortunado con tal esposa.

Mientras Uriens se dirigía a su asiento, Arturo dijo pensativamente, observando a Morgana, que venía hacia ellos:

—Lleva largo tiempo sin desposarse, debe desear un hogar propio donde sea la señora, en vez de servir a otra mujer. Y es demasiado cultivada para muchos jóvenes. Uriens se complacerá de su donaire y gobernará bien su casa. Quisiera, sin embargo, que no fuese tan viejo...

—Creo que será más dichosa con un hombre mayor —repuso Ginebra—. No es una chiquilla atolondrada.

Morgana se acercó, inclinándose ante ambos. Siempre, en público, se la veía sonriente y serena. Ginebra se alegró por una vez de ello.

—Hermana —dijo Arturo—, tengo una oferta de matrimonio para ti. Y, después de lo de esta mañana —bajó el tono de voz—, estimo que no deberías vivir en la corte durante un tiempo.

—Ciertamente, me complacerá marcharme de aquí, hermano.

—Entonces —prosiguió Arturo—, ¿qué te parecería morar en el Norte de Gales? Creo que aquello está bastante desierto, pero no más que Tintagel, seguramente.

Para sorpresa de Ginebra, Morgana se sonrojó como una muchacha de quince años.

—No intentaré pretender que me hallo tan sorprendida, hermano.

Arturo rió disimuladamente.

—¿Por qué no me has dicho que ya había hablado contigo, ese astuto pillo?

Morgana se ruborizó y jugueteó con la punta de la trenza. Ginebra pensó que de ninguna forma aparentaba la edad que tenía.

—Puedes decirle que seré dichosa viviendo en Gales del Norte.

Arturo preguntó amablemente:

—¿No te molesta la diferencia de edad?

Estaba sonrojada.

—Si a él no le importa, a mí tampoco.

—Así sea —anunció Arturo, e hizo señas a Uriens, quien se aproximó, exultante—. Mi hermana me ha dicho que le complacerá ser Reina de Gales del Norte, amigo mío. No veo razón alguna por la que no podamos celebrar los esponsales de inmediato, quizás el domingo. —Levantó la copa y proclamó a los compañeros reunidos—. ¡Bebed por unas nupcias, amigos míos, unas nupcias entre la dama Morgana de Cornwall, mi querida hermana, y mi buen amigo el Rey Uriens de Gales del Norte!

Por primera vez aquel día se consiguió el ambiente adecuado a la fiesta cuando los aplausos, gritos de enhorabuena, aclamaciones, prorrumpieron al unísono. Morgana permaneció como petrificada.

Pero ella estaba de acuerdo; dijo que él le había ha-

blado... pensó Ginebra, y luego se acordó del joven que había estado coqueteando con Morgana. ¿No era Accolon hijo de Uriens? Sí, lo era. Aunque, seguramente no podía esperar que él se ofreciera. ¡Morgana le aventajaba en edad! *Debería haber sido Accolon. ¿Va a hacer Morgana una escena?* Se preguntó Ginebra.

Después, embargada por el odio: *¡Ahora verá Morgana lo que es ser entregada en matrimonio a un hombre a quien no se ama!*

—Así pues, también tú serás reina, hermana mía —dijo, cogiendo a Morgana de la mano—. Yo seré tu madrina de boda.

Mas, a pesar de sus dulces palabras, Morgana la miró directamente a los ojos, y Ginebra supo que no podía engañarla.

Así sea. Por fin nos desharemos una de la otra. Y no habrá más pretensiones de amistad entre nosotras.

HABLA MORGANA...

Para un matrimonio destinado a terminar como terminó el mío, comenzó bastante bien. Ginebra organizó para mí unos buenos esponsales, considerando cuánto me odiaba; tuve seis damas de honor, y cuatro de ellas eran reinas. Arturo me donó finas y ricas joyas. A mí nunca me habían preocupado mucho las joyas, al no haberme acostumbrados a llevarlas en Avalon, ni iniciado después en tal costumbre, aunque poseía algunas piezas que fueran de Igraine. Me dio entonces muchas más gemas de mi madre y algunas de las que habían sido despojados los sajones. Iba a protestar, pero Ginebra me recordó que Uriens esperaría ver a su esposa finamente ataviada como convenía a una reina; me encogí de hombros y la dejé engalanarme como una niña a su muñeca. Una de las piezas, una gargantilla ambarina, recordaba habérsela visto lucir a Igraine; una vez la descubrí en su joyero siendo muy pequeña y me dijo que se la había regalado Gorlois y que algún día sería mía, mas antes de ser lo bastante mayor para llevarla era ya sacerdotisa de Avalon y ninguna necesidad tenía de joyas. Ahora era mía, junto con otras muchas, aunque dije que nunca me las pondría.

Lo único que les pedí fue que retrasaran la boda hasta que pudiera enviar a alguien que trajese a Morgause, la única mujer viva de mi familia, no me lo concedieron. Acaso creyeron que, si me daban tiempo, recuperaría el juicio alegando que cuando accedí en desposarme con Gales del Norte, tenía en mente a Accolon, y no al viejo rey. Estoy segura de que Ginebra lo sabía. Me preguntaba qué pensaría de mí Accolon; casi me había prometido a él y antes de que la noche acabase había sido declarada públicamente prometida de su padre. No tuve la oportunidad de preguntarle.

Pero, después de todo, supuse que Accolon querría una novia de quince años, no de treinta y cuatro. Una mujer que ha pasado de los treinta, tal como afirma la mayoría, debe contentarse con un hombre que se haya desposado anteriormente y la quiera para emparentarse con su familia, o por su belleza y posesiones, o tal vez como madre de sus hijos. Bueno, mi familia difícilmente podía ser mejor. En cuanto al resto, poseía bastantes joyas, aunque apenas acertara a imaginarme como madre de Accolon o cualesquiera de los hijos que pudiera tener el anciano. Abuela de los hijos de sus hijos, quizá. Recordé sobresaltada que la madre de Viviane había sido abuela más joven de lo que yo era ahora; alumbró a Viviane a los trece años y la hija de Viviane nació antes de que ella cumpliera los catorce.

Sólo hablé una vez a solas con Uriens en los tres días que mediaron entre Pentecostés y nuestra boda. Quizás esperaba que él, un rey cristiano, rehusara al saberlo; o quizás incluso entonces deseaba una esposa joven que pudiera darle hijos. No quería que me tomara bajo falsas apariencias y me lo reprochara después, sabía que los cristianos tenían en mucho la virginidad de la esposa. Me *imagino que lo habían heredado de los romanos, orgullosos de la familia y adoradores de la virginidad.*

—Mucho ha que pasé los treinta, Uriens —dije— y no soy doncella.

No conocía ningún modo airoso o cortés de decir tales cosas.

Se adelantó tocando la pequeña media luna azul que tenía en el entrecejo. Estaba ya descolorida; pude verlo en el espejo que formaba parte de los presentes de Ginebra. La de Viviane también se hallaba descolorida cuando llegué a Avalon, pero solía pintarla con tinta azul.

—Fuiste sacerdotisa de Avalon, una de las doncellas de la Dama del Lago, y como doncella te dirigiste al Dios, ¿verdad?

Asentí.

—Algunas de mis gentes todavía lo hacen, y no pongo demasiado empeño en evitarlo. Los campesinos estiman que todo esto está muy bien para los reyes y las personas de alcurnia, pero resultaría nefasto para ellos que los Arcanos, adorados en nuestras colinas desde tiempo inmemorial, no obtuvieran sus tributos. Accolon piensa lo mismo, mas ahora gran parte del poder está pasando a manos de los sacerdotes, y es preciso que no les ofenda. En cuanto a mí, no me importa qué Dios se siente en el trono del Cielo, o qué Dios sea venerado por mi pueblo, con tal de que mi reino esté en paz. En una ocasión llevé la cornamenta. Te juro que nunca te lo reprocharé, dama Morgana.

Ah, Madre Diosa, pensé, esto es grotesco, esto es un desatino, te estás burlando de mí... podía haber constituido un feliz matrimonio con Accolon, después de todo. Empero, Accolon era joven y desearía una esposa joven...

—Una cosa más debes saber. Tuve un hijo del Astado...

—Te he prometido que nada reprocharé de tu pasado, dama Morgana.

—No lo comprendes. Me puse tan enferma cuando ese hijo nació que con seguridad jamás tendré otro. —Un rey,

pensé, un rey desearía una esposa fértil, incluso más que su joven hijo...

Me dio palmaditas en la mano. Creo que verdaderamente pretendía consolarme.

—Tengo bastantes hijos —repuso—, y no preciso de más. Los hijos son algo hermoso, pero yo ya he tenido cuantos me correspondían y más.

Medité: Es un necio, está viejo... pero es rey. Si me hubiera mostrado un desquiciado deseo me habría repelido, pero podía convivir con la amabilidad.

—¿Estás afligida por tu hijo, Morgana? Si te place, puedes mandar a buscarle y educarlo en mi corte. Te juro que ni tú ni él oiréis jamás una palabra de reproche, y será decentemente criado como cuadra al hijo de la Duquesa de Cornwall y Reina de Gales del Norte.

Tanta amabilidad hizo aflorar lágrimas a mis ojos.

—Eres muy cortés —dije—, pero está bien donde está, en Avalon.

—Bien, si decides lo contrario, dímelo —repuso—. Me agradará tener otro muchacho en casa, debe tener la edad adecuada, imagino, para ser compañero de juegos de mi hijo menor, Uwaine.

—Creía que Accolon era el más joven, señor.

—No, no, Uwaine sólo tiene nueve años. Su madre murió en el parto... no pensabas que un viejo como yo pudiera tener un hijo de nueve años, ¿verdad?

Sí, lo creía, pensé sonriendo irónicamente, los hombres están orgullosos de su facultad de procrear, como si ello requiriese una gran destreza, ¡como si cualquier mentecato no pudiera hacer lo mismo! Al menos una mujer ha de llevar al hijo en su cuerpo durante casi un año y sufrir al parirlo, teniendo así motivos para enorgullecerse. ¡Pero los hombres cumplimentan su parte sin preocupación ni quebranto alguno!

Dije, procurando darle un tono jocoso:

—Cuando era una jovencita, señor, escuché un refrán en mi tierra: un marido de cuarenta años puede no llegar a ser padre, pero un marido de sesenta seguramente lo conseguirá.

Lo había hecho deliberadamente. Si se hubiese violentado y ofendido por el cinismo de aquello, habría sabido cómo debía tratarle en el futuro, tomando gran cuidado de hablarle siempre con decencia y modestia. Sin embargo, se echó a reír francamente.

—Creo que tú y yo vamos a llevarnos bastante bien, querida. Ya he tenido bastantes matrimonios con jóvenes damiselas que no sabían reír. Espero que te alegres de haberte casado con un viejo como yo. Mis hijos se burlan de mí porque me vuelvo a desposar después de nacido Uwaine, pero, a decir verdad, dama Morgana, un hombre se acostumbra a estar casado y no gusta de vivir solo. Y, cuando mi última esposa murió... bueno, cierto es que deseaba emparentarme con tu hermano mediante matrimonio, pero también me encuentro solo. Y me imagino que tú, habiendo permanecido soltera durante tantos años a diferencia de las mujeres de tu edad, puede no disgustarte tener un hogar y un marido, aun cuando no sea joven y apuesto. Sé que no has sido consultada sobre este matrimonio, y espero que no seas demasiado desdichada.

Al menos, medité, no pretende que esté locamente excitada por el gran honor de desposarme con él. Podría haberle dicho que para mí no supondría cambio alguno. No había sido verdaderamente feliz desde que abandoné Avalon; y puesto que iba a ser desdichada dondequiera que me hallase, valdría más que me alejara del resentimiento de Ginebra. Ya no podía seguir fingiendo ser su leal deuda y amiga, y esto me entristecía un poco, porque hubo un tiempo en el cual fuimos amigas de verdad, y no era yo quien había cambiado. Yo no había querido arrebatarle a Lancelot; pero era difícil de explicar que, a pesar de haberle deseado, también le despreciaba y no me parecía un regalo tenerlo. Si Arturo nos hubiese desposado antes de unirse a Ginebra... pero, incluso entonces, era demasiado tarde. Siempre había sido demasiado tarde después de haber estado bajo el anillo de piedras. De haberle dejado tomarme en ese momento, nada de esto hubiera sucedido... pero lo hecho, hecho está, y yo no habría llegado a saber qué otros planes tenía Viviane para mí, ni hubiera tenido al final que desposarme con Uriens.

Nuestro primer encuentro en el lecho fue como yo esperaba. Me acarició, se agitó, estuvo sobre mí durante un momento, gruñendo y jadeando, y luego se apartó súbitamente y se quedó dormido. No habiendo esperado nada mejor, no quedé decepcionada, ni particularmente molesta al ovillarme en la curva de su brazo; le gustaba tenerme allí y, aunque tras las primeras semanas yació conmigo pocas veces, seguía siendo de su agrado tenerme en el lecho, manteniéndome abrazada durante horas, hablando de esto y de aquello y, lo que era más importante, escuchando cuanto le decía. Contrariamente a los romanos del sur, estos hombres de las Tribus nunca desdeñaban el consejo de una mujer y por eso, al menos, estaba agradecida, pues escuchaba cuanto le decía y nunca lo descartaba por ser el consejo de una mujer.

Gales del Norte era un hermoso país, con grandes colinas y montañas, que me recordaba a Lothian. Mas Lothian era alto y estéril mientras las tierras de Uriens verdes y fértiles, llenas de árboles y flores; el suelo era rico y las cosechas buenas. Uriens había construido su castillo en uno de los valles más bonitos. Su hijo Avalloch, su mujer y sus niños, se mostraban de acuerdo conmigo en todas las cosas; y el menor de los hijos de mi esposo, Uwaine, me llamaba madre. Llegué a conocer lo que era criar a un hijo, preocupándome de todos los pequeños menesteres diarios de un muchacho que está creciendo, que trepa a los árboles y se rompe huesos, que se le queda pequeña la ropa o se la desgarra en los bosques, que desobedece a sus tutores yéndose a cazar con los perros cuando debiera estar con los libros. El sacerdote encargado de enseñar a Uwaine las letras se desesperaba, pero era un orgullo y una alegría para su maestro de armas. A pesar de lo problemático que era, yo le quería bien; me esperaba para la cena y a menudo se sentaba en el salón a escucharme cuando tocaba el arpa; como todas las gentes de aquel país tenía oído para la música y voz clara y matizada; y como todos los de la corte, la familia de Uriens prefería hacer música a escuchar a los trovadores. Al cabo de cierto tiempo, empecé a pensar en Uwaine como en mi propio hijo, y él, por supuesto, no podía recordar a su madre. Montaraz como era, siempre se comportaba amablemente conmigo. Los chicos de esa edad no son fáciles de controlar, pero había momentos en los que se mostraba cariñoso, tras días de hosquedad y malhumor, en los cuales venía a sentarse a mi lado en el salón y cogía el arpa para cantar, o me traía flores silvestres o pieles de liebre torpemente curtidas, y en una o dos ocasiones, desmañado y torpe cual una joven cigüeña, se inclinó para posar rápidamente sus labios sobre mi mejilla. Frecuentemente deseaba, entonces, haber tenido hijos propios a quienes cuidar. Poco más había que hacer en aquella tranquila corte, lejos de las guerras y los conflictos del sur.

Y, cuando llevaba un año desposada con Uriens, Accolon regresó a la corte.

IX

El verano en las colinas. El prado del jardín de la reina
se hallaba cubierto de brotes rosados y blancos. Morgana,
caminando bajo los árboles, sintió una lacerante nostalgia en toda la sangre, recordando la primavera en Avalon,
con los árboles cubiertos de nubes blancas y rosadas. El
año se estaba deslizando hacia el solsticio de verano; Morgana se dio cuenta con pesar de que los efectos de la media vida pasada en Avalon se estaban desvaneciendo y las
mareas ya no corrían por su sangre.

*No, ¿es necesario que me mienta? No es que haya ol-
vidado, o que las mareas ya no corran por mi sangre, sino
que no me permito percibirlas.* Morgana se analizó desapasionadamente; el austero y costoso atavío, apropiado para
una reina... Uriens le había dado todos los vestidos y joyas que habían pertenecido a su difunta esposa, y asimismo poseía las joyas de Igraine; Uriens gustaba de verla
engalanada con joyas como cuadra a una reina.

*Algunos reyes matan a sus prisioneros, o los esclavizan
en minas; si place al Rey de Gales del Norte cubrir a la
suya de joyas, exhibiéndola a su lado, y llamarla reina,
¿por qué no aceptarlo?*

Empero, se sentía plena del flujo del verano. Podía
oír a un labriego que más abajo, en la ladera, conducía a
los bueyes con apagados gritos. El día siguiente era el
solsticio de verano.

El domingo un sacerdote portaría antorchas en el campo y lo circundaría en procesión con sus acólitos, cantan-

200

do salmos y bendiciones. Los más ricos barones y caballeros, que eran todos cristianos, habían persuadido al pueblo de que esto era más apropiado en una tierra cristiana que los viejos procederes, en los cuales el vulgo encendía fuegos en los campos y llamaban a la Señora según el arcano culto. Morgana deseó, y no por vez primera, haber sido únicamente sacerdotisa, sin pertenecer a la gran estirpe regia de Avalon.

Aún seguiría allí, pensó, *como una más, haciendo el trabajo de la Dama... no aquí, como un náufrago, perdida en tierra extraña...* Se volvió abruptamente y caminó a través del florido jardín, la mirada gacha, rehusando mirar otra cosa que no fueran las flores de los manzanos.

La primavera llega una y otra vez, y le sigue el verano, con su fecundidad, mas yo estoy sola y yerma como una de esas vírgenes cristianas enclaustradas tras los muros del convento. Dispuso su voluntad contra las lágrimas que de alguna forma parecían estar siempre prestas a aparecer en aquellos días, y entró. A sus espaldas el sol poniente teñía los campos de color carmesí, pero no lo miró; todo era gris y estéril para ella. *Tan gris y estéril como yo.*

Una de sus damás le dijo cuando iba a cruzar la puerta:

—Señora, el Rey ha regresado y quiere veros en su cámara.

—Sí, eso supongo —contestó Morgana, más para sí que para la mujer.

Una férrea franja de dolor le atenazaba la frente, y por un instante le fue difícil respirar, no consiguió obligarse a penetrar en la oscuridad del castillo que, durante todo el frío invierno, se había cerrado sobre ella como una trampa. Luego se dijo que no debía ser tan sensible, apretó los dientes y se dirigió a la cámara de Uriens. Allí estaba, a medio vestir, echado sobre la laja, con un sirviente frotándole la espalda.

—Has vuelto a fatigarte —dijo ella, sin añadir *ya no*

*eres lo bastante joven como para recorrer tus tierras de
este modo.*

Había cabalgado hasta una población cercana para
informarse sobre una disputa sobre lindes. Morgana sabía que él deseaba que se quedase a su lado para escuchar
las noticias de la campiña. Por tanto, tomó asiento en la
silla que estaba más próxima a él y prestó oídos a lo que
quería contarle.

—Puedes retirarte, Berec —dijo al sirviente—. Mi
dama me arreglará la ropa. —Cuando el hombre se hubo
ido, preguntó—. Morgana, ¿quieres frotarme los pies? Tus
manos son más hábiles que las suyas.

—Seguro. Pero habrás de sentarte en la silla.

Extendió las manos y ella tiró de él hacia arriba. Le
puso un escabel bajo los pies y se arrodilló al lado, res-
tregándole los enjutos y callosos pies hasta que la sangre
emergió a la superficie y cobraron vida de nuevo; después
trajo un frasco y empezó a untar aceite vegetal en el nudoso pie del rey.

—Deberías indicarle a tu sirviente que te haga unas
botas nuevas —dijo—. El roto que tienen las viejas va a
provocarte una llaga, ¿ves la ampolla?

—Pero las viejas me sientan muy bien, y las botas son
tan rígidas cuando están nuevas —protestó él.

—Haz lo que quieras, mi señor —dijo ella.

—No, no, tienes razón, como siempre —repuso él—. Le
indicaré al sirviente que venga mañana a tomarme medi-
das del pie para hacer un par.

Morgana dejó a un lado el frasco de aceite vegetal y fue
a buscar un par de viejos zapatos blandos y deformes,
pensó: *Me pregunto si sabe que éste puede ser su último
par de botas y por eso no desea hacérselas.* No quería meditar en lo que la muerte del Rey significaría para ella. No
le deseaba la muerte, no había recibido de él más que
amabilidades. Deslizó los zapatos en sus pies y se levantó,
secándose las manos en una toalla.

—¿Está así mejor, mi señor?

—Magnífico, querida, gracias. Nadie puede cuidarme

como tú lo haces —dijo, y Morgana suspiró. Cuando dispusiera de las nuevas botas tendría más problemas con los pies; serían, como acertadamente había predicho, rígidas y le producirían más rozaduras en los pies. Quizá debiera dejar de cabalgar y quedarse en casa sentado, mas no iba a hacerlo.

—Deberías enviar a Avalloch a informarse de estos casos. Debe aprender a gobernar a su pueblo.

El hijo mayor tenía la misma edad que ella. Había esperado bastante ya para regir y Uriens parecía poseer una vida inacabable.

—Cierto, cierto. Pero si no voy creerán que el Rey no se preocupa de ellos —repuso Uriens—. Aunque quizás el próximo invierno lo haga cuando los caminos estén malos...

—Más te valdría —dijo ella—. Si vuelves a tener sabañones, tus manos pueden quedar inútiles.

—El hecho es, Morgana —declaró él, dedicándole una cordial sonrisa—, que soy un hombre viejo y no hay remedio contra eso. ¿Crees que habrá cerdo asado para la cena?

—Sí —respondió— y algunas cerezas tempranas. Me he cerciorado de ello.

—Eres una notable ama de casa, querida —dijo él, y la cogió del brazo cuando salían de la estancia. Pensó, *Cree estar siendo amable al decirme eso.*

La familia de Uriens estaba ya reunida para la cena: Avalloch, su mujer Maline, y sus hijos; Uwaine, delgado y moreno, con sus tres hermanos más jóvenes y el sacerdote que hacía de tutor; y tras éstos en la larga mesa, los hombres de armas y sus damas, y los sirvientes de categoría superior. Cuando Uriens y Morgana tomaron asiento y ésta hizo señas a los sirvientes para que trajeran las viandas, el niño menor de Maline comenzó a vocear y a gritar.

—¡Abuelita! ¡Quiero sentarme en las rodillas de la abuelita! ¡Quiero que ella me dé de comer!

Maline, una joven rubia, esbelta y pálida, en avanzado estado de embarazo, frunció el ceño:

—¡No, Conn, siéntate quietecito y calla! —dijo.

Pero el niño ya había llegado con pasos vacilantes hasta las rodillas de Morgana. Ella rió y lo cogió. *Soy una abuela absurda,* pensó; *Maline casi es de mi edad.* Pero los nietos de Uriens la querían, y ella abrazó fuertemente al pequeño, gozando del contacto de la pequeña y ensortijada cabeza y de los sucios deditos que se asían a ella. Cortó la carne en trocitos y se los dio a comer a Conn de su plato, luego cortó un pedazo de pan en forma de cerdito.

—Mira, ahora tienes más cerdo para comer... —dijo, limpiándole los grasientos dedos y dirigiendo la atención a su propia comida. Tomaba poca carne, incluso ahora; mojaba el pan en el jugo y nada más. Terminó prontamente, mientras que los demás aún estaban comiendo; se recostó en la silla y empezó a cantar quedamente para Conn, que se ovilló contento en su regazo. Al cabo de un rato, se apercibió de que estaban escuchándola y dejó que su voz se desvaneciera.

—Por favor, sigue cantando, madre —dijo Uwaine.

—No, estoy cansada... Escuchad, ¿qué es lo que se oye en el patio? —Se puso en pie y le indicó a uno de los sirvientes que la iluminara hasta el umbral. Permaneció detrás de la antorcha, que el sirviente mantenía en alto, y vio al jinete que entraba en el gran patio. El sirviente colocó la tea en un soporte del muro y se aprestó para ayudarle a desmontar.

—¡Mi señor Accolon!

Este entró, con la capa escarlata arremolinándose a su espalda como un río de sangre.

—Dama Morgana —dijo, inclinándose—, ¿o debiera decir mi señora madre?

—No, por favor —repuso Morgana impaciente—. Entra, Accolon, tu padre y tus hermanos se alegrarán de verte.

—¿No te alegras tú, señora?

Ella se mordió el labio, preguntándose de repente si iba a llorar.

—Eres hijo de rey y yo soy hermana de rey. ¿He de recordarte cómo se acuerdan tales matrimonios? No fue cosa mía, Accolon y cuando hablamos yo no tenía idea... —Se interrumpió, él la miró, luego le besó la mano.

Dijo tan quedamente que ni siquiera el sirviente lo oyó:

—Pobre Morgana. Te creo, señora. Haya paz entre nosotros, pues, madre.

—Sólo si no me llamas madre —respondió ella, con un atisbo de sonrisa—. No soy *tan* vieja. Eso está bien para Uwaine.

Después, cuando entraron en el salón, Conn se incorporó y tornó a gritar ¡Abuelita! y Morgana rió sin alegría, y volvió a coger al niño. Era consciente de que los ojos de Accolon estaban puestos en ella; bajó la mirada hacia el pequeño que tenía en el regazo, escuchando las palabras con las que Uriens recibía a su hijo.

Accolon fue formalmente a abrazar a su hermano, inclinándose ante la esposa de éste; se arrodilló y besó la mano de su padre y entonces se volvió hacia Morgana.

—Evítame las cortesías adicionales, Accolon —dijo con brusquedad—, mis manos están llenas de grasa de cerdo, he tenido a Conn en brazos y él no come muy pulcramente.

—Como ordenes, señora —repuso Accolon, yendo hacia la mesa para tomar un plato que le había servido una de las criadas. Pero mientras comía y bebía, ella continuaba siendo consciente de su mirada.

Estoy segura de que aún sigue enojado conmigo. Pidió mi mano por la mañana y por la tarde vio que me prometía con su padre; sin duda cree que me dejé llevar por la ambición, ¿por qué casarte con el hijo del rey si puedes tener al rey?

—No —dijo con firmeza, zarandeando suavemente a Conn—, si vas a quedarte en mi regazo debes estarte quieto y no tocarme el vestido con las manos llenas de grasa...

Cuando me vio por última vez, iba vestida de escar-

*lata y era la hermana del rey, con fama de bruja... ahora
soy una abuela con un sucio chiquillo en el regazo, preocupándome de la casa y regañando a mi marido para que
no cabalgue con botas remendadas que le hacen llagas en
los pies.* Morgana era totalmente consciente de cada cana,
de cada arruga de su rostro. *En nombre de la Diosa, ¿por
qué habría de importarme lo que Accolon piense de mí?*
Pero le importaba y lo sabía; estaba acostumbrada a que
los jóvenes la contemplaran con admiración y ahora se
sentía vieja y fea. Nunca se había considerado bella, mas
siempre su puesto había estado entre los jóvenes y ahora
se sentaba en compañía de avejentadas matronas. Trató
de mantener callado al niño, pues Maline había preguntado a Accolon qué nuevas traía de la corte.

—No hay noticias sobre grandes acontecimientos
—dijo Accolon—. Creo que esos días han terminado en
nuestras vidas. La corte de Arturo está tranquila y el Rey
hace penitencia por algún desconocido pecado; no prueba
el vino ni siquiera en los grandes días de fiesta.

—¿Muestra la Reina algún signo de llevar su heredero?
—inquirió Maline.

—Ninguno —contestó Accolon—, aunque una de sus
damas me dijo antes de los torneos que creía que la
Reina podía estar encinta.

Maline se volvió a Morgana.

—Tú conocías bien a la Reina, ¿verdad suegra?

—La conocía —repuso Morgana—; y, en cuanto a ese
rumor, bueno, siempre se cree embarazada si el ciclo se
le retrasa un día.

—El Rey es un loco —dijo Uriens—. Debería repudiar-
la y tomar a alguna mujer que le diese un hijo. Recuerdo
demasiado bien la inquietud que se produjo cuando se
pensó que Uther moría sin descendencia. Ahora la suce-
sión debería quedar firmemente establecida.

—Creo que el Rey ha nombrado heredero a uno de sus
sobrinos, al hijo de Lancelot —declaró Accolon—. No es
de mi agrado; Lancelot es hijo de Ban de Banwick y no

deseamos que Reyes Supremos extranjeros rijan sobre los nuestros.

Morgana intervino con determinación.

—Lancelot es hijo de la Señora del Lago, de la vieja estirpe real.

—¡Avalon! —exclamó Maline desdeñosamente—. Esta es una tierra cristiana. ¿Qué significa Avalon para nosotros ahora?

—Más de lo que tú crees —respondió Accolon—. He oído decir que algunos campesinos, que recuerdan al Pendragón, no están contentos con una corte tan cristiana como la de Arturo; y también recuerdan que Arturo, antes de ser coronado, juró proteger al pueblo de Avalon.

—Sí —dijo Morgana— y lleva la espada de la Sagrada Regalía de Avalon.

—Los cristianos no parecen reprochárselo —añadió Accolon—, y ahora recuerdo algunas noticias de la corte. El Rey Edric de los sajones se ha convertido al cristianismo y fue, para ser bautizado, con todo su séquito, a Glastonbury, se arrodilló y juró ante Arturo en señal de que todas las tierras sajonas lo aceptaban como Rey Supremo.

—¿Arturo? ¿Rey de los sajones? ¡No cesarán nunca los prodigios! —exclamó Avalloch—. ¡Siempre le oí decir que sólo trataría a los sajones con la punta de la espada!

—Mas allí estaba, el rey sajón arrodillándose en la iglesia de Glastonbury, Arturo oyendo su juramento y cogiéndole de la mano —dijo Accolon—. Tal vez case a la hija del sajón con el hijo de Lancelot y acabe con todas estas diferencias. Y allí se encontraba Merlín entre los consejeros de Arturo, se podía afirmar que es tan buen cristiano como cualquiera de ellos.

—¡Ginebra debe ser feliz ahora! —dijo Morgana—. Siempre creyó que Dios le había dado la victoria a Arturo en Monte Badon porque llevó la enseña de la Santa Virgen. Y más tarde le oí manifestar que Dios le había salvado la vida para que pudiera llevar a los sajones al seno de la iglesia.

Uriens se encogió de hombros y dijo:

—No creo que confiara en tener a mis espaldas a un sajón con un hacha, aunque llevara la mitra de un obispo —dijo Uriens, encogiéndose de hombros.

—Ni yo —convino Avalloch—, pero mientras los jefes sajones estén orando y haciendo penitencia por el bien de sus almas, al menos no cabalgarán para quemar nuestras aldeas y abadías. Y sobre la penitencia y el ayuno, ¿qué crees tú que puede tener Arturo sobre *su* conciencia? Cuando estuve con sus ejércitos, no formé parte de los Caballeros y no le conocí muy bien, pero parecía un hombre extraordinariamente bueno y una penitencia tan prolongada supone algún pecado fuera de lo común. Dama Morgana, ¿lo sabes tú, que eres su hermana?

—Su hermana, no su confesor —Morgana comprendió que su voz había resultado acre y guardó silencio.

—Cualquier hombre que haya sostenido una guerra contra los sajones durante quince años —dijo Uriens— tiene más sobre la conciencia de lo que se atreve a decir; pero pocos tienen la conciencia tan delicada como para pensar en ello cuando ha concluido la batalla. Todos nosotros hemos conocido la muerte, el saqueo, la sangre y la matanza de inocentes. Las lides han terminado para siempre, quiéralo Dios, y estando en paz con los hombres, disponemos de tiempo para ponernos en paz con Dios.

¡Así que Arturo aún sigue haciendo penitencia, y el viejo Arzobispo Patricius continúa teniendo hipotecada su alma! ¿Cómo puede estar contenta Ginebra con esa situación?

—Cuéntanos más cosas de la corte —rogó Maline—. ¿Qué hay de la Reina? ¿Cómo iba vestida cuando presidió la corte?

Accolon rió.

—No sé demasiado sobre los atavíos de las damas. Algo blanco, con perlas; Marhaus, el gran Caballero irlandés, se las trajo del reino de Irlanda. Y he sabido que su prima Elaine le ha dado una hija a Lancelot, ¿o fue el año pasado? Creo que ya tenía un hijo que fue elegido heredero de Arturo. Y hay un escándalo en la corte del

Rey Pellinore; parece que su hijo, Lamorak, se dirigió a Lothian en una misión y ahora habla de desposarse con la viuda de Lot, la vieja Reina Morgause.

Avalloch rió entre dientes.

—Debe estar loco el mancebo. ¡Morgause debe tener cincuenta años por lo menos, o quizá más!

—Cuarenta y cinco —dijo Morgana—. Es diez años mayor que yo. —Y se preguntó por qué había hundido la espina en su propia herida... *¿Deseo que Accolon se dé cuenta de cuán vieja soy, que me considere abuela de los nietos de Uriens?*

—Realmente, está loco —añadió Accolon—, cantando baladas, y llevando por ahí el cenojil de la dama y demás sin sentidos...

—Creo que ese mismo cenojil podría servir ahora de ronzal para un caballo —repuso Uriens, y Accolon negó con la cabeza.

—No, he visto a la dama de Lot y sigue siendo una mujer hermosa. No es una muchacha, y eso parece darle mayor belleza. Lo que me pregunto es qué interés puede tener esa mujer por un bisoño así. Lamorak no cuenta más de veinte años.

—¿O qué puede querer un mancebo como ése de una vieja dama? —insistió Avalloch.

—Quizá —dijo Uriens, riendo cínicamente— la dama sea muy instruida respecto a los asuntos de cama. Aunque es difícil de creer que haya aprendido estando casada durante todos estos años con el viejo Lot. Pero, sin duda, tiene otros maestros...

—¡Por favor! ¿Es esta charla adecuada a un hogar cristiano? —preguntó Maline, sonrojándose.

—Si no lo fuera, nuera, dudo que tu ceñidor hubiese tenido que ensancharse tanto —repuso Uriens.

—Soy una mujer casada —alegó Maline.

—Si ser una familia cristiana significa no hablar de lo que hacemos sin avergonzarnos, no me gustaría formar parte de ella —dijo Morgana.

—No obstante —repuso Avalloch—, quizás está mal

que nos dediquemos a contar historias escabrosas sobre una pariente de la dama Morgana.

—La Reina Morgause no tiene marido alguno que pueda sentirse ofendido. Es adulta y dueña de sus actos. ¡Sin duda sus hijos prefieren que se entretenga con un amante a que se despose con el muchacho! ¿No ostentó el título de Duquesa de Cornwall? —dijo Accolon.

—No —respondió Morgana—, Igraine fue Duquesa de Cornwall después de que Gorlois muriera por traicionar al Pendragón. Gorlois no tuvo ningún hijo, y puesto que Uther donó Tintagel a Igraine como regalo de bodas, supongo que ahora me pertenece a mí.

Morgana se vio repentinamente asaltada por la añoranza de aquel semiolvidado país: La sombría silueta del castillo, y los riscos destacándose contra el cielo, las bruscas depresiones que formaban ocultos valles, el eterno sonido del mar... *¡Tintagel! ¡Mi hogar! No puedo regresar a Avalon, pero no carezco de hogar... Cornwall es mío.*

—Y según la ley romana —dijo Uriens—, imagino que como marido tuyo, querida, soy el Duque de Cornwall.

Nuevamente Morgana experimentó un violento acceso de ira. *Unicamente cuando esté muerta y enterrada, pensó. A Uriens no le preocupa Cornwall, sólo que Tintagel, como yo misma, sea su propiedad, llevando la marca de sus pertenencias. Ojalá pudiera ir allí, vivir sola como Morgause en Lothian, siendo dueña de mí misma sin que nadie me dé órdenes...* Le llegó a su mente la imagen de la cámara de la reina en Tintagel, y ella parecía muy pequeña, jugando con un viejo huso en el suelo... *¡Si Uriens se atreve a reclamar un solo acre de tierra de Cornwall, le daré seis pies de ella, y la que penetre entre sus dientes!*

—Contadme ahora lo que ha ocurrido últimamente en estos dominios —dijo Accolon—. La primavera está avanzada, he visto a los labriegos trabajando la tierra.

—Ya casi han acabado de arar —repuso Maline—, y el domingo irán a bendecir los campos.

—Y están eligiendo a la Doncella de la Primavera —dijo Uwaine—. Estuve en el pueblo, y vi que escogían entre las muchachas más agraciadas... tú no estabas aquí el año pasado, madre —continuó dirigiéndose a Morgana—. Se ponen de acuerdo para decidir cuál es la de superior belleza, y ella toma parte en la procesión que transcurre por los campos cuando el sacerdote los bendice... y los bailarines danzan en torno a los cultivos... y llevan una imagen hecha con la paja de la cebada de la última cosecha. Al Padre Eian no le gusta eso —añadió—; no sé por qué, es tan bonita...

El sacerdote tosió y dijo tímidamente:

—La bendición de la iglesia debiera ser suficiente, ¿por qué habríamos de necesitar más que la palabra de Dios para hacer que los sembrados agarren y crezcan? La imagen de paja que portan es un recuerdo de los viejos y malos tiempos cuando los hombres y los animales eran quemados vivos para que sus vidas tornaran fértiles las tierras, y la Doncella de la Primavera un recuerdo de... Bueno, no voy a hablar delante de los niños de *esa* maligna costumbre.

—Hubo una época —dijo Accolon, hablando directamente con Morgana— en la cual la reina de la tierra era la Doncella de la Primavera, e, igualmente, la Señora de la Cosecha, y *ella* desempeñaba tal oficio en los campos, para que éstos pudieran tener vida y fertilidad. —Morgana vio en sus muñecas la tenue sombra azul de las serpientes de Avalon.

Maline se santiguó.

—¡Demos gracias a Dios por vivir entre hombres civilizados! —dijo.

Accolon declaró:

—Dudo que nadie te escoja para desempeñar tal cometido, cuñada.

—No —repuso Uwaine, tan carente de tacto como cualquier joven—, no es lo bastante bonita. Pero nuestra madre lo es, ¿verdad Accolon?

—Me alegra que pienses que mi reina es hermosa —intervino Uriens prestamente—, mas lo pasado, pasado está. Nosotros no quemamos a los gatos y a las ovejas vivos en los campos, ni damos muerte a la víctima propiciatoria del rey para esparcir su sangre allí, y ya no es necesario que la reina bendiga los labrantíos de esa manera.

No, pensó Morgana. *Ahora todo es estéril, ahora que tenemos aquí a los sacerdotes, prohibiendo que se enciendan los fuegos de la fertilidad. Es un milagro que la Señora no arruine los campos de mieses, pues debe estar airada al serle negado su derecho...*

Poco después todos se fueron a descansar; Morgana, la última en levantarse de la mesa, fue a supervisar los cerrojos y las fallebas, y luego se dirigió, con una pequeña lámpara en la mano, a cerciorarse de que a Accolon le hubiesen preparado un buen lecho. Uwaine y sus hermanos no ocupaban por aquellos días la estancia que fuera suya cuando era niño.

—¿Está todo bien aquí?

—Todo cuanto puedo desear —contestó Accolon—, salvo una dama que favorezca mi cámara. Mi padre es un hombre afortunado, señora. Y tú bien mereces ser la esposa de un rey, no la de su hijo menor.

—¿Tienes que escarnecerme siempre? —preguntó ella—. Ya te lo he dicho, no tuve elección.

—¡Eras mi prometida!

Morgana fue consciente de que el color huía de su rostro. Apretó los labios cual si fueran de piedra.

—Lo hecho, hecho está, Accolon.

Levantó la lámpara y se dio la vuelta. El dijo a sus espaldas, en tono casi amenazante:

—Nada se ha hecho entre nosotros, señora.

Morgana no habló; se apresuró por el corredor a la cámara que compartía con Uriens. Su dama de compañía estaba presta para desanudarle el vestido, pero la mandó retirarse. Uriens se sentó en el borde del lecho, mascullando:

—¡Incluso estos pantuflos son demasiado duros para mis pies! ¡Aaah, es bueno irse a descansar!

—Que descanses bien, pues, mi señor.

—No —repuso él, e hizo que se sentara a su lado—. Mañana los campos van a ser bendecidos... y quizá debiéramos estar agradecidos por vivir en una tierra civilizada, el rey y la reina ya no tienen que yacer en público para bendecir los cultivos. Aunque en la víspera de la bendición, querida dama, tal vez nosotros pudiéramos tener nuestra bendición privada en nuestra cámara, ¿qué respondes a eso?

Morgana suspiró. Se había cuidado escrupulosamente de no herir el orgullo de su viejo marido; nunca le hizo sentirse menos hombre por aquel ocasional y torpe disfrute de su cuerpo. Pero Accolon había levantado en ella un angustioso recuerdo de sus días en Avalon, las antorchas ardiendo en la cima de Tor, los fuegos de Beltane encendidos y las doncellas aguardando en los campos arados... y aquella noche había tenido que escuchar a un sacerdote criticar lo que para ella era sagrado entre lo sagrado. Ahora, incluso Uriens hablaba de eso en tono de broma.

—Yo diría que la bendición que nosotros pudiéramos dar a los campos sería de poca utilidad. Soy vieja y estéril, y tampoco tú eres un rey que pueda infundir mucha vida a los cultivos.

Uriens la miró. En todo el año que duraba su matrimonio, jamás había recibido de ella una sola palabra que pudiera molestarle. Estaba demasiado atónito incluso para reprochárselo.

—No lo pongo en duda, estás en lo cierto —dijo con calma—. Bueno, entonces dejaremos eso para los jóvenes. Ven al lecho, Morgana. —Pero cuando ella se tendió a su lado, él permaneció inmóvil; al cabo de un momento, la abrazó tímidamente. Ahora Morgana estaba lamentando sus acres palabras... se sentía sola y fría, se mordió el labio para no llorar, pero, cuando Uriens le habló, fingió estar dormida.

EL SOLSTICIO DE VERANO amaneció radiante y esplendoroso; Morgana, que se despertó temprano, se dio cuenta de que por mucho que tratase de convencerse de que las mareas solares ya no corrían por su sangre, había algo especial en su interior fluyendo abundante. Mientras se vestía miró desapasionadamente la durmiente forma de su marido.

Había sido una necia. ¿Por qué había aceptado con sumisión la palabra de Arturo, temiendo dejarle desairado ante los reyes amigos? Si no podía ocupar el trono sin la ayuda de una mujer, quizá no mereciese ocuparlo. Era un traidor a Avalon, un apóstata; la había dejado en manos de otro apóstata. Empero, había accedido dócilmente a cuanto planearan para ella.

Igraine consintió que manejaran su vida para favorecer sus propósitos. Y algo en Morgana, muerto o dormido desde el día en que huyera de Avalon llevando a Gwydion en el vientre, despertó de pronto y alentó, moviéndose lenta y perezosamente como un dragón dormido, un movimiento tan sutil cual los primeros del niño en el vientre; algo que decía, clara y quedamente en su interior: *Si no dejé que Viviane, a quien amaba, me utilizase de esta manera, ¿por qué habría de humillar la cabeza con docilidad permitiendo que Arturo me utilice para sus propósitos? Soy Reina de Gales del Norte, y Duquesa de Cornwall, donde el nombre de Gorlois todavía significa algo, y pertenezco al linaje real de Avalon.*

Uriens gruñó, incorporándose con dificultad.

—Ah, Dios, me duelen todos los huesos y tengo una punzada en cada dedo del pie. Cabalgué demasiado ayer, ¿quieres frotarme la espalda?

Ella empezó a retroceder, furiosa. *Tienes una docena de ayudas de cámara y yo soy tu esposa, no tu esclava,* pero se contuvo.

—Sí, por supuesto —dijo sonriendo. Y envió a un paje a buscar sus frascos de aceite vegetal.

Es mejor que crea que continúo sometiéndome a todo; curar es parte del trabajo de una sacerdotisa, aunque fuese la menos importante; sin embargo, le daría acceso a los planes y pensamientos de él. Le frotó la espalda y le untó pomada en la llaga del pie, escuchando los pormenores de la disputa sobre posesión de tierras que había resuelto el día anterior.

Para Uriens cualquier mujer puede ser reina, únicamente quiere un rostro sonriente y gentiles manos que le mimen. Bueno, las tendrá en tanto convenga a mis propósitos.

—Parece que vamos a tener un buen día para la bendición de las cosechas. Nunca llueve el día del solsticio de verano —dijo Uriens—. La Señora resplandece en los campos cuando le son ofrecidos. Eso es lo que solían decir cuando yo era joven y pagano, que el Gran Matrimonio no puede consumarse con la lluvia. —Rió entre dientes—. Me acuerdo que una vez, cuando era muy joven, estuvo lloviendo durante diez días seguidos; la sacerdotisa y yo bien podíamos haber sido cerdos revolcándonos en el barro.

Contra su voluntad, Morgana sonrió; la imagen que se formó en su mente fue jocosa.

—Incluso en el ritual, la Diosa gusta de bromear —repuso ella—. Uno de sus nombres es la Gran Cerda, y todos nosotros somos sus cerditos.

—Ah, Morgana, aquéllos fueron buenos tiempos —comentó él, luego su expresión adquirió seriedad—. Por supuesto, eso ocurrió hace mucho; ahora lo que el pueblo desea en los reyes es dignidad. Aquellos días han pasado, y para siempre.

¿Han pasado?, se preguntó Morgana, pero nada dijo. Se le ocurrió que Uriens, siendo más joven, podía haber sido un rey lo bastante fuerte como para resistir el oleaje de la cristiandad anegando la tierra. Si Viviane se hubiese esforzado más en poner a un Rey en el trono que no fuese tan proclive a la influencia de los sacerdotes... mas, ¿quién podía haber previsto que Ginebra resultaría ser piadosa más allá de lo razonable y que Arturo estuviese

tan sometido a ella? ¿Y por qué no había hecho nada Merlín?

Si Merlín de Bretaña y el sabio pueblo de Avalon no habían actuado para contener la avalancha que estaba inundando la tierra y arrastrando los viejos procederes y los Dioses antiguos, ¿por qué culpar a Uriens, quien era, después de todo, un viejo y quería paz? No había razón para hacer de él un enemigo. Si estaba contento, no le importaría cuanto ella llevase a cabo... Y aún no sabía lo que se proponía hacer. Pero sí que los días de silente acatamiento habían concluido.

—Me gustaría haberte conocido entonces —dijo, y dejó que la besara en la frente.

De haberme casado con él cuando alcancé la edad adecuada para desposarme, Gales del Norte pudiera no haber llegado a ser una tierra cristiana. Pero ya es demasiado tarde. Hay quienes no han olvidado que el Rey todavía lleva, aunque descoloridas, las serpientes de Avalon en torno a los brazos. Y se ha desposado con una que podía haber sido Gran Sacerdotisa de la Señora.

Si durante todos estos años pasados en la corte de Arturo, a la sombra de Ginebra, hubiera estado aquí, mi trabajo en favor de Avalon hubiera obtenido mejores resultados. A Morgana se le ocurrió que a Ginebra le hubiera agradado tener un marido como Uriens, a quien mantener dentro de su propia esfera, en lugar de Arturo, en cuya vida sólo podía participar parcialmente.

Y hubo una época, asimismo, en la cual Morgana había tenido influencia sobre Arturo, la influencia de la mujer a la que tomara por primera vez cuando se estaba haciendo adulto, que tuvo para él la faz de la Diosa. Empero, debido a sus desatinos y orgullo, le había dejado caer en manos de Ginebra y de los clérigos. Ahora, siendo demasiado tarde, empezaba a comprender las intenciones de Viviane.

Entre ambos podíamos haber gobernado esta tierra; habrían llamado a Ginebra Reina Suprema, mas ella habría poseído únicamente el cuerpo de Arturo; hubiera

sido mío en corazón, alma y mente. Ah, qué necia fui...
¡El y yo podíamos haber regido en favor de Avalon! Ahora
Arturo es una criatura de los sacerdotes. Sigue portando,
sin embargo, la gran espada de la Regalía Druida; y Mer-
lín de Bretaña nada hace para impedírselo.
*   Debo terminar la obra que Viviane dejó inacabada.*
*   Ah, Diosa, es tanto lo que he olvidado...*
    Y entonces se detuvo, estremecida por su atrevimiento.
Uriens había hecho una pausa en su historia; había deja-
do de frotarle los pies y él la miraba inquisitivamente.

    —Estoy completamente segura de que hiciste lo co-
rrecto, mi querido esposo —le dijo precipitadamente, y
puso un poco más de ungüento perfumado en sus manos.

    No tenía ni la más mínima idea de en qué había
convenido, pero Uriens sonrió y siguió con el relato, y
ella tornó a adentrarse en sus propios pensamientos.

    Sigo siendo sacerdotisa. Es extraño que repentinamen-
te me sienta segura de que es así, después de todos estos
años, cuando incluso los sueños de Avalon se han desva-
necido.

    Ponderó cuanto Accolon les había relatado. Elaine ha-
bía tenido una hija. Ella no podía darle una hija a Avalon,
pero como Viviane había hecho, le llevaría una en adopción. Ayudó a Uriens a vestirse, bajó con él y le sirvió pan
recién horneado, que ella misma fue a buscar a la cocina,
y fresca cerveza espumante. Le extendió la miel sobre el
pan. Deseaba que la creyera totalmente dedicada a sus
asuntos, que pensara en ella únicamente como en su dulce
y sumisa esposa. No significaba nada para ella, pero algún
día podría ser muy importante contar con su confianza,
para poder realizar lo que decidiera.

    —Me duelen los huesos incluso en verano. Creo, Mor-
gana, que me iré al sur, a Aquae Sulis, para tomar las
aguas. Hay un antiguo templo en Sul; cuando los romanos
estuvieron aquí, construyeron un enorme balneario y gran
parte de él aún se mantiene allí. Las grandes piscinas están obstruidas, y los sajones se llevaron cuanto pudieron,
derribando la estatua de la Diosa, pero el manantial sigue

allí, indemne, hirviendo en nubes de vapor, día tras día y año tras año, con el calor que le presta la fragua del centro de la tierra. ¡Es un espectáculo impresionante! Y hay una especie de charcos calientes en los cuales un hombre puede desprenderse de toda la fatiga de sus huesos. No he estado allí desde hace dos o tres años, pero volveré ahora que la región está en calma.

—No veo razón alguna por la que no puedas hacerlo —convino ella—, ya que hay paz en la tierra.

—¿Querrías venir conmigo, querida? Podríamos dejar a mis hijos al cuidado de todo, y el viejo templo te interesará.

—Me gustaría ver el templo —respondió con bastante sinceridad. Pensó en las frías e inagotables aguas del Manantial Sagrado de Avalon, fluyendo incansablemente, siempre, frescas, limpias—. Aunque no sé si estaría bien dejarlo todo en manos de tus hijos. Avalloch es un mentecato. Accolon es inteligente, pero es más joven. No sé si tu pueblo le escucharía. Tal vez si yo estuviera aquí, Avalloch tomaría consejo de su hermano menor.

—Una excelente idea, querida —dijo Uriens alegremente—; en cualquier caso, sería un viaje muy largo para ti. Si tú te quedas no albergaré ni la más mínima duda en dejarlo todo a los jóvenes. Les diré que deben acudir a ti para recibir buenos consejos en todas las cosas.

—¿Cuándo te pondrás en camino?

Morgana pensó en las ventajas de que se supiera que Uriens no vacilaba en dejar el reino en sus manos.

—Mañana, quizás. O incluso tras la bendición de las cosechas el día de hoy. ¿Quieres mandar que preparen mis cosas?

—¿Estás seguro de poder recorrer tan largo camino? No es un viaje fácil, ni siquiera para un hombre joven.

—Vamos, vamos, querida, todavía no soy demasiado viejo para cabalgar —repuso él, algo ceñudo—, y creo que las aguas me serán beneficiosas.

—Estoy segura de eso. —Morgana se puso en pie, dejando el desayuno casi sin haberlo probado—. Llamaré a tu ayuda de cámara y dispondré todo para tu partida.

Se mantuvo de pie a su lado durante la prolongada procesión en torno a los campos, en una pequeña loma sobre la aldea contemplando a los bailarines que saltaban como cabras jóvenes... Se preguntó si alguno de ellos conocía el significado de las verdes varas fálicas que llevaban ceñidas con guirnaldas blancas y rojas, y de la bonita muchacha con el pelo suelto que caminaba, serena e indiferente, entre ellos. Era joven y lozana, aún no debía haber cumplido los catorce, y tenía el cabello de un dorado cobrizo que casi le llegaba a las rodillas; sus ropas, teñidas de verde, parecían muy viejas. ¿Sabía alguno de ellos lo que estaban contemplando, o era consciente de lo incongruente de la procesión del sacerdote que les seguía?

Estos clérigos aborrecen tanto la fertilidad y la vida que es un milagro que sus pretendidas bendiciones no dejen los campos estériles...

Fue como si alguien expresara en palabras sus pensamientos cuando una voz dijo suavemente a sus espaldas:

—Me pregunto, señora, si alguno salvo nosotros entiende verdaderamente lo que está contemplando.

Accolon le cogió la mano fugazmente para ayudarla a subir a un enorme terrón del campo arado, y ella volvió a ver las serpientes, nítidas y azules en sus muñecas.

—El Rey Uriens lo sabe y ha procurado olvidarlo. Tal me parece peor que no saberlo en absoluto.

Esperaba que eso le encolerizara; de alguna forma la estaba provocando. Con las fuertes manos de Accolon en el brazo, experimentó un poderoso anhelo, un brinco en su interior... él era joven y viril y ella... ella era la madura esposa de su anciano padre... y los ojos de los súbditos de Uriens estaban puestos en ellos, y los de su familia y del sacerdote de la casa. ¡No podía hablar ni aun hablarle con naturalidad, debía tratarlo con fría distancia: era su hijastro! ¡Si Accolon decía algo amable o insinuante, daría un grito, se tiraría del pelo, se arañaría el rostro con las uñas...!

Pero Accolon dijo únicamente, en un tono que no podía ser escuchado a tres pies de distancia:

—Acaso para la Señora sea suficiente con que lo sepamos *nosotros*, Morgana. La Diosa no nos fallará mientras un solo adorador le dé cuanto es debido.

Se volvió para mirarle durante un momento. Tenía los ojos clavados en ella, y aunque sus manos, que la sujetaban, eran cuidadosas, corteses e impersonales, tuvo la impresión de que el calor ascendía desde ellas e invadía todo su cuerpo. Sintió miedo súbitamente y quiso apartarse.

Soy la esposa de su padre y, de todas las mujeres, la que le está más prohibida. Estoy más prohibida para él, en esta tierra cristiana, de cuanto lo estuve para Arturo.

Y un recuerdo de Avalon salió a la superficie de su memoria, algo en lo que no había pensado durante una década; uno de los druidas, instruyendo en la secreta sabiduría a las jóvenes sacerdotisas, había dicho: *Si deseáis que el mensaje de los Dioses dirija vuestras vidas, buscad aquello que se repite una y otra vez; pues es ése el mensaje que os dan los Dioses, la lección kármica que debéis aprender en esta encarnación. Viene una y otra vez hasta que lo habéis hecho parte de vuestra alma y soporte de vuestro espíritu.*

¿Qué viene a mí una y otra vez...?

Cuantos hombres había deseado guardaban con ella un parentesco demasiado cercano: Lancelot, hijo de su tía y tutora; Arturo, hijo de su propia madre, y ahora el hijo de su marido...

Mas son deudos demasiado cercanos únicamente según las leyes hechas por los cristianos que pretenden gobernar esta tierra... gobernarla no sólo dictando leyes sino rigiendo la mente, el corazón y el alma. ¿Voy a vivir toda mi existencia bajo esa ley, para que, como sacerdotisa, llegue a saber por qué debe ser abolida?

Descubrió que las manos, fuertemente asidas todavía a las de Accolon, le temblaban. Dijo, tratando de ordenar sus diseminados pensamientos:

—¿Realmente crees que la Diosa se retirará de esta tierra si el pueblo que la habita no sigue dándole lo que le pertenece por derecho?

Era la clase de observación que podía haber sido hecha, de sacerdotisa a sacerdote, en Avalon. Morgana sabía, tan bien como cualquiera, que la respuesta a esa pregunta era que los Dioses estaban donde estaban y ejercían su voluntad en la tierra sin preocuparse de que el hombre considerara sus actos de uno u otro modo. Pero Accolon, con un gesto curioso al mostrar sus blancos dientes, repuso:

—Entonces debemos cerciorarnos, señora, de que siempre le sea dado cuanto le pertenece por derecho, para que la vida no se ausente del mundo. —Y entonces se dirigió a ella por un nombre que sólo era pronunciado de sacerdote a sacerdotisa en ritual, y Morgana sintió que el corazón le latía con tanta fuerza que temió desmayarse.

Para que la vida no se ausente del mundo. Para que la vida no se ausente de mí... me ha llamado por el nombre de la Diosa...

—Calla —dijo ella turbada—. Este no es ni el momento ni el lugar para semejante conversación.

—¿No?

Se habían aproximado al lugar de la celebración. El le soltó la mano, quedó como insensible sin su contacto. Delante de ellos los bailarines enmascarados agitaban las fálicas varas y brincaban, la Doncella de la Primavera, el largo cabello ondeando y mecido por la brisa, iba rodeando el círculo de los danzantes, besándolos a todos, un beso formal y ritualizado, en el cual los labios apenas rozaban la mejilla. Uriens le hizo señas impacientes a Morgana para que se situase a su lado; ella se movió con rigidez y frialdad, sintiendo en las muñecas donde Accolon la había asido un punto de calor en su gélido cuerpo.

—Es tu obligación, querida, repartir estas cosas a los danzantes que nos han entretenido en este día —le dijo nerviosamente, e hizo una indicación a un sirviente.

Morgana se encontró con las manos llenas de dulces

y frutas confitadas; las lanzó hacia los bailarines y espectadores, quienes pugnaron por cogerlos, riendo y empujándose. *Siempre el escarnio de las cosas sagradas... un recuerdo de la época en que la gente contendía para conseguir su parte de la carne y sangre del sacrificio... ¡Dejemos que el rito sea olvidado, pero no parodiado de este modo!* Una y otra vez le llenaron las manos de dulces, una y otra vez los arrojó a la multitud. No veían en el rito más que las danzas que les habían proporcionado diversión, ¿lo habían olvidado todo? La Doncella de la Primavera se acercó a Morgana, riendo ruborizada con inocente orgullo; Morgana observó ahora que, aun siendo hermosa, sus ojos carecían de profundidad y tenía las manos gruesas y toscas a causa del trabajo en los campos. Era solamente una bonita labriega tratando de desempeñar el papel de una sacerdotisa, sin la más remota idea de lo que estaba haciendo; era ridículo enojarse con ella.

Es una mujer, realizando la obra de la Madre de la forma que le han dicho; no es culpa suya no haber sido instruida en Avalon para la gran obra. Morgana no sabía qué se esperaba de ella, pero cuando la muchacha se arrodilló momentáneamente ante la Reina, Morgana adoptó la semiolvidada apariencia de una sacerdotisa en bendición y sintió por un instante la vieja certidumbre de que algo la cubría, por encima, más allá... posó las manos fugazmente en la frente de la joven, experimentando el flujo del poder entre ambas y la estúpida expresión de la muchacha quedó transfigurada por un momento. *La Diosa obra en ella, también*, pensó Morgana y entonces vio la cara de Accolon; la estaba mirando maravillado y atónito. Había visto esa mirada antes, cuando hizo descender las nieblas de Avalon... y la conciencia del poder la inundó, cual si hubiera renacido de repente.

Estoy viva otra vez. Después de todos estos años, vuelvo a ser una sacerdotisa y ha sido Accolon quien lo ha logrado...

Y entonces la tensión del momento se rompió, la muchacha retrocedió, dando un traspiés, y haciendo una desmañada reverencia ante el grupo real. Uriens distribuyó monedas entre los danzantes y le entregó una cantidad más importante al sacerdote de la aldea para que comprase candelabros que ardiesen en la iglesia, y el grupo real tornó a casa. Morgana caminaba apaciblemente junto a Uriens, con una máscara por rostro, aunque interiormente bullendo de vida. Su hijastro Uwaine se aproximó y caminó junto a ella.

—Este año ha sido más bonito que de costumbre, madre. Shanna es tan hermosa... la Doncella de la Primavera, la hija del herrero, Euan. Y tú, madre, cuando la estabas bendiciendo, parecías tan bella, podías haber sido la Doncella de la Primavera tú misma.

—Vamos, vamos —protestó, riendo—. ¿De verdad crees que podría ataviarme de verde con el pelo ondeando y danzar alrededor de los campos arados de ese modo? ¡Y no soy ninguna doncella!

—No —repuso Uwaine, escrutándola largamente—, parecías la Diosa. El Padre Eian dice que la Diosa era en realidad un demonio que venía para impedir que el pueblo sirviera a Cristo, pero, ¿sabes lo que creo? Creo que la Diosa estaba aquí para ser reverenciada antes de que fueran enseñados a rendir culto a la santa madre de Cristo.

Accolon caminaba junto a ellos.

—Tú servirás siempre a la Señora, bajo cualquier nombre. Aunque no te aconsejaría que hablases mucho de esto delante del Padre Eian —le dijo.

—Oh, no —repuso el muchacho con los ojos muy abiertos—. No aprueba a las mujeres, aunque sean Diosas.

—Me pregunto qué pensará de las reinas —murmuró Morgana.

Habían llegado para entonces al castillo y Morgana hubo de revisar los bultos de viaje del Rey Uriens; y en la confusión de la jornada, dejó que nuevos discernimientos se alojaran en su mente, sabiendo que más tarde tendría que considerar todo esto con más seriedad.

Uriens partió después del mediodía, con sus hombres de armas y uno o dos sirvientes, despidiéndose de Morgana tiernamente con un beso, diciendo a su hijo Avalloch que tomara consejo de Accolon y de la reina en todo. Uwaine estaba malhumorado; quería ir con su padre, al que adoraba, pero Uriens no deseaba inquietarse con un muchacho en el grupo. Morgana hubo de consolarle, prometiéndole un trato especial mientras su padre estuviese ausente. Finalmente se tranquilizó y Morgana pudo sentarse a solas ante el fuego del gran salón y pensar en cuanto había acaecido aquel día. Maline estaba acostando a sus hijos.

La oscuridad se intensificaba lentamente en el exterior, acabando con la larga tarde del solsticio de verano. Morgana tenía el huso en las manos, pero no se afanaba en la tarea, limitándose a girarlo de vez en cuando y a sacar una pequeña hebra; le disgustaba hilar como siempre le había disgustado, y una de las pocas cosas que le había pedido a Uriens fue emplear a dos hilanderas más para librarse de tan detestable tarea; a cambio, doblaba su participación en el trabajo de tejido. No se *atrevía* a hilar; el hilar sumergía en ese extraño estado entre el sueño y la vigilia, y tenía miedo de lo que pudiera ver. Así pues, giraba el huso de tanto en tanto, para que ninguno de los sirvientes la viera con las manos ociosas... aunque nadie hubiese tenido derecho a reprochárselo, ya que se mantenía continuamente ocupada.

La estancia estaba ya casi a oscuras, unos cuantos flecos de luz carmesí del sol que se ocultaba, entenebrecían los rincones por contraste. Morgana entrecerró los ojos, evocando el rojo sol poniéndose sobre el anillo de piedras de Tor, a las sacerdotisas caminando en fila tras la bermeja luz de la tea, derramándola sobre las sombras... el rostro de Cuervo aleteó fugazmente ante ella, silente, enigmático, y tuvo la impresión de que abría sus siempre silenciosos labios y pronunciaba su nombre... caras flotaron frente a ella en el crepúsculo: Elaine, con el cabello completamente revuelto cuando la luz de la antorcha la captó en el lecho con Lancelot; Ginebra, entre airada y triunfante en las nupcias de Morgana; el calmo y apacible semblante de la extraña mujer con el rubio pelo trenzado, la mujer a quien sólo había visto en sueños, la Señora de Avalon... Cuervo de nuevo, atemorizada, implorante... Arturo, llevando una candela, de penitencia mientras caminaba entre sus súbditos... Oh, pero los sacerdotes no se atreverían nunca a imponer al Rey penitencia pública, ¿verdad? Y luego vio la barca de Avalon, engalanada de negro para un funeral, con dos o tres mujeres vestidas de negro como la barca y un hombre herido yaciendo lívido e inmóvil en su regazo...

La luz rojiza de una antorcha llameó en la estancia, y una voz preguntó:

—¿Estás tratando de hilar en la oscuridad, madre?

Confusa por el resplandor, Morgana levantó la mirada y exclamó malhumorada:

—¡Te he dicho que no me llames así!

Accolon puso la tea en un soporte y fue a sentarse junto a ella.

—La Diosa es Madre de todos nosotros, señora, y te reconozco como tal...

—¿Te estás burlando de mí? —inquirió Morgana, agitada.

—No me burlo. —Cuando Accolon se arrodilló muy cerca le temblaban los labios—. Vi tu rostro hoy. ¿Me burlaría yo de *eso* llevando *esto*? —Extendió los brazos y, por efecto de la luz, las azules serpientes pintadas en sus muñecas parecieron reptar y levantar la cabeza—. Señora, Madre, Diosa... —Le rodeó con los brazos la cintura y hundió la cara en su regazo. Murmuró—: Tu faz es la de la Diosa para mí...

Como si se moviese en sueños, Morgana extendió las manos hacia él, inclinándose para besarle la nuca donde el suave pelo se ensortijaba. Una parte de ella se estaba preguntando, estremecida: *¿Qué estoy haciendo? ¿Es sólo porque me ha llamado por el nombre de la Diosa, de sacerdote a sacerdotisa? ¿O es que cuando me toca, cuando me habla, me siento mujer y otra vez viva después de todo el tiempo en que me he sentido vieja, yerma, medio muer-*

ta en este matrimonio con un hombre muerto y una vida muerta?* Accolon levantó la cara hacia ella, besándola en los labios. Morgana, cediendo al beso, sintió que se enternecía, cediendo a un estremecimiento que era mitad dolor y mitad placer, y que despertaba recuerdos en todo su cuerpo... tanto tiempo, tanto, este prolongado año en el cual su cuerpo había estado muerto, sin permitirle despertar para no ser consciente de lo que Uriens estaba haciendo... Pensó, desafiante, *¡Soy una sacerdotisa, mi cuerpo me pertenece para entregárselo a ella en ofrenda! ¡Pecado era cuanto hacía con Uriens, la sumisión al deseo! Esto es verdadero y sagrado...*

Las manos de él temblaron sobre su cuerpo; mas cuando habló, lo hizo con voz tranquila y cotidiana.

—Creo que toda la gente del castillo se ha retirado a sus habitaciones. Supe que estarías aquí esperándome...

Por un instante Morgana se resintió de su certidumbre; luego inclinó la cabeza. Estaban en manos de la Diosa y no debía negarse al flujo que la arrastraba, cual un río; durante mucho, mucho tiempo, únicamente había estado en un remanso y ahora tornaba a verse purificada por la corriente de la vida.

—¿Dónde está Avalloch?

—Ha bajado a la aldea para yacer con la Doncella de la Primavera... es una de nuestras costumbres que el sacerdote *no* conoce. Siempre, desde que nuestro padre envejeció y nosotros nos hicimos adultos, ha sido así, y Avalloch no lo considera incompatible con sus deberes de hombre cristiano, ser el padre de su pueblo, o de cuantos súbditos como le sea posible, como el mismo Uriens en su juventud. Avalloch me ofreció echar a suertes el privilegio, e iba a aceptar, pero entonces recordé tus manos bendiciéndola y supe dónde se encontraba mi verdadera ofrenda...

Ella murmuró a medias como protesta:

—Avalon está tan lejos...

—Pero ella está en todas partes —dijo Accolon, apoyando el rostro contra su pecho.

226

—Está bien —musitó Morgana, poniéndose en pie.

Hizo que él también se levantara y dio media vuelta hacia las escaleras, luego se detuvo. No, aquí no; no había un solo lecho en el castillo que pudieran compartir honrosamente. Y la máxima druida retornó a ella, *¿Puede lo que nunca fue hecho o creado por el hombre ser adorado bajo un techo de humana factura?*

Fuera, pues, bajo la noche. Según caminaban hacia el patio vacío, una estrella fugaz descendió cruzando el firmamento, con tal velocidad que, por un instante, Morgana creyó que los cielos daban vueltas y el suelo se hundía bajo sus pies... luego desapareció, dejándoles los ojos aturdidos. *Un prodigio. La Diosa saluda mi vuelta a su seno...*

—Vamos —murmuró, dando la mano a Accolon le condujo hacia el prado, donde los blancos espíritus de los retoños se mecían en la oscuridad y caían en torno a ellos. Extendió la capa sobre la hierba, cual un círculo mágico bajo el firmamento; extendió los brazos y dijo: vamos.

La oscura sombra del cuerpo de Accolon le ocultó el cielo y las estrellas.

HABLA MORGANA...

Incluso mientras yacíamos bajo las estrellas en el solsticio de Verano, sabía que cuanto estábamos haciendo no era tanto un acto de amor como un acto mágico de apasionado poder. Sus manos y el tacto de su cuerpo me estaban volviendo a consagrar sacerdotisa y era ése su designio. Ciega como estaba para todo en aquel momento, oí a nuestro alrededor en la noche de verano el sonido de los cuchicheos y supe que no estábamos solos.

El me habría mantenido entre sus brazos, pero me levanté, impulsada por aquella clase de poder que me dominaba en esta hora, y alcé mis manos sobre mi cabeza, bajándolas lentamente, los ojos cerrados, contenido el aliento por la tensión del poder... y sólo cuando le oí musitar algo inaudito, me aventuré a abrir los ojos, para ver su cuerpo rodeado por la misma luz que rodeaba el mío.

Hecho está, y ella se encuentra conmigo... Madre, soy indigna de tu mirada... pero ha retornado a mí... Contuve la respiración para no romper en violentos sollozos. Después de todos estos años, después de la traición y la deslealtad, ella ha regresado a mí y soy sacerdotisa otra vez. Un pálido resplandor de luz de luna me mostró, en la linde del campo en el cual yacíamos, aunque ni tan siquiera vi una sombra, el vislumbre de unos ojos como de algún animal en los matorrales. No estábamos solos, el pequeño pueblo de las colinas había sabido dónde nos hallábamos y lo que ella había forjado aquí, viniendo a contemplar la consumación, ausente desde que Uriens se hiciera viejo y el mundo se tornara gris. Escuché el eco de un reverente murmullo y respondí en una lengua de la que conocía menos de una docena de palabras, sólo audible donde yo me hallaba en pie y Accolon de rodillas en reverencia.

—¡Hecho está!

Me incliné besándole en la frente.

—Hecho está. Vete, amado mío; bendito seas.

Se habría quedado, lo sé, de haber continuado yo siendo la mujer con la que salió; pero, ante la sacerdotisa, se alejó silenciosamente, sin cuestionar la palabra de la Diosa.

No hubo sueño para mí aquella noche. En solitario, caminé por el jardín hasta el amanecer, conociendo ya, estremecida de pánico, lo que debía hacerse. No sabía cómo, ni si podría sin ayuda realizar lo que había comenzado, pero de igual forma que fui hecha sacerdotisa tantos años atrás y había renunciado a ello, debía volver sobre mis pasos en soledad. Aquella noche me habían concedido una inmensa gracia; sabía, sin embargo, que no habría más signos para mí, ni ayuda, hasta que me hubiese convertido sola, desasistida, nuevamente en la sacerdotisa que estaba destinada a ser.

Continuaba llevando en la frente, descolorido bajo la toca de ama de casa que Uriens me hacía portar, el símbolo de su gracia, aunque eso no me sería de ayuda ahora. Contemplando las estrellas palidecer, no sabía si el sol iba a sorprenderme en mi vigilia; las mareas solares no corrían por mi sangre desde hacía media vida y ya no conocía el lugar exacto del horizonte oriental al cual debía volverme para saludar al sol naciente. Ni siquiera sabía ya cómo corrían los flujos lunares con los ciclos de mi cuerpo... tanto me había alejado de las enseñanzas de Avalon. A solas, únicamente con una debilitada memoria, debía de alguna manera recobrar todas las cosas que una vez conocí como parte de mí misma.

Antes del alba, entré sigilosamente y, caminando a oscuras, encontré la única prenda que poseía de Avalon, el pequeño cuchillo en hoz que tomé del cuerpo sin vida de Viviane, un cuchillo como el que yo tenía cuando era sacerdotisa y dejé abandonado en Avalon cuando huí de allí. Me lo até a la cintura, bajo las ropas; jamás volvería a alejarse de mi costado y sería enterrado conmigo.

Tuve así, allí oculto, el único recuerdo que podía guardar de aquella noche. Ni siquiera volví a pintar la media luna de mi frente, ya que Uriens me habría hecho preguntas sobre ella, y también porque entendía que aún no era digna de llevarla; yo no hubiera lucido la media luna como él llevaba las descoloridas serpientes en los brazos, como un ornamento y un semiolvidado recordatorio de lo que una vez fue y ha dejado de ser. En los meses siguientes y según se prolongaban en años, una parte de mí actuaba como una muñeca, cumpliendo con todos los deberes que él me exigía —hilar y tejer, hacer medicinas con hierbas, ocuparme de las necesidades de hijos y nietos, escuchar la plática de mi marido, bordar para él finos ropajes y asistirle en la enfermedad... todas estas cosas las hice sin pensar mucho, con la superficie de la mente y un cuerpo entumecido por las veces que él lo tomaba en fugaz y repugnante posesión.

Pero el cuchillo seguía allí para tocarlo una y otra vez

a fin de reafirmarme mientras volvía a aprender a contar las mareas solares desde el equinoccio al solsticio... haciéndolo penosamente con los dedos como un niño o una sacerdotisa novicia; eso fue años antes de que lograra sentirlas correr por mi sangre nuevamente, o saber con la diferencia de una punta de alfiler dónde se levantarían o pondrían el sol y la luna para hacer las salutaciones que aprendí a hacer de nuevo. Mientras los de la casa dormían a mi alrededor, yo estudiaba las estrellas, dejando que su influjo recorriese mi sangre según giraban y daban vueltas en torno a mí hasta convertirme en un eje sobre la tierra inmóvil, centro de la rotatoria danza en derredor y por encima de mí, el espiral movimiento de las estaciones. Me levantaba temprano y me dormía tarde, encontrando así horas para errar por las colinas, so pretexto de ir en busca de hierbas y raíces para medicamentos, y allí buscaba las arcanas líneas de la fuerza, trazándolas desde la piedra erecta hasta la charca del martillo... Era un fatigoso trabajo, y esto sucedía años antes de que yo conociera algo de las que estaban cerca del castillo de Uriens.

Incluso en ese primer año, cuando luchaba contra una debilitada memoria, tratando de recobrar lo que había aprendido en otros tiempos, tuve la certeza de que mis vigilias eran compartidas. Nunca estuve desasistida, aunque jamás llegué a ver más de lo que viera esa primera noche: el resplandor de unos ojos en la oscuridad, un atisbo de movimiento captado de soslayo... Rara vez se les veía, incluso aquí, en las lejanas colinas, ni en la aldea o en los campos; vivían su existencia secretamente en desiertas montañas y bosques adonde huyeron cuando vinieron los romanos. Pero sabía que estaban allí, que el pequeño pueblo, el cual nunca había perdido su Visión, me vigilaba.

Encontré en las remotas colinas un anillo de piedras, no tan grande como el que se alzaba en Tor de Avalon, ni ese otro mayor que una vez fuera el Templo del Sol en las grandes llanuras de pizarra; estas piedras sólo me llegaban al hombro (y yo no soy alta) y el círculo no tenía mayor diámetro que la estatura de un hombre alto. Una pequeña losa de piedra, con pinturas ya descoloridas e invadida por los líquenes, se hallaba semienterrada en la hierba en el centro. La limpié de hierbas y líquenes, y como hacía siempre que encontraba alimentos que nadie echaría de menos en las colinas, dejaba para su pueblo las cosas que no solían llegar hasta ellos. Una vez de las que fui allí, me encontré en el centro mismo de las piedras una guirnalda de aromáticas flores similares a las que crecían en las cercanías del país de las hadas; secas, nunca se marchitarían. Cuando volví a salir con Accolon estando la luna llena, las llevé prendidas en la frente al unirnos en solemne comunión que eliminó lo individual y nos hizo solamente Dios y Diosa, afirmando la imperecedera vida del cosmos, el flujo del poder entre el macho y la hembra como el de la tierra y el cielo. Después de aquello nunca fui desatendida más allá de mi propio jardín. Entendí que no era necesario buscarlos, estaban allí y sabía que me ayudarían si los necesitaba. No en vano me habían dado aquel viejo nombre, Morgana de las Hadas... y ahora me reconocían como sacerdotisa y como reina.

Fui al círculo de piedras, caminando en la noche, cuando la luna de la cosecha se hallaba baja en el firmamento y el aliento del cuarto invierno se enfriaba en vísperas del Día de los Difuntos. Allí, envuelta en la capa, temblando, durante toda la noche, guardé la vigilia, ayunando; la nieve caía del cielo cuando me levanté para encaminar mis pasos hacia el castillo; pero al abandonar el círculo, mi pie tropezó con una piedra que no se encontraba allí a mi llegada, y, agachando la cabeza, vi una serie de blancas piedras colocadas, al parecer, en un orden premeditado.

Me incliné y moví una piedra para formar la secuencia siguiente de números mágicos; las mareas se habían desplazado y ahora estábamos bajo las estrellas invernales. Luego volví a casa, tiritando, para contar la historia de que me había extraviado en las colinas y había dormido en la cabaña vacía de un pastor. Uriens se había inquietado debido a la nieve y mandó dos hombres a buscarme. La nieve, que se había acumulado en las laderas de las montañas, me mantuvo encerrada gran parte del invierno; pero sabía que las tormentas iban a amainar y me arriesgaría a visitar el anillo de piedras en el equinoccio de Invierno, sabiendo que las piedras estarían a la vista... la nieve nunca caía dentro de los grandes círculos, e imaginé que ocurriría igual en los pequeños, donde la magia actuaba todavía.

Y en el centro mismo del círculo vi un bulto diminuto, un trozo de cuero atado con un tendón. Mis dedos estaban recobrando su antigua habilidad y no temblaron mientras lo desanudaba y vertía el contenido en la palma de mi mano. Parecían un par de semillas secas, mas eran los diminutos musgos que tan raramente crecían cerca de Avalon. No eran utilizados como alimento y la mayoría de la gente los consideraba venenosos, pues provocaban vómitos, purgaciones y la menstruación; aunque tomados en pequeña cantidad, en ayuno, abrían las puertas de la Visión... era éste un regalo más valioso que el oro. No crecían en esta región y sólo podía imaginarme cuán lejos habían ido los del pequeño pueblo en su busca. Les dejé la comida que traía, carne seca, frutas y un panal, pero no como pago; el presente no tenía precio. Me encerraría en mi cámara el día del solsticio de Invierno y buscaría allí la Visión a la cual había renunciado. Con las puertas de la Visión abiertas podría atreverme a pretender la presencia de la Diosa, implorándole me permitiera volver a comprometerme con aquello que había traicionado. No temía ser rechazada. Era ella quien me enviaba este regalo para que pudiera buscar su presencia.

Y me arrodillé en el suelo dando gracias, sabiendo que mis plegarias habían sido escuchadas y que mi penitencia había concluido.

X

La nieve estaba comenzando a fundirse en las colinas y algunas flores tempranas se dejaban ver en los resguardados valles, cuando la Señora del Lago fue citada a la barca para recibir a Merlín de Bretaña. Kevin estaba pálido y macilento, la cara demacrada, sus torcidos miembros moviéndose con mayor dificultad que nunca a pesar del apoyo de un fuerte bastón. Niniane observó, tratando de ocultar la pena que sentía, que se había visto obligado á dejar a Mi Dama en manos de un sirviente, y pretendió no reparar en ello, sabiendo lo que esto suponía para su orgullo. Retardó sus pasos en el sendero hacia su morada y allí le dio la bienvenida, indicando a las sirvientas que encendieran el fuego y trajeran vino, del cual él únicamente tomó un sorbo por cortesía, agradeciéndolo con una grave inclinación de cabeza.

—¿Qué te trae tan pronto por aquí este año, Venerable? —le preguntó—. ¿Vienes de Camelot?

Negó con la cabeza.

—Pasé allí parte del invierno —dijo—, y hablé extensamente con los consejeros de Arturo, pero a principios de primavera me dirigí al sur en una misión referente a las tropas aliadas, aunque debiera decir ahora, supongo, los reinos sajones. Y me imagino que sabes a quién vi allí, Niniane. Me pregunto si fue cosa de Morgause o tuya.

—De ninguna —repuso ella apaciblemente—. Lo decidió el mismo Gwydion. Entendió que debía adquirir alguna experiencia sobre la guerra a pesar de estar recibiendo enseñanzas druídicas, alegando que ha habido guerreros druidas anteriormente. Y decidió ir al sur, a los reinos sajones, porque, aunque están aliados con Arturo, allí no se encontraría con él. No desea, por razones que tú y yo conocemos, que Arturo ponga los ojos en él. —Al cabo de un instante añadió—: No me atrevería a jurar que Morgause no haya influido en su decisión. Recibe consejos de ella, cuando no debiera buscarlos de nadie.

—¿Es eso cierto? —Kevin enarcó las cejas—. Sí, lo supongo, es la única madre que ha conocido. Y gobernó el reino de Lot tan bien como cualquier hombre, y sigue haciéndolo, aun con su nuevo esposo.

—No sabía que tuviera un nuevo esposo —dijo Niniane—. No puedo ver tan bien como Viviane qué sucede en los reinos.

—Sí, ella tenía la ayuda de la Visión —declaró Kevin—, y doncellas con la Visión cuando la suya le fallaba. ¿Tú no la posees, Niniane?

—Poseo algo... —respondió vacilante—. Pero me falla de vez en cuando —y guardó silencio un momento, mirando el empedrado del suelo. Finalmente dijo—: Creo que Avalon se está separando más de la tierra de los hombres, Lord Merlín. ¿Qué estación era en el mundo exterior?

—Diez días han pasado desde el equinoccio, Señora.

Niniane suspiró profundamente.

—Yo guardé las fiestas hace siete días. Es como había pensado, las tierras se están separando. Aunque no más de unos días por cada luna, pero me temo que pronto estaremos tan lejos de la marea solar y de la marea lunar como ese país de las hadas del que hablan... Cada vez es más difícil convocar las nieblas y acceder a estas tierras.

—Lo sé —dijo Kevin—. ¿Por qué crees que he venido con la marea baja? —Sonrió en un rictus y prosiguió—: Deberías regocijarte, no envejecerás como las mujeres del mundo exterior están condenadas a hacer, Señora, permanecerás joven.

—No me consuelas —repuso Niniane con un estremecimiento—. No hay nadie en el mundo exterior cuyo destino siga, salvo...

—El de Gwydion —dijo Kevin—. Eso pensaba. Aunque hay alguien cuyo destino debiera interesarte igualmente.

—¿Arturo en su palacio? Ha renunciado a nosotros —alegó Niniane—, y Avalon ya no le envía ayuda.

—No es de Arturo de quien hablo —repuso Kevin—, no busca ya ayuda de Avalon, ya no. —Titubeó—. Lo he sabido por el pueblo de las colinas, hay un rey en Gales nuevamente, y una reina.

—¿Uriens? —Niniane se echó a reír, divertida—. ¡Es más viejo que las mismas colinas, Kevin! ¿Qué puede hacer él por ese pueblo?

—Tampoco hablo de Uriens —dijo Kevin—. ¿Lo has olvidado? Morgana está allí y el Viejo Pueblo la ha aceptado como reina. Les protegerá, incluso del propio Uriens, mientras viva. ¿Has olvidado que el hijo de Uriens recibió enseñanzas aquí y lleva las serpientes en las muñecas?

Niniane quedó en silencio por un instante, inmóvil.

—Lo había olvidado —dijo al fin—. No era el hijo mayor; así pues, creí que no reinaría.

—El hijo mayor es un necio —opinó Kevin—, aunque los sacerdotes le consideran un buen sucesor de su padre, y desde sus miras, lo es. Piadoso y simple, no interferirá con la iglesia. Los clérigos no confían en el segundo hijo, Accolon, porque lleva las serpientes. Y dado que Morgana se encuentra allí, lo ha recordado y la sirve como a su reina. Y para el pueblo de las colinas, es reina también quienquiera que se siente en el trono a la usanza romana. Para ellos, el rey es quien muere anualmente entre los ciervos, mas la reina es eterna. Y es posible que Morgana logre al fin terminar lo que Viviane dejó inconcluso.

Niniane pudo percibir, con sorpresa, la amargura de su propia voz.

—Kevin, ni un solo día desde que Viviane muriera y me situaran aquí, me ha sido permitido olvidar que no soy como ella, que después de ella nada soy. Incluso Cuervo me sigue con sus grandes ojos silentes que dicen, *No eres Viviane, no puedes llevar a cabo la obra a la cual ella dedicó su vida.* Bien lo sé, fui elegida únicamente por ser la última de la sangre de Taliesin, no quedaba ninguna otra; y no soy del linaje real de la Reina de Avalon. No, no soy Viviane, y no soy Morgana, pero he servido fielmente aquí, en este puesto, sin haberlo pretendido nunca y habiendo sido promocionada por la sangre de Taliesin. He sido fiel a mis votos, ¿no significa eso nada para nadie?

—Señora —repuso Kevin gentilmente—, Viviane fue una de esas sacerdotisas que vienen al mundo sólo una vez cada muchos cientos de años. Y su reinado fue largo. Gobernó aquí durante treinta y nueve años, y muy pocos de nosotros tenemos recuerdos anteriores a esa época. Cualquier sacerdotisa que siguiera sus pasos, se sentiría inferior por comparación. Nada hay que debas reprocharte. Has sido fiel a tus votos.

—Cual no lo fue Morgana —dijo Niniane.

—Cierto. Pero ella es de la sangre real de Avalon y le dio un heredero al Rey Ciervo. No somos nosotros quienes hemos de juzgarla.

—La defiendes porque fuiste su amante —le espetó Niniane, y Kevin la miró fijamente. No se había dado cuenta; tenía los ojos azules en la oscura y torcida cara, del color del centro de las llamas.

—¿Intentas enzarzarte en una disputa conmigo, Señora? —dijo con calma—. Eso se terminó hace años; y la última vez que la vi, me llamó traidor y cosas peores, expulsándome de su presencia con acerbas palabras que ningún hombre puede perdonar. ¿Crees que la quiero bien? Pero juzgarla no es de mi incumbencia, ni de la tuya. Eres la Señora del Lago. Morgana es mi reina, y Reina de Avalon. Ella obra en el mundo como tú lo haces aquí, y yo adonde los Dioses me envían. Esta primavera me enviaron al país de los pantanos, donde, en la corte de un sajón que se llama rey bajo el gobierno de Arturo, vi a Gwydion.

Niniane había sido enseñada en su prolongada instrucción a mantener la expresión impasible; pero sabía que

Kevin, que había tenido igual aprendizaje, lograba ver cuanto le era preciso haciendo un esfuerzo y sintió que de alguna forma aquellos penetrantes ojos la desvelaban. Deseaba su información sobre lo que estaba ocurriendo en el mundo exterior pero, en lugar de preguntarle, se limitó a decir:

—Morgause me contó que tiene conocimientos de estrategia y no es cobarde en la batalla. ¿Cómo se atreve, pues, a ir con esos bárbaros que preferirían machacarnos la cabeza con sus grandes porras a utilizarlas en sus cortes? Supe que se dirigía al sur, a los reinos sajones, porque uno de ellos deseaba tener a un druida en la corte que supiera leer y escribir, y algo de cálculo y cartografía. Y me dijo que quería templarse en la batalla sin tener que encontrarse a Arturo. Supongo que ha conseguido su deseo. Aun cuando hay paz en la tierra, siempre se producen luchas entre los de ese pueblo, ¿no es el Dios de los sajones, el dios de la guera y las batallas?

—A Gwydion le han dado el nombre de Mordred, lo que significa «Consultor de la Maldad» en su lengua. Es un cumplido, se refieren a que es malo para quienes esperaran acarrearle algún daño. Dan un nombre a todos sus visitantes, como le dieron a Lancelot el de «Flecha élfica».

—Entre los sajones, un druida, aunque sea joven, puede parecer más sabio de lo que es, en contraste con sus duras cabezas. Y Gwydion es inteligente. Incluso de niño lograba encontrar una docena de respuestas para cada cosa.

—Es inteligente —convino Kevin—, y sabe cómo hacerse amar; puedo asegurarlo. A mí me dio la bienvenida como si hubiese sido su tío favorito en la infancia, exclamando cuán bueno era ver un rostro familiar de Avalon, abrazándome, mostrando tanta alegría como si realmente sintiese un gran cariño por mí.

—Sin duda, se encontraba muy solo y tú fuiste como el aliento de su hogar —repuso Niniane, pero Kevin frunció el ceño y bebió un poco más de vino; luego se sosegó y cambió de tema.

—¿Hasta dónde ha llegado Gwydion en la instrucción de la magia? —preguntó.

—Lleva las serpientes —respondió Niniane.

—Eso puede significar mucho o poco. Deberías saberlo.

Y aunque sus palabras fueron inocentes, Niniane percibió el aguijón que había en ellas; una sacerdotisa que luciera la media luna podía ser como Viviane o como ella misma.

—Va a retornar en el solsticio de Verano para ser nombrado Rey de Avalon, rango que Arturo traicionó. Y ahora ya es adulto —dijo.

Kevin advirtió.

—No está preparado para ser rey.

—¿Dudas de su valor? ¿O de su lealtad...?

—Oh, valor —prorrumpió Kevin, haciendo un ademán despreciativo—. Valor e inteligencia... es en su corazón en lo que no confío y no acierto a leer. Y no es Arturo.

—Bien está para Avalon que no lo sea —estalló Niniane—. ¡No necesitamos apóstatas que juren lealtad y traicionen su juramento al pueblo de las colinas! Los sacerdotes pueden establecer en el trono a un piadoso hipócrita que les sirva en cualquier cosa que estimen oportuno en su momento.

Kevin levantó la mano, con gesto tan imperativo que Niniane guardó silencio.

—¡Avalon no es el mundo! No tenemos ni fuerzas, ni ejércitos, ni astucia, y Arturo es muy amado. No en Avalon, te lo concedo, sino a todo lo largo y ancho de estas islas, donde ha logrado la paz que tanto valoran. En este momento, cualquier voz que se levantara contra Arturo sería silenciada en meses, o en días. Arturo es venerado, es el espíritu de toda Bretaña. Y aunque fuese de otra forma, cuanto hacemos en Avalon tiene poco peso en el mundo exterior. Como has observado, nos estamos hundiendo en las nieblas.

—Entonces, con mayor motivo debemos actuar rápidamente, para derrocar a Arturo y situar a un rey en el trono que restituya Avalon al mundo y a la Diosa...

—A veces me pregunto si eso podrá hacerse alguna vez, si no habremos consumido nuestras vidas en un sueño irreal —dijo Kevin tranquilamente.

—¿Y tú piensas eso? ¿El Merlín de Bretaña?

—He estado en la corte de Arturo, no refugiado en una isla que va separándose cada vez más del mundo exterior —repuso Kevin amablemente—. Este es mi hogar y moriría por él, como he jurado... pero mi Gran Matrimonio se consumó con toda Bretaña, Niniane, no sólo con Avalon.

—Si Avalon perece —dijo Niniane—, Bretaña perderá su corazón y morirá, porque la Diosa habrá retirado su ánima de la tierra toda.

—¿Eso crees, Niniane? —Kevin volvió a suspirar—. He recorrido todas estas tierras, en todas las estaciones del año... Merlín de Bretaña, halcón de la Visión, mensajero de la Gran Cuervo, ve ahora otro corazón en la tierra y resplandece desde Camelot.

El quedó en silencio. Al cabo de largo rato Niniane preguntó:

—¿Fue al escuchar palabras semejantes a ésas cuando Morgana te llamó traidor?

—No, fue... por otra cosa —respondió—. Acaso, Niniane, no conozcamos el proceder de los Dioses y sus designios tan bien como creemos. Te lo aseguro, si actuásemos ahora para derrocar a Arturo, estos dominios caerían en un caos peor que el que se produjo cuando Ambrosius murió y Uther hubo de luchar por la corona. ¿Estimas que Gwydion puede luchar como Arturo lo hizo para tomar la tierra? Todos los Caballeros de Arturo estarían dispuestos a combatir contra cualquier hombre que se levantara contra su rey y héroe, es como un Dios para ellos y pueden no estar equivocados.

—No fue nunca nuestro deseo —repuso Niniane— que Gwydion tuviera que enfrentarse a su padre y disputarle la corona. Pero el día que Arturo se convenza de que no tendrá más descendencia, deberá volverse hacia el hijo que pertenece al linaje real de Avalon, y ha jurado lealtad a ésta y a los Dioses. Y a tal fin, ha de ser proclamado Rey Ciervo en Avalon, para que puedan haber voces, cuando Arturo busque a un sucesor, que hablen por él. He oído decir que Arturo ha elegido al hijo de Lancelot como heredero, dado que la Reina es estéril. Pero el vástago de Lancelot no es más que un chiquillo, y Gwydion un hombre adulto. De ocurrirle algo a Arturo ahora, ¿crees que no elegirán a Gwydion, hombre adulto, guerrero y druida, en vez de a un niño?

—Los Caballeros de Arturo no seguirán a un extraño, aunque fuera por dos veces guerrero y druida. Con mayor probabilidad elegirían a Gawaine regente hasta la mayoría de edad del hijo de Lancelot. Y los Caballeros, que son casi todos cristianos, rechazarían a Gwydion a causa de su nacimiento; el incesto es un grave pecado para ellos.

—Nada saben sobre las cosas sagradas.

—Concedido. Deben disponer de tiempo para acostumbrarse a la idea, y ese tiempo aún no ha llegado. Pero Gwydion no puede ser reconocido como hijo de Arturo, deberá ser conocido como descendiente de la sacerdotisa Morgana, hermana de Arturo, y esto le aproximará más al trono de lo que está el hijo de Lancelot. Y este verano habrá guerra otra vez.

—Creía —repuso Niniane— que Arturo había conseguido la paz.

—En Bretaña, sí. Pero hay alguien en la Baja Bretaña que podría reclamar toda la Bretaña como su imperio...

—¿Ban? —inquirió ésta, perpleja—. Juró hace mucho tiempo... Hizo el Gran Matrimonio con la tierra antes de que Lancelot naciera. Debe ser demasiado viejo para ir a la guerra contra Arturo.

—Es viejo y débil —declaró Kevin—. Su hijo Lionel gobierna por él y el hermano de éste, Bors, es uno de los Caballeros de Arturo, y considera a Lancelot como su modelo y héroe. Ninguno de ellos se opondría al gobierno de Arturo. Pero hay uno que lo hará. Se llama a sí mismo Lucius, de alguna forma ha obtenido las antiguas águilas romanas y se ha proclamado emperador. Va a desafiar a Arturo.

A Niniane se le puso el vello de punta.

—¿Lo sabes gracias a la Visión? —preguntó.

—Morgana me dijo en una ocasión —contestó Kevin con una sonrisa— que no se precisa la Visión para saber que un bellaco será un bellaco. No se necesita la Visión para saber que un hombre ambicioso desafiará aun cuando tal desafío exceda su ambición. Hay quienes pueden tener la tentación de pensar que Arturo se hace viejo porque su pelo ya no tiene los destellos dorados que tenía y ya no iza el dragón. Pero no le menosprecies, Niniane. Yo le conozco, tú no. ¡No es ningún necio!

—Estimo —repuso Niniane— que le quieres demasiado bien para ser un hombre al que has jurado destruir.

—¿Quererle? —Kevin sonrió sin alegría—. Soy Merlín de Bretaña, mensajero de la Gran Cuervo, y me siento a su lado en el consejo. Arturo es un hombre que se hace querer fácilmente. Empero, juré lealtad a la Diosa. —Tornó a reír bruscamente—. Creo que mi cordura depende de esto... de que sé que cuanto beneficie a Bretaña puede beneficiar a Avalon a la larga. Tú ves a Arturo como a un enemigo, Niniane. Yo continúo viéndole como al Rey Ciervo, protector de su manada y de su territorio.

Niniane preguntó en trémulo susurro:

—¿Y qué será del Rey Ciervo cuando el joven ciervo haya crecido?

Kevin apoyó la cabeza en sus manos. Parecía viejo, enfermo, fatigado.

—Ese día no ha llegado, Niniane. No pretendas empujar a Gwydion tan velozmente que resulte destruido, sólo porque es tu amante. —Se puso en pie y salió cojeando de la estancia sin mirar atrás, dejando a Niniane malhumorada y colérica.

¿Cómo lo ha sabido ese miserable?

Y se dijo, *¡No he hecho votos como las monjas cris-*

tianas! Si decido llevar a un hombre a mi lecho, es asunto mío... ¡aun cuando ese hombre debiera ser mi pupilo, y fuese sólo un niño cuando aquí llegó!

En los primeros años, él había sido su sombra, un niño solitario, perdido y desamparado, sin nadie que le amase, le cuidase o le tuviese en consideración... Morgause era la única madre que había tenido y también le habían separado de ella. ¿Cómo podía Morgana haber sido tan despiadada para abandonar a un hijo como aquél, inteligente, hermoso, sabio, sin preocuparse, sin ir a verle? Niniane no había alumbrado ningún hijo; aunque en ocasiones había pensado que, de regresar de Beltane con el vientre henchido, le habría gustado darle una hija a la Diosa. Pero nunca le había sucedido tal cosa y no se rebeló contra su suerte.

En aquellos primeros años consintió que Gwydion se adentrara en su corazón. Y luego se alejó de ella, como han de hacer los hombres, al llegar a la edad en que las enseñanzas de las sacerdotisas deben terminar e iniciarse la instrucción de los druidas y el adiestramiento en las artes de la guerra. Y volvió un año, por los fuegos de Beltane, y ella pensó que fue la astucia lo que le acercó a ella en los ritos y, no obstante, se alejó con él...

Pero no se separaron cuando la estación concluyó; y cuando después de aquello, en sus idas y venidas, algo le hacía ir a Avalon, ella procuraba hacerle ver con claridad que le quería y él no oponía resistencia. *Yo soy quien está más próxima a su corazón*, pensó, *quien le conoce mejor, ¿qué sabe Kevin de él? Y es llegado el momento que deba regresar a Avalon, para pasar la prueba como Rey Ciervo...*

Y dirigió sus pensamientos a eso: ¿dónde encontraría una doncella para él? *Hay tan pocas mujeres en la Casa de las Doncellas que sean siquiera medianamente apropiadas para este gran oficio*, meditó, y sus pensamientos la llenaron súbitamente de dolor y aflicción.

Kevin tiene razón. Avalon está yendo a la deriva, agonizando; pocos vienen a recibir las arcanas enseñanzas y pocos hay que guarden los ritos... y, algún día, no habrá nadie en absoluto... volvió a sentir en el cuerpo ese casi doloroso cosquilleo que le venía, de cuando en cuando, precediendo a la Visión.

GWYDION RETORNÓ a Avalon unos días antes de Beltane. Niniane le recibió formalmente en la barca, y él se inclinó ante ella delante de todas las doncellas y el pueblo de la Isla congregado; pero cuando se hallaron solos, la abrazó y besó, riendo, hasta que ambos estuvieron sin aliento.

Tenía los hombros más anchos y una roja cicatriz en la cara. Había estado luchando, como pudo comprobar; ya no tenía la serena mirada de un sacerdote cultivado.

Mi amante y mi hijo. ¿Es ése el motivo de que la Gran Diosa no tenga marido, contra la usanza romana, sino sólo hijos, del modo en que todos somos hijos suyos? Y yo, sentada en su lugar, debo considerar a mi amante como hijo también... porque todos cuantos aman a la Diosa son hijos suyos...

—Y las tierras están agitadas por ello —dijo él—, aquí en Avalon y entre los del Viejo Pueblo de las colinas, se dice que en la Isla del Dragón va a elegirse nuevamente a un rey... Es ése el motivo de que me hayas llamado, ¿verdad?

A veces, pensó, podía ser tan exasperante como un niño malcriado.

—No lo sé, Gwydion. Es posible que no haya llegado el momento y las mareas no sean propicias. Ni consigo encontrar en esta casa a nadie que desempeñe para ti la función de Doncella de la Primavera.

—Sin embargo, será esta primavera —declaró él apaciblemente—, y en este Beltane, porque lo he visto.

—¿Y has visto a la sacerdotisa que te admitirá en el rito cuando hayas ganado la cornamenta, suponiendo que la Visión no te conduzca erradamente a la muerte? —Preguntó ella, haciendo un gesto de desagrado que no pudo evitar.

Cuando él la miró de frente, pensó que estaba más apuesto, frío y sereno, y que su semblante ocultaba una pasión.

—La he visto, Niniane. ¿No sabes que eres tú?

Repentinamente un escalofrío le llegó hasta los huesos.

—No soy doncella. ¿Por qué te burlas de mí, Gwydion?

—Pero te he visto —aseguró él—, y lo sabes tan bien como yo. En ella la Doncella, la Madre y la Corva se encuentran y funden. Ella será vieja o joven según le plazca, Virgen, Bestia y Madre y la faz de la Muerte en el relámpago, fluyendo, henchiéndose y retornando otra vez a su virginidad...

—Gwydion, no, no es posible... —dijo Niniane, con la cabeza baja.

—Soy su consorte —repuso él implacablemente—, y la ganaré allí... no es momento para una virgen; los sacerdotes tienen en mucho ese sin sentido. La invoco como a la Madre para que conceda lo que me pertenece por derecho...

Niniane sentía como si estuviese tratando de resistir contra un despiadado oleaje que amenazaba con arrastrarla.

—Así ha sido siempre en la carrera del ciervo, aunque la Madre le impela hacia adelante, él regresa a la Doncella... —dijo, titubeando.

Lo que afirmaba parecía razonable. Seguramente era mejor disponer de una sacerdotisa para los ritos que supiera cuanto estaba haciendo que de una muchacha recién llegada al templo, aún sin la necesaria instrucción, cuyo único mérito era el de no tener la edad para haber sido llamada a los fuegos de Beltane con anterioridad... Gwydion decía la verdad: la Madre siempre se renueva, Madre y Corva, y de nuevo Doncella, como la luna se esconde y reaparece en el oscuro firmamento.

Inclinó la cabeza y declaró:

—Así sea. Harás el Gran Matrimonio con la tierra y conmigo en su nombre.

Mas, cuando se quedó a solas, tuvo miedo. ¿Cómo había llegado a convenir en esto? ¿Cuál, en nombre de la Diosa, era el poder que tenía Gwydion, para lograr que todos los hombres acataran su voluntad?

¿Era por herencia de Arturo y la sangre del Pendragón? De nuevo sintióse helada.

¿Qué será del Rey Ciervo?... estaba soñando Morgana...

Beltane, con los ciervos corriendo por las colinas... y la vida de la floresta corriendo a través de su cuerpo, como si cada parte del bosque fuera una parte de la vida que había en su interior... él se hallaba abajo entre los ciervos, el ciervo corredor, el hombre desnudo con las astas sobre la frente, y los cuernos arremetiendo una y otra vez, el negro pelo manchado de sangre... pero estaba de pie, cargando, un cuchillo destelló con la luz solar que se filtraba por entre los árboles, y el Rey Ciervo cayó abatido y el resonar de su bramido llenó el bosque de gritos de desesperación.

Y luego ella se encontró en la oscura caverna, y los signos que allí había pintados estaban reproducidos sobre su cuerpo, y la caverna y ella parecían ser una sola cosa, y a su alrededor llameaban los fuegos de Beltane, con las chispas elevándose hacia el cielo... tenía en la boca un sabor a sangre fresca, y ahora la boca de la caverna mostraba la sombra de una cornamenta... no debía haber luna llena, y ella no debiera ver tan claramente que su cuerpo desnudo no era el esbelto cuerpo de una virgen, sus senos eran suaves, henchidos y rosados como lo fueron cuando nació su hijo, casi como si estuviesen manando leche, y seguramente habían comprobado que llegaba virgen al rito... ¿qué podrían decirle? ¿que ella no iba como la Doncella de la Primavera al Rey Ciervo?

El se arrodilló a su lado y ella levantó los brazos, dando la bienvenida al rito y a su cuerpo, pero él tenía los ojos oscuros y ausentes. Las manos que posó en ella eran tiernas, pero frustrantes; jugueteaban por el goce y le negaban el rito del poder... no era Arturo, era Lancelot, el Rey Ciervo, quien abatiría al viejo ciervo, consorte de la Doncella de la Primavera; pero la estaba mirando, sus negros ojos atormentados por el mismo dolor que atravesaba todo su cuerpo, y él le dijo: me gustaría que no fueses tan semejante a mi madre, Morgana...

Aterrorizada, con el corazón desbocado, Morgana despertó en su estancia, Uriens dormía a su lado, y roncaba. Sobrecogida todavía por la magia del sueño, sacudió la cabeza, confusa, para ahuyentar el pánico.

No, Beltane ha pasado... había guardado los ritos con Accolon de la forma que ella sabía, no estaba yaciendo en la caverna, aguardando al Rey Ciervo. ¿Y por qué, se preguntó, la visitaba ahora este sueño de Lancelot, por qué no soñaba con Accolon, cuando había hecho de él su sacerdote, Señor de Beltane, y amante? ¿Por qué, después de tantos años, el recuerdo de la repulsa y el sacrilegio le laceraba el alma?

Procuró controlarse y dormir de nuevo, pero el sueño no llegó y aguardó insomne, estremecida, hasta que el sol introdujo sus rayos veraniegos en su cámara.

XI

Ginebra había llegado a odiar el día de Pentecostés, cuando cada año Arturo enviaba el mensaje de que todos sus antiguos Caballeros debían reunirse en Camelot para renovar su amistad. Con la llegada de la paz a la tierra y la diseminación de los antiguos Caballeros, cada año llegaban menos, ya que eran más los que tenían obligaciones que cumplir con sus hogares, familias y estados. Y Ginebra se alegraba, pues estas reuniones de Pentecostés le traían a la memoria los tiempos en los cuales Arturo no era un rey cristiano y portaba el detestado estandarte del Pendragón. En la fiesta de Pentecostés él pertenecía a sus Caballeros y ella dejaba de tener parte en su vida.

Permaneció tras él mientras sellaba las dos docenas de copias que habían hecho sus escribas, para cada uno de los reyes súbditos y los Caballeros.

—¿Por qué haces una llamada especial para que vengan este año? Seguramente, todos los que no tengan otros asuntos que atender vendrán sin tu llamada.

—Pero eso no es suficiente este año —contestó Arturo, volviéndose para sonreírle. Ella observó que estaba encaneciendo, pero tenía el pelo tan claro que nadie se daría cuenta a menos que se hallara muy próximo—. Quiero ofrecerles tales torneos y batallas simuladas que todos los hombres serán conscientes de que la legión de Arturo es todavía capaz de luchar.

—¿Crees que alguien lo pone en duda? —inquirió Ginebra.

—Quizá no. Pero está ese hombre, Lucius, en la Baja Bretaña. Bors me ha enviado mensaje, y de igual forma que todos los reyes súbditos pidieron mi ayuda cuando los sajones y los hombres del norte trataron de invadir esta isla, así ahora yo prometo acudir a ellos. ¡Emperador, se llama a sí mismo, de Roma!

—¿Y tiene algún derecho para ser emperador? —preguntó Ginebra.

—¿Necesitas preguntarlo? Mucho menos que yo, ciertamente —repuso Arturo—. No ha habido ningún emperador de Roma desde hace más de cien años, esposa mía. Constantino fue emperador y llevó la púrpura, y después de él, Magnus Maximus, quien marchó por el canal para hacerse emperador; mas nunca regresó a Bretaña y sólo Dios sabe qué le acaeció y dónde murió. Y tras él, Ambrosius Aurelianus reunió a nuestro pueblo contra los sajones, y Uther después de él; supongo que cualquiera de ellos podría haberse denominado emperador, o yo, pero estoy contento de ser Rey Supremo de Bretaña. Cuando era un muchacho, leí algo sobre la historia de Roma y no era nada nuevo que algún advenedizo pretencioso obtuviera de algún modo la lealtad de una o dos legiones, proclamándose para la púrpura. En Bretaña, sin embargo, se necesita mucho más que el estandarte de las águilas para ser emperador. ¡De lo contrario, Uriens sería emperador de esta tierra! Le he mandado a buscar. Me parece que ha pasado mucho tiempo desde la última vez que vi a mi hermana.

Ginebra no respondió a aquello, no directamente. Se estremeció.

—No deseo ver estos dominios otra vez conmovidos por la guerra y desgarrados por la matanza.

—Tampoco yo —dijo Arturo—. Creo que todos los reyes preferirían tener paz.

—No estoy tan segura. Algunos de tus hombres nunca cesan de hablar de los viejos tiempos cuando luchaban ininterrumpidamente contra los sajones. Y ahora les escatiman la fraternidad cristiana a esos mismos sajones, sin importarles lo que diga el obispo.

—No creo que se lamenten por los tiempos de guerra —repuso Arturo, sonriendo a la Reina—, sino por la época en la cual todos eran jóvenes y por la camaradería que existía entre nosotros. ¿Nunca añoras tú esos tiempos, esposa mía?

Ginebra sintió que se azoraba. En verdad recordaba... la época en la cual Lancelot fuera su paladín y en la que se habían amado... pero no eran esos pensamientos para una reina cristiana; y sin embargo, a veces la asaltaban.

—Sí, lo hago, esposo mío. Y como tú dices, es únicamente añoranza de la juventud... Ya no soy joven —declaró, suspirando, y él le cogió la mano.

—Sigues siendo tan hermosa para mí, querida, como el día en que yacimos juntos por vez primera —dijo, y ella sabía que era cierto.

Se obligó a mantener la calma, a no sonrojarse. *No soy joven*, pensó, *no es adecuado que evoque los días en que fui joven y me lamenté, porque en aquellos días yo era pecadora y adúltera. Ahora me he arrepentido y me he puesto en paz con Dios, e incluso Arturo ha hecho penitencia por su pecado con Morgana.* Se esforzó a ocuparse del lado práctico, como era adecuado a la Reina de toda Bretaña.

—Supongo que tendremos más visitantes que nunca, en Pentecostés. Debo pedir consejo a Cai y sir Lucan, sobre dónde los acomodaremos a todos y cómo los festejaremos. ¿Vendrá Bors desde la Baja Bretaña?

—Vendrá si le es posible —respondió Arturo—, aunque Lancelot me envió un mensaje, a principios de esta semana, pidiendo licencia para ir en ayuda de su hermano Bors si quedaba sitiado. No le he mandado decir que venga porque puede ser que todos tengamos que ir... ahora que Pellinore ha muerto, Lancelot es el rey como marido de Elaine, mientras su hijo no alcance la edad adecuada. Y Agravaine vendrá por Morgause de Lothian, y Uriens, o quizás alguno de sus hijos. Uriens está prodigiosamente bien conservado para sus años, pero no es inmortal. Su hijo mayor es bastante necio; sin embargo, Accolon es uno de mis antiguos Caballeros, y Uriens cuenta con Morgana para que le guíe y aconseje.

—Eso no me parece correcto —repuso Ginebra—, pues el Santo Apóstol dijo que las mujeres han de someterse a sus maridos, y Morgause continúa reinando en Lothian, así como Morgana es más que una ayuda para el rey en Gales del Norte.

—Debes recordar, señora mía —dijo Arturo—, que yo provengo del linaje real de Avalon. Soy rey no sólo como hijo de Uther Pendragón, sino por serlo de Igraine, que era hija de la antigua Señora del Lago. Ginebra, desde tiempo inmemorial, la Señora ha regido la tierra y el rey no era más que su consorte en épocas de guerra. Incluso en los días de Roma, las legiones tenían tratos con lo que dieron en llamar *reinas clientes*, las cuales gobernaban las Tribus, y algunas fueron poderosas guerreras. ¿No has oído nunca hablar de la Reina Boadicea? Cuando sus hijas fueron violadas por los hombres de las legiones y la reina misma azotada por su rebeldía contra Roma, levantó un ejército y casi expulsó a todos los romanos de estas costas.

—Espero que la mataran —dijo Ginebra, con amargura.

—Oh, así fue; y ultrajaron su cuerpo... empero fue un signo de que los romanos no podrían conquistar este país sin aceptar que gobierna la Señora... Todo regidor de Bretaña, hasta mi padre, Uther, ha llevado el título que los romanos acuñaron para el jefe guerrero de una reina: *dux bellorum*, duque de la guerra. Uther, y yo después de él, ostentamos el trono de Bretaña como *dux bellorum* por la Señora de Avalon. No lo olvides.

—Creía que habías acabado con eso, que te habías declarado un rey cristiano y hecho penitencia por tu servidumbre al pueblo de hadas de esa maligna isla... —repuso Ginebra, con impaciencia.

—Mi vida personal y mi fe religiosa son una cosa, Ginebra, y otra que las Tribus me apoyen porque llevo esto. —Golpeó a Excalibur con la mano, ceñida a su costado, dentro de la vaina carmesí—. Sobreviví en la batalla por la magia de esta espada.

—Sobreviviste en la guerra porque Dios te salvó para cristianizar estos dominios —objetó Ginebra.

—Algún día, tal vez. Ese tiempo todavía no ha llegado, señora. En Lothian, los hombres están contentos de vivir con el gobierno de Morgause, y Morgana es reina en Cornwall y en Gales del Norte. Gobierno estos dominios como son, Ginebra, no como los obispos desearían que fueran.

Ginebra habría seguido argumentando, pero vio la impaciencia de su ojos y se contuvo.

—Acaso, con el tiempo, incluso los sajones y las Tribus puedan denominarse cristianos. Llegará un día, tal afirma el Obispo Patricius, en el cual Cristo será el único Rey entre los cristianos, y los reyes y reinas sus vasallos. Que Dios apronte ese día —y se santiguó.

Arturo se echó a reír.

—Sería vasallo de Cristo gustosamente —repuso él—, pero no de sus sacerdotes. Sin embargo Patricius estará entre los invitados y podrás festejarle con la atención que desees.

—Y Uriens vendrá de Gales del Norte —dijo Ginebra—, acompañado de Morgana. ¿Y Lancelot de las tierras de Pellinore?

—Vendrá —respondió Arturo—, aunque me temo que si quieres volver a ver a tu prima Elaine, deberás viajar hasta allí y hacerle una visita. Lancelot me ha informado de que está de parto.

Ginebra vaciló. Sabía que Lancelot pasaba poco tiempo en casa con su esposa; pero Elaine le había dado lo que ella no podía, hijos e hijas.

—¿Qué edad tiene el hijo de Elaine? Va a ser mi heredero, debería ser educado en esta corte —dijo Arturo.

—Eso le ofrecí cuando nació, mas Elaine alegó que aun cuando fuera rey algún día, debía criarse hasta la madurez de forma modesta y sencilla. También tú fuiste educado como el hijo de un hombre sin fortuna y eso no te supuso ningún inconveniente.

—Bien, quizá tenga razón —declaró Arturo—. Me agradaría ver, por una vez, al vástago de Morgana. Debe ser ya adulto. Sé que no puede sucederme, pero es el único descendiente que he engendrado, y me gustaría, por una vez, poner los ojos en el muchacho y contarle... no sé lo que le diría. Pero me gustaría verlo.

Ginebra se debatió contra la furibunda respuesta que afloró a sus labios; nada podría ganar discutiendo nuevamente con él de esto.

—Bien está donde está —dijo, era cierto, y después de decirlo entendió que era cierto, que se alegraba de que el hijo de Morgana estuviese educándose en la isla de las brujerías, adonde ningún rey cristiano podía ir. Siendo instruido allí, era más seguro que nunca que ningún golpe de suerte le situaría en el trono después de Arturo. Los sacerdotes y el pueblo de esta tierra desconfiaban cada vez más de la brujería de Avalon. Educado en la corte, pudiera ocurrir que alguna persona sin escrúpulos empezara a considerar al hijo de Morgana como un sucesor más directo que el de Lancelot.

—Es duro para un hombre saber que tiene un descendiente y no verle jamás —dijo—. Algún día, tal vez. —Se encogió de hombros con resignación—. Tienes razón, sin duda, querida mía. ¿Qué es de la fiesta de Pentecostés? Sé que harás de ella, como siempre, un día memorable.

Y ESO HABÍA HECHO, pensó Ginebra aquella mañana, contemplando las tiendas y pabellones. El gran campo de batalla y torneos había sido despejado, rodeado de cuerdas y banderas; las enseñas y estandartes de cincuenta reyes súbditos y más de cien Caballeros eran mecidos briosamente por el viento del verano en las alturas. Parecía que un ejército había acampado.

Buscó la enseña de Pellinore, el dragón blanco que adoptara después de dar muerte al dragón en el lago. Lancelot estaría allí... hacía más de un año que no le había visto y entonces lo hizo formalmente ante toda la corte. Había pasado mucho tiempo desde la última vez que estuvo a solas con él; fue el día anterior a sus esponsales con Elaine, y sólo un momento a guisa de despedida.

También él había sido víctima de Morgana. No la había traicionado; ambos fueron víctimas de la cruel trampa que Morgana les tendió. Cuando él se lo explicó, había lágrimas en sus ojos, y ella guardaba aquel recuerdo como la mayor galantería que le hubiese hecho nunca... ¿quién había visto llorar a Lancelot?

—Te lo juro, Ginebra, me ha atrapado. Morgana me envió el falso mensaje y un pañuelo con tu perfume. Creo que me drogó además, o que me hizo algún conjuro. —La había mirado a los ojos, sollozando, y ella lloró también—. Morgana le contó a Elaine alguna mentira, diciendo que yo estaba rendido de amor por ella... y henos allí juntos. Al principio creí que eras tú, era como si me hallara bajo algún encantamiento. Y luego, cuando supe que era Elaine quien estaba en mis brazos, no pude detenerme. Después todos se presentaron allí con antorchas... ¿qué podía hacer, Gin? Había tomado a la hija doncella de mi anfitrión, Pellinore habría tenido derecho a darme muerte allí en el lecho... —Lancelot lloró y, más tarde, acabó de decir, con voz quebrada—: Hubiera preferido precipitarme sobre su espada en vez de...

Ella le había preguntado:

—Entonces, ¿no te sientes atraído por Elaine?

Sabía de antemano lo que iba a responder, mas no podía vivir sin esa confirmación... pero aunque Lancelot le había desvelado su desgracia, no quiso hablar de Elaine; respondió tan sólo que Elaine no había tomado parte en el asunto y que el honor le obligaba a intentar hacerla tan feliz como pudiese. Bueno, ya estaba hecho, Morgana había conseguido que se realizara según su voluntad. Vería a Lancelot y le saludaría como al marido de su deuda, nada más. Su locura había acabado, iba a verle y eso era mejor que nada.

Procuró apartar de su mente tales pensamientos y concentrarse en la organización de la fiesta. Estaban asando dos bueyes; ¿sería suficiente? Y había un enorme jabalí, que habían cazado varios días antes, y dos cerdos de las granjas cercanas, horneados en una tahona; olía ya tan bien que un grupo de hambrientos chiquillos vagaba en derredor olisqueando. Había cientos de hogazas de pan de centeno, muchas de las cuales serían repartidas entre las gentes que venían a agolparse en torno a las lindes del campo para contemplar las hazañas de los nobles, reyes, guerreros y Caballeros; y había manzanas horneadas con nata, nueces en cantidad, confites para las damas, dulces de miel, conejos y pequeñas aves guisadas en vino... Si la fiesta no era un éxito, ciertamente no se debería a la falta de calidad ni a la escasez de comida.

Poco después del mediodía, se reunieron; una larga fila de nobles y damas ricamente ataviados entraron en el salón, siendo conducidos a sus respectivos asientos. Los Caballeros, como siempre, ocuparon sus lugares en la gran mesa redonda del salón; aunque, enorme como era, ya no bastaba para dar cabida a todos los congregados.

Gawaine, quien era siempre el más próximo a Arturo, presentó a su madre, Morgause. Iba del brazo de un joven al cual Ginebra no reconoció al primer momento. Morgause estaba tan esbelta como de costumbre, su cabello todavía abundante y fino, trenzado con gemas. Hizo una reverencia ante Arturo, quien le indicó que se levantara y se aproximó para abrazarla.

—Bienvenida a mi corte, tía.

—He oído comentar que sólo montas caballos blancos —dijo Morgause—, y te he traído uno del país de los sajones. Tengo allí a un hijo adoptivo que me lo envió como presente.

Ginebra vio que Arturo apretaba la mandíbula, y también ella pudo adivinar a quién debía referirse.

—Un magnífico presente, tía —se limitó a decir.

—No haré que lo hagan entrar aquí, como, según mis noticias, es costumbre en los dominios sajones —declaró Morgause alegremente—. No creo que a la señora de Camelot le agrade que su gran salón, engalanado para los invitados, se vea convertido en un establo. Y sin duda, tus caballerizos tienen en estos momentos bastante trabajo, Ginebra.

Abrazó a la Reina, que se vio envuelta en una cálida ola; al estar tan cerca, pudo apreciar que el rostro de Morgause estaba pintado, sus brillantes ojos bordeados de negro; pero no por eso resultaba menos bella.

Ginebra dijo:

—Te estoy agradecida por tu comprensión, dama Morgause —dijo Ginebra—, no sería la primera vez que un fino corcel o un perro han sido traídos ante mi señor y rey al salón y sé que se pretende ser cortés con ello, pero no me cabe duda de que tu caballo se contentará aguardando en el exterior. No creo que la hospitalidad de Camelot incluya ni siquiera a los más exquisitos corceles. ¡Preferirá cenar en el establo! Aunque Lancelot solía contarnos la historia de algún romano que hacía beber vino a su caballo en un recipiente de oro, le rendía honores y obsequiaba coronas de laurel.

El apuesto joven que estaba junto a Morgause rió.

—Lo recuerdo —dijo—. Lancelot contó esa historia en las nupcias de mi hermana. Era el Emperador Gaius, quien nombró a su caballo favorito senador, y a su muerte, el siguiente emperador dijo que al menos el corcel no había dado ningún mal consejo ni provocado muerte alguna. Pero no hagas lo mismo, mi señor Arturo, no tenemos asientos apropiados para semejante Caballero, si consideraras conveniente otorgar tal honor a tu caballo.

Arturo rió amistosamente y cogió al joven de la mano diciendo:

—No lo haré, Lamorak.

Con un sobresalto, Ginebra comprendió quién era el joven que se hallaba junto a Morgause: el hijo de Pellinore. Sí, había oído algún rumor sobre eso, Morgause había tomado al joven como su favorito, incluso ante toda la corte, ¿cómo podía esa mujer compartir el lecho con un hombre lo bastante joven para ser su hijo? Pues Lemorak no debía tener más de veinticinco años. Miró con fascinado horror y secreta envidia a Morgause. *Parece tan lozana, continúa siendo hermosa a pesar de todos los afeites, y hace lo que quiere sin importarle que todos la critiquen...*

—¿Quieres sentarte junto a mí, deuda, y dejar que los hombres hablen de sus cosas?

Morgause apretó la mano de Ginebra.

—Gracias, sobrina, vengo con tan poca frecuencia a la corte que me hará dichosa sentarme entre las damas y comentar sobre quién se ha desposado, quién ha tomado un amante, y sobre todas las nuevas modas en vestidos y adornos. Estoy tan ocupada en Lothian gobernando la tierra que tengo poco tiempo para los asuntos de mujeres, y esto es un lujo y un placer para mí. —Apoyó su mano en la de Lemorak y, cuando creyó que nadie la observaba, le dio un disimulado beso en la sien—. Te dejo con los Caballeros, querido.

El denso aroma, la cálida esencia de las cintas y los pliegues de su vestido, casi marearon a Ginebra cuando la Reina de Lothian se sentó a su lado en el banco.

—Si estás tan ocupada con asuntos de estado, tía, ¿por qué no encuentras una esposa para Agravaine y le dejas gobernar en el lugar de su padre, y así podrás descansar? De seguro, el pueblo no debe ser muy feliz sin un rey —dijo Ginebra.

La risa de Morgause fue cálida y cordial.

—Entonces tendré que vivir sin desposarme, puesto que en aquella región el marido de la reina es rey y, querida, eso no me complace en absoluto. Lamorak es demasiado joven para asumir las obligaciones de un rey, aunque tiene otros deberes y le encuentro muy satisfactorio.

Ginebra escuchaba con fascinada repulsión; ¿cómo podía una mujer de la edad de Morgause ponerse en ridículo con un hombre tan joven? Mas él la seguía con los ojos como si fuese la mujer más hermosa y atractiva del mundo. Apenas miró a Isotta de Cornwall, la cual estaba haciendo una reverencia ante el trono junto a su viejo esposo, el Duque Marcus de Cornwall. Isotta era tan bella que un leve murmullo recorrió todo el salón; alta y esbelta, con el cabello del color de una moneda de cobre recién acuñada. Aunque, sin duda, Marcus había pensado más en el oro irlandés que lucía en torno a la garganta, el broche de la capa, y las perlas que llevaba trenzadas en el pelo, que en el tesoro de su hermosura. Isotta era, consideró Ginebra, la mujer más hermosa que hubiese visto nunca. Al lado de Isotta, Morgause parecía desvaída, sin relevancia, pero los ojos de Lemorak seguían puestos en ella.

—Ah, Isotta es muy bella —comentó Morgause—. En la corte del Duque Marcus se dice que tiene sus miras puestas más en su heredero, el joven Drustan, que en el mismo Marcus, y ¿quién puede culparla? Pero es recatada y discreta, y puede que tenga bastante juicio como para darle un hijo al anciano. Aunque, Dios lo sabe, tal asunto podría llevarlo a cabo mejor con el joven Drustan. —Morgause rió burlonamente—. No parece que pueda ser feliz en el tálamo conyugal. Creo que Marcus sólo desea de ella un hijo para Cornwall. Y lo desea, imagino, para poder proclamar que Cornwall le pertenece a él, que lo custodia, y no a Morgana, que lo heredó de Gorlois. ¿Dónde está mi sobrina Morgana? ¡Estoy ansiosa por abrazarla!

—Está allí con Uriens —respondió Ginebra, mirando hacia donde el Rey de Gales del Norte aguardaba para aproximarse al trono.

—Arturo habría hecho mejor casando a Morgana en Cornwall —dijo Morgause—. Aunque supongo que Marcus era demasiado viejo para ella. Bien podía haberla desposado, sin embargo, con el joven Drustan; su madre estaba emparentada con Ban de la Baja Bretaña y es primo lejano de Lancelot, y casi tan apuesto como él, ¿verdad, Ginebra? —Sonrió alegremente y añadió—: Ah, me olvidaba, tú eres una dama tan piadosa que nunca admiras la ga-

9

llardía de hombre alguno, exceptuando a tu esposo. ¡Para ti es fácil ser virtuosa, estando casada con un alguien tan joven, apuesto y galante como Arturo!

Ginebra sintió que la charla de Morgause iba a terminar desquiciándola. ¿No pensaba en nada más aquella mujer?

—Supongo que debes dedicarle algunas palabras corteses a Isotta, ya que es una recién llegada a Bretaña —dijo Morgause—. He oído comentar que domina poco nuestra lengua, que únicamente habla la de su tierra natal, Irlanda. He sabido, también, que en su país era una notable experta en hierbas y magia; cuando Drustan luchó con el caballero irlandés, Marhaus, le hizo sanar, aunque ya nadie creía que pudiera salvar la vida. En consecuencia, él es ahora su leal caballero y paladín o, al menos, *afirma* que ésos son sus motivos. Pero es tan hermosa que no me sorprendería... quizá debiera hacerle saber a Morgana que ella es también una experta en el saber de hierbas, hechizos y curaciones. Tendrían mucho de qué hablar, y me parece que Morgana conoce un poco la lengua irlandesa. Asimismo está desposada con un hombre lo bastante mayor para ser su padre. ¡Creo que eso estuvo mal hecho por parte de Arturo!

Ginebra repuso envarada:

—Morgana se casó con Uriens por propia voluntad. ¡No pienses que Arturo habría concedido la mano de su querida hermana sin consultarle primero!

—Morgana parece tan llena de vida que no creo pueda estar contenta en el lecho de un anciano —dijo Morgause—, ¡y si yo tuviera un hijastro tan bien parecido como Accolon, sería consciente de no estarlo!

—Vamos, pide a la dama de Cornwall que se siente con nosotras —indicó Ginebra, para poner fin a los comentarios de Morgause—. Y también a Morgana, si te place.

Morgana estaba dignamente casada con Uriens, ¿qué le importaba a Ginebra que pusiese en peligro su alma jugando a la meretriz con este hombre o aquél?

Uriens, con Morgana y sus dos hijos menores, había ido a saludar a Arturo, quien cogió al viejo rey de ambas manos llamándole «Cuñado», y besó a Morgana en las mejillas.

—Pero, ¿has venido a ofrecerme un presente, Uriens? No necesito ningún obsequio de mis parientes, tu afecto es suficiente —dijo.

—No sólo a ofrecerte un obsequio sino a pedirte una gracia —declaró Uriens—. Te ruego que nombres a mi hijo Uwaine Caballero de la Mesa Redonda y le recibas como a uno de ellos.

Arturo sonrió al esbelto y moreno muchacho que se arrodilló ante él.

—¿Cuántos años tienes, joven Uwaine?

—Quince, mi rey y señor.

—Bien, levántate, pues, sir Uwaine —dijo Arturo amablemente—. Puedes velar tus armas esta noche y mañana uno de mis Caballeros te apadrinará.

—Con tu venia —intervino Gawaine—, ¿puedo ser yo quien confiera ese honor a mi primo Uwaine, Lord Arturo?

—¿Quién mejor que tú, mi primo y amigo? —respondió Arturo—. Si eso te complace, Uwaine, así sea. Te recibo gustosamente como Caballero por méritos propios y por ser hijastro de mi querida hermana. Hacedle un sitio a la mesa, hombres, y tú, Uwaine, podrás participar mañana en los torneos en mi compañía.

Uwaine tartamudeó.

—Os doy las gracias, mi rey.

—Te agradezco este regalo, hermana mía —le dijo Arturo a Morgana, sonriendo.

—También para mí es un regalo, Arturo —dijo Morgana—. Uwaine ha sido como mi verdadero hijo.

Ginebra pensó, cruelmente, que Morgana aparentaba la edad que tenía; su rostro estaba surcado por tenues arrugas y había hebras blancas en su negro cabello, aunque los oscuros ojos seguían siendo tan bellos como siempre. Había hablado de Uwaine como de su hijo, y le miraba con orgullo y afecto. *Pero su hijo debe ser aún mayor...*

¡Así, Morgana, maldita sea, tiene dos hijos y yo ni siquiera uno adoptivo!

Morgana, sentada junto a Uriens a la mesa, sabía que Ginebra tenía la mirada puesta en ella. *¡Cómo me odia! ¡Incluso ahora que no puedo hacerle ningún daño!* Empero, ella no detestaba a Ginebra; hasta había llegado a dejar de lamentar su matrimonio con Uriens, entendiendo que de algún modo oscuro la había devuelto a lo que fuera una vez, sacerdotisa de Avalon. *Aunque, de no ser por Ginebra, en este momento me hallaría desposada con Accolon y no estaríamos como ahora, a merced de algún sirviente que pueda espiarnos y revelárselo a Uriens para obtener una recompensa...* aquí, en Camelot, debían ser muy discretos. Ginebra no se detendría ante nada para causar problemas.

No debería haber venido. Mas Uwaine quería que presenciase su nombramiento de Caballero y ella era la única madre que Uwaine había tenido.

Uriens no podía, después de todo, vivir siempre, aunque, en ocasiones, con el paso de los años, tenía la impresión de que él había decidido rivalizar con el arcano rey Matusalén; y dudaba de que aun los estúpidos granjeros de Gales del Norte aceptaran a Avalloch como rey. Si consiguiera darle un hijo a Accolon, nadie cuestionaría que éste, a su lado, reinaría correctamente.

Se habría arriesgado. Viviane tenía casi su misma edad cuando nació Lancelot y había vivido para verle crecer. Pero la Diosa ni siquiera le había enviado la esperanza de la concepción; y tenía que admitir que, en el fondo, ella tampoco la deseaba. Uwaine colmaba su instinto maternal y Accolon no le había reprochado que fuera infecunda; sin duda, estimaba que nadie creería seriamente que se tratara de un hijo de Uriens. Aunque Morgana estaba segura de lograr persuadir a su viejo marido para que reconociera al niño como propio; lo delegaba todo en ella y compartía su lecho con frecuencia, con demasiada frecuencia para su gusto.

—Déjame que te sirva —le dijo a Uriens—. El cerdo

asado es demasiado pesado para ti; te sentará mal. Algunas de estas pastas de trigo, quizá, mojadas en la salsa, y aquí tienes buen cuarto de un conejo. —Hizo señas a uno de los sirvientes que llevaba una bandeja de frutas tempranas y escogió para su marido unas cuantas cerezas y bayas—. Estas, sé que éstas te gustan.

—Eres buena conmigo, Morgana —comentó él, y apoyó por un momento la mano en su brazo.

Valía la pena todo el tiempo que pasaba mimándole, cuidando de su salud, bordándole finas capas y jubones e, incluso de vez en cuando, discretamente, buscando alguna joven para su lecho y dándole una dosis de sus hierbas medicinales que le permitían algo semejante a la virilidad normal. Uriens estaba convencido de que le adoraba y nunca cuestionaba su devoción ni le negaba nada de cuanto le pedía.

La fiesta se hallaba ahora en su apogeo, la gente se movía por el salón, degustando dulces y pasteles, pidiendo vino y cerveza, deteniéndose para hablar con parientes a quienes veían sólo una o dos veces al año. Uriens seguía mordisqueando las bayas; Morgana solicitó su permiso para ir a hablar con sus parientes.

—Como desees, querida —murmuró él—. Deberías haberme cortado el pelo, esposa mía, todos los Caballeros lo llevan corto.

Le acarició los escasos rizos.

—Oh, no, querido, creo que así son más apropiados a tus años —dijo—. No querrás parecer un escolar, o un monje. —Y, pensó, tienes tan poco pelo que si te lo recortas tu calva brillará tanto como un faro—. Mira, el noble Lancelot sigue llevándolo largo y suelto, y Gawaine, y Gareth, ¡nadie les llamaría a ellos viejos!

—Tienes razón, como siempre —repuso Uriens afectadamente—. Supongo que es apropiado para un hombre maduro. Está bien que un mancebo como Uwaine se recorte el pelo. —Uwaine, ciertamente, llevaba el pelo cortado hasta la nuca según la nueva moda—. Observo que también Lancelot tiene canas; ninguno de nosotros es joven ya, querida.

Tú eras abuelo cuando Lancelot nació, pensó Morgana, pero murmuró tan sólo que ninguno de ellos era tan joven como hacía diez años, verdad que nadie discutiría, y se alejó.

Lancelot era todavía, estimó, el hombre más atractivo que hubiera visto en su vida; junto a él, incluso Accolon parecía demasiado perfecto, sus facciones demasiado precisas. Tenía canas en el pelo, sí, y en la bien recortada barba; pero en sus ojos seguía brillando la vieja sonrisa.

—Buen día tengas, prima.

Se vio sorprendida por su tono cordial. Aunque, pensó, es cierto lo que Uriens dijo, ninguno de nosotros es joven ya, y no hay muchos que recuerden la época en la cual todos lo éramos. La abrazó y ella percibió el sedoso tacto de la rizada barba en la mejilla.

—¿No ha venido Elaine? —le preguntó.

—No, me dio otra hija hace sólo tres días. Había esperado que la criatura naciese antes y encontrarse bien para cabalgar en Pentecostés, mas ha resultado una niña grande y hermosa y se ha tomado su tiempo para venir al mundo. ¡La esperábamos hacía tres semanas!

—¿Cuántos hijos tienes ya, Lance?

—Tres. Galahad es un chico de siete años y Nimue tiene cinco. No les veo con mucha frecuencia, pero sus niñeras dicen que son inteligentes y despiertos para su edad, y Elaine llamará a la pequeña Ginebra, por la Reina.

—Creo que viajaré hacia el norte para visitarla —anunció Morgana.

—Se alegrará de verte, estoy seguro. Se encuentra muy sola allí —dijo Lancelot. Morgana no pensaba que Elaine se alegrara de verla, en absoluto, mas eso era algo entre Elaine y ella. Lancelot dirigió la vista hacia el estrado en el cual Ginebra había hecho sentarse a Isotta de Cornwall a su lado mientras Arturo hablaba con el Duque Marcus y su sobrino—. ¿Conoces a Drustan? Es un buen arpista, aunque no tanto como Kevin, desde luego.

Morgana también negó con la cabeza y preguntó:

—¿Va a tañer Kevin en esta fiesta?

—No lo he visto —repuso Lancelot—. No es del agrado de la Reina, la corte se ha vuelto demasiado cristiana para eso; Arturo, sin embargo, le valora como consejero, y también por su música.

—¿También tú te has hecho cristiano? —le preguntó abiertamente.

—Me gustaría serlo —respondió él, suspirando desde el fondo del corazón—. Pero la fe me parece algo demasiado sencillo. Conozco demasiado sobre la vida... del modo en el cual la vida procede, una vida tras otra en la que nosotros mismos, y sólo nosotros, podemos descifrar las causas que hemos puesto en movimiento y enmendar el daño que hemos producido. No puedo creer que un hombre, por santo y bendito que sea, consiga expiar los pecados de todos los hombres, cometidos en todas las vidas. ¿Qué otra cosa podría explicar que unos hombres posean tantas cosas y otros tan pocas? No, creo que eso es una cruel argucia de los sacerdotes, que inducen a los hombres a pensar que ellos representan a Dios y pueden perdonar los pecados en su nombre. Ah, desearía que de verdad fuera cierto. Y algunos sacerdotes son hombres amables y sinceros.

—No he conocido a ninguno que fuera la mitad de cultivado o bueno que Taliesin —repuso Morgana.

—Taliesin tenía un alma grande —dijo Lancelot—. Acaso una sola vida de servicio a los Dioses no pueda crear tanta sabiduría, y él fue uno de esos que les han servido durante cientos de años. A su lado, Kevin no parece más apropiado para ser Lord Merlín que mi hijo pequeño para sentarse en el trono de Arturo y conducir las tropas a la batalla. Y Taliesin fue lo bastante inteligente para no disputar con los sacerdotes, sabiendo que servían a su Dios tan bien como les era posible, y quizá después de varias vidas aprenderían que Dios es mucho más de lo que pensaban. Sé que respetaba sus esfuerzos por vivir castamente.

—Eso me parece una blasfemia y una negación de la vida —objetó Morgana— y sé que Viviane lo habría estimado así.

¿Por qué, se preguntó, con tantos hombres presentes, me hallo aquí discutiendo de religión con Lancelot?

—Viviane, como Taliesin, venía de otro tiempo y otro mundo —dijo Lancelot—. Fueron gigantes en aquellos días y ahora debemos arreglárnoslas con lo que tenemos. Tú eres igual que ella, Morgana. —Sonrió con tal tristeza que a ella le oprimió el corazón; recordaba que él le había dicho algo como esto... *no, ella lo había soñado, pero no podía recordarlo todo...* mas él continuó—: Te veo aquí con tu marido y tu agradable hijastro, que será un prestigio para los Caballeros. Siempre he deseado tu felicidad, Morgana, y durante muchos años has tenido el aspecto de ser desdichada, pero ahora eres reina en tu propio país, y tienes un buen hijo...

Ciertamente, pensó ella, *¿qué más puede querer una mujer?*

—Ahora he de ir a presentar mis respetos a la Reina.

—Sí —dijo ella, y no pudo evitar que la amargura se filtrara en su voz—. Estarás ansioso de hacerlo.

—Oh, Morgana —repuso él, angustiado—, nos conocemos desde hace tanto, todos somos parientes, ¿no podemos dejar lo pasado en el olvido? ¿Me desprecias tanto como la detestas a ella?

Morgana sacudió la cabeza.

—No os odio a ninguno de los dos —respondió—. ¿Por qué habría de hacerlo? Pero estimo que ahora tú estás desposado, y también Ginebra merece que la dejen en paz.

—Nunca la has comprendido —dijo Lancelot con vehemencia—. Creo que te disgustó desde la primera vez que la viste. Eso no está bien, Morgana. Ella se ha arrepentido de su pecado y yo... Bueno, estoy casado, como dices, con otra. Mas no la contagiaré como si fuera un leproso. ¡Si desea mi amistad como deudo de su marido, es asunto suyo!

Morgana supo que hablaba sinceramente; bien, aquello no le incumbía. Tenía ahora de Accolon lo que tanto deseó de él... y extrañamente, incluso eso era doloroso, como el hueco que deja un diente cuando es arrancado; le había amado durante tantos años que cuando podía mirarle sin deseo, sentía un vacío en su interior.

—Lo lamento, Lance, no tenía intención de ofenderte. Como has afirmado, todo pasó.

Me atrevería a decir que realmente cree que Ginebra y él pueden ser solamente amigos... puede que para él sea así, y Ginebra se ha tornado tan piadosa que no dudo en absoluto...

—Y aquí estás tú, Lancelot, como siempre charlando con las más bellas damas de la corte —dijo una alegre voz.

Lancelot se volvió y abrazó al recién llegado.

—¡Gareth! ¿Qué es de tu vida en los dominios del norte? También eres ya un hombre casado y un padre de familia... ¿Dos hijos te ha dado tu dama o tres? Tienes mejor aspecto que nunca, ¡ni siquiera Cai se burlaría de ti ahora!

—Me gustaría mucho tenerlo otra vez en mis cocinas —rió Cai, acercándose para palmear el hombro de Gareth—. ¿Cuántos hijos tienes, tres o cuatro? La dama Lionors tiene gemelos como uno de esos gatos salvajes de tu país, ¿no? Morgana, creo que vas haciéndote más joven con los años —añadió, besándole la mano. Ella siempre le había gustado.

—Pero cuando veo a Gareth tan maduro y aguerrido, me siento más vieja que las mismas colinas —dijo Morgana, riendo—. Una mujer se da cuenta de que se está haciendo vieja cuando mira a los hombres de su alrededor y se dice: le conocía antes de que llevara calzones...

—¡Ay!, en mi caso es cierto, prima. —Gareth se inclinó para abrazar a Morgana—. Me acuerdo de que acostumbrabas a tallarme caballeros de madera cuando no era más que un niño.

—¿Todavía te acuerdas de esos caballeros de madera? —Morgana estaba complacida.

—Así es, Lionors guarda uno de ellos con mis tesoros —respondió Gareth—. Está toscamente pintado de azul y rojo; mi hijo mayor lo tendría gustosamente, pero lo estimo demasiado. ¿Sabes que lo llamaba Lancelot cuando no era más que una criatura, primo?

Este se echó a reír, y Morgana pensó que nunca le había visto tan feliz y despreocupado como ahora entre sus amigos.

—Tu hijo debe ser casi de la misma edad que Galahad, supongo; Galahad es un gran muchacho, aunque no se parece mucho a mi familia. Le vi hace pocos días, por primera vez desde que dejó de usar pañales. Y las niñas son bonitas, o a mí me lo parecen.

Gareth se volvió a Morgana y preguntó:

—¿Cómo se encuentra mi hermano adoptivo Gwydion, dama Morgana?

—He sabido que está en Avalon, pero no le he visto. —Repuso ella secamente, y se volvió dejando a Lancelot con sus amigos.

Pero en aquel momento, Gawaine se les acercó, inclinándose para dar a Morgana un abrazo casi filial.

Gawaine ahora era un hombre enorme, tremendamente pesado, con hombros que parecían, y probablemente eran, lo bastante fuertes para derribar a un toro; tenía la cara picada y cosida de cicatrices.

—Tu hijo Uwaine parece un joven amable. Creo que haremos de él un buen guerrero, y podemos necesitarle. ¿Has visto a tu hermano Lionel, Lance?

—No, ¿está aquí Lionel? —inquirió Lancelot, mirando a su alrededor hasta que sus ojos se posaron en un hombre alto y fuerte que llevaba una capa de extraño corte—. ¡Lionel! Hermano, ¿qué es de ti en ese neblinoso reino allende los mares?

Lionel fue a saludarles, hablando con acento tan marcado que a Morgana le resultaba difícil seguir sus palabras.

—Es un error que no estés allí, Lancelot, es posible que

tengamos algunos problemas, ¿no te has enterado? ¿No has recibido noticias de Bors?

Lancelot negó con la cabeza.

—Nada sé de él desde que me enteré de que iba a desposarse con la hija del Rey Hoell, cuyo nombre no recuerdo —contestó.

—Isotta, el mismo nombre que la Reina de Cornwall —dijo Lionel—. Pero todavía no se han celebrado los esponsales. Hoell, como debes saber, es de los que nunca pueden decir sí o no, ponderando continuamente las ventajas de aliarse con la Baja Bretaña o Cornwall.

—Marcus no puede dar Cornwall a nadie —repuso Gawaine secamente—. Cornwall es tuyo, ¿verdad, dama Morgana? Me parece recordar que Uther se la otorgó a la dama Igraine cuando accedió al trono, y por tanto, te pertenece por Gorlois y por Igraine; aunque las tierras de Gorlois fueron confiscadas por Uther, si no recuerdo mal. Todo acaeció antes de que yo naciera, pero tú eras una niña por entonces.

—El Duque Marcus custodia las tierras por mí —dijo Morgana—. No sabía que las hubiese reclamado. En una ocasión se habló, sin embargo, de que debería desposarme con Marcus, o con Drustan, su sobrino.

—Bien habría estado de ser tu voluntad —comentó Lionel—, porque Marcus es un hombre codicioso. Ha obtenido grandes tesoros de su dama irlandesa, y no me cabe duda que tratará de apropiarse de Cornwall y también de Tintagel, si considera que puede salirse con la suya, como un zorro atrapa a una gallina del corral.

Lancelot dijo:

—Prefiero los tiempos en los cuales todos éramos tan sólo los Caballeros de Arturo —dijo Lancelot—. Ahora yo estoy reinando en los dominios de Pellinore, y Morgana es reina de Gales del Norte, y tú, Gawaine, podrías reinar en Lothian si hicieras uso de tus derechos.

Gawaine hizo una mueca.

—Ni poseo talento ni me agrada reinar, primo; soy un guerrero, y morar permanentemente en un sitio me produciría un tedio mortal. Me siento feliz con que Agravaine gobierne junto a mi madre. Creo que las Tribus tienen derecho a ello, las mujeres permanecen en casa y gobiernan, los hombres vagabundean y hacen la guerra. No me separaré de Arturo, mas admito que estoy cansado de la vida en la corte. Aunque un torneo es mejor que nada.

—Estoy segura de que ganarás honor y fama —dijo Morgana, sonriendo a su primo—. ¿Cómo se halla tu madre, Gawaine? Todavía no he hablado con ella. —Añadió, con un toque de malicia—: Creo que recibe otras ayudas además de la de Agravaine para regir el reino.

Gawaine rió largamente.

—Sí, esa es la moda ahora. Y tú la has implantado, Lancelot. Después de casarte con la hija de Pellinore, supongo que Lamorak pensó que ningún Caballero lograría ser grande, galante y ganar amplio renombre sin haber sido anteriormente aman... —se interrumpió al ver la sombría expresión de Lancelot y se corrigió precipitadamente— elegido paladín de una importante y hermosa reina. Creo que no es sólo una postura, sino que en verdad, ama a mi madre, y no se lo reprocho. Se desposó con el Rey Lot cuando todavía no contaba los quince años, e incluso de niño me preguntaba cómo podía vivir en paz con él, y ser siempre gentil y amable.

—Gentil y amable es Morgause en verdad —dijo Morgana—, y no tuvo una vida fácil con Lot. Es posible que le pidiera consejo en todas las cosas, mas la corte se hallaba tan poblada por sus bastardos que no necesitaba pagar hombres de armas, y creía tener derecho sobre cualquier mujer que estuviese en su corte, incluso sobre mí que era la sobrina de su esposa. ¡Tal conducta se considera viril en un rey, y si alguien la critica en Morgause, tendré alguna palabra que decir!

—Bien sé que eres amiga de mi madre, Morgana. También sé que a Ginebra no le agrada. Ginebra... —declaró Gawaine. Miró a Lancelot, se encogió de hombros y se reprimió.

—¡Ginebra es tan piadosa! —dijo Gareth—. Y ninguna mujer ha tenido nunca motivos de queja en la corte de Arturo. Tal vez ella encuentre difícil de comprender que una mujer pueda tener razones para otra vida distinta a la que su matrimonio le proporciona. En cuanto a mí, soy afortunado de que Lionors me escogiera por voluntad propia, y siempre esté tan ocupada, encinta, de parto, o amamantando a nuestro hijo más pequeño, que no tiene tiempo para mirar a otro hombre aunque quisiera. Lo que —añadió, sonriendo— espero no tenga deseos de hacer, pues, si quisiera, teniendo en cuenta que no puedo negarle nada...

El semblante de Lancelot perdió su lobreguez.

—No acierto a imaginar que una dama estando casada contigo, Gareth, desee mirar a otra parte —dijo.

—Pero tú sí debes mirar a otra parte, primo —indicó Gawaine—, porque Ginebra tiene la vista puesta en ti, y deberías ir a presentarle tus respetos siendo su paladín.

Y, de hecho, en ese momento llegó una de las pequeñas doncellas de Ginebra y dijo con su voz infantil:

—Vos sois sir Lancelot, ¿verdad? La Reina os pide que vayáis a hablar con ella —Lancelot se inclinó ante Morgana.

—Hablaremos más tarde, Gawaine, Gareth —dijo, y se alejó.

—Siempre está dispuesto cuando ella extiende la mano —murmuró Gareth, observándolo.

—¿Esperabas otra cosa, hermano? —preguntó Gawaine con sus desenfadadas maneras—. Ha sido su campeón desde que se desposara con Arturo, y si fuera de otra forma... Bueno, como Morgana ha dicho: tales cosas son consideradas viriles en un rey, ¿por qué habríamos de criticarlas en una reina? No, ahora está de moda, ¿o no has oído las historias sobre la Reina de Cornwall, casada con el viejo Duque Marcus, y cómo Drustan compone romances para ella y la persigue...? Es un arpista, según cuentan, tan bueno como Kevin. ¿Le has oído tocar, Morgana?

Movió la cabeza.

—No debieras llamar a Isotta Reina de Cornwall, no

hay más reina de Cornwall que yo. Marcus gobierna allí únicamente como mi castellano, y si no lo sabe, ya es hora de que lo descubra.

—No creo que a Isotta le importe lo que Marcus pueda proclamarse —repuso Gawaine, volviéndose para mirar a la gran mesa donde se hallaban las damas. Morgause se había unido a Ginebra y a la reina irlandesa, y Lancelot se había acercado a hablar con ellas; Ginebra le estaba sonriendo, y Morgause dijo algo de lo que todos rieron; mas Isotta de Cornwall miraba al vacío, con su exquisita faz pálida y tensa—. Jamás he visto a dama alguna que parezca tan desdichada como la reina irlandesa.

—Si yo estuviera desposada con el Duque Marcus, sin duda sería infeliz —dijo Morgana, y Gawaine la abrazó rudamente.

—Arturo no hizo bien al casarte con ese viejo de Uriens, tampoco; Morgana, ¿eres tú también desdichada?

Ella sintió que se le formaba un nudo en la garganta, como si la gentileza de Gawaine fuera a hacerla llorar.

—Quizá no haya mucha felicidad en el matrimonio para la mujer, después de todo...

—Yo no diría eso —repuso Gareth—. Lionors parece bastante feliz.

—Ah, pero Lionors está desposada contigo —dijo Morgana, riendo—. Y yo no podía tener tan buena fortuna, sólo soy tu vieja prima.

—Empero —declaró Gawaine—, no censuro a mi madre. Fue buena con Lot mientras vivió, y nunca hizo ostentación de sus amantes delante de él. No le recrimino nada, y Lamorak es una buena persona y un buen Caballero. En cuanto a Ginebra —hizo un visage—, es una lástima que Lancelot no se la llevase de este reino mientras Arturo aún estaba a tiempo de encontrar otra esposa. Aunque supongo que el joven Galahad será un buen rey en su día. Lancelot pertenece a la arcana estirpe real de Avalon y real, también, es la sangre que heredara de Ban de la Baja Bretaña.

—Sin embargo —repuso Gareth—, estimo que *tu* hijo

está más próximo al trono que el suyo —y ella recordó que él era lo bastante mayor como para acordarse del nacimiento de Gwydion—. Y las Tribus se aliarían con la hermana de Arturo. En la antigüedad, el hijo de la hermana era el heredero natural, cuando el poder se transmitía por la sangre de la mujer. —Frunció el ceño y reflexionó durante un momento, luego preguntó—: Morgana, ¿es hijo de Lancelot?

Ella aceptó que la pregunta era bastante normal, habían sido amigos desde la infancia. Negó con un gesto, tratando de hacer una chanza en vez de mostrar la irritación que experimentaba.

—No, Gareth, de haber sido así te lo hubiera dicho. Te habría complacido, como cualquier cosa que atañe a Lancelot. Perdonadme, primos, he de ir a hablar con vuestra madre, que siempre fue buena conmigo. —Se giró, caminando lentamente hacia el estrado donde se hallaban las mujeres; la estancia estaba llenándose cada vez más según viejos amigos y pequeños grupos de gentes se congregaban.

Siempre le habían disgustado los lugares atestados y últimamente había pasado tanto tiempo en las verdes colinas galesas que ya no estaba acostumbrada al olor de los cuerpos arracimados, mezclado con el humo del fuego del hogar. Andando de costado, tropezó con un hombre que dio un traspiés bajo su ligero peso y se agarró al muro para afirmarse, y se encontró cara a cara con Kevin.

No había hablado con él desde el día en que murió Viviane. Le miró fríamente y le dio la espalda.

—Morgana.

Le ignoró.

—¿Va a volver el rostro una hija de Avalon cuando le habla Merlín? —preguntó él con voz tan fría como había sido la mirada de ella.

Morgana suspiró profundamente.

—Si me lo ordenas en nombre de Avalon —dijo—, aquí estoy y te escucho. Pero eso no te va bien a ti que entregaste el cuerpo de Viviane a la tierra cristiana. A eso yo lo llamo traición.

—Y, ¿quién eres tú para hablar de traiciones, señora, siendo reina en Gales mientras que el gran asiento de Viviane en Avalon se encuentra vacío?

Ella se exaltó.

—En una ocasión pretendí hablar en nombre de Avalon y me instaste a guardar silencio —agachó la cabeza, sin aguardar su réplica. *No, está en lo cierto. ¿Cómo me atrevo a hablar de traición habiendo huido de Avalon, porque era demasiado joven y demasiado necia para saber lo que Viviane planeaba? Sólo ahora empiezo a entender que me otorgó poder sobre la conciencia del Rey: Y yo lo deseché sin utilizarlo dejando que Ginebra le pusiese en manos de los sacerdotes*—. Habla, Merlín, la hija de Avalon te escucha.

Durante un instante permaneció en silencio, mirándola, y ella recordó con tristeza los años en los cuales él había sido su único amigo y aliado en esta corte.

—Tu belleza, como la de Viviane, aumenta con los años, Morgana. A tu lado, cualquier mujer de la corte, incluyendo a esa irlandesa a la que consideran tan bella, es una muñeca pintada.

—No detienes mis pasos con los truenos de Avalon para dedicarme bellos cumplidos, Kevin —repuso ella, y sonrió levemente.

—No. Me he explicado mal, Morgana; se te necesita en Avalon. La que está allí ahora es... —Se interrumpió, turbado—. ¿Estás tan enamorada de tu anciano marido que no puedes abandonarle?

—No —contestó ella—, pero realizo la obra de la Diosa también allí.

—Eso he oído —dijo él—, y así se lo he hecho saber a Niniane. Si Accolon pudiera suceder a su padre, el culto a la Diosa crecería allí... Pero Accolon no es el heredero de su padre, y el hijo mayor es un necio dominado por los clérigos.

—Accolon no es rey, sino druida —declaró Morgana—,

y la muerte de Avalloch no nos reportaría nada. Ya siguen en Gales las costumbres romanas y Avalloch tiene un hijo. *—Conn*, pensó, *que se sienta en mi regazo y me llama abuelita.*

—La vida de los niños es incierta, Morgana. Muchos no llegan a la madurez —dijo Kevin, cual si hubiese oído las palabras que no había pronunciado.

—No cometeré ningún asesinato —repuso ella—, ni siquiera por Avalon, puedes comunicarles eso de mi parte.

—Comunícalo tú misma —dijo Kevin—. Niniane me informó de que irías después de Pentecostés. —Morgana sintió una náusea hueca y fría en el estómago y se alegró de haber comido pocas viandas del rico festín.

¿Lo sabes todo, pues? ¿Observan, juzgándome, cómo traiciono a mi viejo y confiado marido con Accolon? Pensó en Elaine, temblando y avergonzada a la luz de las antorchas que la descubrieron en brazos de Lancelot. *¿Saben lo que planeo incluso antes de estar segura yo misma?* Pero sólo había hecho lo que la Diosa le había impulsado a hacer.

—¿Qué es lo que has venido a decirme, Merlín?

—Únicamente que tu sitio en Avalon está todavía vacío, y Niniane lo sabe tan bien como yo. Te quiero bien, Morgana, y no soy un traidor. Me duele que creas eso, habiéndome dado tanto. —Alargó su torcido brazo—. ¿Paz, pues, entre nosotros, Morgana?

—En nombre de la Diosa, haya paz —le respondió ella, besándolo en la boca llena de cicatrices.

También para él la Diosa ostenta mi rostro... y el dolor la atravesó. *La Diosa es dadora de vida y virilidad... y de muerte.* Al rozar sus labios los de Merlín, éste retrocedió, y en su cara se reveló el miedo.

—¿Me rehuyes, Merlín? Lo juro por mi vida que no cooperaré en ningún asesinato. Nada tienes que temer... —dijo, pero él extendió los dedos para frenar las palabras.

—No hagas ningún juramento, Morgana, si no quieres recibir el castigo del perjuro... ninguno de nosotros sabe lo que la Diosa puede demandarnos. También yo he hecho el Gran Matrimonio y la vida me fue incautada aquel día. Vivo únicamente según el designio de la Diosa y mi vida no es tan lisonjera como para que lamente empeñarla —dijo.

Años más tarde, Morgana recordaría aquellas palabras y sintió que endulzaban la tarea más amarga de su vida. Se inclinó ante ella, saludo otorgado sólo a la Señora de Avalon o al Sumo Druida, y luego, se alejó velozmente. Ella permaneció temblando, viéndole marchar. ¿Por qué había hecho eso? ¿Y por qué tenía miedo de ella?

Caminó entre la multitud. Cuando llegó al estrado, Ginebra le dirigió una helada sonrisa, y Morgause se puso en pie dándole un fuerte y cálido abrazo.

—Querida niña, pareces fatigada, ¡sé que aprecias poco a las multitudes! —Llevó una copa de plata a los labios de Morgana, y ésta tomó un sorbo de vino.

—¡Cada vez estás más joven, tía!

Morgause rió alegremente.

—Es fruto de la compañía de los jóvenes, querida, ¿has visto a Lamorak? Mientras él me crea hermosa, así me consideraré, tal estoy... ¡es la única brujería que necesito! —Trazó con un suave dedo una pequeña línea bajo los ojos de Morgana y dijo—: Te lo recomiendo, querida, o te volverás vieja y hosca... ¿no hay jóvenes apuestos en la corte de Uriens que tengan sus miras puestas en la reina?

Sobre su hombro Morgana vio a Ginebra fruncir el ceño con desagrado, aunque realmente creía que Morgause estaba bromeando. *Al menos la historia de mis escarceos no ha llegado hasta aquí.* Luego pensó airadamente: *¡En nombre de la Diosa, no me avergüenzo de lo que hago, no soy Ginebra!*

Lancelot estaba hablando con Isotta de Cornwall. Sí, él siempre podría poner los ojos en la mujer más bella de la estancia, y a Morgana le pareció que Ginebra ya no lo era.

—Lady Isotta —preguntó Ginebra con gesto nervioso—, ¿conoce a la hermana de mi esposo?

La belleza irlandesa miró perezosamente a Morgana, y sonrió. Era muy pálida, sus cincelados rasgos blancos como la nata fresca, los ojos de un azul casi verde. Morgana notó que a pesar de ser alta, tenía los huesos tan frágiles que parecía una niña adornada con joyas, perlas y cadenas de oro demasiado pesadas para ella. Y se sintió repentinamente apenada por la muchacha y prescindió de las primeras palabras que le vinieron a la mente, *¿Así que ahora te llaman reina en Cornwall? ¡Voy a tener unas palabras con el Duque Marcus!*

—Mi deudo me ha contado que sabes de hierbas y medicinas, señora. Algún día, si disponemos de tiempo antes de que retorne a Gales, me gustaría hablar de ellas contigo —dijo, en su lugar.

—Será un placer —respondió Isotta cortésmente.

Lancelot levantó la vista.

—También le he comentado a ella que eres música, Morgana. ¿Vamos a oírte tocar en este día?

—¿Con Kevin aquí? Mi música no es nada comparada con la suya —repuso Morgana, pero Ginebra, estremeciéndose, la interrumpió.

—Desearía que Arturo me escuchara y despidiese a ese hombre de la corte. No es de mi agrado tener brujos y hechiceros aquí, ¡una cara tan maligna debe augurar el mal! No sé cómo puedes soportar su contacto, Morgana, creo que cualquier mujer un poco escrupulosa enfermaría si la tocara, aunque le abraces y beses tal si fuera un pariente.

—Está claro —repuso Morgana— que carezco totalmente de tales escrúpulos, y me alegro de ello.

Isotta de Cornwall intervino con su dulce y suave voz:

—Si lo que se manifiesta es muestra de lo que hay dentro del ser, la música que Kevin hace debe ser una prueba para nosotros, dama Ginebra, de que su alma es como la de los más excelsos ángeles. Porque ningún mal hombre podría tañer como él lo hace.

Arturo se les había unido y escuchó las últimas palabras.

—Pero no agraviaré a mi reina con la presencia de alguien que le disgusta, ni tendré la insolencia de exigir la música de un artista como Kevin para alguien que no puede recibirle con favor —dijo, y parecía enojado—. Morgana, ¿tocarás para nosotros, entonces?

—Mi arpa está en Gales —respondió—. Tal vez, si alguien puede prestarme una, lo haga en otro momento. El salón está tan abarrotado y lleno de ruido que la música se perdería... además, Lancelot es tan buen músico como yo.

Lancelot, de pie tras él, negó con la cabeza.

—Oh, no, primo. Distingo una cuerda de otra porque fui educado en Avalon y mi madre me puso un arpa en las manos, como un juguete, tan pronto como pude sostenerla. Pero no tengo el talento para la música de Morgana, ni del sobrino de Marcus. ¿Has oído tocar a Drustan, Morgana?

Hizo un gesto de negación.

—Le pediré que venga y taña para nosotros —anunció Isotta.

Envió a un paje en su busca, y Drustan se presentó. Era un joven menudo, de ojos y pelo negro; ciertamente, pensó Morgana, no muy distinto a Lancelot. Isotta le pidió que tocara, y él requirió su arpa, se sentó en los peldaños del estrado, e interpretó algunas melodías bretonas. Eran tristes y lóbregas, en una antiquísima escala, e hicieron meditar a Morgana sobre la arcana tierra de Lyonesse, remota y hundida más allá de la línea costera de Tintagel. Estaba, en verdad, más dotado que Lancelot; e incluso que ella misma. Mas no tanto como Kevin, ni se le aproximaba, pero, con esta excepción, era el más diestro tañedor que había escuchado. Su voz, asimismo, era dulce y musical.

Amparándose en la música, Arturo dijo suavemente a Morgana:

—¡Cómo estás, hermana? Hacía mucho tiempo que no visitabas Camelot, te hemos echado de menos.

—Oh, ¿de verdad? —repuso Morgana—. Creía que me

habías desposado en Gales del Norte para que mi señora —hizo una irónica reverencia a Ginebra— no se sintiera agraviada por la visión de algo que le desagrade, sea Kevin o yo.

—¿Cómo puedes decir eso? —preguntó Arturo—. Te quiero bien, lo sabes, y Uriens es un hombre que parece idolatrarte, ¡en verdad, está pendiente de cada una de tus palabras! Pretendía encontrar para ti un marido amable, Morgana, uno que tuviera hijos y no te reprochara que no le dieses ninguno. Y para mí ha sido un placer en este día nombrar a tu hijastro uno de mis Caballeros. ¿Qué más puedes pedir, hermana?

—¿Qué? —preguntó Morgana—. ¿Qué más puede desear una mujer que un buen marido lo bastante viejo para ser su abuelo y un reino que gobernar en el último confín del mundo? ¡Debería darte las gracias de rodillas, hermano mío!

Arturo intentó cogerle la mano.

—En verdad, hice lo que pensé que te complacería. Uriens es demasiado viejo para ti, mas no vivirá siempre. Creí que te haría dichosa.

Sin duda, pensó Morgana, estaba diciendo la verdad tal como él la veía. ¿Cómo podía ser un rey tan bueno y sabio, y tener tan poca intuición para ciertas cosas? ¿O era éste el secreto de su reinado, que se aferraba a verdades primarias, sin pretender nada más? ¿Era ése el motivo por el cual la fe cristiana le había seducido, por ser tan sencilla, con unas pocas y claras verdades?

—Quiero que todos sean dichosos —declaró Arturo, y ella supo que ésa era realmente la clave de su naturaleza; verdaderamente pretendía que todo el mundo fuera feliz, hasta el último de sus súbditos. Había consentido cuanto ocurrió entre Ginebra y Lancelot porque sabía que si los separaba haría infeliz a la Reina, ni podía herir a Ginebra tomando otra esposa, o una querida, que le diera el hijo que ella no podía darle.

No es lo bastante despiadado para ser Rey Supremo, pensó, mientras trataba de poner atención en las dolientes canciones de Drustan. Arturo volvió a hablar, ahora de las minas de plomo y estaño de Cornwall. Tenía intenciones de viajar para verlas; el Duque Marcus debería saber que no regía todo aquel país, y sin duda, Isotta y ella serían buenas amigas, ambas apreciaban la música... sólo había que ver lo atentamente que Isotta escuchaba a Drustan.

No es el amor por la música lo que le hace imposible apartar los ojos de él, estimó Morgana, pero no lo dijo. Consideró a las cuatro reinas que se sentaban a la mesa y suspiró; Isotta no podía apartar los ojos de Drustan, y ¿quién podía culparla? El Duque Marcus era viejo y severo, de mirada sagaz, aguda y mal intencionada; le recordaba a Lot de Orkney. Morgause había hecho señas al joven Lamorak y le estaba susurrando algo; bien, ¿quién podía culparla? Había sido desposada con Lot, y esto no era ningún premio, cuando sólo contaba catorce años; mientras Lot vivió se había preocupado de proteger su orgullo no haciendo ostentación de sus jóvenes amantes. *No soy mejor que ninguna de ellas, mimando a Uriens con una mano y con la otra escurriéndome al lecho de Accolon, justificándome a mí misma por llamar a Accolon mi sacerdote...*

Se preguntó si alguna mujer había obrado alguna vez de otra forma. Ginebra era Reina Suprema y al principio tomó a un amante... y Morgana tuvo la impresión de que el corazón se le endurecía convirtiéndose en una piedra. Morgause, Isotta y ella estaban casadas con viejos, y así eran sus vidas. Pero Ginebra se había desposado con un hombre apuesto y no mayor que ella, que además era Rey Supremo, ¿qué motivos tenía para estar descontenta?

Drustan dejó el arpa y cogió un cuerno de vino para refrescar su garganta.

—No puedo cantar más —dijo—, si la dama Morgana quiere tañer mi arpa, estaré encantado. He oído hablar de lo dotada que está para la música.

—Sí, canta para nosotros —le pidió Morgause, y Arturo se unió a su ruego.

—Sí, hace mucho tiempo que no he oído tu canto y continúa siendo el más dulce que haya escuchado nunca... quizá porque es el primero que recuerdo —declaró Arturo—. Creo que me arrullabas con tu voz para dormirme antes de que yo aprendiese a hablar, y tú no eras más que una chiquilla. Ese es el mejor recuerdo que guardo de ti siempre, Morgana. —Añadió, y ante el dolor que reflejaban sus ojos, ella apartó su mirada. *¿Es esto lo que Ginebra no puede perdonar, que para él yo ostente la faz de la Diosa?* Cogió el arpa de Drustan e inclinó la cabeza hacia las cuerdas, pulsándolas una por una.

—Este tono es distinto al de la mía —dijo, tocando algunas cuerdas; y luego prestó atención al tumulto que se estaba produciendo en el salón contiguo.

Sonó una trompa, acre y estridente, dentro de los muros y se oyeron pisadas de hombres armados. Arturo inició un movimiento para ponerse en pie, pero volvió a dejarse caer en su asiento al entrar cuatro hombres armados, con espada y escudo, en el salón.

Cai fue a interceptarlos, protestando; no estaba permitido llevar armas en el salón del Rey en Pentecostés. Ellos le hicieron a un lado bruscamente.

Aquellos hombres llevaban yelmos romanos (Morgana había visto uno o dos que se conservaban en Avalon), cortas túnicas militares, armaduras romanas y gruesas capas rojas ondeando a la espalda. Morgana parpadeó, era como si los legionarios romanos hubiesen salido del pasado; un hombre portaba, en el extremo de la pica, la figura dorada de un águila.

—¡Arturo, Duque de Bretaña! —gritó uno de los hombres—. ¡Te traemos un mensaje de Lucius, Emperador de Roma!

Arturo se levantó del asiento y dio un solo paso hacia los hombres ataviados de legionarios.

—No soy Duque de Bretaña, sino Rey Supremo —dijo tranquilamente—, y no conozco a ningún Emperador Lucius. Roma ha caído y se halla en manos de los bárbaros y, sin duda, de los impostores. Empero, uno no cuelga al perro por la impertinencia del amo. Podéis decir vuestro mensaje.

—Soy Castor, centurión de la legión Valeria Victrix —anunció el hombre que había hablado antes—. En Gaul, las legiones se están formando nuevamente bajo la bandera de Lucius Valerius, Emperador de Roma. El mensaje de Lucius es éste: Que tú, Arturo, Duque de Bretaña, puedes continuar gobernando con tal título y designación, con tal que le envíes, en el plazo de seis semanas, tributo imperial consistente en cuarenta onzas de oro, dos docenas de perlas británicas y tres carros con hierro, estaño y plomo de tu país, más doscientas anas de lana británica tejida y cien esclavos.

Lancelot se levantó de su silla, saltando para ocupar el espacio que había delante del Rey.

—Mi señor Arturo —gritó—, déjame azotar a estos perros insolentes y devolverlos aullando a su dueño, para que digan al idiota de Lucius que si quiere tributos de Inglaterra debe venir él a intentar cogerlos.

—Espera, Lancelot —repuso Arturo amablemente, sonriendo a su amigo—, ése no es el camino. —Contempló a los legionarios durante un momento; Castor casi había desenvainado la espada y Arturo dijo sombrío—: Ningún arma puede ser desenvainada en este santo día en la corte, soldado. No espero que un bárbaro de Gaul conozca los modos de un país civilizado, pero, si no devuelves la espada a la vaina, te juro que Lancelot podrá ir a quitártela como mejor le plazca. Y, sin duda, has oído hablar de sir Lancelot, incluso en Gaul. Pero no quiero derramamiento de sangre a los pies de mi trono.

Castor, apretando los dientes con rabia, devolvió la espada a la vaina.

—No temo a tu guerrero Lancelot —dijo—. Sus días de gloria pasaron con las guerras contra los sajones. He sido enviado como mensajero con órdenes de no derramar sangre. ¿Qué respuesta puedo llevar al emperador, Duque Arturo?

—Ninguna, si te niegas a emplear el título que me corresponde en mi propio salón —contestó Arturo—. Mas dile esto a Lucius: Uther Pendragón sucedió a Ambrosius Aurelianus cuando ya no había romanos que nos ayudaran en nuestra mortal contienda contra los sajones, y yo, Arturo, sucedí a mi padre Uther, y mi sobrino Galahad me sucederá a mí en el trono de Bretaña. No hay nadie que legítimamente pueda reclamar la púrpura del emperador; el Imperio Romano ya no gobierna en Bretaña. Si Lucius quiere regir en su nativa Gaul y el pueblo le acepta como rey, ciertamente no rehusaré su reclamación; pero si pretende un solo palmo de Bretaña, o de la Baja Bretaña, no tendrá de nosotros más que tres docenas de flechas británicas donde mejor den cuenta de él.

—Mi emperador previó una respuesta tan insolente como ésta —dijo Castor, pálido de furia—, y he aquí lo que me ordenó responder: La Baja Bretaña está ya en sus manos y tiene prisionero al hijo del Rey Ban, Bors, en el castillo. Y cuando el Emperador Lucius haya asolado toda la Baja Bretaña, vendrá a Bretaña, como hiciera el Emperador Claudius de antaño, conquistando de nuevo estos dominios, a pesar de todos vuestros salvajes jefes pintarrajeados.

—Comunica a tu emperador —dijo Arturo— que mi oferta de tres docenas de flechas británicas se mantiene, sólo que ahora voy a elevarla a trescientas y no obtendrá de mí más tributo que una de ellas en el corazón. Comunícale, también, que si le toca un solo pelo de la cabeza a mi Caballero sir Bors, dejaré que Lancelot y Lionel, hermanos de Bors, le desuellen vivo y cuelguen su cadáver de las almenas del castillo. Ahora, vuelve con tu emperador y entrégale ese mensaje. No, Cai, no dejes que nadie les ponga una mano encima, un mensajero es sagrado para sus Dioses.

—No habrá batallas simuladas por la mañana, porque pronto tendremos una real —declaró—, y como trofeo puedo ofrecer el expolio de este autoproclamado emperador. Caballeros, os quiero prestos para cabalgar hacia la costa al despuntar el día. Cai, dispón las provisiones.

Lancelot —sonrió levemente al mirar a su amigo—, te dejaría aquí como custodio de la Reina, pero, puesto que tu hermano está prisionero, sé que desearás cabalgar con nosotros. Pediré al sacerdote que preste su santo servicio a aquellos de vosotros que quieran confesar antes de partir a la batalla, mañana al amanecer. Sir Uwaine —su mirada buscó al más reciente de sus Caballeros que se hallaba sentado con los jóvenes—, ahora puedo ofrecerte gloria en la batalla en vez de torneos de guerra. Te ruego, como hijo de mi hermana, que cabalgues a mi lado y me cubras la espalda contra la traición.

—Es un honor, mi rey —tartamudeó Uwaine, su cara radiante; y en aquel momento, Morgana percibió vagamente por qué Arturo había inspirado tan gran devoción.

—Uriens, mi buen cuñado —dijo Arturo—, dejo a la Reina a tu cuidado, quédate en Camelot y guárdala hasta mi regreso. —Se inclinó para besar la mano de Ginebra—. Mi señora, te ruego nos excuses de la fiesta, la guerra vuelve a cernirse sobre nosotros.

Ginebra estaba tan blanca como su vestido.

—Y sabes que es bienvenida para ti, mi señor. Dios te guarde, mi querido esposo. —Se adelantó para besarlo. El se puso en pie y bajó del estrado, haciendo señas.

—¡Gawaine, Lionel, Gareth... todos vosotros, Caballeros, a mí!

Lancelot se demoró un momento antes de seguirlo.

—Deséame también la bendición de Dios mientras cabalgo, mi Reina.

—Oh, Dios, Lancelot —exclamó Ginebra, y sin reparar en los ojos que estaban puestos en ella, se arrojó en sus brazos. El la estrechó gentilmente, hablándole tan quedo que Morgana no pudo oír, mas vio que ella estaba sollozando. Pero cuando Ginebra levantó el rostro, no había en él rastro de lágrimas.

—Que Dios te favorezca, mi más querido amor.

—Que él te guarde, amor de mi corazón —dijo Lancelot en voz muy baja—. Regrese o no, bendita seas. —Se volvió a Morgana—. Ahora, de verdad me regocijo de que vayas a visitar a Elaine. Debes llevar mis saludos a mi querida esposa, y decirle que he partido con Arturo para rescatar a mi hermano Bors de ese bellaco que se autodenomina Emperador Lucius. Dile que pido a Dios que la proteja y la cuide, y haz llegar mi amor a mis hijos. —Guardó silencio por un momento, y Morgana creyó que iba a besarla también a ella; en vez de hacerlo, sonriendo, le posó una mano en la mejilla—. Que Dios te bendiga igualmente, quieras o no su bendición. —Se giró para unirse a los Caballeros de Arturo que se estaban congregando en el salón exterior.

Uriens fue al estrado y se inclinó ante Ginebra.

—Estoy a tu servicio, señora mía.

¡Si se ríe del viejo, pensó Morgana súbita, ferozmente protectora, *la abofeteo!* Uriens se condujo bien y su deber no era más que ceremonial, un pequeño tributo al parentesco; Camelot estaría bien guardada (en manos de Cai y Lucan, como siempre). Pero Ginebra estaba acostumbrada a la diplomacia de la corte.

—Te lo agradezco, sir Uriens. Eres bienvenido aquí. Morgana es mi estimada amiga y hermana y me complacerá tenerla junto a mí de nuevo —declaró gravemente.

¡Oh, Ginebra, Ginebra, qué mentirosa eres!, dijo Morgana para sí. Y en voz alta, amablemente:

—Pero debo partir para visitar a mi deuda Elaine. Lancelot me ha encargado que le lleve noticias.

—Siempre estás dispuesta a ayudar —dijo Uriens—, y puesto que la guerra no es en nuestro territorio, sino al otro lado del canal, podrás partir cuando lo desees. Le pediría a Accolon que te escoltara, pero lo más probable es que tenga que cabalgar con Arturo hacia la costa.

Realmente me dejaría al cuidado de Accolon; piensa bien de todo el mundo, meditó Morgana, y besó a su marido con auténtica ternura.

—Cuando haya visitado a Elaine, mi señor, ¿puedo ir a ver a mi deuda en Avalon?

—Puedes hacer tu voluntad, señora mía —respondió Uriens—, pero, antes de partir, ¿te importaría desempaquetar mis pertenencias? Mi criado nunca lo hace tan bien como tú. ¿Y querrás dejarme algunos de tus emplastos de hierbas y medicinas?

—Por supuesto —contestó ella.

Según iba a disponerlo todo para el viaje, pensó con resignación que, sin duda, antes de marchar, él querría dormir con ella aquella noche. Bueno, lo había soportado anteriormente, podía hacerlo de nuevo.

¡Qué ramera me estoy volviendo!

XII

Morgana era consciente de que sólo se atrevería a iniciar este viaje si lo hacía por etapas, paso a paso, legua a legua, día a día. El primer paso, pues, era el castillo de Pellinore; amarga ironía, que su primera misión fuese llevar un gentil mensaje a la esposa de Lancelot y a sus hijos.

Durante todo el primer día siguió la vieja calzada romana hacia el norte por sinuosas colinas. Kevin se había ofrecido a escoltarla, y ella se vio tentada a aceptar; el antiguo temor la atenazaba, el temor a no poder encontrar el camino a Avalon tampoco en esta ocasión, ni atreverse a convocar la barca; a vagar de nuevo hacia el país de las hadas y perderse para siempre. No se había atrevido a ir tras la muerte de Viviane...

Pero debía enfrentarse a esta prueba, como cuando la hicieron sacerdotisa... alejándose de Avalon sola, para que demostrara que era capaz de retornar de algún modo, sin más ayuda que sus propias facultades. Ahora debía tornar a ganarse la entrada, sin la ayuda de Kevin.

Seguía estando asustada; había pasado tanto tiempo...

Al cuarto día divisó el castillo de Pellinore, y cuando ya estaba mediado, cabalgando a lo largo de las cenagosas orillas del lago, ahora sin rastros del dragón que sembrara el pánico (aunque el sirviente y la sirvienta que la acompañaban se estremecieron y se contaron horribles historias sobre dragones), avistó la morada que Pellinore les había donado a Elaine y Lancelot cuando se casaron.

Era más una villa que un castillo; en aquellos tiempos de paz no había muchos lugares fortificados en aquel territorio. Anchos prados bajaban en declive hasta el camino, y cuando Morgana subía hacia la casa, una bandada de gansos prorrumpió en gran griterío.

Un chambelán bien ataviado la saludó, preguntándole el nombre y el motivo de su visita.

—Soy la dama Morgana, esposa del Rey Uriens de Gales del Norte. Traigo un mensaje de Lord Lancelot.

· Fue conducida a una estancia donde pudo asearse y refrescarse; luego introducida en el gran salón, donde estaba encendido el hogar y le sirvieron pasteles de trigo, con miel y un frasco de buen vino. Morgana se encontró cansada de tanta ceremonia; era, después de todo, una pariente, no una visita de estado. Al cabo de un rato, un muchacho miró desde fuera, y al ver que estaba sola, entró. Era rubio, de ojos azules y dorado flequillo sobre la cara, supo al momento de quién era hijo, a pesar de no parecerse en nada a su padre.

—¿Sois vos la dama Morgana, la que llaman Morgana de las Hadas?

—Lo soy. Y prima tuya, Galahad —le respondió.

—¿Cómo sabéis mi nombre? —inquirió suspicazmente—. ¿Sois una hechicera? ¿Por qué os llaman Morgana de las Hadas?

—Porque pertenezco al linaje real de Avalon y fui educada allí. Y sé tu nombre no por hechicería, sino porque te pareces a tu madre, quien también es pariente mía.

—El nombre de mi padre es Galahad también —dijo el muchacho—, pero los sajones le llaman Flecha élfica.

—He venido a traerte saludos de tu padre, asimismo a tu madre y a tus hermanas —anunció ella.

—Nimue es una niña estúpida —dijo el chico—. Ya es mayor, tiene cinco años, pero lloró cuando mi padre vino, y no quiso que la cogiera en brazos ni la besara porque no lo había reconocido. ¿Conoces a mi padre?

—Lo conozco —contestó Morgana—. Su madre, la Señora del Lago, fue mi tía y madre adoptiva.

—Mi madre me ha dicho que la Señora del Lago era una bruja malvada. —Dijo mostrándose escéptico y ceñudo.

—Tu madre es... —Morgana se interrumpió y suavizó las palabras; era, después de todo, sólo un chiquillo—. Tu madre no conoció a la Dama del Lago como yo. Fue una mujer buena y sabia, y una gran sacerdotisa.

—¿Oh? —Pudo verle luchando con esta idea—. El Padre Griffin dice que únicamente los hombres pueden ser sacerdotes. Nimue dijo que quería ser sacerdotisa cuando fuera mayor, aprender a leer, a escribir y a tocar el arpa, y el Padre Griffin le respondió que ninguna mujer podía hacer todas esas cosas, ni alguna de ellas.

—Entonces el Padre Griffin está equivocado —repuso rápidamente Morgana—, porque yo puedo hacerlas todas, y más.

—No os creo —dijo Galahad inspeccionándola con cierta hostilidad—. Pensáis que todo el mundo se equivoca menos vos, ¿no es cierto? Mi madre dice que los pequeños no deben contradecir a los mayores y vos no parecéis mucho mayor que yo. No sois mucho mayor, ¿verdad?

Morgana sonrió al enfadado niño.

—Pero soy más vieja que tu madre y que tu padre, Galahad, aunque no sea muy grande.

Se produjo un movimiento en la puerta y Elaine entró. Se la veía más blanda, menos esbelta, con los senos caídos; después de todo, se dijo Morgana, había alumbrado tres hijos y uno era todavía de pecho. Mas continuaba siendo hermosa, su dorado cabello era tan luminoso como siempre, y abrazó a Morgana como si se hubiesen visto el día anterior.

—Veo que has estado hablando con mi buen hijo —dijo ella—. Nimue está castigada en su habitación, ha sido impertinente con el Padre Griffin, y Ginebra, gracias al cielo, está dormida. Es una niña muy inquieta y me ha tenido despierta gran parte de la noche. ¿Vienes de Camelot? ¿Por qué mi señor no ha cabalgado contigo, Morgana?

—Eso he venido a decirte —contestó ésta—. Lancelot no volverá al hogar durante algún tiempo. Hay guerra en la Baja Bretaña y su hermano Bors está sitiado en el castillo. Todos los Caballeros de Arturo han ido a rescatarle y a abatir al hombre que pretende ser emperador.

Los ojos de Elaine se llenaron de lágrimas, pero el joven rostro de Galahad se mostraba anhelante debido a la emoción.

—Si fuera mayor —dijo—, sería uno de los Caballeros; mi padre me ungiría, y cabalgaría con ellos, lucharía contra esos viejos sajones y contra cualquier emperador también.

Elaine escuchó la historia y comentó:

—¡Este Lucius me parece un demente!

—Demente o cuerdo, tiene un ejército y reclama en nombre de Roma —repuso Morgana—. Lancelot me envió a verte y a besar a tus hijos, aunque este jovencito es demasiado grande para que le dé un beso como a un niño. —dijo, sonriendo a Galahad—. Mi hijastro, Uwaine, ya se creía demasiado mayor para eso cuando era como tú y hace unos días fue armado Caballero de Arturo.

—¿Cuántos años tiene? —preguntó Galahad, y cuando Morgana respondió que quince, frunció el ceño contrariado y empezó a contar con los dedos.

—¿Qué aspecto tenía mi querido esposo? —preguntó Elaine—. Galahad, corre con tu tutor, quiero hablar con mi prima —cuando el chico se hubo ido, dijo—: Tuve más tiempo para hablar con Lancelot antes de Pentecostés que en todos los años de nuestro matrimonio. ¡Esta es la primera vez en todos estos años que disfruté más de una semana de su compañía!

—Al menos esta vez no te ha dejado encinta —repuso Morgana.

—No —dijo Elaine—, y fue muy considerado al no pretender mi lecho durante las últimas semanas en las cuales aguardamos el nacimiento de Gin, dijo que tal como yo estaba, no me supondría ningún placer. No le habría rechazado, pero, a decir verdad, creo que no le importaba en absoluto... y hay una confesión que he de hacerte, Morgana.

—Te olvidas —repuso ésta sonriendo leve y sombríamente— que conozco a Lancelot de toda la vida.

—Cuéntame —dijo Elaine—, una vez te juré que no te preguntaría nunca esto... ¿Lancelot fue tu amante?, ¿has yacido con él?

Morgana vio su tensa expresión y contestó amablemente:

—No, Elaine. Hubo una época en la que creí... mas nunca sucedió. Yo no le amaba y él no me amaba. —Para su sorpresa, supo que tales palabras eran ciertas, aunque nunca se había apercibido de ello.

Elaine bajó la mirada al suelo, donde se reflejaba un rayo de sol que penetraba por un viejo y descolorido trozo de cristal que había estado allí desde la época romana.

—Morgana, ¿vio a la Reina mientras estuvo en Pentecostés?

—Puesto que Lancelot no es ciego y tomó asiento en el estrado junto a Arturo, supongo que la vio —respondió Morgana secamente.

Elaine hizo un ademán impaciente.

—¡Sabes de qué hablo!

¿Está todavía tan celosa? ¿Sigue odiando a Ginebra? Tiene a Lancelot, le ha dado hijos, sabe que es honorable, ¿que más quiere? Empero, ante la joven que nerviosamente se retorcía las manos, con lágrimas que parecían pender de sus pestañas, Morgana se suavizó.

—Elaine, habló con la Reina y le dio un beso de despedida cuando se produjo la llamada a las armas. Mas te juro que le habló como cortesano, no como amante. Se conocen desde que eran muy jóvenes, y si no pueden olvidar que se han amado de un modo que nunca se repite en la vida de ningún hombre o mujer, ¿por qué habrías de reprochárselo? Eres su esposa, Elaine, y pude apreciar, cuando me indicó que te trajera su mensaje, que te quiere bien.

—Y yo juré contentarme con sólo eso.

Elaine agachó la cabeza por un momento y Morgana

la vio parpadear furiosa, pero no lloró, y finalmente alzó la cabeza.

—Tú que has tenido tantos amantes, ¿has sabido alguna vez lo que es amar?

Fugazmente Morgana se sintió arrastrada por la vieja tempestad, por la locura de amor que sintieran Lancelot y ella en una luminosa colina de Avalon, el uno en brazos del otro, y que los había llevado a reunirse una y otra vez, hasta que todo acabó amargamente. Con un supremo esfuerzo alejó tal recuerdo y llenó su pensamiento con la imagen de Accolon, quien había vuelto a despertar en ella la dulzura de la femineidad, en su cuerpo y en su corazón, cuando se sentía vieja, muerta, abandonada... quien la había devuelto a la Diosa, quien la había hecho ser nuevamente sacerdotisa. Sintió el rubor subiéndose en ondas sucesivas y veloces al rostro. Lentamente, asintió.

—Sí, pequeña. He sabido... sé lo que es amar.

Pudo apreciar que Elaine deseaba hacer otras cien preguntas, y pensó cuán maravilloso sería poder compartir todo esto con la sola mujer que había sido amiga suya desde que dejara Avalon, cuyo matrimonio había concertado. Pero no. La hechicería era parte del poder de una sacerdotisa y hablar de cuanto ella y Accolon habían conocido supondría sacarlo del reino de lo mágico, convirtiéndola meramente en una esposa descontenta escabulléndose al lecho de su hijastro.

—Ahora, Elaine, hay algo más de lo que debemos hablar —dijo—. Recuerda que en una ocasión me hiciste una promesa, debes darme lo que te pedí. Nimue tiene más de cinco años, es lo bastante mayor para ser adoptada. Mañana partiré hacia Avalon. Debes prepararla para que me acompañe.

—¡No! —Fue un prolongado grito, casi un aullido—. No, no, Morgana. ¡No puedes estar hablando en serio!

Morgana había temido esto. Hizo que su voz sonara distante y firme.

—Elaine. Lo has jurado.

—¿Cómo podía jurar por una hija que no había nacido aún? No sabía lo que significaba. Oh, no, mi hija no, mi hija no. ¡No puedes quitármela, no, es tan pequeña!

—Lo has jurado —volvió a repetir Morgana.

—¿Y si me niego? —Elaine parecía una gata furiosa dispuesta a defender a sus gatitos de un perro que iba a atacarlos.

—Si te niegas —la voz de Morgana sonó tan serena como siempre—, cuando Lancelot vuelva sabrá por mí cómo fue concertado su matrimonio, cómo lloraste y me rogaste que hiciera un conjuro que le apartara de Ginebra. Te considera la víctima inocente de mi magia, Elaine, y a mí me culpa, no a ti. ¿Deberá conocer la verdad?

—¡No lo harás! —Elaine estaba blanca a causa del pánico.

—Ponme a prueba —repuso Morgana—. No sé cómo los cristianos contemplan un juramento; pero, te lo aseguro, entre quienes adoran a la Diosa es considerado con absoluta seriedad. Y así tomé el tuyo. He esperado a que tuvieras otra hija, Nimue es mía por la palabra que me diste.

—Pero, ¿qué será de ella? Es una niña cristiana, ¿cómo voy a apartarla de su madre enviándola a... a un mundo de paganas hechicerías?

—Soy, después de todo, su deuda —dijo Morgana gentilmente—. ¿Cuánto tiempo hace que me conoces, Elaine? ¿Me has visto alguna vez hacer algo deshonroso o perverso para que te dé tanto miedo confiarme a una niña? No la quiero, ni mucho menos, para dársela a comer a un dragón, y hace mucho, mucho tiempo, que pasaron los días en que los criminales eran quemados sobre los altares de sacrificio, y más aún aquéllos en los que se sacrificaba a inocentes.

—¿Qué le ocurrirá, pues, en Avalon? —inquirió Elaine, con tanto miedo que Morgana se preguntó si, en definitiva, no habría albergado tales ideas.

—Será una sacerdotisa, instruida en toda la sabiduría de Avalon —contestó—. Algún día podrá leer las estrellas y conocerá la entera sabiduría del mundo y los cielos

—sonrió—. Galahad me ha contado que desea aprender a leer, escribir y tocar el arpa, y nadie en Avalon se lo prohibirá. Su vida será menos dura que si la llevas a educarse en algún convento. Con seguridad pediremos de ella menos ayunos y penitencias hasta que sea mayor.

—Pero, ¿qué le diré a Lancelot? —vaciló Elaine.

—Lo que te plazca —repuso Morgana—. Sería mejor que le dijeses la verdad, que la has enviado a Avalon para que se eduque, para que pueda llenar el lugar que ha quedado vacío allí. Mas no me importa que lo engañes. Puedes decirle que se ha ahogado en el lago o que se la ha llevado el espíritu del viejo dragón de Pellinore; es igual.

—¿Y qué hay del sacerdote? Cuando el Padre Griffin se entere de que he mandado a mi hija a convertirse en hechicera en tierras paganas...

—Aún menos me importa lo que le expliques a él —dijo Morgana—. Si decides contarle que empeñaste tu alma con mis brujerías para conseguir marido y prometiste a tu primera hija a cambio...

—Eres dura, Morgana —declaró Elaine, con las lágrimas cayéndole de los ojos—. ¿No puedo disponer de algunos días para preparar nuestra separación, para preparar las cosas que pueda precisar?

—No necesita mucho —dijo Morgana—. Una muda si te place, y prendas de abrigo para cabalgar, una capa gruesa y zapatos resistentes, nada más. En Avalon le entregarán el vestido de una sacerdotisa novicia. Créeme —añadió amablemente—, será tratada con mayor amor y reverencia por ser la nieta de una de las más grandes sacerdotisas. Creo que será dichosa allí.

—¿Dichosa? ¿En ese lugar de malignas hechicerías?

Morgana dijo, con la ulterior convicción de que sus palabras le llegarían a Elaine al corazón:

—Te lo aseguro, yo fui dichosa en Avalon, y todos los días desde que la abandoné, he anhelado regresar. ¿Me has oído mentir alguna vez? Vamos, déjame ver a la niña.

—Le ordené que permaneciera en su estancia hilando

en soledad hasta el ocaso. Se ha portado mal con el sacerdote y está castigada —repuso Elaine.

—Yo le perdono el castigo —dijo Morgana—. Soy ahora su custodia y madre adoptiva, ya no hay motivo para que muestre cortesía a ese sacerdote. Llévame con ella.

EMPRENDIERON el camino al amanecer del día siguiente. Nimue había llorado al separarse de su madre; pero antes de que hubiese transcurrido una hora, empezó a escrutar con curiosidad a Morgana desde la caperuza de la capa. Era alta para su edad, menos parecida a la madre de Lancelot, Viviane, que a Morgause o a Igraine; de cabello rubio, aunque con intensos reflejos cobrizos que hicieron pensar a Morgana que lo tendría rojo cuando fuese mayor. Y sus ojos casi tenían el color de las pequeñas violetas que crecían junto a los arroyuelos.

Sólo habían tomado un poco de vino y agua antes de iniciar la marcha, en consecuencia, Morgana preguntó:

—¿Tienes hambre, Nimue? Podemos detenernos y comer en cuanto encontremos un claro, si lo deseas.

—Sí, tía.

—Muy bien.

Poco después desmontó apeando a la niña del pony. La chiquilla bajó la mirada y se azoró.

—Tengo que...

—Si tienes que hacer tus necesidades, ve detrás de aquel árbol con la sirvienta —dijo Morgana— y no vuelvas a avergonzarte nunca de lo que Dios ha creado.

—El Padre Griffin dice que no es púdico...

—Y nunca vuelvas a hablarme de lo que dice el Padre Griffin —repuso Morgana amablemente, aunque con un ápice de severidad tras sus suaves palabras—. Eso ya ha pasado, Nimue.

Cuando la niña regresó, dijo con ojos muy abiertos por el asombro:

—He visto a un ser muy pequeño mirándome desde

detrás de un árbol. Galahad me contó que os llaman Morgana de las Hadas, ¿era un hada, tía?

Morgana movió la cabeza.

—No —respondió—, era uno perteneciente al Viejo Pueblo de las colinas; son tan reales como tú o yo. Es mejor que no hables de ellos, Nimue, ni les prestes atención. Son muy tímidos y temen a los hombres que viven en aldeas y granjas.

—¿Dónde viven ellos, entonces?

—En las colinas y los bosques —dijo Morgana—. No pueden soportar ver la tierra, que es su madre, violentada por el arado y obligada a parir, y no viven en aldeas.

—Si no aran ni cosechan, ¿qué comen?

—Unicamente las cosas que la tierra les da por voluntad propia —contestó—. Raíces, cerezas, hierbas, frutas y semillas. Sólo comen carne en los grandes festejos. Como te he dicho, es mejor no hablar de ellos, pero puedes dejarles un poco de pan en el borde del claro; tenemos mucho. —Partió una hogaza de pan y dejó que Nimue la llevara a la linde de los bosques.

Elaine, verdaderamente, les había dado comida suficiente para diez días de viaje, más que para el corto camino hasta Avalon.

Comió frugalmente, dejando que la niña tomase cuanto quisiera, y le untó miel en el pan; había tiempo sobrado para instruirla y, después de todo, estaba creciendo con bastante rapidez.

—No comes carne, tía —observó Nimue—. ¿Es día de abstinencia?

Morgana recordó súbitamente sus preguntas a Viviane.

—No, no suelo comer carne con demasiada frecuencia.

—¿No os gusta? A mí sí.

—Bien, come, pues, si te place. Las sacerdotisas no comen carne habitualmente, aunque no está prohibido, no para una chiquilla de tu edad.

—¿Son como las monjas? ¿Ayunan todo el tiempo? El Padre Griffin dice... —Se detuvo, recordando que le había indicado que no citase sus palabras, y Morgana se alegró; la niña aprendía con facilidad.

—No has de tomar sus palabras como una guía para tu propia conducta. Pero puedes contarme lo que dice y algún día aprenderás a distinguir por ti misma cuanto haya de cierto en sus palabras y cuanto de erróneo —dijo.

—Dice que los hombres y las mujeres deben ayunar por sus pecados. ¿Es por eso?

Morgana negó con la cabeza.

—El pueblo de Avalon ayuna, a veces, para enseñar a su cuerpo a someterse a su voluntad sin imponer exigencias que sean inconvenientes de satisfacer. En ocasiones hay que prescindir de la comida, del agua o del sueño, para que el cuerpo se acostumbre a servir a la mente, para que aprenda que no es el amo. No se puede dirigir la mente hacia las cosas sagradas, o la sabiduría, ni aquietarla para la prolongada meditación que amplíe sus horizontes, si el cuerpo clama de continuo, ¡aliméntame! o ¡tengo sed! Así aprendemos a ignorar su clamor. ¿Comprendes?

—De verdad, no.

—Lo entenderás cuando seas mayor. Ahora, cómete el pan y prepárate para cabalgar de nuevo.

Nimue se terminó el pan y la miel, y se limpió las manos concienzudamente, con un puñado de hierba.

—Tampoco comprendía nunca al Padre Griffin, pero él se enojaba por ello. Fui castigada cuando le pregunté que por qué debíamos ayunar y rezar por nuestros pecados cuando Cristo ya los había perdonado, y él dijo que me habían enseñado cosas paganas e hizo que madre me mandase a mi habitación. ¿Qué cosas paganas, tía?

—Algo que no es del agrado de un clérigo —contestó Morgana—. El Padre Griffin es un necio. Incluso los mejores sacerdotes cristianos no inquietan a los niños como tú, que no pueden cometer pecado alguno, hablándoles tanto de él. Ya habrá tiempo de hablar del pecado, Nimue, cuando seas capaz de cometerlo, o de elegir entre el bien y el mal.

Nimue subió a su montura obedientemente; pero al cabo de un rato, dijo:

—Tía Morgana, no soy una niña buena. Peco continuamente. Siempre estoy haciendo cosas perversas, no me sorprende que madre haya querido mandarme lejos. Por eso es que me ha enviado a un lugar perverso, porque soy una niña perversa.

Morgana sintió un nudo en la garganta como si fuera a asfixiarse. Estaba a punto de montar en el caballo, mas corrió hacia Nimue y la abrazó, apretándola con fuerza y besándola una y otra vez.

—¡No vuelvas a decir eso nunca! —exclamó sin aliento—. ¡Jamás, Nimue! ¡No es cierto, te lo juro! Tu madre no quería mandarte lejos en absoluto; y si hubiese creído que Avalon era un lugar perverso, no habría dejado que te llevara allí aunque la hubiera presionado con las más terribles amenazas.

—¿Por qué me mandan lejos, entonces? —preguntó Nimue, con voz débil.

Morgana siguió abrazándola fuertemente.

—Porque fuiste prometida a Avalon antes de nacer, pequeña. Porque tu abuela fue sacerdotisa y yo no tengo hija alguna, estás cabalgando hacia Avalon para iniciarte en la sabiduría y servir a la Diosa. —Observó que sus lágrimas estaban cayendo sobre el cabello de Nimue—. ¿Quién te hizo creer que era un castigo?

—Una de las sirvientas, mientras preparaba mi ropa —Nimue titubeó—. Le oí decir que madre no debería enviarme a ese perverso lugar, aunque fuese una niña perversa.

Morgana se sentó en el suelo, sosteniendo a Nimue en el regazo, acunándola.

—No, no —repuso con cariño—, no, querida, no. Eres una niña buena. Quizá traviesa, perezosa o desobediente, pero no es pecado. No eres lo bastante mayor para comportarte de otra forma; cuando te hayan enseñado a hacer lo que es correcto, lo harás. —Luego, pensando que aquella conversación había ido demasiado lejos para una niña de esa edad, exclamó—. ¡Mira esa mariposa! ¡No había visto una de ese color antes! Vamos, Nimue, déjame subirte al pony —dijo, escuchando atentamente lo que la chiquilla le decía de las mariposas.

Sola, podría haber llegado a Avalon en un día, pero las cortas patas del pony de Nimue no podían recorrer esa distancia, así que durmieron esa noche en un claro. Nimue nunca había dormido antes bajo el cielo y se asustó de la oscuridad cuando apagaron la fogata. Morgana consintió que la niña se acomodara en sus brazos y yació señalándole una estrella tras otra.

La pequeña estaba cansada de cabalgar y se durmió pronto, pero Morgana continuó despierta, con la cabeza de Nimue sobre el brazo, sintiendo que el miedo la dominaba. Había estado demasiado tiempo alejada de Avalon. Lentamente, paso a paso, tornó a recorrer todo su adiestramiento, o cuanto pudo recordar. ¿Se habría olvidado de algo esencial?

Por último se durmió, y antes del alba le pareció oír pasos en el claro y vio a Cuervo delante de ella. Llevaba su vestido oscuro y la piel de ciervo moteada.

—¡Morgana! ¡Morgana, querida! —dijo. Su voz, que solamente había oído una vez en todos los años que pasara en Avalon, estaba tan llena de sorpresa, gozo y extrañeza que Morgana despertó repentinamente y recorrió el claro con la mirada, casi esperando ver a Cuervo en persona. Pero el claro estaba vacío, a excepción de un rastro de niebla que ocultaba las estrellas. Morgana volvió a tenderse, sin saber si había soñado o si, con la Visión, Cuervo había averiguado que se estaba aproximando. Le palpitaba el corazón; podía sentirlo latir casi dolorosamente en el interior del pecho.

No debería haber permanecido lejos tanto tiempo. Debería haber intentado retornar cuando Viviane murió. Aun existiendo la posibilidad de que muriese en el intento, debiera haberlo hecho... ¿Me querrán ahora, vieja, cansada, marchita, con la Visión disminuyendo lentamente, sin nada que procurarles...?

La niña, a su lado, hizo un ruido y se agitó, aunque continuó dormida desplazó su peso estrechándose más en brazos de Morgana. Esta pensó: *Les procuro la nieta de Viviane. Pero si me dejan regresar únicamente por ella, esto será para mí más amargo que la muerte. ¿Me ha rechazado la Diosa para siempre?*

Al fin, volvió a dormirse, para no despertar hasta bien entrado el día, cuando comenzó a caer una llovizna neblinosa. Con este mal comienzo, la jornada prosiguió aciaga; hacia el mediodía el pony de Nimue perdió una herradura; y aunque Morgana estaba impaciente y podría haber montado a la niña delante de ella, puesto que era una carga ínfima para un caballo que podría haber llevado dos veces su peso sin problemas, no quiso que el pony quedara cojo, y debieron desviarse en busca de una aldea y un herrero. No deseaba que se supiera o rumoreara que la hermana del Rey Supremo viajaba a Avalon, pero ya no podía evitarlo. Ocurrían tan pocas cosas en esta parte del país, que cualquier noticia parecía extenderse como el fuego.

Bueno, no se podía remediar; no podía culparse al pequeño y desgraciado animal. Se desviaron para encontrar una aldehuela lejos del camino principal. Llovió durante todo el día. Aun estando en pleno verano, Morgana tiritaba y la niña estaba mojada y aterida. Morgana prestó poca atención a sus quejas, aunque sentía que tuviese motivos para ellas, especialmente cuando empezó a llorar quedamente llamando a su madre; pero tampoco eso podía remediarse y una de las primeras lecciones que ha de aprender una sacerdotisa es a soportar la soledad. Tendría que llorar hasta encontrar algún consuelo o aprender a vivir sin él, como todas las doncellas de la Casa antes que ella.

Ya era pasado el mediodía, aunque el nublado era tan denso que no dejaba pasar el menor indicio de sol. Empero, en esta época del año, los días eran largos, y Morgana no quería pasar otra noche en el camino. Resolvió cabalgar mientras hubiese la suficiente luz para ver el camino y se sintió estimulada al ver que tan pronto como volvieron a cabalgar, Nimue dejó de gimotear y comenzó a interesarse por cuanto veía al pasar. Ya estaban cerca de Avalon. La niña tenía tanto sueño que cabeceaba en la silla y finalmente Morgana la sentó ante ella en su propio caballo. Pero la niña despertó cuando llegaron a las márgenes del Lago.

—¿Hemos llegado, tía? —preguntó, cuando la dejaron en el suelo.

—No, pero ya no está lejos —respondió Morgana—. Dentro de media hora, si todo va bien, podrás cenar y acostarte.

¿Y si no todo va bien? Morgana rehusó pensar en eso. La duda era fatal para el poder y para la Visión... Cinco años había pasado reconstruyendo laboriosamente su vida desde el principio; ahora era como había sido cuando fue arrojada de Avalon, para que encontrara el camino de vuelta por sí misma. *¿Poseo poder para regresar...?*

—No veo nada en absoluto —dijo Nimue—. ¿Es éste el *lugar*? No hay nada aquí, tía. —Miró temerosamente la lúgubre orilla, los solitarios cañaverales murmurando bajo la lluvia.

—Nos enviarán una barca —afirmó Morgana.

—Pero, ¿cómo sabrán que estamos aquí? ¿Cómo pueden vernos con esta lluvia?

—Yo la llamaré —dijo—. Calla, Nimue. —En su interior sintió el eco del miedo de la niña, pero ahora, hallándose por fin en las márgenes de su hogar, experimentó que la vieja sabiduría la inundaba, colmándola como una copa rebosa por los bordes. Inclinó la cabeza por un instante en la más ferviente plegaria de su vida, luego suspiró profundamente y alzó los brazos en invocación.

Durante un momento, angustiada por un posible fracaso, nada sintió; después, fue como si un rayo de luz descendiera lentamente sobre ella y la atravesara, y oyó a la pequeña murmurar algo con voz sorprendida, mas no tenía tiempo para eso; percibió su cuerpo como un puente resplandeciente entre el cielo y la tierra. No pronunció conscientemente la palabra del poder, sino que la sintió latir como un trueno por todo su cuerpo... silencio. Silencio, Nimue pálida y conmocionada a su lado. Y entonces en las sombrías y siniestras aguas del Lago se produjo una agitación, como un bullir de la niebla... y después una sombra, y luego, grande, negra y esplendente, la barca de Avalon surgiendo despacio de entre las brumas. Morgana dejó escapar un largo suspiro que era casi un sollozo.

La barca se deslizaba silenciosamente como una sombra hacia la orilla, pero el ruido que produjo al rozar la orilla fue muy real. Varios de los pequeños hombres morenos saltaron para ocuparse de los caballos y se inclinaron ante Morgana.

—Los conduciremos por el otro sendero, señora —dijeron, y se desvanecieron en la lluvia.

Otro retrocedió para que Morgana pudiera poner los pies sobre el bote, aupara a la atónita chiquilla y diera la mano a los atemorizados sirvientes. En el silencio sólo roto por las palabras que murmurara el hombre que había cogido a los caballos, la barca se deslizó hacia el Lago.

—¿Qué es esa sombra, tía? —preguntó Nimue cuando se apartaron de la orilla.

—Es la iglesia de Glastonbury —respondió Morgana, sorprendida de que su voz fuera tan serena—. Está en la otra isla, en la que podemos ver desde aquí. Tu abuela, la madre de tu padre, está enterrada allí. Algún día, tal vez, verás su panteón.

—¿Vamos allí?

—Hoy no.

—Pero la barca va hacia allá. He oído decir que hay también un convento en Glastonbury.

—No —repuso Morgana—. Espera y verás; y calla.

Ahora llegaba la verdadera prueba. Podían haberla visto desde Avalon, con la Visión, y enviar la barca, pero ahora sabría si conservaba el poder para abrir las nieblas de Avalon o no... sería ésa la prueba de la eficacia de todo cuanto había hecho en los últimos años. No debía intentarlo y fracasar, debía simplemente levantarse y hacerlo, sin pararse a pensar. Se hallaban en el centro del Lago, en el punto donde otro golpe de remos los colocaría en la corriente que se dirigía a la Isla de Glastonbury... Morgana se levantó de repente, las colgaduras ondeando a su alrededor y alzó los brazos. Volvió a pensar que era igual que cuando lo hizo por primera vez, que el inmenso flujo del poder era silencioso, cuando debiera haber llenado el cielo de truenos... No se atrevió a abrir los ojos hasta que oyó a Nimue gritar asustada y atónita...

La lluvia había cesado y, bajo el último resplandor del sol poniente, la Isla de Avalon se encontró ante ellos verde y hermosa, con la luz del sol reflejándose en el Lago, la luz del sol tocando sorprendentemente el anillo de piedras en Tor, la luz del sol sobre los blancos muros del templo. Morgana la vio a través de las lágrimas; se bamboleó en la barca y habría caído si una mano no la hubiese sujetado por el hombro.

Hogar, hogar, aquí estoy, estoy volviendo a casa...

Sintió que la embarcación golpeaba los guijarros de la orilla y recobró el dominio de sí misma. No parecía correcto que apareciera sin su atavío de sacerdotisa, pero, debajo del vestido, como siempre, el pequeño cuchillo de Viviane estaba anudado a su cintura. No parecían correctos sus velos de seda, los anillos en los delgados dedos... Era la Reina Morgana de Gales del Norte, no Morgana de Avalon... Bueno, eso podía cambiarse. Levantó la cabeza con orgullo, aspiró el aire profundamente, y cogió a la niña de la mano. Por mucho que hubiese cambiado, por muchos años que mediaran, ella era Morgana de Avalon, sacerdotisa de la Gran Diosa. Más allá del Lago, de las nieblas y las sombras, podía ser reina de un viejo y risible rey, en un remoto país... Pero aquí era una sacerdotisa y nacida del linaje real de Avalon.

Vio sin sorpresa, al saltar a tierra, que ante ella se inclinaba una hilera de sirvientes y tras ellos, aguardándola, las oscuras siluetas de las sacerdotisas. Y, entre ellas, había un rostro y una figura pertenecientes a una mujer muy alta que sólo había visto en sueños. Su cabello era rubio, y estaba trenzado sobre su frente, su porte majestuoso. La mujer se dirigió a Morgana prestamente, avanzando entre las otras sacerdotisas, y la abrazó.

—Bienvenida, deuda —dijo con voz suave—. Bienvenida a casa, Morgana.

Y ésta pronunció el nombre que únicamente oyera en sueños hasta que Kevin se lo dijo, confirmando el sueño.

—Te saludo, Niniane, y te traigo a la nieta de Viviane. Será educada aquí, y se llama Nimue.

Niniane la estaba observando con curiosidad; ¿Qué habría oído, se preguntó Morgana, en todos estos años? Pero, en aquel momento, apartó la mirada inclinándose para ver a la pequeña.

—¿Y ésta es la hija de Galahad?

—No —contestó Nimue—, Galahad es mi hermano. Soy hija del Caballero Lancelot.

Niniane sonrió.

—Lo sé —dijo—, pero aquí no utilizamos el nombre que los sajones dieron a tu padre. Bien, Nimue, ¿has venido para ser sacerdotisa?

Nimue miró el soleado paisaje de su alrededor.

—Eso es lo que mi tía Morgana me ha dicho. Me gustaría aprender a leer y escribir, y a tocar el arpa, a conocer las estrellas y todas las cosas que ella sabe hacer. ¿Sois realmente brujas malvadas? Creía que una bruja era fea y vieja, pero vos sois muy hermosa. —Se mordisqueó el labio—. Estoy siendo grosera otra vez.

Niniane rió.

—Di siempre la verdad, pequeña. Sí, soy una bruja. No creo que fea, mas debes decidir por ti misma si buena o mala. Trato de cumplir los designios de la Diosa y eso es cuanto puedo hacer.

—Yo trataré de hacerlo también, si me decís cómo —dijo Nimue.

El sol cayó bajo el horizonte y de súbito la orilla quedó sumida en un crepúsculo gris. Niniane hizo señas; un sirviente que llevaba una antorcha la acercó a otra y la luz pasó rápidamente de mano en mano hasta que la margen estuvo completamente iluminada. Niniane acarició a la niña en la mejilla.

—Hasta que seas lo bastante mayor para conocer por ti misma sus designios, ¿obedecerás nuestras reglas y obedecerás a las mujeres que se encarguen de ti? —le preguntó.

—Lo intentaré —respondió Nimue—, pero todo se me olvida. Y hago demasiadas preguntas.

—Podrás hacer cuantas preguntas desees en el momento propicio para tales cosas —dijo Niniane—; has estado cabalgando todo el día y es tarde, así pues esta noche la primera orden que te doy es que seas una niña buena, y vayas a cenar, asearte y dormir. Di adiós a tu deuda ahora y ve con Lheanna a la Casa de las Doncellas. —Señaló a una recia mujer de aspecto maternal vestida de sacerdotisa.

—¿Debo despedirme ahora? ¿No vendréis mañana a despediros de mí, tía Morgana? Creía que iba a quedarme aquí con vos —dijo Nimue, con gesto desolado.

Morgana contestó con gran amabilidad:

—No, debes ir a la Casa de las Doncellas y hacer lo que se te dice. —Besó la mejilla suave como pétalo—. Que la Diosa te bendiga, querida. Nos volveremos a encontrar cuando ella lo desee. —Y mientras esto decía *vio* a Nimue convertida en una mujer alta, pálida y seria, con la media luna pintada en la frente y la sombra de la Corva Muerte... se tambaleó y Niniane alargó la mano para sujetarla.

—Estás cansada, dama Morgana. Manda a la niña a dormir y ven conmigo. Podremos hablar mañana.

Morgana dio un último beso a la frente de Nimue y la pequeña se alejó obediente junto a Lheanna. Morgana sintió una oscura neblina ante sus ojos; Niniane la cogió del brazo.

—Apóyate en mí. Ven a mis aposentos, donde podrás reposar —dijo.

La condujo a la morada que una vez fuera de Viviane, a la pequeña estancia donde las sacerdotisas en asistencia de la Dama del Lago dormían por turnos. A solas, Morgana trató de reponerse. Durante un instante se preguntó si Niniane la había traído a estos aposentos para resaltar que ella, y no Morgana, era la Dama del Lago... entonces se detuvo; esa clase de íntrigas eran propias de la corte, no de Avalon. Niniane simplemente le había dado la más conveniente y tranquila de las habitaciones disponibles. Cuervo moró allí antes, en consagrado silencio, para que Viviane pudiera enseñarle...

Morgana limpió la suciedad del viaje de su fatigado cuerpo, se envolvió en el largo vestido de lana sin teñir que encontró sobre el lecho e incluso comió algo de la comida que sirvieron, mas no tomó del vino caliente y especiado. Había un cuenco de piedra con agua junto al hogar y hundió un cucharón para beber, con lágrimas en los ojos.

Las sacerdotisas de Avalon solamente beben agua del Manantial Sagrado... De nuevo fue la joven Morgana, durmiendo tras los muros de su hogar. Se tendió en el lecho y durmió como una niña.

Nunca supo lo que la despertó. En la habitación había pasos y silencio. Con el último resplandor de los rescoldos del fuego y la luz de la luna penetrando a través de los postigos, vio una silueta velada y, por un momento, creyó que Niniane había entrado a hablar con ella; pero el cabello que caía en cascada sobre los hombros era largo y negro, el rostro hermoso y sereno. En una mano pudo ver la oscurecida, endurecida señal de una antigua cicatriz... ¡Cuervo! Se incorporó.

—¡Cuervo! ¿Eres tú?

Cuervo le tapó la boca con los dedos, en el viejo ademán de silencio; fue junto a Morgana, se inclinó y la besó. Sin una sola palabra, se despojó de la larga capa y se tendió junto a ella, rodeándola con los brazos. En las tinieblas Morgana pudo ver el resto de las cicatrices subiéndole por el brazo hasta el pecho pálido y pesado... ninguna de las dos pronunció palabra entonces, ni en el tiempo que siguió. Era como si el mundo real y Avalon se hubiesen desvanecido y se hallase nuevamente en las sombras del país de las hadas, entre los brazos de la señora... Morgana oyó dentro de su mente las palabras de una arcana bendición de Avalon, y el sonido pareció alentar a su alrededor en la quietud. *Benditos sean los pies que me han traído a este lugar... benditas las rodillas que se doblarán ante el altar... bendita la puerta de la Vida...*

Entonces el mundo comenzó a fluir, a cambiar, a moverse en torno a ella, y por un momento, Cuervo no se encontró allí, sino que había una silueta marcada por la luz, a la cual había visto antes, años antes, por la época en la que cruzó el gran silencio... y Morgana supo que también ella resplandecía en la luz... el profundo y fluyente silencio que persistía. Y luego Cuervo estuvo presente otra vez, yaciendo junto a ella con el pelo perfumado por las hierbas que utilizaban en los ritos, un brazo por encima, los callados labios junto a la mejilla de Morgana. Pudo distinguir que tenía largas y pálidas hebras blancas en el oscuro cabello.

Cuervo se agitó y se incorporó. Sin hablar, tomó de alguna parte una media luna plateada, el ornamento ritual de una sacerdotisa. Morgana supo, conteniendo el aliento, que era la que abandonara en su lecho de la Casa de las Doncellas el día en que huyó de Avalon con el hijo de Arturo en el vientre... en silencio, tras una ahogada protesta, permitió que Cuervo la atara alrededor de su propia garganta. Cuervo señaló brevemente, aprovechando el último resplandor de la luna, la hoja del cuchillo que llevaba Morgana atado a la cintura. Morgana asintió, sabiendo que el cuchillo ritual de Viviane nunca se separaría de su costado mientras viviera, y se alegró de que Cuervo llevase el que ella había abandonado hasta el día en que pudiese verlo en la cintura de Nimue.

Cuervo cogió el pequeño cuchillo, tan afilado como una guadaña, y Morgana vio, aún dormida, que lo levantaba; *así sea, aunque desee verter aquí mi sangre ante la Diosa de la que intenté huir...* Pero Cuervo volvió el cuchillo hacia su propia garganta; de su esternón extrajo una sola gota de sangre y Morgana, inclinando la cabeza, tomó el cuchillo y se hizo un ligero corte sobre el corazón.

Somos viejas, Cuervo y yo, ya no derramamos sangre del vientre sino del corazón... y posteriormente se preguntó por qué había pensado aquello. Cuervo se inclinó sobre ella y lamió la sangre del pequeño corte; Morgana llevó los labios a la diminuta mancha del pecho de Cuervo, sabiendo que esto era un pacto que superaba con mucho los votos que hiciera al convertirse en mujer. Luego Cuervo volvió a abrazarla.

Entregué mi doncellez al Astado. Le di un hijo al Dios. Ardí de pasión por Lancelot y Accolon me recreó como sacerdotisa en los campos arados bendecidos por la Doncella de la Primavera. Mas nunca había sentido lo que es ser recibida simplemente con amor... A Morgana le pareció, medio en sueños, que yacía en el regazo de su madre... *No, no Igraine, bienvenida otra vez al seno de la Gran Madre...*

Al despertar se encontró sola. Abriendo los ojos a la luz de Avalon, sollozando de júbilo, se preguntó fugazmente si lo había soñado. Pero tenía sobre el corazón una pequeña mancha de sangre seca y en la almohada se hallaba la media luna de plata, la joya ritual de una sacerdotisa, abandonada cuando escapó de Avalon. Aunque Cuervo la había atado a su cuello...

Morgana se la ciñó a la garganta con la fina correílla. No volvería a dejarla nunca; como Viviane, la llevaría hasta la muerte. Le temblaban los dedos cuando anudó el cuero, sabiendo que se trataba de una reconsagración. Había algo más sobre la almohada y, por un momento, aquello se alteró y cambió, un capullo de rosa, una rosa en flor, y cuando Morgana la cogió en la mano, resultó ser una baya de escaramujo, plena, redonda, carmesí, pulsando con la agridulce vida de la rosa. Mientras la observaba, se encogió, se marchitó y se secó en su mano; Morgana comprendió de súbito.

La flor e incluso el fruto son meramente el principio. En la semilla yace la vida y el futuro.

Con un prolongado suspiro, envolvió la semilla en un trozo de seda, entendiendo que debía partir de nuevo de Avalon. Su obra no estaba terminada, y ella había elegido el lugar donde realizarla cuando huyó de Avalon. Algún día, tal vez, podría regresar, pero ese momento aún no había llegado.

Y debo permanecer escondida, cual la rosa yace escondida en la semilla. Se levantó para vestirse otra vez de reina. El atavío de la sacerdotisa tornaría a ser suyo algún día, pero debía ganar el derecho a llevarlo. Luego se sentó aguardando a que Niniane la llamara.

CUANDO LLEGÓ a la estancia central en la que con tanta frecuencia estuvo en compañía de Viviane, el tiempo se precipitó, giró y volvió sobre sí mismo de forma que, por un momento, Morgana tuvo la impresión de que debía ver a Viviane sentada donde solía hacerlo, empequeñecida por las dimensiones del asiento y aun así imponente, llenando toda la habitación... Parpadeó y vio que era Niniane quien estaba allí, alta, esbelta, rubia. A Morgana le pareció que Niniane no era más que una niña que se había sentado en la gran silla para divertirse.

Entonces, lo que Viviane le había dicho, estando de pie ante ella, hacía tantos años, la asaltó de súbito: *Has alcanzado un estado en el cual la obediencia puede ser atemperada por tu propio juicio...* y por un instante le pareció que el mejor juicio era apartarse, decir a Niniane las palabras que pudieran tranquilizarla. Una oleada de resentimiento la embargó después pensando que aquella niña, aquella mocosa necia y vulgar vestida de sacerdotisa, se atrevía a sentarse donde Viviane lo hiciera y a dar órdenes en nombre de Avalon. La habían elegido únicamente por poseer la sangre de Taliesin... *¿Cómo se atreve a sentarse aquí y presumir que va a darme órdenes...?*

Miró a la muchacha, conociendo, sin saber cómo, que había asumido el antiguo encanto y majestuosidad, y luego, con repentino atisbo de la Visión, tuvo la impresión de estar oyendo los pensamientos de Niniane.

Ella debería estar en mi puesto, meditaba Niniane, *¿cómo puedo hablar con autoridad a la Reina Morgana de las Hadas...?* y el pensamiento quedó enturbiado, un poco por el temor a la extraña y poderosa sacerdotisa que tenía ante ella y un poco por simple resentimiento. *Si no hubiese escapado de nosotras y traicionado su deber, yo no estaría ahora debatiéndome para ocupar un lugar para el que ambas sabemos que no soy apropiada.*

Morgana se acercó cogiéndole las manos, y Niniane se vio sorprendida por lo amable de su voz.

—Lo lamento, mi pobre niña, daría la vida por permanecer aquí y liberarte de esta carga. Pero no puedo; no me atrevo. No puedo esconderme aquí, abandonando mi misión, sólo porque añoro mi hogar. —Ya no se trataba de arrogancia, ni de desprecio por la joven que había sido arrastrada, sin desearlo, a un lugar que debió ser suyo, sino compasión—. He iniciado una tarea que debe ser completada; para dejarla a medias, más valdría no haberla comenzado. Te es difícil ocupar mi sitio aquí, que la Diosa nos ayude a ambas, pues debes continuar ocupándolo. —Se inclinó y abrazó a la muchacha, estrechándola—. Mi pobre primita, las dos tenemos un destino al que no podemos escapar... De haber permanecido aquí, la Diosa habría obrado en mí de otra forma; pero cuando intenté huir de mi deber, lo hizo descender sobre mí en otra parte... Ninguna de nosotras puede escapar. Ambas estamos en sus manos y es demasiado tarde para afirmar que hubiese sido mejor de otro modo... hará con nosotras según sea su voluntad.

Niniane permaneció rígida y distante durante un momento, luego su resentimiento se deshizo y se aferró a Morgana, casi como había hecho Nimue.

—Quise odiarte —dijo, conteniendo las lágrimas.

—Y yo a ti, quizá... —repuso Morgana—. Pero ella ha querido que sea de otra forma, y ante ella somos hermanas... —Con vacilación, sus labios pronunciaron las palabras reprimidas durante tanto tiempo, y añadió algo más.

Niniane agachó la cabeza y murmuró la apropiada respuesta.

—Háblame de tu obra en el oeste, Morgana —dijo luego—. No, siéntate aquí a mi lado, no hay diferencias de rango entre nosotras, lo sabes...

Cuando Morgana le hubo contado cuanto pudo, Niniane asintió.

—Algo de esto he sabido por Merlín —comentó—. En aquellos dominios, los hombres, pues, vuelven al viejo culto... Pero Uriens tiene dos hijos y el mayor es el heredero del padre. Tu tarea entonces es cerciorarte de que Gales tenga un rey de Avalon, lo que significa que Accolon debe suceder a su padre, Morgana.

Esta cerró los ojos con la cabeza gacha.

—No mataré, Niniane —dijo finalmente—. He visto demasiadas guerras y derramamientos de sangre. La muerte de Avalloch no resolvería nada, ya que siguen la usanza romana allí, desde que llegaron los sacerdotes, y Avalloch tiene un hijo.

Niniane descartó aquello.

—Un hijo puede ser educado en el viejo culto, ¿qué edad tiene, cuatro años?

—Eso contaba cuando llegué a Gales —respondió Morgana, recordando al niño que se sentaba en su regazo, se asía a ella con dedos grasientos y la llamaba abuelita—. Basta, Niniane. He hecho lo que ha habido que hacer, pero ni siquiera por Avalon mataré.

Los ojos de Niniane llamearon con chispas azules. Levantó la cabeza y le advirtió:

—¡Nunca digas de este agua no beberé!

Repentinamente Morgana se dio cuenta de que la mujer que tenía ante sí era también una sacerdotisa y no meramente la niña sumisa que le había parecido; no podría estar donde estaba, jamás podría haber pasado las pruebas y ordalías indispensables para convertirse en Señora de Avalon, si no hubiera sido aceptada por la Diosa.

Con inesperada humildad, comprendió por qué había sido enviada aquí.

—Tú querrás lo que la Diosa quiera cuando ponga la mano sobre ti y eso lo sé por la señal que llevas... —declaró Niniane, como si la estuviera advirtiendo, y posó la mirada en el seno de Morgana de modo que le dio la impresión de que podía ver a través de los pliegues del vestido la semilla que allí había, o la media luna de plata en su correilla de cuero.

—Todas estamos en sus manos —murmuró Morgana, agachando la cabeza.

—Así sea— dijo Niniane, y momentáneamente hubo tal silencio en la estancia que Morgana pudo oír el chapoteo de un pez en el Lago al otro lado del jardín de la pequeña casa. Luego preguntó—: ¿Cómo está Arturo, Morgana? Sigue portando la espada de la Sagrada Regalía. ¿Hará honor a su juramento. por fin? ¿Podrás lograrlo?

—No conozco el corazón de Arturo —contestó ésta, y resultó una amarga confesión. *Tuve poder sobre él y fui demasiado escrupulosa para utilizarlo. Lo deseché.*

—Tiene que renovar su juramento a Avalon o debes arrebatarle la espada —dijo Niniane—, y eres la única persona con vida a la que es posible confiar tal encargo. Excalibur, la espada de la Sagrada Regalía, no debe permanecer en manos cristianas. Sabes que Arturo no tiene ningún hijo de la Reina, y ha nombrado al de Lancelot, llamado Galahad, su heredero, puesto que la Reina va haciéndose vieja.

Morgana pensó, *Ginebra es más joven que yo y a mí me sería posible aún alumbrar un hijo de no haber quedado tan dañada por el nacimiento de Gwydion. ¿Por qué están tan seguros de que no concebirá nunca?* Pero, ante la certidumbre de Niniane, no hizo preguntas. Había suficiente magia en Avalon y, sin duda, contaban con manos y ojos en la corte de Arturo; ciertamente, la última cosa que podrían desear era que la cristiana Ginebra le diese un hijo a Arturo... ahora no.

—Arturo tiene un hijo —declaró Niniane—, y hasta

que llegue su oportunidad, hay un reino que puede ocupar... un lugar para comenzar a recobrar esta tierra para Avalon. Antaño, el hijo de un rey poco importaba, el de la Señora lo era todo, y el hijo de la hermana del rey era su heredero... ¿sabes lo que esto significa, Morgana?

Accolon debe ser el sucesor al trono de Gales. Morgana tornó a oírlo, y después lo que Niniane no había dicho. *Y mi hijo... es hijo del Rey Arturo.* Ahora todo cobraba sentido. Incluso su infecundidad tras el nacimiento de Gwydion.

—¿Qué será del heredero de Arturo, del hijo de Lancelot? —preguntó.

Niniane se encogió de hombros y Morgana comprendió horrorizada, que quizá se pretendía dar a Nimue el mismo dominio sobre la conciencia de Galahad que ella tuviera sobre la de Arturo.

—No puedo ver todas las cosas —repuso Niniane—. De haber sido tú la Señora... ha pasado el tiempo y deben hacerse otros planes. Arturo puede honrar todavía su juramento a Avalon y conservar la espada Excalibur, entonces habrá un medio de proceder. Y puede que no lo haga, entonces ella señalará otro camino, en el cual cada uno tendrá su tarea. Sea así o no, Accolon debe llegar a gobernar el país del oeste y ése es tu cometido. El próximo rey regirá desde Avalon. Cuando Arturo caiga, aunque sus estrellas dicen que llegará a viejo, el rey de Avalon se alzará. De lo contrario, dicen las estrellas, descenderá sobre esta tierra tanta oscuridad que será como si jamás hubiese existido. Y cuando el rey que deseamos acceda al poder, Avalon retornará a la corriente principal del tiempo y la historia... habrá para entonces un rey súbdito en las tierras del oeste, gobernando a las Tribus. Accolon se alzará como tu esposo... y eres tú quien ha de preparar la tierra para el nuevo rey de Avalon.

—Estoy en tus manos —se sometió Morgana, agachando de nuevo la cabeza.

—Ahora debes regresar —declaró Niniane—, pero antes hay alguien a quien debes conocer. Su tiempo aún no ha llegado... pero será una tarea más para ti. —Levantó la mano y, como si hubiese estado esperando en una antesala, se abrió una puerta y un joven alto penetró en la estancia.

Al verlo, Morgana contuvo el aliento, hasta tal punto que por un momento creyó que no podría volver a respirar. Aquí se hallaba Lancelot redivivo, joven y esbelto como una llama oscura, el pelo ensortijado junto a las mejillas, la morena y escueta cara sonriente... Lancelot como le viera aquel día a la sombra del anillo de piedras, cual si el tiempo hubiese dado marcha atrás o se hubiese alterado como en el país de las hadas...

Supo entonces quién debía ser. El se adelantó inclinándose para besarle la mano. También caminaba como Lancelot, con ágiles movimientos que casi parecían una danza. Pero llevaba la vestimenta de un bardo y en la frente el pequeño tatuaje de una cresta y en su muñecas se enroscaban las serpientes de Avalon. El tiempo giró en su mente.

Si Galahad está destinado a ser rey en la tierra, ¿es mi hijo, entonces, el Merlín, gemelo oscuro y víctima? Fugazmente, tuvo la impresión de moverse entre sombras, rey y druida, la brillante sombra de quien se sentaba junto al trono de Arturo como reina y la suya propia de la que había nacido la sombra del hijo de Arturo... La Dama Oscura del poder.

Sabía que cualquier cosa que dijera resultaría estúpida.

—Gwydion, no te pareces a tu padre.

El sacudió la cabeza.

—No —dijo—, llevo la sangre de Avalon. Una vez vi a Arturo, cuando hizo una peregrinación al Glastonbury de los sacerdotes, pasé desapercibido con el atuendo de un clérigo. Reverencia mucho a los sacerdotes, nuestro rey Arturo. —Su sonrisa fue brevemente agresiva.

—No tienes motivos para amar a tus padres, Gwydion —dijo Morgana y le apretó la mano; sorprendió una fugaz mirada de frío odio en sus ojos... luego ésta desapareció y fue nuevamente el joven y sonriente druida.

—Mis padres me dieron su mejor don —repuso Gwydion—, la sangre real de Avalon. Y quiero pedirte una cosa más, dama Morgana. —Irracionalmente deseó que la hubiese llamado, por una sola vez, madre.

—Pide, si está en mi mano tuya es.

—No es un gran regalo —dijo Gwydion—. Seguramente, de aquí a cinco años, Reina Morgana, me llevarás a ver a Arturo y le harás saber que soy su hijo. Me doy cuenta —su rostro mostró una breve y perturbadora sonrisa— de que no puede reconocerme como su heredero. Pero deseo que vea la cara de su hijo. No te pido más que eso.

Ella agachó la cabeza.

—En verdad, te lo debo, Gwydion.

Ginebra podría pensar lo que quisiera, Arturo ya había hecho penitencia por esto. Ningún hombre podría dejar de estar orgulloso de este grave y solemne joven druida. Ni ella debería... después de tantos años... sentir vergüenza por lo que ocurrió, como ahora comprendía que había sentido durante todo el tiempo pasado desde que huyera de Avalon. Ahora que veía a su hijo crecido, se inclinaba ante la inevitabilidad de la Visión de Viviane.

—Te prometo que llegará ese día, lo juro por el Manantial Sagrado —dijo, se le enturbiaron los ojos, y airadamente contuvo las rebeldes lágrimas.

Este no era su hijo; Uwaine, tal vez, pero no Gwydion. Este joven moreno y apuesto tan parecido al Lancelot a quien amó cuando era una niña, no era el hijo que miraba por vez primera a la madre que le abandonara antes de ser destetado; él era sacerdote y ella sacerdotisa de la Gran Diosa y, aunque no fueran nada más el uno para el otro, tampoco menos.

Le puso las manos sobre su cabeza.

—Bendito seas —le dijo.

XIII

La reina Morgause hacía mucho tiempo que había dejado de lamentarse por no poseer la Visión. Aunque, por dos veces, en los últimos días de la caída de las hojas, cuando los rojos alerces hallábanse desnudos ante el frío viento que azotaba Lothian, soñó con su hijo adoptivo Gwydion; y no se sorprendió lo más mínimo cuando uno de los sirvientes le anunció que había un jinete en el camino.

Gwydion vestía un capa de extraños colores, tosca y con un broche de hueso que nunca antes había visto; y cuando fue a estrecharlo en un abrazo, él retrocedió, dando un respingo.

—No, madre —la rodeó con el brazo libre y se explicó—, recibí un corte de espada en Bretaña. No, no es serio —la tranquilizó—. No se infectó y tal vez ni siquiera quede cicatriz, pero cuando lo rozan grito de dolor.

—¿Has estado luchando en Bretaña, pues? Te creía tranquilo en Avalon —le recriminó, conduciéndole al interior y situándole junto al fuego—. No tengo vino del sur para ti.

—Estoy harto de él —dijo, riendo—, la cerveza de cebada será suficiente, o un poco de agua de fuego si tienes... con agua y miel, si hay. Estoy exhausto de cabalgar. —Dejó que una de las sirvientas le quitase las botas y pusiera su capa a secar, recostándose a sus anchas.

—Qué delicia estar aquí, madre —se llevó la humeante copa a los labios y bebió con placer.

—¿Y has venido de muy lejos, cabalgando con este frío y herido además? ¿Se han producido importantes noticias que tengas que comunicarme?

Negó con la cabeza.

—Ninguna. Sentía nostalgia, nada más —respondió—. Aquí es todo tan verde, lozano y húmedo, con la niebla y las campanas de la iglesia... Anhelaba el límpido aire de las cañadas, el grito de las gaviotas y tu rostro, madre... —Alcanzó la copa que había soltado y ella vio las serpientes de sus muñecas.

No estaba muy versada en la sabiduría de Avalon, pero sabía que eran signo del más alto rango del sacerdocio. Captó él su mirada y asintió con un gesto, mas nada dijo:

—¿Conseguiste en Bretaña esa fea capa, tan corta y toscamente tejida, apropiada sólo para un sirviente?

El rió entre dientes.

—Me ampara de la lluvia. Se la cogí a un gran jefe de las tierras extranjeras, que luchó con las legiones de ese hombre que se autonombró Emperador Lucius. Los hombres de Arturo dieron buena cuenta de él, créeme, y hubo botín para todos. Tengo en mis alforjas una copa de plata y un anillo de oro para ti, madre.

—¿Luchaste con los ejércitos de Arturo? —inquirió Morgause.

Nunca creyó que fuera a hacer eso; él observó la sorpresa en su rostro y tornó a reír.

—Sí, luché con ese gran Rey que me engendró —dijo, con una mueca de desprecio—. Oh, no temas, tenía mis órdenes de Avalon. Me cuidé de luchar con los guerreros de Cerdig, el jefe sajón de los hombres aliados, que me estima mucho, y de no ser visto por Arturo. Gawaine no me reconoció y me preocupé de que Gareth sólo me viera cubierto por una capa como ésta. Perdí la mía en la batalla y pensé que, si llevaba una capa de Lothian, Gareth se acercaría a ver a un coterráneo herido, así pues conseguí ésta...

—Gareth te habría reconocido de todas formas —repuso Morgause— y espero no pienses que tu hermano te traicionaría.

Gwydion sonrió y Morgause pensó que se parecía mucho al niño que se sentaba en su regazo.

—Ansiaba darme a conocer a Gareth y, cuando yacía herido y débil, estuve a punto de hacerlo. Pero Gareth es uno de los hombres de Arturo y ama a su Rey, pude apreciarlo, y no quise enfrentar al mejor de mis hermanos con esa carga —declaró—. Gareth... Gareth es el único...

No terminó la frase, pero Morgause sabía lo que habría dicho; extraño como se sentía en todas partes, Gareth era su hermano y querido amigo. Abruptamente, él hizo un gesto que acabó con la sonrisa que le hacía parecer tan joven.

—En todos los ejércitos sajones, madre, me preguntaron una y otra vez si era hijo de Lancelot. Yo no logro ver tanta semejanza; supongo que porque no estoy muy familiarizado con mi cara... ¡Sólo me miro en un espejo cuando me afeito!

—Empero —dijo Morgause—, cualquiera que haya visto a Lancelot, especialmente cualquiera que le haya conocido de joven, no puede mirarte sin dejar de apreciar que eres pariente suyo.

—Algo así respondí. Utilicé el acento sajón, en ocasiones, y afirmé que también yo era deudo del viejo Rey Ban —dijo Gwydion—. Aunque creía que Lancelot, con ese semblante que le hace atraer a todas las doncellas, habría engendrado tantos bastardos que no sería un gran prodigio que alguien fuera por ahí con su cara. ¿No es así?, me preguntaba —añadió—, mas cuanto oí de Lancelot es que podía haber procreado un hijo de la Reina, escondiendo al niño en alguna parte, o siendo adoptado por él mismo después de casarse con esa prima de la Reina... Historias sobre Lancelot y la Reina hay muchas, cada una más grosera que la anterior, pero todas coinciden en que no tiene para ninguna otra mujer que Dios haya creado más que cortesías y amables palabras. Hubo incluso mujeres que se arrojaron sobre mí, exclamando que si no podían tener a Lancelot, tendrían a su hijo... —Volvió a hacer una mueca—. Debe haber sido duro para el galante Lancelot. Mucho me agradan las bellas mujeres, mas cuando se tiran sobre mí de esa forma, bueno... —Se encogió de hombros, cómicamente.

Morgause rió.

—Entonces, ¿los druidas no te han arrebatado eso, hijo mío?

—De ningún modo —respondió—. Pero la mayoría de las mujeres son necias, y prefiero no molestarme jugando con esas que esperan que las trate como a algo muy especial, o que preste atención a cuanto dicen. Me has inutilizado para las mujeres estúpidas, madre.

—Lástima que no se pueda afirmar lo mismo de Lancelot —comentó Morgause—, porque jamás nadie ha creído que Ginebra tenga más sesos de los necesarios para apretarse el ceñidor y, en lo que a Lancelot se refiere, dudo que ni siquiera eso —y pensó: tienes la cara de Lancelot, hijo mío, pero el talento de tu madre.

Como si hubiese oído sus pensamientos posó la copa vacía y despidió a una sirvienta que se aprestaba a llenársela de nuevo.

—No más, estoy tan cansado que me embriagaré con otro sorbo. Me gustaría cenar. He tenido fortuna como cazador y estoy hastiado de carne, ansío comida hogareña, gachas y polenta... Madre, vi a la dama Morgana en Avalon antes de partir para Bretaña.

¿Por qué, se preguntó Morgause, *me dice esto ahora?* No era de esperar que sintiese mucho amor por su madre, y entonces se sintió culpable repentinamente. *Me aseguré de que no amase a nadie más que a mí.* Bueno, había hecho lo que debía y no lo lamentaba.

—¿Cómo se encuentra mi deuda?

—No parece muy joven —contestó Gwydion—, me pareció mayor que tú, madre.

—No —repuso Morgause—, Morgana tiene diez años menos que yo.

—Sin embargo, parece vieja y cansada, y tú... —Le

sonrió y Morgause sintió una oleada de felicidad. Meditó: *A ninguno de mis hijos he amado como a éste, Morgana hizo bien en dejarlo a mi cuidado.*

—Oh —dijo—, también yo me hago vieja, muchacho... tenía un hijo crecido cuando tú naciste.

—Entonces, eres más hechicera de lo que ella es —dijo Gwydion—, porque podría jurar que has pasado mucho tiempo en el país de las hadas sin que el tiempo pasara por ti... Para mí tienes el mismo aspecto que el día que marché hacia Avalon, madre mía. — Le cogió la mano, se la llevó a los labios y la besó, ella se acercó rodeándole con el brazo, teniendo cuidado de evitar la herida. Le acarició el negro pelo.

—Así pues, Morgana continúa en Gales.

—Así es —respondió Gwydion—, y según he oído, en el favor del Rey... Arturo ha nombrado a su hijastro, Uwaine, miembro de su guardia personal, junto a Gawaine; Gawaine y él tienen una estrecha amistad. Uwaine no es un mal muchacho, no muy distinto a Gawaine, fuertes y recios son ambos, y devotos de Arturo como si el sol se levantara y pusiera por donde él pisa... —Morgause observó la irónica sonrisa—. Pero es pues un error que muchos hombres cometen y de esto he venido a hablarte, madre —dijo—. ¿Conoces algo de los planes de Avalon?

—Sé lo que Niniane dijo, y Merlín, cuando vinieron a llevarte —contestó Morgause—. Sé que tú vas a ser el heredero de Arturo, aunque él crea que le dejará el reino al hijo de Lancelot. Sé que tú eres el joven ciervo que abatirá al Rey Ciervo... —declaró en el viejo lenguaje y Gwydion enarcó las cejas.

—Así pues, lo sabes todo —manifestó—. Aunque esto, y tal vez no lo sepas, no puede hacerse ahora. Desde que Arturo hizo caer a este romano que quería ser emperador, Lucius, su estrella brilla más que nunca. Cualquiera que levantara una mano contra Arturo sería despedazado por el pueblo, o por sus Caballeros. Jamás he conocido a un hombre tan amado. Es éste el motivo, creo, de querer mantenerme lejos, para descubrir qué hay en un rey que se hace amar tanto...

Su voz se perdió en el silencio y Morgause se sintió enferma.

—¿Y lo descubriste?

Gwydion asintió lentamente.

—Es ciertamente un rey... aun yo, que no tengo motivos para amarle, experimenté el hechizo que crea a su alrededor. No puedes imaginar cuánto le adoran.

—Es extraño —repuso Morgause—, porque yo nunca le creí tan notable.

—No, sé justa —dijo Gwydion—. No hay muchos, quizá no haya ningún otro en esta tierra que pudiera haber congregado a todas las facciones como él hizo. Romanos, Galeses, gentes de Cornwall, campesinos del oeste, anglos del este, hombres de Bretaña, el Viejo Pueblo, el pueblo de Lothian... en este reino, madre, todos los hombres juran por la estrella de Arturo. Incluso los sajones, que una vez lucharon a muerte contra Uther, apoyan y juran que Arturo será su rey. Es un gran guerrero... no, no él mismo, no pelea mejor que cualquier otro, ni la mitad de bien que Lancelot ni aun que Gareth, pero es un gran general. Y hay algo... hay algo en él —añadió Gwydion—. Es fácil amarle. Y mientras todos le adoren de esta manera, nada tengo que hacer.

—Entonces —repuso Morgause—, el amor que le profesan debe ser mermado de algún modo. Debe ser desprestigiado. No es mejor que cualquier otro hombre, los Dioses lo saben. Te engendró de su propia hermana y es bien conocido en todas partes que no desempeña un papel muy airoso con la Reina. Hay un nombre para el hombre que acepta que otro le haga la corte a su esposa, y no es nombre agradable, después de todo.

—Algo, estoy seguro, puede hacerse —declaró Gwydion—. Aunque en estos últimos años, según se comenta, Lancelot ha permanecido alejado de la corte y ha tenido buen cuidado de no quedarse nunca a solas con la Reina... para que ninguna sombra de escándalo caiga sobre su persona. Pero dicen que ella lloró como una niña, y que Lancelot también lloró, cuando pidió licencia para ir a luchar al lado de Arturo contra este Lucius; y jamás he visto a un hombre luchar como lo hiciera Lancelot. Podría pensarse que anhela arrojarse en brazos de la muerte. Pero no sufrió ni una sola herida, como si su vida estuviese encantada —musitó—. ¿Es posible que, siendo hijo de una gran sacerdotisa de Avalon, tenga alguna clase de protección sobrenatural?

—Morgana debe saberlo —repuso Morgause secamente—; aunque no te sugiero que se lo preguntes.

—Sé que la vida de Arturo está encantada —dijo Gwydion—, porque lleva la sagrada Excalibur, espada de la Regalía Druida, y una vaina mágica que le evita derramar sangre. Sin ella, me dijo Niniane, se habría desangrado hasta morir en el Bosque Celidon, y aun después... A Morgana le han encomendado como primera empresa recuperar la espada de Arturo, a menos que renueve su juramento de lealtad a Avalon. Y no me cabe duda de que mi madre está bastante ansiosa de hacerlo. Entre ambos, prefiero a mi padre, ya que no sabía el mal que fraguaba cuando me engendró, según creo.

—Morgana tampoco lo sabía —alegó Morgause acremente.

—Oh, estoy cansado de Morgana... incluso Niniane ha caído bajo su hechizo —dijo Gwydion torvamente—. No empieces a defenderla ante mí, madre.

Morgause pensó, *Viviane también era así, podía encantar a cualquier hombre para que hiciese su voluntad, y asimismo a cualquier mujer... Igraine fue sumisa cuando le ordenó desposarse con Gorlois y posteriormente seducir a Uther... y yo... Ahora Niniane ha hecho lo que deseaba Morgana.* Y este hijo suyo también poseía, sospechó, algo de ese poder. Recordó, de súbito y con inesperado dolor, a Morgana con la cabeza gacha, el cabello peinado como el de una niña, en la noche en la cual alumbró a Gwydion; Morgana, que había sido para ella como la hija que nunca tuvo. Y ahora se hallaba dividida entre ella y su hijo, quien le era más querido incluso que los suyos propios.

—¿Tanto la odias, Gwydion?

—No sé lo que siento —respondió éste, mirándola con los dolientes ojos de Lancelot—. No parece ser adecuado a los votos de Avalon que odie a la madre que me alumbró y al padre que me procreó... Ojalá hubiese sido educado en la corte como hijo de mi padre y seguidor suyo, en lugar de haberme convertido en su enconado enemigo...

Escondió el rostro entre las manos y dijo tras éstas:

—Estoy cansado, madre. Estoy cansado y hastiado de luchar, sé que Arturo también... Ha traído la paz a estas islas, desde Cornwall hasta Lothian. No me agrada pensar que ese gran rey, ese gran hombre, es mi enemigo y que por el bien de Avalon debo reducirlo a la nada, a la muerte o al deshonor. Preferiría amarle, como hacen todos los hombres. Me gustaría contemplar a mi madre, no a ti, madre, sino a la dama Morgana, me gustaría contemplarla como a la madre que me dio el ser, no como a la gran sacerdotisa a la que he jurado obedecer en cuanto me ordene. Quisiera que cuando Niniane yace en mis brazos fuese mi querido amor solamente, a quien amo porque tiene tu dulce rostro y tu hermosa voz... Estoy tan cansado de Dioses y Diosas... Quisiera haber sido tuyo y de Lot, y nada más, esto tan cansado de mi destino... —Permaneció callado largo rato, la cara oculta, los hombros temblando. Morgause hizo ademán de acariciarle el pelo. Entonces él levantó la cabeza y dijo, con una lóbrega expresión que la disuadió de intentar nada en este momento de debilidad—. Me tomaré otra copa de esa fuerte bebida que fabrican en estas colinas, esta vez sin agua ni miel...

—y, cuando se la trajeron, bebió sin siquiera mirar las gachas y la polenta humeantes que la muchacha le había servido—. ¿Qué se decía en aquellos viejos libros de Lot, cuando el sacerdote de la casa intentaba enseñarnos a Gareth y a mí la lengua romana? ¿Quién fue ese viejo romano que dijo, «No digas que ningún hombre es feliz hasta que esté muerto»? Mi obra, pues, es procurar la mayor de las felicidades a mi padre, y, ¿por qué habría, pues, de rebelarme contra ese destino? —Pidió otra bebida; y, como Morgause titubeaba, cogió la botella y se llenó la copa.

—Vas a embriagarte, mi querido hijo. Tómate la cena primero, por favor.

—Me embriagaré, pues —dijo Gwydion amargamente—. Así sea. Bebo por la muerte y el deshonor... ¡de Arturo y mío! —Nuevamente vació el cuerno y lo arrojó a un rincón, donde golpeó con un sonido metálico—. Que sea como las hadas han decretado, el Rey Ciervo gobernará en el bosque hasta el día que la Señora ha establecido... *porque todas las bestias nacieron y se unieron con otras de su clase, y vivieron y obraron la voluntad de las fuerzas de la vida, para finalmente entregar su espíritu a la custodia de la Señora...* —Pronunció las palabras con un extraño, acerbo énfasis, y Morgause, desconocedora del saber druida, entendió que eran palabras rituales, estremeciéndose mientras las pronunciaba.

El suspiró profundamente.

—Pero, por esta noche, dormiré en la casa de mi madre y me olvidaré de Avalon, de los reyes, los ciervos y los destinos. ¿Podré? ¿Podré? —y, cuando la fuerte bebida lo venció al fin, cayó hacia adelante en sus brazos. Le sostuvo así, acariciándole el negro cabello, tan semejante al de Morgana, y durmió con la cabeza en su pecho. Pero, aun en sueños, se agitaba, gemía y murmuraba como si tuviera horribles pesadillas, y Morgause supo que no era únicamente el dolor de la herida abierta.

Made in the USA
Middletown, DE
10 June 2016